L'Afghan

Frederick Forsyth

L'Afghan

ROMAN

Traduit de l'anglais
par Pierre Girard

Albin Michel

PREMIÈRE PARTIE

Stingray

UN

Si le jeune garde du corps taliban avait su qu'il mourrait en donnant ce coup de téléphone, il se serait abstenu. Mais il l'ignorait, et il en mourut.

Le 7 juillet 2005, quatre kamikazes déposaient leurs sacs à dos piégés dans le centre de Londres. Ils tuèrent cinquante-deux voyageurs et en blessèrent environ sept cents, dont une centaine resteraient handicapés à vie.

Trois des quatre kamikazes étaient nés et avaient grandi en Angleterre, mais leurs parents étaient pakistanais. Le quatrième était jamaïcain de naissance, naturalisé britannique et converti à l'islam. C'était encore un adolescent ; le troisième avait vingt-deux ans et le chef du groupe, trente. Ils étaient tous habités par un fanatisme absolu après avoir fréquenté des mosquées où prêchaient des prédicateurs fondamentalistes, non pas à l'étranger mais au cœur même de l'Angleterre.

Dans les vingt-quatre heures qui suivirent les explosions, ils furent tous identifiés et retrouvés à leurs domiciles respectifs en différents endroits de la ville de Leeds, au nord de Londres ; ils avaient tous plus ou moins l'accent du Yorkshire. Leur chef était un instituteur du nom de Mohamed Siddique Khan, spé-cialisé dans le soutien aux élèves en difficulté.

En perquisitionnant à leurs domiciles, la police fit une décou-verte précieuse qu'elle s'abstint de rendre publique : quatre reçus montrant que l'un des deux plus âgés des kamikazes avait acheté quatre téléphones portables tri-bandes utilisables à peu près partout dans le monde et contenant chacun une carte SIM prépayée d'une valeur d'environ vingt livres sterling. Les télé-phones, payés en liquide, avaient tous disparu. Mais la police retrouva leurs numéros et les mit sur écoute pour le cas où ils seraient utilisés.

On découvrit également que Siddique Khan et le membre du groupe dont il était le plus proche, un jeune natif du Penjab du nom de Shehzad Tanweer, s'étaient rendus au Pakistan en novembre et y étaient restés trois mois. Leurs contacts dans ce pays ne furent pas identifiés, mais, plusieurs semaines après les attentats de Londres, la chaîne de télévision arabe Al-Jezira dif-fusa une vidéo réalisée par Siddique Khan pour montrer comment il avait planifié son action – et sa propre mort – et il s'avéra que cet enregistrement avait été, sans doute possible, effectué pendant son séjour à Islamabad.

C'est seulement en septembre 2006 qu'il fut établi qu'à l'oc-casion de ce séjour l'un des kamikazes avait emporté avec lui l'un des téléphones portables pour le remettre à son correspon-dant-instructeur d'Al-Qaïda. (La police britannique avait acquis la conviction qu'aucun des quatre kamikazes n'avait le savoir-faire nécessaire pour fabriquer des bombes sans instructions ni assistance.)

Ce membre d'Al-Qaïda avait, semble-t-il, offert en signe d'al-légeance le téléphone en question à l'un des hauts responsables de l'organisation qui forment le cercle rapproché d'Oussama

Ben Laden dans son refuge des montagnes désertiques du Sud-Waziristan, à l'ouest de Peshawar, le long de la frontière pakistano-afghane. L'appareil ne devait servir qu'en cas d'urgence, compte tenu de l'extrême méfiance des responsables d'Al-Qaïda pour les portables. Mais son utilisateur ne se doutait pas à ce moment-là que l'un des auteurs des attentats de Londres avait été assez stupide pour laisser le reçu à Leeds, dans son bureau.

L'état-major de Ben Laden se divise en quatre branches responsables des opérations, des finances, de la propagande et de la doctrine. Chacune de ces branches a un chef placé sous la seule autorité de Ben Laden et de son numéro deux Ayman Al-Zawahiri. En septembre 2006, le responsable financier de toute l'organisation terroriste était le compagnon égyptien d'Al-Zawahiri, Toufik Al-Qur.

Pour des raisons qui seraient connues par la suite, Toufik Al-Qur se trouvait le 15 septembre à Peshawar, au Pakistan, dans une totale clandestinité, après une vaste et dangereuse tournée hors du refuge montagneux. Il attendait l'arrivée du guide qui devait le reconduire dans les montagnes de Waziri et jusqu'au Cheikh en personne.

On lui avait assigné, pour le protéger pendant son bref séjour à Peshawar, quatre talibans zélés. Comme c'est souvent le cas des hommes originaires des montagnes du nord-ouest, où une série de territoires contrôlés par des tribus ingouvernables longent la frontière, ils étaient officiellement pakistanais, mais waziris par leur appartenance tribale. Ils parlaient le pachto plutôt que l'ourdou et se réclamaient du peuple pachtoun, dont les Waziris sont une sous-branche.

Nés dans la misère, ils avaient tous été éduqués dans une *madrassa*, ou école coranique, de la secte islamiste des wahhabites, la plus extrémiste et la plus intolérante de toutes. Ils ne savaient rien faire d'autre que réciter le Coran et ils étaient ainsi, comme des millions de jeunes formés dans les *madrassa*, promis au chômage. Mais, dès l'instant où leur chef de clan leur confiait une tâche, ils étaient prêts à mourir pour l'accomplir. En ce mois de septembre, on les avait chargés de protéger l'Égyptien entre deux âges qui parlait l'arabe nilotique, et connaissait assez de pachto pour se débrouiller. L'un de ces quatre garçons s'appelait Abdelahi et vouait une véritable adoration à son téléphone portable. Malheureusement, la batterie de l'appareil était à plat car il avait oublié de la recharger.

Il était midi passé. Pas question de sortir pour aller prier à la mosquée ; Al-Qur avait dit ses oraisons avec ses gardes du corps dans leur appartement du dernier étage. Puis il s'était retiré pour une courte sieste après un repas frugal.

Le frère d'Abdelahi vivait à plusieurs centaines de kilomètres de là dans la ville fondamentaliste de Quetta, et leur mère venait de tomber malade. Comme il voulait prendre de ses nouvelles, il tenta d'appeler avec son portable. Ce qu'il avait à dire n'avait rien d'extraordinaire et se fondrait dans le flux des milliards de bavardages qui transitaient chaque jour entre les cinq continents. Mais ce téléphone ne marchait pas. L'un des compagnons d'Abdelahi lui montra que l'indicateur de charge n'affichait plus aucun trait noir, et que la batterie était donc à plat. C'est alors qu'Abdelahi remarqua le téléphone posé sur l'attaché-case de l'Égyptien.

La batterie de ce portable était chargée. Sans se méfier, Able-lahi composa le numéro de son frère et entendit la sonnerie régulière qui se déclenchait, là-bas, à Quetta. Et dans le labyrin-the souterrain composé de cellules reliées les unes aux autres où travaille le service d'écoute du Centre anti-terrorisme pakista-nais, un petit voyant rouge se mit à clignoter.

Les habitants du Hampshire sont nombreux à penser que cette région est la plus belle de l'Angleterre. On y trouve sur la côte sud, face à la Manche, le grand port maritime de Southampton et les chantiers navals de Portsmouth. La région a pour capitale administrative la cité historique de Winchester, que domine une cathédrale vieille d'un millier d'années.

Il n'y a qu'une seule route de catégorie A pour remonter du sud vers le nord, mais le reste de la vallée offre un réseau serré de petites voies sinueuses bordées d'arbres, de haies et de prairies. C'est une campagne à l'ancienne, où l'on trouve très peu de champs de plus de cinq hectares et encore moins de fermes de plus de deux cent cinquante. La plupart de ces fermes sont bâties avec des poutres, des briques et des tuiles vieilles de plusieurs siècles, et certaines ont pour dépendances de hautes granges accolées les unes aux autres, remarquables par leurs dimensions, leur beauté et leur ancienneté.

L'homme perché au faîte de l'une de ces granges jouissait d'une large vue sur la vallée du Meon et le village de Meonstoke distant de moins de deux kilomètres à vol d'oiseau. Au moment où, quelques fuseaux horaires plus loin à l'est, Abdelahi passait le dernier coup de téléphone de sa vie, l'homme essuya la sueur de son front et se remit à enlever les tuiles en terre cuite placées là quelque trois siècles auparavant.

Il aurait pu faire appel à une équipe de couvreurs professionnels, qui auraient dressé leurs échafaudages tout autour de la grange. Cela aurait été une façon plus rapide et plus sûre de faire ce travail. Mais plus onéreuse aussi, et c'était là le problème. L'homme armé d'un pied-de-biche était un ancien soldat qui avait quitté l'armée après vingt-cinq ans de carrière, et il avait dépensé la plus grande partie de sa prime de départ à la retraite pour acquérir son rêve : une maison à la campagne, sa maison, enfin. Cette grange, avec ses cinq hectares de terrain et une piste de terre jusqu'à la route la plus proche pour se rendre au village.

Mais les soldats ne sont pas toujours très doués pour les questions d'argent. Et pour transformer la grange médiévale en maison de campagne et en foyer douillet, les entreprises spécialisées lui avaient présenté des devis avec des chiffres à vous couper le souffle. D'où la décision de notre homme de faire les choses lui-même, et d'y mettre le temps qu'il faudrait.

L'endroit était assez idyllique. Il voyait déjà le toit rendu à sa splendeur première – et à son étanchéité – avec quatre-vingt-dix pour cent des tuiles d'origine et les dix pour cent restants achetés chez un marchand de matériaux anciens récupérés sur des chantiers de démolition. Les chevrons des poutres de soutènement étaient aussi solides que le jour où on les avait taillés dans le chêne, mais il faudrait retirer les entretoises pour poser un matériau isolant moderne.

Il imaginait déjà le salon, la cuisine, le bureau qu'il allait aménager là-dessous, dans le vaste espace où la poussière s'accumulait sur les dernières balles de foin. Il savait qu'il aurait besoin de professionnels pour l'électricité et la plomberie, mais il s'était déjà inscrit aux cours du soir du Technical College de Southampton pour apprendre la maçonnerie, le travail du plâtre, le revêtement de sols et la pose des vitres.

Il y aurait un jour un patio au sol dallé et un potager ; la piste de terre deviendrait une allée de gravier et des moutons viendraient paître dans le verger. Dans l'enclos à chevaux où il campait et profitait d'une vague de chaleur tardive en cette fin d'été, il se penchait sur les chiffres pour conclure qu'avec de la patience et beaucoup de travail il pourrait tout juste survivre avec son modeste budget.

À quarante-quatre ans, encore mince et vigoureux, il avait le teint mat, les cheveux bruns et les yeux noirs. Et il en avait marre. Marre des déserts et de la forêt vierge, marre des sangsues et de la malaria, des nuits à trembler de froid, des mauvais repas et des courbatures. Il voulait un boulot sur place, trouver un labrador ou un couple de Jack Russells, et peut-être même une femme pour partager son existence.

L'homme sur le toit retira encore une douzaine de tuiles, garda les dix restées entières et jeta les fragments de celles qui s'étaient brisées, tandis qu'à Islamabad le voyant rouge clignotait.

Les utilisateurs de cartes SIM pré-payées pensent généralement que toute trace de facturation des communications disparaît une fois la carte épuisée. C'est vrai pour l'acheteur, mais non pour le fournisseur du service. À moins que le téléphone soit utilisé uniquement selon les paramètres de la zone de transmission dans laquelle il a été acheté, il y a toujours nécessité d'une facturation, mais entre les opérateurs, et ce sont leurs ordinateurs qui s'en chargent.

En entrant en communication avec son frère à Quetta, Abdelahi commença à consommer du temps sur l'antenne radio située à l'extérieur de Peshawar. Cette antenne appartient à la compagnie Paktel. L'ordinateur de Paktel se mit donc à chercher l'opérateur du téléphone en Angleterre pour lui dire en langage électronique : « L'un de vos clients se sert de mon temps et de mon espace, vous me devez donc... »

Mais le Centre anti-terrorisme pakistanais (CTC) avait demandé depuis des années à Paktel et à son concurrent Mobitel de faire transiter par sa cellule d'écoute tous les appels émis ou reçus sur leurs réseaux. Et, prévenu par les Britanniques, le CTC avait introduit dans ses ordinateurs un logiciel anglais qui lui permettait de surveiller certains numéros. L'un de ces numéros venait soudain d'être activé.

Le jeune sergent pakistanais de service à la console pressa un bouton et eut tout de suite son supérieur en ligne. Celui-ci écouta quelques secondes avant de demander :

— Qu'est-ce qu'il dit ?

Le sergent, dont la langue maternelle était le pachto, écouta et répondit :

— Je crois qu'il parle à son frère, au sujet de leur mère.

— D'où appelle-t-il ?

À nouveau, quelques secondes.

— De l'émetteur de Peshawar.

Il n'y avait rien de plus à demander au sergent. La communication serait entièrement enregistrée pour être étudiée par la suite. Il fallait, dans l'immédiat, localiser l'appel. L'officier de service au centre d'écoute ce jour-là doutait que ce soit possible pour une communication de courte durée. Cet imbécile n'allait certainement pas occuper la ligne très longtemps !

Dans son bureau au-dessus des cellules d'écoute, le major pressa trois boutons, et un téléphone sonna dans le bureau du chef de l'agence du Centre anti-terrorisme de Peshawar.

Quelques années plus tôt, et bien avant le 11 septembre 2001 qui avait vu la destruction des tours du World Trade Center, le Service pakistanais du renseignement, connu sous le sigle d'ISI, avait été copieusement infiltré par les musulmans fondamentalistes de l'armée pakistanaise. D'où son absence totale de fiabilité dans la lutte contre les talibans et leur hôte Al-Qaïda.

Mais le président du Pakistan, le général Musharraf, n'avait guère d'autre choix que d'écouter l'allié américain qui lui « conseillait » avec insistance de faire le ménage chez lui. On avait donc, dans le cadre de ce programme d'épuration, renvoyé vers des activités militaires de base les officiers extrémistes de l'ISI, et on avait nommé à la place l'élite du Centre anti-terrorisme, composée d'une nouvelle fournée de jeunes officiers libres de toute attache avec le terrorisme islamiste, quelle que soit l'ardeur de leur foi religieuse. Le colonel Abdul Razak, ancien commandant de chars d'assaut, en faisait partie. Il dirigeait le Centre anti-terrorisme de Peshawar, et il prit l'appel à deux heures et demie.

Il écouta attentivement son collègue de la capitale, puis demanda :

— Quelle durée ?

— On en est à trois minutes, environ.

Le bureau du colonel Razak était, par chance, situé à huit cents mètres de l'antenne de Paktel, dans le rayon de 1 000 mètres environ où son détecteur de fréquences fonctionnait efficacement. Accompagné de deux techniciens, il grimpa en toute hâte sur le toit plat de l'immeuble pour procéder avec son appareil à un balayage qui devait lui permettre de repérer la source du signal.

À Islamabad, le sergent qui écoutait dit à son supérieur :

— La conversation est terminée.

— Merde ! s'exclama le major. Trois minutes et quarante secondes. Mais on ne pouvait guère espérer plus.

— On dirait qu'il n'a pas raccroché, observa le sergent.

Au dernier étage, dans un appartement du vieux quartier de Peshawar, le jeune Abdelahi venait de commettre sa deuxième erreur. Entendant l'Égyptien sortir de sa chambre, il avait précipitamment mis fin à sa conversation avec son frère et fourré le téléphone sous un coussin. Mais il avait omis de couper la communication. À quelques centaines de mètres de là, les détecteurs de signaux du colonel Razak se rapprochaient de plus en plus.

Le Secret Intelligence Service (SIS) britannique et la CIA américaine entretiennent pour des raisons évidentes une présence massive au Pakistan. C'est l'une des principales zones de guerre contre le terrorisme. Depuis 1945, la solidité de l'alliance des pays occidentaux tient pour une bonne part à la capacité de ces deux bureaux à travailler de concert.

Il y a eu des accrochages, notamment à partir de 1951 à cause de l'éruption d'agents doubles britanniques comme Philby, Burgess et Maclean. Puis les Américains se sont rendu compte qu'ils avaient eux aussi une belle galerie de traîtres travaillant pour Moscou. La fin de la Guerre froide en 1991 a fait naître chez les responsables politiques des deux camps la conviction naïve que la paix était enfin et définitivement venue. Mais c'est justement à ce moment-là que la nouvelle Guerre froide, silencieuse et enfouie dans les profondeurs de l'islam, connaissait ses premières convulsions.

Après le 11 Septembre, la rivalité a pris fin et même, avec elle, le traditionnel maquignonnage. Une règle nouvelle s'est instaurée : ce qu'on a, on le partage. Chacun apporte sa contribution au combat commun à travers le patchwork des autres agences étrangères, mais rien n'égale la proximité des collecteurs de renseignement de la zone anglophone.

Le colonel Razak connaissait les deux chefs d'agence de sa ville. Il avait des rapports personnels plus étroits avec Brian O'Dowd, l'homme du SIS, et le portable fiché était, au départ, une découverte des Anglais. Il appela donc O'Dowd pour le mettre au courant dès qu'il fut redescendu du toit.

À cet instant, Mr. Al-Qur se rendait aux toilettes et Abdulahi plongeait la main sous le coussin pour récupérer le téléphone et le remettre sur l'attaché-case où il l'avait pris. Il se sentit coupable en constatant que l'appareil était resté en position « on » et pressa la touche pour l'éteindre. Il ne pensait pas interception, mais épuisement de la batterie. Mais il était trop tard de huit secondes. Le détecteur de signal avait fait son travail.

— Comment ça, vous l'avez trouvé ? demanda O'Dowd.

Pour lui, soudain, c'était Noël et tous les anniversaires réunis.

— Sans aucun doute, Brian. L'appel venait d'un appartement au dernier étage d'une maison de la vieille ville. Deux de mes agents en civil sont déjà partis repérer les lieux.

— Quand voulez-vous y aller ?

— Dès qu'il fera nuit. Je préférerais vers trois heures du matin, mais ce serait trop risqué. Ils pourraient jouer les filles de l'air...

Grâce à une bourse du Commonwealth, le colonel Razak avait fait ses études en Angleterre à l'École d'officiers de Camberley, et il était fier de sa maîtrise de l'anglais.

— Je peux venir ?

— Ça vous ferait plaisir ?

— Est-ce que le pape est catholique ? demanda l'Irlandais.

Razak partit d'un rire tonitruant, ravi de la plaisanterie.

— En tant qu'adorateur du seul vrai Dieu, je n'en sais rien, dit-il. D'accord. Six heures à mon bureau. Mais en civil. De chez nous, je veux dire.

Il entendait par là que non seulement il n'y aurait pas d'uniformes, mais pas non plus de vêtements occidentaux. Dans la vieille ville, et en particulier dans le bazar Qissa Khawani, il fallait porter le *shalwar kamiz,* un pantalon bouffant et une longue tunique pour passer inaperçu. Ou la djellaba et le turban des montagnards. Et cela valait aussi pour O'Dowd.

L'agent britannique arriva peu avant six heures dans son Land Cruiser Toyota noir aux vitres fumées. Une Land Rover anglaise aurait été plus patriotique, mais la Toyota était un véhicule très prisé par les fondamentalistes locaux et ne risquait pas d'attirer l'attention. Il apportait également une bouteille de Chivas Regal. C'était la boisson préférée de Razak. Un jour, O'Dowd avait plaisanté son ami pakistanais sur son goût pour l'alcool écossais.

« Je me considère comme un bon musulman, avait dit Razak, mais pas comme un obsédé de la religion. Je ne touche pas à la viande de porc, mais je ne vois aucun mal à danser ou à fumer un bon cigare. Les bannir, c'est tomber dans le fanatisme des talibans, que je ne partage pas. Quant à l'alcool, on en buvait à profusion pendant les quatre premiers califats, et si un jour, au Paradis, je m'entendais réprimander par quelque autorité supérieure à la vôtre, j'implorerais le pardon d'Allah dans sa grande mansuétude. En attendant, servez-m'en un autre. »

On pouvait s'étonner qu'un officier du corps soit devenu un si bon policier, mais tel était Abdul Razak. Il était âgé de trente-six ans, marié, père de deux enfants, et avait reçu une bonne éducation. Il se distinguait par son aptitude à penser de façon non conventionnelle, sa discrétion et sa subtilité, et une approche tactique des situations plus proche de la mangouste face au cobra que de l'éléphant fonçant sur l'obstacle.

Peshawar est une très vieille cité dont le bazar Qissa Khawani constitue la partie la plus ancienne. C'est là que les caravanes arrivées en Afghanistan après avoir franchi les hautes montagnes et l'impressionnant col de Khyber ont fait, pendant des siècles, une pause pour rafraîchir les hommes et les chameaux. Et comme tout bazar digne de ce nom, le Qissa Khawani a toujours fourni de quoi satisfaire les besoins essentiels des hommes – couvertures, châles, tapis, objets en cuivre de fabrication artisanale, vaisselle, nourriture et boissons. Et cela continue.

Le bazar est multi-ethnique et polyglotte. Un œil habitué y distingue les turbans des Afridis, des Waziris, des Ghilzaï et des Pakistanais, les chapeaux des provinces du Nord et les bonnets de fourrure des Tadjiks et des Ouzbeks.

Les échopes des épiciers, des horlogers, des marchands de vannerie, des changeurs d'argent, des oiseleurs et des conteurs se pressent dans un labyrinthe de rues et d'étroites ruelles où un homme peut toujours semer n'importe quel poursuivant. Au temps de l'Empire, les Anglais appelaient Peshawar le Piccadilly de l'Asie centrale.

L'appartement repéré par le détecteur de signal comme celui d'où était parti l'appel téléphonique était situé dans l'un de ces immeubles étroits et tout en hauteur ornés d'une profusion de balcons et de volets richement sculptés comme on en voit beaucoup dans la vieille ville de Peshawar ; il se trouvait au quatrième étage au-dessus d'un grand magasin de tapis dans une rue tout juste assez large pour le passage d'une voiture. En raison des étés torrides, tous ces immeubles avaient des toits en terrasse sur lesquels les habitants venaient, le soir, prendre le frais, et des escaliers à ciel ouvert pour y accéder depuis la rue. Le colonel Razak conduisait son groupe à pied, sans se presser.

Il fit monter quatre hommes, tous en tenue tribale, sur un toit que quatre maisons séparaient de l'objectif. Les hommes passèrent tranquillement de toit en toit jusqu'à celui qui les intéressait. Puis ils attendirent qu'on leur fasse signe. Le colonel prit l'escalier qui montait de la rue avec six hommes. Tous avaient des pistolets mitrailleurs sous leur tunique, à l'exception du grand Penjabi à l'impressionnante musculature qui les précédait avec une masse.

Quand ils furent tous alignés sur le palier, le colonel adressa un signe de tête au Penjabi, qui brandit sa masse et l'abattit sur la serrure. La porte s'ouvrit à la volée et le commando se rua à l'intérieur. Trois des hommes qui étaient montés sur le toit descendirent par l'escalier ; le quatrième y resta, au cas où quelqu'un tenterait de s'échapper par cette voie.

Quand il voulut se rappeler la scène par la suite, Brian O'Dowd eut l'impression que tout s'était passé très vite et dans une sorte de confusion. C'est aussi ce que ressentirent les occupants de l'appartement.

Les attaquants ne savaient absolument pas combien de personnes se trouvaient à l'intérieur, ni sur quoi ils allaient tomber. Il aurait pu y avoir une petite armée, ou une famille en train de prendre le thé. Ils ne connaissaient même pas le plan de l'appartement ; il existe des plans d'architecte à Londres ou à New York, mais pas à Peshawar dans le bazar Qissa Khawani. Ils savaient seulement qu'un appel en provenance d'un téléphone surveillé était parti de là.

En fait, ils trouvèrent quatre jeunes gens occupés à regarder la télévision. Ils craignirent pendant quelques secondes de s'être introduits dans un foyer tout à fait innocent. Puis ils remarquèrent que tous ces jeunes gens étaient des montagnards portant de grandes barbes et que l'un d'eux, le plus prompt à réagir, glissait la main sous sa tunique pour y saisir une arme. Il s'appelait Abdelahi et mourut de quatre balles dans la poitrine tirées par un Heckler & Koch MP5. Les trois autres furent maîtrisés et plaqués au sol avant d'avoir pu tenter quoi que ce soit. Le colonel Razak avait donné des instructions précises ; il les voulait vivants, si possible.

Un grand bruit dans la chambre signala la présence d'un cinquième individu. Le Penjabi avait laissé tomber sa masse, mais un coup d'épaule lui suffit. La porte tomba et deux hommes du CTC s'engouffrèrent dans la pièce, suivis par le colonel Razak. Ils trouvèrent au milieu de la chambre un Arabe entre deux âges qui les fixait avec des yeux ronds, écarquillés par la peur ou la haine. Penché en avant, il tentait de rassembler les morceaux de l'ordinateur qu'il avait jeté sur les dalles de terre cuite pour le détruire.

Comprenant soudain qu'il était trop tard, il se retourna et se précipita vers la fenêtre ouverte. «Attrapez-le!» cria Razak, mais le Pakistanais ne parvint pas à le retenir : l'homme était torse nu à cause de la chaleur et la transpiration rendait sa peau glissante. Il ne ralentit même pas dans son élan pour passer par-dessus la balustrade et s'écrasa sur les pavés quinze mètres plus bas. Des passants s'agglutinèrent autour du corps quelques secondes plus tard, mais le financier d'Al-Qaïda mourut après deux soubresauts.

Dans la rue et l'immeuble, c'étaient des cris, des gens qui couraient en tous sens, le chaos le plus total. Le colonel prit son portable pour appeler les cinquante soldats en uniforme qu'il avait postés à quelques rues de là dans des fourgons aux vitres fumées. Ils arrivèrent en courant pour rétablir l'ordre, si l'on peut appeler ainsi ajouter en fait au chaos ambiant. Mais ils firent ce qu'ils avaient à faire : ils apposèrent les scellés sur l'immeuble. Le moment venu, Abdul Razak interrogerait tous les voisins, en particulier le propriétaire, qui n'était autre que le marchand de tapis du rez-de-chaussée.

Les soldats entouraient le corps qu'ils avaient recouvert d'une couverture. On allait apporter une civière. Le mort serait emmené à la morgue de l'hôpital général de Peshawar. Qui était-il ? Personne n'en avait la moindre idée. Mais une chose était claire : il avait préféré la mort aux tendres attentions que lui réservaient les Américains au camp de Bagram, en Afghanistan, où il aurait certainement été transféré après négociations entre Islamabad et le patron du bureau de la CIA au Pakistan.

Le colonel Razak revint du balcon où il se tenait. Les trois prisonniers étaient menottés et cagoulés. Il faudrait une escorte militaire pour les sortir de là : on était en territoire fondamentaliste et le colonel savait qu'il n'aurait pas la rue avec lui. Quand le cadavre et les prisonniers ne seraient plus là, il passerait des heures à inspecter l'appartement, à la recherche du moindre indice laissé par l'homme au téléphone fiché.

On avait demandé à Brian O'Dowd d'attendre la fin de l'opération dans l'escalier. Il était maintenant dans la chambre, l'ordinateur Toshiba démantibulé à la main. Razak et lui savaient qu'il tenait là, sans doute, le joyau de la couronne. Il y avait ensuite les passeports, les téléphones, le moindre bout de papier, les prisonniers et les voisins jusqu'au dernier... On emmènerait le tout en lieu sûr pour en tirer ce qu'on pourrait en tirer. Mais d'abord, l'ordinateur...

Feu l'Égyptien avait été bien optimiste s'il avait cru qu'il suffisait de fracasser le Toshiba pour détruire son précieux contenu. Il n'aurait même servi à rien de tenter d'effacer les fichiers. Il y avait en Angleterre et aux États-Unis des as de l'informatique capables d'extraire du disque dur le moindre mot, effacé ou pas, jamais ingéré par l'appareil.

– Pitié pour l'infortuné Mr. On-ne-sait-pas-qui, dit l'agent du SIS.

Razak se contenta d'un grognement. Le choix qu'il avait fait était logique. Attendre plusieurs jours, c'était risquer de voir l'homme disparaître. Envoyer ses agents épier pendant des heures aux abords de l'immeuble, c'était les faire repérer ; et l'oiseau aurait tout de même pu s'envoler. Il avait donc choisi de frapper vite et fort, et il s'en était fallu de quelques secondes pour qu'il puisse emmener le mystérieux suicidé vivant et menottes aux poignets. Il rédigerait un communiqué annonçant qu'un criminel inconnu avait fait une chute mortelle lors de son arrestation. En attendant qu'on ait identifié le corps. S'il s'agissait d'un gros bonnet d'Al-Qaïda, les Américains tiendraient à organiser une conférence de presse à grand renfort de publicité pour clamer leur triomphe.

– Vous voilà coincé ici pour un bon bout de temps, dit O'Dowd. Voulez-vous que je me charge de porter en toute sécurité cet ordinateur à votre quartier général ? Puis-je vous rendre ce service ?

Razak, par bonheur, ne manquait pas d'humour. C'était un don précieux pour son travail. Dans un univers de secret, seul l'humour peut aider un homme à garder toute sa raison. Il apprécia tout particulièrement les mots « en toute sécurité ».

– C'est très aimable de votre part, dit-il. Je vais vous donner quatre hommes pour vous escorter jusqu'à votre véhicule. On ne sait jamais... Et quand nous en aurons fini avec ça, nous pourrons partager en toute immoralité la bouteille que vous avez apportée tout à l'heure.

Serrant l'ordinateur dans ses bras, et flanqué par-devant, par-derrière et de chaque côté par des soldats pakistanais, l'homme du SIS fut raccompagné à son Land Cruiser. La technologie dont il avait besoin était à l'arrière, et au volant, protégeant le matériel et le véhicule, se trouvait son chauffeur, un sikh d'une fidélité à toute épreuve.

Ils sortirent de Peshawar pour se rendre en un lieu où O'Dowd brancha le Toshiba sur son propre Tecra, un ordinateur beaucoup plus gros et plus puissant ; et le Tecra entra en communication dans le cyberespace avec le service du Renseignement électronique britannique à Cheltenham, en Angleterre, dans un coin perdu des monts Cotswold.

O'Dowd savait comment s'y prendre, mais restait confondu (en tant que profane) par la magie de la cybertechnologie. En quelques secondes, par-delà des milliers de kilomètres, Cheltenham récupéra l'image complète du disque dur du Toshiba et le vida de son contenu aussi efficacement que l'araignée vide de son sang la mouche qu'elle vient de capturer.

Le chef d'agence apporta l'ordinateur au quartier général du CTC et le remit en mains sûres. À son arrivée dans l'immeuble, Cheltenham avait déjà partagé le trésor avec la NSA (National Security Agency), l'Agence américaine nationale de sécurité basée à Fort Meade dans le Maryland. Il faisait nuit noire à Peshawar, c'était le crépuscule dans les Cotswold et le milieu de l'après-midi dans le Maryland. Mais peu importait. Pour le quartier général des Communications du gouvernement britannique et pour la NSA, le soleil ne brille jamais ; il n'y a ni jour, ni nuit.

Dans les deux vastes complexes dont les bâtiments se dressent en pleine campagne, on écoute tout ce qui se dit d'un pôle à l'autre et sur toute la surface du globe. Les milliards de mots prononcés par la race humaine en cinq cents langues et plus d'un millier de dialectes sont entendus, filtrés, ventilés, triés, sélectionnés, rejetés, retenus et, s'ils sont intéressants, classés, analysés et pour retrouver ceux qui les ont prononcés.

Et cela n'est encore qu'un début. Les deux organismes codent ou décryptent des centaines de messages et chacun dispose de services spéciaux pour récupérer les fichiers informatiques et en repérer les données suspectes. Tandis que la planète effectuait une nouvelle révolution du jour à la nuit, les deux agences entreprirent d'annuler toutes les commandes par lesquelles Al-Qur avait tenté d'oblitérer ses fichiers confidentiels. Les spécialistes retrouvèrent la totalité des données enfouies dans la mémoire de la machine.

On a comparé ce processus au travail d'un habile restaurateur de tableaux, qui retire avec d'infinies précautions les dépôts de saleté ou les couches de peinture accumulés au fil du temps sur la toile pour faire apparaître l'œuvre originale. L'ordinateur de Mr. Al-Qur révéla ainsi l'un après l'autre tous les documents qu'il avait espéré « effacer » ou recouvrir.

Brian O'Dowd avait bien entendu prévenu son propre collègue et supérieur, chef d'agence à Islamabad, avant même d'aller retrouver le colonel Razak. Le cadre du SIS avait informé son « cousin », le chef de bureau de la CIA. Les deux hommes attendaient impatiemment des nouvelles. On ne dormirait guère cette nuit-là à Peshawar.

Le colonel Razak revint du bazar à minuit, avec plusieurs sacs contenant son butin. Les trois gardes du corps rescapés furent logés dans des cellules au sous-sol de l'immeuble. Il n'avait aucune confiance dans la prison commune, où l'évasion et le suicide assisté étaient monnaie courante. Islamabad avait maintenant leurs noms et devait déjà discuter avec l'ambassade américaine qui abritait le bureau de la CIA dans son enceinte. Le colonel présumait que les trois gardes finiraient à Bagram pour y être interrogés, même s'il pensait qu'ils ne savaient rien, même pas le nom de l'homme dont ils assuraient la protection.

Le téléphone mouchard acheté à Leeds, en Angleterre, avait été retrouvé et identifié. Il apparaissait de plus en plus clairement que cet idiot d'Ablelahi l'avait seulement emprunté sans autorisation. Abdelahi qui reposait sur le marbre à la morgue avec cinq balles dans la poitrine mais un visage intact. Al-Qur, à côté de lui, avait la tête fracassée mais le meilleur spécialiste de chirurgie réparatrice de la ville s'efforçait de la reconstituer. Quand il s'estima satisfait, on prit un cliché. Une heure plus tard, le colonel Razak appela O'Dowd. Il cachait mal son excitation. Comme toutes les organisations de lutte contre les groupes terroristes, le Centre anti-terrorisme du Pakistan possède une riche collection de clichés de suspects.

Le fait que le Pakistan soit très loin du Maroc n'a aucune importance. Les terroristes d'Al-Qaïda appartiennent à une quarantaine de nationalités au moins et à deux fois plus de groupes ethniques. Et ils voyagent. Razak avait passé la nuit à regarder les clichés qu'il transférait de son ordinateur sur un grand écran plasma accroché dans son bureau et il revenait sans cesse au même visage.

Les passeports saisis – onze, tous faux et d'excellente qualité – montraient clairement que l'Égyptien avait voyagé, et avait pour cela modifié son apparence. Mais le visage de l'homme qui pouvait passer inaperçu dans la salle de conférence d'une banque occidentale, malgré sa haine pour tout ce qui n'était pas sa foi, semblait avoir quelque chose en commun avec la tête fracassée qui reposait sur la dalle de marbre.

Razak trouva O'Dowd au moment où celui-ci prenait son petit déjeuner avec un collègue de la CIA à Peshawar. Abandonnant leurs œufs brouillés, les deux hommes foncèrent au quartier général du CTC. Ils regardèrent le visage en question, le comparèrent avec la photo prise à la morgue. Si seulement c'était vrai... Tous deux ne voyaient qu'une chose à faire en priorité : prévenir l'office central que l'homme étendu sur la dalle n'était autre que Toufik Al-Qur, grand argentier d'Al-Qaïda en personne.

Pendant la matinée, un hélicoptère de l'armée pakistanaise vint emporter le tout : les prisonniers, menottes aux poignets et capuchon sur la tête, les deux cadavres, et les cartons contenant les divers objets trouvés dans l'appartement. Il y eut moult remerciements, mais Peshawar est un poste éloigné : le centre de gravité était en train de se déplacer, et vite. En fait, il se trouvait déjà dans le Maryland.

Au lendemain de la catastrophe désormais connue comme le 11 Septembre, une constatation s'imposa à tous et nul ne songea à la contester : l'évidence que non seulement il se passait quelque chose, mais aussi que ce quelque chose était tout le temps là. Tout comme l'espionnage est presque toujours à l'œuvre ; non pas sous forme d'un magnifique paquet-cadeau, mais par bribes et morceaux éparpillés un peu partout. Sept ou huit des principales organisations de renseignement américaines possédaient ces éléments. Mais elles ne s'étaient jamais parlé.

Après le 11 Septembre, il y avait eu un grand remue-ménage. Il existe désormais six hauts responsables auxquels tout doit être communiqué sans délai. Quatre sont des politiques : le Président, le vice-président, le secrétaire d'État et le secrétaire à la Défense. Deux sont des hauts fonctionnaires : Steve Hadley, le chef du Conseil national de sécurité, responsable de la sécurité intérieure et de ses dix-neuf agences, et, coiffant le tout, John Negroponte, directeur de la National Intelligence, le Renseignement national.

La CIA reste la première organisation de collecte du renseignement à l'extérieur des frontières, mais son directeur n'est plus le cow-boy solitaire qu'il fut longtemps. Tout le monde rend compte à ses supérieurs et les trois mots clés sont : collectez, collectez, collectez. Parmi les géants, la NSA, l'Agence nationale de sécurité, est toujours le plus grand, par son budget comme par son personnel, et le plus secret. Elle est la seule à n'entretenir aucune relation avec le public ou les médias. Elle travaille dans l'ombre mais elle écoute tout, décrypte, traduit et analyse tout. Néanmoins, une partie de ce qui est écouté, enregistré, téléchargé, traduit et étudié reste suffisamment impénétrable pour qu'on fasse appel à des comités de spécialistes « extérieurs ». Le groupe Coran en est un.

Quand le trésor en provenance de Peshawar arriva, physiquement ou électroniquement, d'autres agences se mirent aussi au travail. L'identification du mort était cruciale et la tâche en revint au FBI. En vingt-quatre heures, le Bureau afficha sa certitude. L'homme qui s'était jeté par la fenêtre à Peshawar était bel et bien le principal pourvoyeur de fonds d'Al-Qaïda et l'un des rares amis intimes d'Oussama Ben Laden lui-même. Ils s'étaient connus par l'intermédiaire d'Ayman Al-Zawahiri, son compatriote égyptien. C'est ce dernier qui avait repéré le banquier fanatique et l'avait « chassé » pour le compte de l'organisation.

Le département d'État se chargea des passeports. Il y en avait pas moins de onze. Deux n'avaient jamais servi mais portaient des tampons d'entrée et de sortie à travers les pays d'Europe et du Moyen-Orient. Sans surprise, six étaient belges, tous établis à différents noms et tous parfaitement authentiques, hormis les informations portées à l'intérieur.

Pour l'ensemble des services de renseignement, la Belgique est depuis longtemps un tonneau percé. Depuis 1990, le nombre de passeports « vierges » volés y atteint le chiffre stupéfiant de 19 000 – et cela d'après le gouvernement belge lui-même. Ils ont tout simplement été vendus par des fonctionnaires. Quarante-cinq provenaient du consulat de Belgique à Strasbourg, et vingt de l'ambassade de Belgique aux Pays-Bas. Les deux passeports utilisés par les Marocains qui ont assassiné Ahmad Shah Massoud venaient, eux aussi, de ce dernier lot. Ainsi que l'un des six utilisés par Al-Qur. On pensa que les cinq autres devaient faire partie des 18 935 restants.

L'administration fédérale de l'aviation, grâce à ses contrats et à sa forte influence dans le milieu de l'aviation internationale, passa en revue les billets d'avion et les listes de passagers. C'était une tâche fastidieuse, mais les tampons figurant sur les passeports indiquaient assez bien les vols sur lesquels il fallait porter l'attention.

Lentement mais sûrement, le puzzle commença à s'assembler. Toufik Al-Qur avait, apparemment, été chargé de collecter de grosses sommes d'argent auprès de sources non identifiables pour faire des achats qui l'étaient tout autant. Comme rien ne prouvait qu'il ait acheté quoi que ce soit lui-même, on pouvait logiquement en déduire qu'il avait remis des fonds à d'autres personnes qui s'en étaient chargées. Les autorités américaines auraient donné leur chemise pour savoir qui il avait rencontré. Ces noms, pensaient-elles, permettraient de mettre à jour tout un réseau à travers l'Europe et le Moyen-Orient. Le seul pays cible que l'Égyptien n'avait pas honoré de sa présence était les États-Unis.

Ce fut à Fort Meade que la piste des révélations finit par aboutir. On avait récupéré soixante-treize documents dans l'ordinateur d'Al-Qur. C'étaient pour certains de simples horaires de compagnies aériennes, et les vols effectivement empruntés par Al-Qur qui y figuraient étaient déjà connus. D'autres étaient des rapports financiers qui l'avaient apparemment intéressé et qu'il avait conservé pour les étudier de plus près. Mais ils n'apportaient pas de révélations.

La plupart des documents étaient en anglais, quelques autres en français ou en allemand. On savait qu'Al-Qur parlait couramment ces trois langues en plus de l'arabe, sa langue maternelle. Les trois gardes du corps emmenés à la base de Bagram s'étaient mis à table et avaient révélé qu'il parlait très bien le pachto, ce qui semblait indiquer qu'il avait séjourné en Afghanistan, même si on ne savait ni où ni quand.

Les difficultés surgirent avec les documents en arabe. Étant essentiellement une importante base militaire, Fort Meade dépend du département de la Défense. Le directeur de la NSA est toujours un général quatre-étoiles. C'est à lui que le chef du service de traduction arabe demanda à parler.

L'Agence nationale de sécurité s'est mise à l'arabe, de plus en plus sérieusement, au cours des années quatre-vingt-dix, non seulement en raison du conflit israélo-palestinien, mais à cause de la montée du terrorisme islamiste. La connaissance de cette langue a pris toute son importance à la suite de l'attentat à la bombe perpétré contre le World Trade Center par Ramsi Youssef en 1993. Mais après le 11 Septembre, le mot d'ordre est devenu : « Nous voulons connaître jusqu'au moindre mot de cette langue. » Le service de traduction arabe dispose donc de moyens considérables et emploie des milliers de traducteurs, pour la plupart arabes de naissance et par leur éducation, ainsi qu'un petit nombre de spécialistes non arabes.

L'arabe n'est pas une langue unique. En dehors de l'arabe littéraire et de l'arabe du Coran, il est parlé par un demi-milliard de personnes dans au moins cinquante dialectes différents, sans compter les accents. Si celui qui s'exprime parle vite, avec un accent, utilise des expressions locales, si la qualité de l'enregistrement est mauvaise, il faut faire appel à un traducteur de la même région pour être certain de saisir le sens de ce qui est dit, avec toutes les nuances.

En outre, c'est souvent une langue fleurie, caractérisée par beaucoup d'images, de flatteries, d'exagérations, de comparaisons et de métaphores. Et il peut être très elliptique, suggérer plutôt que dire ouvertement. L'anglais, à côté, paraît simple et direct.

— Il nous reste deux documents, annonça le responsable des traductions. Ils semblent émaner de deux personnes distinctes. Nous pensons que l'un de ces documents pourrait bien venir d'Ayman Al-Zawahiri lui-même, et l'autre d'Al-Qur. On retrouve dans le premier des formulations propres à Al-Zawahiri telles qu'on les a relevées dans d'autres discours et dans des enregistrements vidéo. Avec le son, évidemment, on pourrait en être certain à cent pour cent.

» La réponse semble être d'Al-Qur, mais nous n'avons aucun texte de lui en arabe pour faire la comparaison. Comme banquier, il parle et écrit surtout en anglais.

» Mais les deux documents comportent des références répétées au Coran et des citations. On invoque chaque fois la bénédiction d'Allah au sujet de quelque chose. J'ai de nombreux spécialistes de l'arabe, mais la langue du Coran est particulière et fourmille de nombreuses subtilités. C'est un texte qui date de mille quatre cents ans. Je crois que nous devrions demander au groupe Coran d'étudier ces documents.

Le général opina du chef.

— Entendu, professeur. (Il se tourna vers son aide de camp.) Appelez nos spécialistes du Coran, Harry. Qu'on les amène ici par avion. Et immédiatement – je n'accepterai aucune excuse.

DEUX

Le groupe Coran était composé de quatre personnes, trois Américains et un universitaire anglais. Tous étaient professeurs, il n'y avait aucun Arabe parmi eux, mais ils avaient tous passé leur vie à étudier le Coran et ses milliers de commentaires par d'autres érudits.

L'un d'eux résidait à l'université de Columbia, à New York, et, conformément aux ordres de Fort Meade, on envoya un hélicoptère le chercher pour l'amener à la NSA. Deux autres travaillaient à Washington, pour la Rand Corporation et le Brooking Institute ; on leur envoya des véhicules de l'armée.

Le quatrième, et le plus jeune, était Terry Martin. Il était détaché à l'université Georgetown de Washington par l'École d'études orientales et africaines de Londres. Rattachée à la London University, l'EEOA jouissait d'une réputation mondiale pour sa connaissance du monde arabe. Sur ce terrain, il faut dire que les Anglais avaient pris très tôt une longueur d'avance. Martin était né et avait grandi en Irak, où son père travaillait comme comptable pour une grosse compagnie pétrolière. Celui-ci avait délibérément choisi de ne pas l'envoyer dans une école anglo-américaine mais dans un établissement privé qui accueillait les fils de l'élite de la société irakienne. À l'âge de dix ans, il pouvait, du point de vue de la langue en tout cas, passer pour un Arabe, même auprès des autochtones. Mais avec son teint rose et ses cheveux blonds, il était évident qu'il n'y parviendrait jamais tout à fait.

Né en 1965, il avait onze ans quand Mr. Martin père décida de quitter l'Irak pour retrouver la sécurité du Royaume-Uni. Le parti Baas était revenu au pouvoir et ce n'était pas le président Bakr qui détenait ce pouvoir mais son vice-président, qui éliminait sans pitié ses ennemis politiques réels ou supposés.

Les Martin avaient déjà connu des jours difficiles depuis l'époque heureuse des années cinquante, quand le roi Fayçal était sur le trône. Ils avaient assisté au massacre du jeune roi et de Nuri Saïd, son Premier ministre pro-occidental, ainsi qu'à la mise à mort tout aussi sanglante de son successeur, le général Kassem, devant les caméras de la télévision, et à l'arrivée au pouvoir d'un parti Baas tout aussi brutal. Renversé à son tour, celui-ci avait repris le pouvoir en 1968. Pendant sept ans, Martin père avait observé la montée en puissance d'un vice-président psychotique du nom de Saddam Hussein, et décidé en 1975 qu'il était temps de partir.

Son fils aîné, Mike, était prêt pour une pension anglaise. Mr. Martin avait décroché un poste intéressant chez Burmah Oil à Londres, grâce à la recommandation d'un certain Denis Thatcher, dont l'épouse, Margaret, venait d'accéder à la direction du Parti conservateur. À Noël, la famille Martin au complet – le père, la mère, Mike et Terry – était de retour en Angleterre.

Terry s'était déjà fait remarquer par son intelligence. Il réussit haut la main des examens destinés à des garçons plus âgés que lui de deux ou trois ans. On s'attendait, et la prévision se révéla quasiment exacte, à ce qu'une série de bourses le conduise jusqu'à Oxford ou Cambridge. Mais il voulait continuer ses études d'arabe. Il avait donc présenté sa candidature à l'École d'études orientales et africaines au printemps 1983 et y était entré à l'automne pour suivre des cours sur l'histoire du Moyen-Orient.

Il obtint sa licence en trois ans et son doctorat deux ans plus tard en se spécialisant dans l'étude du Coran et l'histoire des quatre premiers califats. Puis il prit une année sabbatique pour poursuivre ses études coraniques au fameux Institut Al-Azhar du Caire et à son retour, âgé de vingt-sept ans, se vit offrir un poste de chargé de cours – un honneur insigne, quand on connaît la réputation mondiale de l'EEOA. À trente-quatre ans, il était professeur et à quarante devenait titulaire d'une chaire. Il avait quarante et un ans le jour où la NSA vint le chercher pour lui demander conseil, alors qu'il passait une année à Georgetown comme professeur associé, après que sa vie personnelle eut volé en éclats.

L'émissaire de Fort Meade le trouva à la tribune d'une salle de conférence où il concluait un cours sur la pertinence des enseignements du Coran à l'époque contemporaine.

On voyait parfaitement, depuis les coulisses, que les étudiants l'aimaient bien. La salle était bondée. Il faisait de chacun de ses cours une longue conversation entre égaux. Il se référait rarement à ses notes mais allait et venait, en bras de chemise, son petit corps replet rayonnant du plaisir de communiquer et de partager, de porter toute son attention sur une remarque venue de la salle, ne rabaissant jamais un étudiant pour son manque de connaissance, toujours soucieux d'employer un langage simple et compréhensible par tous et de limiter son exposé afin de laisser à ses auditeurs tout le temps de poser leurs questions. Il en était là quand l'homme de Fort Meade apparut dans les coulisses.

Une chemise rouge leva la main au cinquième rang.

– Vous dites que vous n'êtes pas d'accord avec le terme de « fondamentaliste » appliqué à la philosophie des terroristes. Pourquoi ?

– Parce qu'il est impropre, répondit le professeur. Ce terme signifie « retour aux fondamentaux ». Mais ceux qui mettent des bombes dans les trains, les centres commerciaux et les autobus ne reviennent en rien aux valeurs fondamentales de l'islam. Ils écrivent leur propre scénario et cherchent ensuite des passages du Coran pour justifier leur action.

» Toutes les religions ont leurs fondamentalistes. Les moines chrétiens qui vivent cloîtrés, font vœu de pauvreté, de chasteté, de renoncement et de sacrifice, sont des fondamentalistes. L'ascétisme se pratique dans toutes les religions, mais tous ceux qui s'y adonnent ne prônent pas l'extermination massive d'hommes, de femmes et d'enfants. C'est le critère de base. Appliquez-le à toutes les religions et à toutes les sectes à l'intérieur de ces religions, et vous verrez que le retour aux fondamentaux n'implique pas le terrorisme, car il n'existe aucune religion, y compris l'islam, dont les enseignements fondamentaux appellent à l'extermination de masse.

L'homme de Fort Meade essayait d'attirer l'attention du professeur. Martin jeta un regard de côté et remarqua le jeune type aux cheveux presque rasés dans son complet sombre et sa chemise boutonnée jusqu'au cou. Il sentait l'officiel à plein nez. Il tapota sa montre-bracelet du doigt. Martin répondit d'un hochement de tête.

– Mais alors, comment appelez-vous les terroristes de nos jours ? Des jihadistes ?

C'était une jeune fille à l'air sérieux, assise au fond de la salle. À ses traits, Martin jugea que ses parents étaient sans doute originaires du Moyen-Orient : Inde, Pakistan, Iran peut-être. Mais elle ne portait pas le *hijab*, signe d'une stricte obédience à la religion musulmane.

— Même « jihad » est un terme impropre. Le jihad existe, bien sûr, mais il a ses règles. Le mot désigne soit un combat personnel qu'on livre avec soi-même pour devenir un bon musulman, mais dans ce cas il n'est absolument pas agressif, soit une véritable guerre sainte, une lutte armée pour la défense de l'islam. C'est cette guerre que prétendent mener les terroristes. Mais ils invoquent le texte et laissent les règles de côté.

» D'abord, seule une autorité religieuse reconnue et réputée pour sa haute connaissance du texte sacré peut appeler au jihad. Or on sait que Ben Laden et ses acolytes ne sont nullement des savants en la matière. Même si l'Occident a attaqué, blessé, humilié et rabaissé l'islam et par là même tous les musulmans, il y a des règles et le Coran est très précis à leur sujet.

» Il est interdit d'attaquer et de tuer ceux qui ne vous ont pas offensé et ne vous ont fait aucun mal. Il est interdit de tuer des femmes et des enfants. Il est interdit de prendre des otages, interdit de maltraiter, torturer ou tuer des prisonniers. Les terroristes d'Al-Qaïda et ceux qui les suivent le font tous les jours. Et n'oublions pas qu'ils ont tué beaucoup plus de musulmans que de juifs ou de chrétiens.

— Comment, alors, appelez-vous leur combat ?

L'homme qui attendait en coulisse commençait à s'agiter. Il tenait ses ordres d'un général ; il ne voulait pas être le dernier à revenir, sa mission accomplie.

— Je les appellerai les « nouveaux jihadistes », parce qu'ils mènent un combat qui n'a rien d'une guerre sainte, en dehors des règles du Coran et donc de l'islam véritable. Le véritable jihad n'a rien de sauvage, contrairement à leur pratique. Une autre question ? Je crois que ce sera la dernière.

On entendit dans la salle un bruit de feuilles et de cahiers rassemblés à la hâte. Une main se leva soudain au premier rang. Taches de rousseur et T-shirt blanc portant l'emblème d'un groupe de rock de l'université.

— Tous les poseurs de bombes se revendiquent comme des martyrs. Comment justifient-ils ce statut ?

— Très maladroitement, répondit Martin, parce qu'ils ont été trompés, même si certains sont parfois instruits. On peut mourir en martyr, ou *shahid*, en combattant pour l'islam dans un authentique jihad. Mais, encore une fois, il y a des règles bien précises pour ça, et elles sont fixées par le Coran. Celui qui combat ne doit pas mourir de sa propre main, même s'il s'est porté volontaire pour une mission sans retour. Il ne doit pas connaître le lieu et le moment de sa propre mort.

» Or c'est le cas dans les attentats-suicides. Et le suicide est strictement interdit. Le Prophète, de son vivant, a refusé de bénir le corps d'un suicidé alors que l'homme s'était donné la mort pour échapper aux souffrances d'une maladie mortelle. Ceux qui assassinent des innocents et se suicident sont destinés à l'enfer, et non au Paradis. Les faux prophètes et les imams qui les y poussent les y rejoindront. Quant à nous, je le regrette, mais il nous faut maintenant rejoindre le monde de Georgetown et des hamburgers. Merci de votre attention.

Ils se levèrent tous pour l'applaudir et Martin, rouge de confusion, prit sa veste et quitta la tribune par les coulisses.

— Pardonnez-moi de vous interrompre, professeur, dit l'homme de Fort Meade. Mais le patron a besoin du groupe Coran. La voiture attend.

— C'est urgent ?

— C'est pour hier, monsieur. C'est la panique.

— Vous savez de quoi il s'agit ?

— Non, monsieur.

Évidemment. Il n'avait pas besoin de le savoir. La règle immuable. Si tu n'as pas besoin de savoir, fais ton boulot, on ne t'en dira pas plus. Martin attendrait pour satisfaire sa curiosité. Le voiture était la conduite intérieure habituelle, de couleur sombre et reconnaissable à l'antenne dressée sur son toit. Il fallait toujours garder le contact avec la base. Le chauffeur était un caporal, mais bien que Fort Meade soit une base militaire, il portait des vêtements civils. À quoi bon se faire remarquer.

Martin monta à l'arrière pendant que le chauffeur lui tenait la portière. Son escorte s'assit sur le siège du passager et ils se dirigèrent vers l'autoroute de Baltimore.

Loin de là, vers l'est, l'homme qui transformait sa grange en maison de campagne s'étendit à côté du feu qu'il avait allumé dans le verger. S'il avait pu dormir sur des rochers et parfois même dans la neige, il pouvait certainement le faire sur l'herbe tendre à l'abri d'un pommier.

Pour le combustible, aucun problème. Il avait assez de vieilles planches pour toute une vie. Sa bouilloire se mit à siffler au-dessus des braises rougeoyantes et il se prépara un grand bol de thé fumant. Il y a bien sûr des boissons plus recherchées et elles sont bonnes aussi, mais pour un soldat, après une journée de dur labeur, rien n'est plus réconfortant qu'un thé bien chaud.

Il avait, en vérité, délaissé pour l'après-midi sa tâche en haut du toit pour se rendre à pied à Meonstoke, où il voulait se faire des provisions à la supérette en vue du week-end.

Tout le monde, visiblement, savait déjà qu'il avait acheté la grange et essayait de la restaurer lui-même. C'était mieux ainsi. Les riches Londoniens toujours prêts à sortir leur chéquier et avides de jouer les châtelains étaient accueillis avec le sourire, et un haussement d'épaules dès qu'ils tournaient le dos. Mais ce célibataire aux cheveux bruns qui dormait sous la tente dans son verger et travaillait de ses mains était, disait la rumeur grandissante au village, un type correct.

D'après le facteur, il recevait peu de courrier, hormis quelques enveloppes de papier bulle du genre administratif, qu'il se faisait d'ailleurs livrer chez Buck's Head pour lui éviter le long chemin boueux qui menait à la grange. Les lettres étaient adressées au « colonel », mais il ne faisait jamais allusion à son métier quand il venait boire un verre au bar ou acheter le journal et des provisions au magasin. Il se contentait de sourire, toujours très poli. Les éloges, toutefois, n'allaient pas sans quelque curiosité. Beaucoup de ces « nouveaux venus » se montraient indiscrets et arrogants. Qui était-il, et d'où venait-il, et pourquoi avait-il choisi Meonstoke pour s'y installer ?

Cet après-midi-là, en se rendant au village, il avait visité la vieille église Saint Andrew et lié conversation avec le pasteur, le révérend Jim Foley.

L'ancien soldat commençait à se dire qu'il allait se plaire à l'endroit où il avait décidé de se fixer. Il pouvait descendre à Droxford par la route de Southampton pour acheter des produits de la ferme au marché, et explorer les dizaines de petites routes qu'il voyait du haut de son toit en s'arrêtant ici et là dans un pub pour goûter la bière locale.

Mais dans deux jours, il se rendrait à Saint Andrew pour assister à l'office du dimanche matin et prierait, à l'ombre des vieilles pierres, comme il aimait à le faire.

Il demanderait pardon à Dieu en qui il croyait avec dévotion pour tous les hommes qu'il avait tués, et pour le repos de leurs âmes immortelles. Il lui demanderait le repos éternel pour tous les compagnons qu'il avait vus mourir à ses côtés, le remercierait de n'avoir jamais tué lui-même ni femmes ni enfants, ni aucun de ceux qui venaient à lui d'un cœur paisible, et prierait pour qu'il lui soit donné un jour d'expier ses péchés et d'entrer au Royaume de Dieu.

Puis il repartirait vers la grange à flanc de colline pour se remettre à la tâche. Il ne restait plus qu'un millier de tuiles à remplacer.

Aussi vaste soit-il, le complexe qui abrite l'Agence nationale de sécurité ne représente qu'une infime partie de Fort Meade, qui est l'une des plus grandes bases militaires des États-Unis. Située à moins de trois kilomètres de l'autoroute 95 et à mi-chemin entre Washington et Baltimore, elle regroupe dix mille militaires et vingt-cinq mille civils. C'est une ville en elle-même, avec tout ce que cela implique. La partie « secrète » se trouve dans un coin derrière une zone de sécurité bien gardée où Martin n'avait encore jamais pénétré.

La voiture qui l'amenait fila sans ralentir jusqu'à cette zone. À l'entrée principale, on examina les laissez-passer et le professeur sentit les regards sur lui à travers la vitre de la portière, tandis que son guide, assis à l'avant, certifiait son identité. La voiture repartit pour s'arrêter un kilomètre plus loin devant une porte sur le côté d'un grand bâtiment. Le Dr Martin et son escorte y entrèrent. Il y avait un comptoir gardé par des hommes en armes. Nouvelle vérification, coup de téléphone, prise d'empreintes, reconnaissance oculaire, admission.

Après un nouveau marathon dans un dédale de corridors, ils s'arrêtèrent devant une porte anonyme. L'accompagnateur frappa et entra. Martin vit enfin des visages connus, amis, collègues membres du groupe Coran.

La salle de réunion était, comme de coutume dans l'administration, fonctionnelle et sans âme. Il n'y avait pas de fenêtre, mais la climatisation maintenait un air frais. Une table ronde et des sièges capitonnés à dos droit. Un écran sur un mur, destiné aux schémas et aux projections. Sur les côtés, des dessertes avec des cafetières et des plateaux garnis pour l'insatiable estomac américain.

Leurs hôtes n'étaient visiblement pas des universitaires, mais deux officiers du renseignement qui se présentèrent avec une politesse de commande. L'un était le directeur adjoint de la NSA, chargé par le général de le représenter. L'autre, un officier supérieur de la Sécurité intérieure à Washington.

Et il y avait les quatre universitaires, dont Martin. Ils se connaissaient tous. Avant d'accepter leur cooptation dans ce groupe anonyme et inconnu du public, ils se connaissaient déjà par leurs travaux respectifs et s'étaient rencontrés dans des séminaires, des cours et des conférences. Les universitaires spécialistes du Coran constituent un milieu restreint.

Terry Martin salua les docteurs Ludwig Schramme de Columbia University, New York ; Ben Jolley de la Rand Corporation, et « Harry » Harrison du Brookings Institute, qui avait sans doute un autre prénom mais que tout le monde appelait Harry. Le plus âgé et censément le plus savant était Ben Jolley, un grand ours barbu qui se hâta, malgré la moue désapprobatrice du directeur adjoint, d'allumer une impressionnante pipe de bruyère sur laquelle il se mit à tirer avec délice dès qu'elle commença à flamber comme un feu de la Saint-Jean. L'extracteur d'air suspendu au-dessus de leur tête fit de son mieux et parvint presque à relever le défi en usant de toute sa puissance.

Le directeur adjoint annonça sans préambule la raison pour laquelle le groupe Coran avait été convoqué. Il distribua des copies des deux documents en arabe édités à partir du disque dur de l'ordinateur d'Al-Qur et leur traduction par le service interne de l'agence. Les quatre hommes allèrent tout de suite à la version en arabe et lurent en silence. L'homme de la Sécurité intérieure tressaillait chaque fois que Jolley lâchait une bouffée de fumée. Ils achevèrent leur lecture à peu près en même temps.

Ils lurent ensuite les traductions en anglais. Jolley releva la tête et regarda les deux officiers du renseignement.

— Eh bien...

— Eh bien, quoi, professeur ?

— Quel est le problème qui nous vaut d'être ici ?

Le directeur adjoint se pencha en avant et mit le doigt sur un passage du texte.

— Le problème, c'est ça. De quoi parlent-ils ?

Ils avaient tous les quatre remarqué la référence au Coran dans le texte en arabe. Ils n'avaient pas besoin de traduction. Chacun avait lu maintes fois cette phrase et étudié les diverses significations qu'elle pouvait prendre. Mais c'était dans des textes savants. Là, il s'agissait de lettres contemporaines. Trois références dans l'une, une seule dans l'autre.

— Al-Isra ? C'est probablement un code. En référence à un épisode de la vie de Mahomet.

— Excusez notre ignorance, dit l'homme de la Sécurité intérieure. Mais c'est quoi, Al-Isra ?

— Expliquez donc, Terry, dit Jolley.

— Eh bien, messieurs, commença Terry Martin, il s'agit d'une révélation dans la vie du Prophète. Les spécialistes discutent encore, à ce jour, pour savoir s'il a été l'objet d'un authentique miracle divin ou plus simplement d'une expérience de dédoublement mystique.

» En bref, alors qu'il était endormi, une nuit, un an avant de quitter Médine pour La Mecque, il eut un rêve. Ou une hallucination. Ou un miracle divin. Permettez-moi de dire « rêve » pour aller plus vite.

» Dans ce rêve, donc, il était emporté des profondeurs de l'Arabie Saoudienne moderne par-dessus les déserts et les montagnes jusqu'à la cité de Jérusalem, qui était alors une ville sainte, uniquement pour les juifs et les chrétiens.

— À quelle date, selon notre calendrier ?

— Environ 622 après Jésus-Christ.

— Que se passait-il ensuite dans ce rêve ?

— Il trouvait un cheval attaché, un cheval ailé. Quelque chose le poussait à le monter. Le cheval l'emmenait au Paradis où le Prophète se trouvait en présence de Dieu lui-même, qui lui enseignait tous les rites de prière requis d'un Véritable Croyant. Il les apprenait et dictait ensuite à un scribe ce qui allait devenir le fondement de l'islam.

Les trois autres professeurs opinèrent du chef.

— Et ils croient à cette histoire ? demanda le directeur adjoint.

— Ne le prenons pas de haut, intervint sèchement Harry Harrison. Dans le Nouveau Testament, on nous dit que Jésus a jeûné quarante jours dans le désert avant de rencontrer et de repousser le Diable en personne. Après être resté aussi longtemps sans manger, un homme aurait certainement des hallucinations. Mais pour les chrétiens, c'est l'Écriture sainte et il n'y a pas à en douter.

— D'accord, excusez-moi. Al-Isra, donc, c'est la rencontre avec l'archange ?

— Pas du tout, dit Jolley. Al-Isra désigne le voyage proprement dit. Un voyage magique. Un voyage divin, sur l'ordre d'Allah en personne.

— On l'a appelé, intervint Schramme, « un voyage à travers les ténèbres vers la grande lumière ».

Il citait un ancien commentaire. Les trois autres, qui le connaissaient, approuvèrent en hochant la tête.

Mais que voulait dire par ces mots un musulman contemporain, haut responsable d'Al-Qaïda ?

C'était la première fois que les quatre universitaires recevaient un début d'information sur l'origine des documents. Ce n'était pas le résultat d'une écoute, mais d'une saisie.

— C'était sous bonne garde ? demanda Harrison.

— Deux hommes sont morts en tentant de nous empêcher de le voir.

— Ah, je vois. On peut le comprendre.

Le Dr Jolley examinait attentivement sa pipe. Les deux autres ne quittaient pas le texte des yeux.

— Je crains que ce ne soit une allusion à... un projet, une opération. Et pas une petite opération.

— Quelque chose d'important ? demanda l'homme de la Sécurité intérieure.

— Voyez-vous, messieurs, pour les musulmans très croyants, voire fanatiques, Al-Isra n'est pas quelque chose d'anodin. À leurs yeux, c'est un événement qui a changé le monde. S'ils ont donné à quelque chose le nom de code d'Al-Isra, c'est qu'ils y attachent une grande importance.

— Et on ne peut pas savoir de quoi il s'agit ? Il n'y a pas un indice ?

Jolley parcourut la table du regard. Ses trois collègues haussèrent les épaules.

– Pas le moindre indice. Les deux auteurs de ces lettres appellent la bénédiction divine sur leur projet, mais c'est tout. Cela dit, je crois que nous serons tous d'accord pour vous conseiller de chercher de quoi il s'agit. Ils n'emploieraient jamais le terme d'Al-Isra pour désigner une simple bombe dans un sac à dos, une explosion dans un bus ou dans un night-club.

Personne n'avait pris de notes. Ce n'était pas nécessaire. Tout était enregistré. L'endroit où ils se trouvaient était, après tout, connu comme « la Maison Casse-tête ».

Les deux professionnels du renseignement auraient la transcription d'ici une heure et passeraient la soirée à rédiger leur rapport conjoint. Rapport qui partirait avant l'aube, sous pli scellé et protégé par une escorte armée, et remonterait très haut, aussi haut qu'il est possible aux États-Unis, c'est-à-dire à la Maison Blanche.

Terry Martin partagea une limousine avec Ben Jolley pour rentrer à Washington. Le véhicule était nettement plus grand que celui qui l'avait amené, avec une glace de séparation derrière laquelle ils voyaient la tête du chauffeur et celle du jeune officier qui les accompagnait.

Le vieil Américain bourru avait fourré sa pipe dans sa poche et regardait le paysage – un océan de feuilles mortes aux couleurs de l'automne. L'Anglais regardait aussi, de son côté, et se laissait aller à ses pensées.

De toute sa vie, il n'avait vraiment aimé que quatre personnes et il venait d'en perdre trois en dix mois. Au début de l'année, ses parents, dont les deux fils avaient dépassé la trentaine et qui avaient eux-mêmes plus de soixante-dix ans, étaient morts presque en même temps. Un cancer de la prostate avait emporté son père, et sa mère, le cœur brisé, ne s'était plus senti la force de vivre. Après avoir écrit une lettre bouleversante à ses fils, elle avait avalé un flacon de somnifères et s'était plongée dans un bain brûlant pour, selon ses propres mots, « aller rejoindre Papa ».

Terry Martin, accablé de douleur, n'avait survécu que grâce au soutien des deux autres personnes qu'il aimait plus que lui-même. Son frère et Gordon, le grand et bel agent de change avec lequel il partageait sa vie depuis quatorze ans. Puis, par une terrible nuit du mois de mars, un chauffard ivre avait surgi, roulant trop vite ; le choc du métal contre un corps, le corps sans vie sur une dalle de marbre, et les funérailles cauchemardes-ques de Gordon, avec le regard sévère de ses parents sur les larmes que Martin était incapable de retenir.

Il avait sérieusement envisagé de mettre fin à cette existence qui n'était plus que souffrance, mais Mike, son frère aîné, qui semblait lire dans ses pensées, était venu passer une semaine chez lui et l'avait fait parler, parler, pour l'aider à surmonter cette crise.

Son frère était pour lui un héros auquel il vouait une véritable adoration depuis leur enfance commune en Irak et leurs années de lycée à Hertford.

Mike était tout ce qu'il n'était pas lui-même : brun, mince, fort, vif, audacieux. Dans la limousine qui filait à travers les paysages du Maryland, Martin se rappela le dernier match de rugby contre l'équipe de Tombridge qui avait marqué la fin des cinq années d'études de Mike à Haileybury.

Au moment où les deux équipes quittaient le terrain, Terry était resté contre la barrière, souriant au passage des joueurs.

Mike s'était approché et lui avait joyeusement ébouriffé les cheveux.

« Et voilà, on les a eus, petit frère ! »

Terry avait l'estomac noué car le moment était venu pour lui de dire à son frère qu'il savait désormais qu'il était gay. L'aîné, qui était officier dans les parachutistes et revenait d'une mission de combat dans les Falklands, était resté pensif quelques secondes, puis, avec son sourire espiègle, lui avait lancé la célèbre réplique de Joe E. Brown à la fin de *Certains l'aiment chaud* : « Et alors ? Personne n'est parfait ! »

À partir de ce jour, l'adoration de Terry pour son frère n'avait plus connu de limites.

Le soleil se couchait dans le Maryland. Dans le même fuseau horaire, il se couchait également sur Cuba et sur la péninsule au sud-ouest de l'île connue sous le nom de Guantanamo. Là, un homme étalait sur le sol son tapis de prière, s'agenouillait et se mettait à prier. Un GI, devant la cellule, l'observait d'un air impassible. Il avait déjà assisté à cette scène de nombreuses fois, mais il avait pour ordre de ne jamais, jamais relâcher sa surveillance.

L'homme qui priait était détenu depuis bientôt cinq ans d'abord au camp X-Ray, ensuite au camp Delta, sur la base de Guantanamo. À son arrivée, il avait subi sans un cri et sans une plainte les brutalités et les privations. Il s'était laissé humilier dans sa chair et dans sa foi sans jamais broncher, mais quand il regardait ses tortionnaires, ceux-ci lisaient une haine implacable dans ses yeux noirs au-dessus de sa barbe noire, et les coups pleuvaient de plus belle. Mais il n'avait jamais craqué.

Pendant la période « du bâton et de la carotte », où on incitait les détenus à dénoncer leurs camarades en échange de divers avantages, il avait gardé le silence et n'avait pas obtenu un meilleur traitement. Voyant cela, d'autres détenus l'avaient dénoncé, mais comme leurs dénonciations étaient de pures inventions, il ne les avait ni démenties ni confirmées.

Dans la salle où les hommes chargés des interrogatoires accumulaient des dossiers pour attester de leur savoir-faire, on pouvait lire toutes sortes de choses au sujet de ce détenu en prière, mais rien qu'il n'ait dit lui-même. Il avait répondu poliment aux questions que lui avait posées, plusieurs années auparavant, un interrogateur décidé à faire preuve d'humanité. Il en était résulté le seul récit à peu près correct de sa vie.

Mais un problème subsistait. Parmi tous ceux qui l'interrogeaient, aucun ne comprenait un traître mot de sa langue natale, et ils devaient systématiquement faire appel aux interprètes qui les accompagnaient partout. Mais les interprètes avaient leurs propres préoccupations. Ils recevaient eux aussi des faveurs pour toute révélation intéressante, ce qui leur donnait une bonne raison d'en inventer.

Au bout de quatre ans, l'homme qui priait avait été étiqueté « non coopératif », autrement dit impossible à briser. On l'avait transféré en 2004 au tout nouveau camp Écho, un centre d'isolement permanent. Les cellules y étaient plus petites, avec des murs blancs, et on n'en sortait que la nuit pour l'exercice. L'homme était resté un an sans voir le soleil.

Aucune famille ne le réclamait ; aucun gouvernement ne le recherchait ; aucun avocat ne constituait de dossier sur son cas. Autour de lui, des détenus devenaient fous et on les emmenait en psychiatrie. Lui se contentait de garder le silence et de lire le Coran. Un garde vint relayer celui qui le surveillait pendant ses prières.

— Maudit Arabe, dit l'homme qui achevait son service.

Celui qui le remplaçait secoua la tête.

— C'est pas un Arabe, c'est un Afghan.

— Alors, que pensez-vous de notre problème, Terry ?

À l'arrière de la limousine, Ben Jolley était sorti de sa torpeur et regardait Martin.

— Ça ne semble pas très bon, n'est-ce pas ? répondit Terry Martin. Vous avez vu la tête de nos amis du renseignement ? Ils savaient que nous ne faisions que confirmer leurs soupçons, mais ils n'étaient pas contents du tout quand nous sommes partis.

— Il n'y avait rien d'autre à dire. À eux maintenant de trouver de quoi il retourne avec cette opération Al-Isra.

— Mais comment ?

— Oh, ces gens-là, ça fait une paye que je les fréquente ! Je joue les consultants, du mieux que je peux, sur les questions du Moyen-Orient depuis la guerre des Six Jours. Ils ne manquent pas de moyens : les agents infiltrés qui les renseignent, ceux qu'ils retournent, les écoutes, le piratage informatique à distance, la surveillance aérienne... Et les ordinateurs leur sont d'un grand secours depuis qu'ils leur permettent de recouper des informations en quelques minutes là où il fallait jadis des semaines. Je crois qu'ils finiront par trouver et qu'on fera le nécessaire pour que ça n'aille pas plus loin. Pensez au chemin parcouru depuis que Gary Powers a été abattu au-dessus de Sverdlovsk, en 1960, ou depuis 1962, quand les U-2 ont photographié les missiles soviétiques en route pour Cuba ! Mais je parie que vous n'étiez pas né ?

Terry Martin hocha la tête et Jolley émit un petit rire de poitrine, amusé de se voir aussi vieux.

— Ils ont peut-être quelqu'un à l'intérieur d'Al-Qaïda, dit Martin.

— J'en doute, répondit l'ancien. N'importe quel informateur aussi haut placé nous aurait déjà dit où se planquent les chefs et nous leur aurions réglé leur compte avec quelques bombes intelligentes.

— Peut-être qu'ils pourront infiltrer quelqu'un pour les renseigner.

L'ancien secoua à nouveau la tête, énergiquement.

— Allons, Terry, nous savons vous et moi que c'est impossible. Un Arabe de naissance peut se laisser retourner et travailler pour nous. Mais un non-Arabe... inutile d'y songer. On sait bien que tous les Arabes appartiennent à de vastes familles, à des clans, à des tribus. Il suffirait d'enquêter auprès de la famille pour démasquer l'imposteur.

» Il lui faudrait donc un CV irréprochable. Après quoi, il faudrait qu'il ait la tête de l'emploi, la langue, l'accent, et surtout qu'il joue le rôle à la perfection. Qu'il prononce une seule syllabe de travers en récitant toutes ces prières, et il serait repéré par les fanatiques. Or ils les récitent cinq fois par jour sans jamais se tromper.

— C'est vrai, dit Martin, qui sentait bien qu'il défendait l'impossible mais prenait plaisir à imaginer le scénario. Mais quelqu'un pourrait apprendre les passages du Coran par cœur et s'inventer une famille introuvable.

— Laissez tomber, Terry. Aucun Occidental ne peut passer pour un Arabe parmi les Arabes.

— Mon frère le peut..., commença Martin.

Il se tut brusquement et se mordit la langue. Mais ce n'était pas grave. Le Dr Jolley poussa un vague grognement et laissa tomber la conversation pour s'intéresser aux premiers quartiers de la périphérie de Washington. Les deux têtes, de l'autre côté de la vitre de séparation, étaient restées parfaitement immobiles. Martin laissa échapper un soupir de soulagement. Tous les micros étaient certainement débranchés.

Il se trompait.

TROIS

Le rapport de Fort Meade sur les délibérations du groupe Coran fut achevé ce samedi avant l'aube et fit voler en éclats quelques week-ends amoureusement préparés. L'une des personnes réveillées en pleine nuit à son domicile d'Old Alexandria fut Marek Gumienny, directeur adjoint des opérations à la CIA. On le pria de rejoindre immédiatement son bureau, et on ne lui dit pas pourquoi.

Le « pourquoi » se trouvait sur sa table quand il y arriva. Le jour ne s'était pas encore levé sur Washington, mais les premières lueurs pointaient déjà au loin derrière les hauteurs de Prince's George, où le Patuxent se jette dans le Chesapeake.

Marek Gumienny occupait l'un des quelques bureaux situés au sixième et dernier étage du grand immeuble tout en longueur qui se dresse au milieu du complexe formé par le quartier général de la CIA et qu'on désigne par le simple nom de Langley. Mais on l'a depuis peu rebaptisé Old Building pour le distinguer de son jumeau, le New Building, qui abrite depuis le 11 Septembre les bureaux d'une CIA en pleine expansion.

Dans la hiérarchie de la CIA, le poste de directeur est traditionnellement occupé par un politique, mais l'autorité réelle revient aux deux directeurs adjoints. Le service des opérations assure la collecte des informations, tandis que le service du renseignement collationne et analyse la moisson pour lui donner du sens.

À l'échelon inférieur se trouvent le contre-espionnage, qui travaille à prévenir les infiltrations et l'arrivée de traîtres dans la maison, et le contre-terrorisme, qui tend de plus en plus à devenir la véritable salle des machines depuis que l'agence s'est détournée de l'URSS pour faire face aux nouvelles menaces venues du Moyen-Orient.

Les directeurs adjoints des opérations, depuis le début de la Guerre froide aux alentours de 1945, avaient toujours été des spécialistes de l'Union soviétique et de ses satellites d'Europe de l'Est qui poursuivaient d'ambitieuses carrières d'officiers. Marek Gumienny avait été le premier arabisant nommé à ce poste. Il avait fait ses débuts en séjournant plusieurs années au Moyen-Orient, où il avait appris deux langues (l'arabe, et le farsi qui se parle en Iran) et s'était familiarisé avec la culture de cette partie du monde.

Même dans cet endroit où l'on travaille vingt-quatre heures sur vingt-quatre, le samedi matin n'est pas le meilleur moment pour trouver un café chaud et bien aromatisé comme il l'aimait. Il prépara donc lui-même le sien. Pendant que le café passait, Gumienny attaqua le paquet posé sur son bureau et qui contenait le mince dossier dans une enveloppe cachetée à la cire.

Il savait à quoi s'attendre. Fort Meade avait traduit et analysé les documents, mais c'était la CIA, en collaboration avec les Britanniques et le Centre anti-terrorisme pakistanais, qui les avait saisis. Les bureaux de la CIA à Peshawar et à Islamabad n'avaient établi et classé des rapports que pour marquer la présence de leurs patrons respectifs dans le paysage.

Le dossier contenait tous les documents téléchargés à partir de l'ordinateur du financier d'Al-Qaïda, mais deux lettres en arabe, trois pages en tout, constituaient le morceau de choix. Le directeur adjoint des opérations parlait vite et bien l'arabe des rues, mais le lire était pour lui toujours plus difficile et il dut se reporter plusieurs fois à la traduction.

Il lut le rapport du groupe Coran, préparé conjointement par les deux officiers du renseignement présents à la réunion, mais n'y trouva rien qui le surprît. Pour lui, il ne faisait pas de doute que la référence à Al-Isra, le voyage magique du Prophète à travers la nuit, ne pouvait être que le nom de code de quelque projet d'envergure.

Il fallait maintenant donner à ce projet un nom qui le désigne pour toute la communauté du renseignement. Celui-ci ne pouvait être Al-Isra : ce serait le plus sûr moyen de révéler ce qu'ils avaient découvert. Il chercha dans la cryptographie de gestion des fichiers l'appellation qui lui permettrait désormais, ainsi qu'à ses collègues, d'évoquer le projet d'Al-Qaïda, quel qu'il soit. L'ordinateur déterminait les noms de code à partir d'un programme de sélection aléatoire, le tout étant de ne rien laisser transparaître. Depuis le début du mois, le programme de la CIA utilisait les poissons. L'ordinateur s'arrêta sur « Stingray » (Pastenague). C'est ainsi que l'opération Stingray vit le jour.

La dernière feuille du dossier avait été ajoutée pendant la nuit du samedi. Le texte était des plus brefs, écrit par un homme qui n'aimait pas gaspiller ses mots : l'un des six hauts responsables, le directeur du Renseignement national. Le dossier était allé directement de Fort Meade au Conseil national de sécurité (Steve Hadley), au Renseignement national et à la Maison Blanche. Marek Gumienny se dit que la lumière avait dû briller jusqu'à une heure tardive dans le Bureau ovale.

Le dernier document portait l'en-tête du directeur du Renseignement national. On y lisait en lettres capitales :

QU'EST-CE QU'AL-ISRA ?
NUCLÉAIRE, BIOLOGIQUE ? CHIMIQUE ? CONVENTIONNEL ?
QUOI ? QUAND ? OÙ ?
DÉLAI : AUCUN
LIMITATIONS : AUCUNE
POUVOIR : ABSOLU
JOHN NEGROPONTE

Il y avait une signature griffonnée. Il existe aux États-Unis dix-neuf agences de collecte et d'archivage du renseignement. La lettre que Marek Gumienny avait en main lui donnait autorité sur toutes. Elle lui était adressée personnellement.

On frappa à la porte du bureau.

Un jeune GS15 lui apportait un autre courrier. GS, pour General Service, se réfère à une échelle de salaire, 15 signifiant que le garçon venait d'être embauché. Gumienny lui adressa un sourire encourageant ; à l'évidence, il n'était jamais monté aussi haut dans l'immeuble. Gumienny tendit la main, signa le registre pour accuser réception et attendit que le garçon ressorte.

Le nouveau dossier lui était adressé par ses collègues de Fort Meade. C'était une transcription des propos échangés par deux spécialistes du Coran dans la voiture qui les ramenait à Washington. L'un d'eux était anglais. Quelqu'un, à Fort Meade, avait souligné sa dernière phrase en y accolant plusieurs points d'interrogation à l'encre rouge.

Pendant ses années de service au Moyen-Orient, Marek Gumienny avait souvent eu affaire aux Britanniques et, contrairement à certains de ses compatriotes jetés pendant trois ans

57

dans le bourbier irakien, il reconnaissait sans forfanterie que les alliés les plus sûrs de la CIA dans ce que Kipling avait jadis appelé « le Grand Jeu » disposaient d'une précieuse connaissance des terres arides qui s'étendent du Jourdain aux premiers contreforts de l'Himalaya.

Pendant un siècle et demi, comme soldats, comme administrateurs de l'Empire ou comme explorateurs, les Britanniques avaient sillonné le désert, les montagnes et les chemins de chèvres dans cette zone qui était aujourd'hui la poudrière du monde. Pour les Anglais, la CIA avait comme noms de code « les Cousins » ou « la Compagnie », et les Américains appelaient les services de renseignement basés à Londres « les Amis » ou « la Firme ». L'un de ces amis était pour Marek Gumienny un homme avec lequel il avait passé de bons moments, de moins bons, et d'autres carrément dangereux à l'époque où ils étaient tous deux agents sur le terrain. Gumienny était désormais cloué dans un bureau au sixième étage de Langley et Steve Hill se trouvait à Vauxhall Cross, où il avait été promu directeur pour le Moyen-Orient au quartier général de la Firme.

Gumienny se dit qu'une rencontre ne leur ferait pas de mal et qu'il pourrait peut-être en sortir quelque chose de bien. Il n'y avait pas de problème de sécurité. Les Anglais, il le savait, avaient déjà tout ce dont il disposait lui-même. Ils avaient eux aussi transmis le contenu de l'ordinateur de Peshawar à leur service d'écoute et de cryptographie de Cheltenham. Ils en avaient déjà, eux aussi, extrait les documents. Et ils s'étaient sans aucun doute interrogés, eux aussi, sur les curieuses références au Coran contenues dans les lettres codées.

Mais Steve Hill ne pouvait sans doute pas connaître la phrase prononcée par l'universitaire anglais à l'arrière d'une limousine au milieu du Maryland. Il pressa une touche, une seule, sur le cadran de son téléphone. La technologie moderne permet à n'importe quel haut responsable d'entrer directement en contact avec l'un de ses pairs.

Un téléphone se mit à sonner dans une modeste maison du Surrey, tout près de Londres. Huit heures du matin à Washington, une heure de l'après-midi à Londres ; on était prêt à s'attabler devant un rôti de bœuf. Une voix répondit à la troisième sonnerie. Steve Hill avait fait une bonne partie de golf et s'apprêtait à savourer son rôti.

— Allô ?

— Steve ? Marek.

— Où es-tu, mon vieux ? Dans le coin, peut-être ?

— Non, je suis à mon bureau. On peut passer sur la ligne sécurisée ?

— Bien sûr. Deux secondes... (En arrière-fond :) Chérie, laisse le rôti au chaud !

La communication fut coupée.

À l'appel suivant, la voix qui venait d'Angleterre était plus métallique, mais impossible à intercepter.

— Dois-je comprendre que quelque chose a heurté le système de ventilation près de ton oreille ? demanda Hill.

— J'en ai eu plein ma belle chemise toute propre, répondit Gumienny. Je suppose que tu as reçu les mêmes nouvelles que moi de Peshawar ?

— Je crois bien que oui. J'ai lu ça hier. Je me demandais quand tu allais appeler.

— J'ai quelque chose que tu n'as peut-être pas, Steve. On travaille ici avec un prof de fac qui vient de Londres. Il a laissé échapper quelque chose vendredi soir. J'irai droit au but. Connaîtrais-tu par hasard un type du nom de Martin ?

— Martin comment ?

— C'est son nom de famille. Son frère, celui qui est ici, s'appelle Terry Martin. Ça ne te dit rien ?

Steve Hill était devenu sérieux. Il s'assit, sans lâcher le téléphone, le regard dans le vide. Oh, oui, il connaissait le frère Martin. En 1990-1991, alors qu'il était en poste en Arabie Saoudite pendant la première guerre du Golfe, le frère du professeur était entré clandestinement à Bagdad et y avait vécu comme un simple jardinier au nez et à la barbe de la police secrète de Saddam Hussein, en transmettant des renseignements d'une valeur inestimable qu'il soutirait à un membre du cabinet du dictateur.

— Ça se pourrait bien, dit-il. Pourquoi ?

— Il faut qu'on se voie, je crois. Je peux venir tout de suite. J'ai le Grumman.

— Quand ?

— Dès ce soir. Je dormirai pendant le vol. Je serai à Londres pour le petit déjeuner.

— Très bien. J'arrange ça avec Northolt.

— Ah, dis-moi, Steve, en attendant que j'arrive, peux-tu sortir le dossier complet de ce Martin ? Je t'expliquerai pourquoi.

La base aérienne de Northolt se trouve à l'ouest de Londres sur la route d'Oxford. Pendant les deux années qui ont suivi la Deuxième Guerre mondiale, elle a servi d'aéroport civil à Londres avant qu'on se hâte de construire Heathrow. Puis elle a été rétrogradée au statut d'aéroport secondaire et n'a plus servi que pour les vols privés. Mais comme elle reste la propriété de la RAF, on peut l'utiliser en toute sécurité pour des missions spéciales en évitant les formalités habituelles.

La CIA possède son propre aéroport près de Langley et une flotte d'appareils. La lettre de mission qui donnait tout pouvoir à Marek Gumienny lui permettait d'utiliser le Grumman V, à bord duquel il dormit confortablement pendant le vol transatlantique. Steve Hill l'attendait à son arrivée à Northolt.

Il emmena son hôte, non pas au temple de Vauxhall Cross à côté de Vauxhall Bridge sur la rive de la Tamise, qui abrite le Secret Intelligence Service (SIS), mais dans un endroit beaucoup plus calme et discret, l'hôtel Cliveden, aménagé dans une ancienne demeure sise au milieu de ses terres à une trentaine de kilomètres de l'aéroport. Il y avait réservé une chambre avec une petite salle de réunion attenante.

Une fois là, il lut l'analyse du groupe Coran américain, remarquablement similaire à celle de Cheltenham, et la transcription de la conversation entre les deux professeurs à l'arrière de la limousine.

— Quel idiot, murmura-t-il en achevant sa lecture. L'autre prof a raison. C'est impossible. Il y a la langue, mais il y a aussi tout le reste. Aucun étranger ne pourra jamais les tromper.

— Mais alors, compte tenu des ordres que j'ai reçus du Très-Haut, que me conseilles-tu ?

— Il faut choper un gros bonnet d'Al-Qaïda et lui faire cracher le morceau, dit Hill.

— Steve, si j'avais la moindre idée de l'endroit où se planque n'importe quel gros bonnet d'Al-Qaïda, ce serait déjà fait. Mais pour le moment, il n'y a personne en vue.

— Alors, il faut attendre et maintenir la surveillance. Quelqu'un utilisera à nouveau ces mots.

— Mes gars pensent forcément que si Al-Isra désigne le prochain attentat spectaculaire, il aura les États-Unis pour cible. Ce n'est pas en attendant un miracle qui risque de ne jamais se produire qu'on calmera Washington. Sans compter que les gens d'Al-Qaïda doivent déjà savoir qu'on a cet ordinateur. Il y a peu de chances qu'ils utilisent à nouveau ces mots, sauf entre eux et de vive voix.

— Eh bien, dit Hill, on pourrait l'utiliser, nous, de façon à ce qu'ils l'entendent, pour leur faire comprendre qu'on est au courant et qu'on va leur tomber dessus. Ils arrêteraient tout.

— Peut-être, ou peut-être pas... Et on n'en saurait rien. On resterait dans l'expectative, à se demander s'ils ont renoncé ou pas. Et au cas où ils ne renonceraient pas ? Et s'ils réussissaient ? Comme le dit mon patron, est-ce que c'est du nucléaire, du biochimique, du conventionnel ? Où ? Quand ? Crois-tu que ton type, ce Martin, est capable de se faire passer pour un Arabe parmi les Arabes ? Est-il vraiment si fort ?

— Il l'a été, marmonna Hill en feuilletant un dossier. Vois toi-même.

Le dossier était contenu dans une grosse enveloppe de papier kraft sur laquelle figurait un simple nom : COLONEL MIKE MARTIN.

Le grand-père maternel des frères Martin avait géré une plantation de thé à Darjeeling, en Inde, entre les deux guerres. Il avait fait pendant son séjour dans ce pays quelque chose d'inouï : il avait épousé une Indienne.

Le milieu des planteurs anglais était petit, lointain et snob. On faisait venir les fiancées d'Angleterre, ou on les trouvait parmi les filles des officiers de l'armée des Indes. Les garçons avaient vu des photographies de leur grand-père Terence Granger : un homme de grande taille au teint rose et à la moustache blonde posant, la pipe aux lèvres, devant la dépouille du tigre qu'il venait d'abattre.

Ils avaient vu aussi des clichés de la gentille, très amoureuse et très belle Miss Indira Bohse. Comme Terence Granger persistait à vouloir l'épouser envers et contre tous, la compagnie qui l'employait avait trouvé une solution pour éviter de provoquer un autre scandale en le renvoyant. On avait expédié le jeune couple dans un coin perdu de l'Assam, à la frontière birmane.

Si on pensait les punir de cette manière, ce fut une erreur. Granger et sa jeune épouse adorèrent la vie qui les attendait dans cette campagne montagneuse et sauvage, connue pour ses tigres et l'abondance de son gibier. C'est là que naquit Susan en 1930. Treize ans plus tard, la guerre atteignait l'Assam et les troupes japonaises franchissaient la frontière. Terence Granger, bien qu'assez âgé pour échapper à l'armée, s'engagea comme combattant volontaire et mourut en 1945 en traversant le fleuve Irrawaddy.

Réduite à la maigre pension de veuve que lui versait la compagnie, Indira Granger n'eut d'autre recours que de retourner à sa culture d'origine. Deux ans plus tard, les ennuis recommencèrent avec la partition de l'Inde indépendante. Au nord, Ali Jinnah prit la tête d'un Pakistan musulman, tandis que le Pandit Nehru, au sud, penchait vers l'hindouisme. Des vagues de réfugiés déferlèrent entre le nord et le sud et de violents combats éclatèrent.

Craignant pour sa fille, Mrs. Granger envoya Susan vivre chez le jeune frère de son mari défunt, un architecte établi à Haslemere dans le Surrey. Six mois plus tard, elle était tuée lors d'une émeute.

Susan Granger arriva ainsi à l'âge de dix-sept ans dans le pays de ses ancêtres, qu'elle ne connaissait pas. Elle passa une année en pension, et trois comme infirmière à l'hôpital de Farnham. Quand elle eut atteint l'âge requis de vingt et un ans, elle présenta sa candidature pour être hôtesse de l'air. Avec son abondante chevelure châtain, les yeux bleus qu'elle tenait de son père et une peau qui lui donnait l'air d'une jeune Anglaise dorée au soleil, elle était d'une beauté à couper le souffle.

Comme elle parlait le hindi, elle fut affectée sur la ligne Londres-Bombay. Le voyage, à cette époque, était lent et ponctué d'escales : Rome-Le Caire-Bassora-Barheïn-Karachi-Bombay. Le personnel de bord ne pouvait pas le faire d'une seule traite et le premier changement d'équipe avait lieu à Bassora, au sud de l'Irak. C'est là, au country club, qu'elle fit en 1951 la connaissance de Nigel Martin, qui travaillait comme comptable pour la compagnie. L'année suivante, ils se mariaient.

Dix années passèrent avant la naissance de leur premier enfant, Mike, et le deuxième, Terry, arriva trois ans plus tard. Mais entre les deux frères, c'était le jour et la nuit.

Marek Gumienny examina la photo qui figurait dans le dossier. L'homme n'était pas bronzé : il avait la peau sombre, les cheveux et les yeux noirs. Les gènes de la grand-mère avaient sauté une génération pour se retrouver chez le petit-fils ; on était très loin du teint rose et des cheveux blonds que son frère, le professeur de Georgetown, avait hérités de leur père.

Gumienny se rappela les paroles de Ben Jolley : pour avoir une chance de s'en sortir, tout agent infiltré à l'intérieur d'Al-Qaïda devait avoir le physique de l'emploi et connaître son rôle sur le bout des doigts. Gumienny poursuivit sa lecture.

Les deux frères avaient fréquenté l'école anglo-irakienne tout en se formant au contact de leur père et de la gentille nourrice aux formes rebondies, venue de la campagne, qui économisait patiemment sur ses gages pour le jour où elle pourrait retourner dans sa tribu et prendre un bon jeune homme pour époux.

Il y avait un passage qui ne pouvait provenir que du témoignage de Terry Martin. On y voyait l'aîné des garçons courant sur la pelouse de la maison du quartier Saadun à Bagdad, et les

hôtes du père, enchantés et riant de plaisir, qui s'écriaient :
« Mais Nigel, c'est vraiment l'un des nôtres ! »

L'un des nôtres, pensa Gumienny, l'un d'entre eux. Voilà
qui répondait en partie aux objections de Ben Jolley ; il avait le
physique de l'emploi et il pouvait passer pour un Arabe dans un
pays arabe. Et il serait sans doute capable, avec une formation
intensive, d'apprendre les prières rituelles.

L'agent de la CIA reprit sa lecture. Le vice-président Saddam
Hussein avait entrepris de nationaliser les compagnies pétroliè-
res étrangères, y compris le consortium anglo-irakien en 1972.
Nigel Martin avait tenu encore trois ans avant de rapatrier sa
famille. Le jeune Mike, treize ans, allait entrer au lycée à Haileybury. Marek Gumienny sentit qu'il avait besoin d'une pause et
d'un café.

— Il en serait capable, tu sais, dit-il en revenant des toilettes.
Bien formé et bien soutenu, il en serait capable. Où est-il maintenant ?

— Hormis les deux périodes où nous l'avons emprunté, il a
fait toute sa carrière dans les parachutistes et dans les forces
spéciales. Il a pris sa retraite l'an passé après vingt-cinq ans de
service actif. Mais non... Ça ne peut pas marcher.

— Pourquoi, Steve ? Il a bien le profil.

— Oui, mais il lui manque... l'entourage. La famille, le lieu
de naissance. On n'entre pas comme ça à Al-Qaïda, à moins
d'être un jeune volontaire pour un attentat-suicide, un coursier,
de la chair à canon potentielle. Pour avoir une chance d'approcher le saint des saints où se décident les projets d'envergure, il
faut avoir des années derrière soi. Voilà le hic, Marek, et il est
de taille. À moins que...

Il s'absorba un instant dans ses réflexions, puis secoua la tête.

— À moins que *quoi* ? demanda l'Américain.

— Non, n'en parlons plus.

— Allons !

— Je pensais à un sosie. Un type dont il pourrait prendre la place. Une doublure, disons. Mais ce n'est pas un bon plan non plus. Si l'original était encore en vie, il serait à Al-Qaïda. Et s'il était mort, ils le sauraient. C'est donc fichu d'avance.

— Il y a beaucoup de choses à lire dans ce dossier, dit Marek Gumienny. Je peux le garder ?

— C'est une copie, bien sûr. Tu veux seulement le lire ?

— Tu as ma parole, vieux frère. Seulement le lire. Et le garder pour moi. Ou le balancer dans l'incinérateur.

Le directeur adjoint des opérations repartit pour Langley, mais rappela une semaine plus tard. Steve Hill prit la communication dans son bureau de Vauxhall Cross.

— Je crois que je vais revenir, annonça l'Américain sans préambule.

Les deux hommes savaient que, dans l'intervalle, le Premier ministre britannique avait promis à son ami de la Maison Blanche sa plus totale collaboration pour l'opération Stingray.

— Pas de problème, Marek. Il y a du nouveau de ton côté ?

Steve Hill était intrigué. Avec la technologie moderne, il n'était rien qui ne se puisse transmettre de la CIA au SIS en quelques secondes et de façon absolument confidentielle. Pourquoi alors prendre un avion ?

— La doublure, dit Gumienny. Je pense l'avoir. Il a dix ans de moins mais il fait plus vieux. Même taille et même corpulence. Même couleur de peau. Un ancien d'Al-Qaïda.

— Ça semble coller... Mais il n'est pas avec eux ?

— Non, il est chez nous. À Guantanamo. Depuis cinq ans.

– C'est un Arabe ?

Hill était surpris : si un responsable d'Al-Qaïda était à Guantanamo depuis des années, il aurait dû le savoir.

– Non, un Afghan. Il s'appelle Izmat Khan. J'arrive.

Une semaine plus tard, Terry Martin n'en dormait toujours pas. Cette remarque imbécile... Pourquoi avait-il fallu qu'il l'ouvre ? Quelle mouche l'avait piqué, pour qu'il se vante ainsi au sujet de son frère ? Et si Ben Jolley en avait parlé à quelqu'un ? Washington n'était qu'un gros village où tout se répétait. À la fin de la semaine, n'y tenant plus, il appela son frère.

Mike Martin venait de retirer une dernière rangée de tuiles intactes sur son précieux toit. Il pouvait enfin attaquer la pose du matériau d'isolation. D'ici une semaine, il ne craindrait plus la pluie. Il entendit les notes cristallines de *Lillibolero* émises par son portable. L'appareil était dans la poche de son gilet, qu'il avait accroché à un clou non loin de lui. Il s'approcha à pas prudents sur les fragiles chevrons. L'écran lui apprit que l'appel venait de son frère à Washington.

– Salut, Terry.

– C'est moi, Mike. (Il ne comprenait toujours pas comment les gens qu'il appelait savaient que c'était lui.) J'ai fait quelque chose d'idiot et je voulais m'excuser. C'était il y a environ une semaine. J'ai trop parlé.

– Bravo. Qu'est-ce que tu as dit ?

– Peu importe. Mais si des types en costard s'amènent chez toi – tu vois de qui je veux parler –, dis-leur d'aller se faire voir ailleurs. C'était idiot, ce que j'ai dit. Alors, si tu vois...

Du haut de son toit, Martin aperçut la Jaguar noire qui suivait lentement le chemin de terre menant de la route à la grange.

— Entendu, petit frère, dit-il doucement. Je crois qu'ils arrivent.

Les deux agents du renseignement s'assirent sur des chaises pliantes et Mike Martin sur la souche qu'il s'apprêtait à débiter pour son feu de camp. Après avoir écouté le baratin de l'Américain, il se tourna vers Steve Hill avec un regard interrogateur.

— À vous de voir, Mike. Notre gouvernement a promis à la Maison Blanche sa totale collaboration, mais ça ne va pas jusqu'à faire pression sur quiconque pour une mission désespérée.

— Et vous rangez celle-ci dans cette catégorie ?

— Ce n'est pas notre avis, intervint Marek Gumienny. Si nous pouvions trouver le nom d'un membre d'Al-Qaïda qui soit au courant de ce qui se prépare et le moyen de le contacter, nous vous rappellerions immédiatement et nous nous chargerions de la suite. Il suffira peut-être d'écouter ce qui se dit...

— Mais... j'ai peur de ne plus pouvoir me faire passer pour un Arabe. Il y a quinze ans, à Bagdad, j'ai réussi à me rendre invisible sous les habits d'un modeste jardinier vivant dans sa cabane. Mais je ne risquais pas d'être interrogé par les services de renseignement. Cette fois, je peux m'attendre à être sérieusement cuisiné. Comment prouver qu'on n'a pas retourné sa veste après être resté cinq ans aux mains des Américains ?

— Nous nous doutons bien qu'ils vous poseront des questions. Mais, avec un peu de chance, le type chargé de vous interroger sera un responsable de haut rang. Vous n'aurez plus qu'à nous le désigner. Nous ne serons jamais très loin, à quelques mètres tout au plus.

— Ce type, dit Martin en montrant le dossier du prisonnier de Guantanamo, est un Afghan. Un ex-taliban. Autrement dit un Pachtoun. Le premier Afghan venu me démasquera.

— Il y aura des mois de formation, Mike, dit Steve Hill. Pas question de vous lancer avant que vous soyez sûr de vous. Et même après, si vous ne pensez pas que ça puisse marcher. Et vous serez loin de l'Afghanistan. Ce qu'il y a de bien avec les fondamentalistes afghans, c'est qu'ils se montrent rarement hors de leur tanière. Vous croyez-vous capable de parler un mauvais arabe avec l'accent d'un Pachtoun sans instruction ?

Martin hocha la tête.

— C'est possible. Et si les enturbannés ramènent un autre Afghan qui a connu l'Afghan en question ?

Les deux agents restèrent silencieux. Tout le monde, autour du feu, savait que dans ce cas ce serait la fin.

Tandis que les deux agents fixaient la pointe de leurs chaussures plutôt que de dire ce qui arriverait à un espion infiltré à l'intérieur d'Al-Qaïda si on le démasquait, Martin se mit à feuilleter le dossier sur ses genoux. Soudain, il se figea.

Le visage avait vieilli de cinq ans, mais il était surtout marqué par la souffrance, et l'homme en paraissait dix de plus. Mais c'était bien le jeune montagnard, celui qu'il avait connu presque mourant à Qala-i-Jangi.

— Je connais cet homme, dit-il calmement. Il s'appelle Izmat Khan.

Les deux Américains le regardèrent, bouche bée.

— Mais comment pourriez-vous le connaître ? Il est enfermé à Guantanamo depuis sa capture il y a cinq ans !

69

– Je le sais, mais bien avant ça, nous nous sommes battus tous les deux contre les Russes à Tora Bora.

Les deux hommes se rappelèrent le dossier qu'ils avaient sur lui. Il y était question, bien sûr, des années que Martin avait passées en Afghanistan pour aider les moudjahidin dans leur lutte contre l'occupation soviétique. Il avait fallu une énorme coïncidence pour que ces deux hommes se rencontrent, mais ce n'était pas invraisemblable. Ils l'interrogèrent pendant dix minutes, curieux de ce qu'il pouvait ajouter au sujet d'Izmat Khan. Martin leur rendit le dossier.

– Comment est-il aujourd'hui, Izmat Khan ? Qu'est-il devenu après cinq ans de détention au camp Delta, aux mains de vos agents ?

L'Américain de Langley haussa les épaules.

– C'est un dur, Mike. Un vrai dur. Il est arrivé avec une double fracture du crâne. Il avait été blessé au cours de son arrestation. Nos médecins ont d'abord pensé qu'il était peut-être... un peu débile, disons. Attardé. Puis il s'est avéré qu'il n'était que désorienté. La blessure, le voyage... C'était en décembre 2001, juste après le 11 Septembre. Il a été traité... comment dirais-je... sans ménagement. Puis la nature a repris le dessus, il s'est rétabli et on a pu l'interroger.

– Qu'est-ce qu'il a dit ?

– Pas grand-chose. Un vague curriculum vitae. Il a résisté au troisième degré et à tous les officiers. Il vous regarde sans rien dire avec ses yeux noirs et il n'y a rien de fraternel dans ce regard-là. Si bien qu'il est toujours en cellule. Mais d'autres nous ont appris au cours de leurs interrogatoires qu'il parlait assez bien l'arabe pour l'avoir appris en Afghanistan, et même avant en fréquentant une école coranique. Et deux membres d'Al-Qaïda nés en Angleterre qui étaient avec lui avant qu'on les relâche nous ont dit qu'ils lui avaient appris des rudiments d'anglais.

— Ces deux-là, il faudra les reprendre et les mettre en quarantaine, dit Martin en se tournant brusquement vers Steve Hill.

— Bien entendu. C'est tout à fait possible.

Marek Gumienny se leva pour faire le tour de la grange pendant que Martin se penchait à nouveau sur le dossier. En regardant le feu, Martin vit parmi les braises un flanc de montagne aride et désolé, quelque part très loin. Deux hommes, un amas de rochers, l'hélicoptère de combat soviétique qui se balançait dans l'air avant d'attaquer et la voix du gamin au turban qui demandait à voix basse : « Tu crois qu'on va mourir, l'Anglais ? » Gumienny revint et s'accroupit devant le feu pour remuer les braises avec un bâton. L'image se dissipa dans une gerbe d'étincelles.

— C'est un sacré boulot que vous avez entrepris ici, Mike. Il y a de quoi occuper une équipe d'artisans. Vous faites tout vous-même ?

— J'en fais autant que je peux. Pour la première fois depuis vingt-cinq ans, j'ai le temps.

— Mais c'est le fric qui manque, n'est-ce pas ?

Martin haussa les épaules.

— Il y a une quantité de boîtes qui recrutent des gardes du corps, au cas où je chercherais du travail. Le marché de la sécurité a explosé avec l'Irak. Les types se font plus d'argent en travaillant une semaine pour vous dans le Triangle sunnite qu'ils en gagnaient en six mois quand ils étaient soldats.

— Mais ça veut dire retrouver le sable, la poussière, le danger, le risque de mort prématurée... Je croyais que vous aviez dit adieu à tout ça ?

— Et vous, qu'avez-vous à proposer ? Des vacances avec Al-Qaïda sur une plage de Floride ?

Marek Gumienny consentit à rire.

— On reproche bien des choses aux Américains, Mike, mais certainement pas de manquer de générosité pour ceux qui les ont aidés. J'envisage un contrat de consultant à, mettons, deux cent mille dollars par an sur cinq ans. Payés à l'étranger, pour ne pas déranger l'inspecteur des impôts. Sans horaires imposés. Et loin des zones à risque.

Martin pensa à une scène de son film préféré. Celle où Lawrence d'Arabie propose de l'argent à Auda Abou Taï pour qu'il l'aide à attaquer Aqaba. Et il entendit la réplique superbe : Auda n'ira pas prendre Aqaba pour l'or des Anglais, il ira à Aqaba parce que ça lui fait plaisir. Il se leva.

— Steve, je veux que ma maison soit entièrement recouverte de toile goudronnée. Je veux la retrouver à mon retour dans l'état exact où je l'aurai laissée.

— C'est d'accord.

— Je vais chercher mes affaires. Il n'y a pas grand-chose. Tout juste de quoi emplir le coffre de votre voiture.

C'est ainsi que la riposte de l'Occident à l'opération Stingray fut décidée à l'ombre d'un pommier dans un verger du Hampshire. Deux jours plus tard, un ordinateur opérant sur le mode aléatoire la baptisait « opération Crowbar » (pied-de-biche).

Si on l'en avait sommé, Mike Martin n'aurait pas été capable d'expliquer pourquoi, mais lors des nombreux interrogatoires auxquels il se soumit à propos de l'Afghan qui avait jadis été son ami, il garda un détail pour lui.

Peut-être pensait-il qu'on en savait déjà assez. Peut-être jugeait-il ce détail sans importance. Il concernait une conversation à voix basse dans la pénombre d'un hôpital souterrain géré par des Arabes en un lieu appelé Jaji.

DEUXIÈME PARTIE

Les combattants

QUATRE

La décision prise dans le verger du Hampshire amena les deux hauts responsables du renseignement à une cascade d'autres décisions. Il leur fallut, en premier lieu, informer leurs supérieurs respectifs au niveau politique et obtenir leur accord.

C'était plus facile à dire qu'à faire, car Mike Martin avait posé une condition : il ne devait pas y avoir plus de douze personnes au courant de l'opération Crowbar. On avait accepté cette condition car on comprenait son inquiétude.

Lorsque cinquante personnes ont connaissance d'une information éminemment intéressante, il s'en trouve toujours une pour la laisser échapper. Ce n'est pas toujours intentionnel, ou malveillant, mais c'est quasiment inévitable.

Ceux qui ont vécu dans la clandestinité des situations présentant un risque mortel savent qu'il faut déjà avoir les nerfs assez solides pour croire en sa propre capacité à ne pas se trahir, et espérer ne pas être découvert par quelque hasard imprévisible. Mais le pire cauchemar serait de savoir que vous devez votre capture et la mort épouvantable qui s'ensuit à l'inconséquence d'un imbécile qui s'est vanté dans un bar pour se faire valoir aux yeux de sa petite amie. C'est pourquoi la condition posée par Martin avait été acceptée sans discussion.

75

À Washington, John Negroponte accepta d'être le seul détenteur du secret et donna son feu vert. Steve Hill dîna à son club avec un représentant du gouvernement britannique et en reçut la même assurance. À ce stade, ils étaient donc quatre.

Mais chacun de ces hommes savait qu'il ne pourrait pas être sur l'affaire vingt-quatre heures sur vingt-quatre. Chacun avait donc besoin d'un responsable de haut niveau pour en assurer le suivi au jour le jour. Marek Gumienny choisit un arabisant de la division anti-terrorisme de la CIA : Michael McDonald laissa tout tomber, expliqua à sa famille qu'il allait travailler quelque temps en Grande-Bretagne et s'envola pour l'est tandis que Marek Gumienny rentrait chez lui.

Steve Hill choisit Gordon Phillips, son propre adjoint pour le bureau du Moyen-Orient. Avant de se séparer, les deux hauts responsables du renseignement convinrent que tout ce qui concernait Crowbar aurait une couverture vraisemblable afin que personne, aux niveaux inférieurs de la hiérarchie, ne sache qu'un agent de l'Ouest allait être infiltré à l'intérieur d'Al-Qaïda.

On annonça, à Langley comme à Vauxhall Cross, que les deux agents qui allaient s'absenter prenaient simplement un congé sabbatique pour suivre des cours dans le cadre de leur formation professionnelle et seraient absents de leur bureau pendant six mois.

Steve Hill présenta les deux hommes qui allaient travailler ensemble et leur expliqua l'objectif de l'opération Crowbar. McDonald et Phillips l'écoutèrent dans un silence total. Hill leur avait installé des bureaux, non pas dans le quartier général des rives de la Tamise, mais dans l'une des résidences que la Firme possédait, en toute discrétion, à la campagne.

Après avoir posé leurs bagages, ils se retrouvèrent dans la salle de réunion et Hill leur remit un épais dossier.

— Le travail commence demain, dit-il. Vous avez vingt-quatre heures pour mémoriser le tout. Cela concerne l'homme qui va être infiltré. Vous travaillerez avec lui jusque-là, et pour lui ensuite. Ceci... (il jeta sur la table un dossier plus mince que le premier) concerne l'homme dont il va prendre la place. À l'évidence, nous ne savons pas grand-chose sur lui. Mais c'est tout ce que les Américains ont pu lui tirer après des centaines d'heures d'interrogatoire à Guantanamo. Apprenez cela également.

Après son départ, les deux jeunes hommes demandèrent qu'on leur apporte une grande cafetière et se plongèrent dans la lecture des dossiers.

C'est à l'occasion d'une visite au salon de l'aviation de Farnborough pendant l'été 1977 que Mike Martin, alors âgé de quinze ans, était tombé amoureux. Son père et son jeune frère l'accompagnaient. Ils se passionnaient pour les bombardiers, les chasseurs, les acrobaties aériennes et les présentations de prototypes. Pour Mike, le clou de la manifestation fut l'arrivée des Red Devils, la formidable équipe du régiment de parachutistes, tombant en chute libre avant d'ouvrir leurs parachutes pour se poser au cœur de la cible tracée sur la piste d'atterrissage. À cet instant, il sut ce qu'il voulait faire plus tard.

Il écrivit aux parachutistes pendant son dernier trimestre à Haileybury, en 1980, et fut reçu pour un entretien au quartier général du régiment d'Aldershot en septembre de la même année. En y arrivant, il contempla longuement le vieux Dakota duquel ses prédécesseurs avaient sauté jadis pour tenter de prendre le pont d'Arnhem. Puis le sergent qui escortait son groupe de cinq ex-lycéens le conduisit à la salle où avaient lieu les entretiens.

À son lycée (les paras examinaient toujours les antécédents des candidats), on le considérait comme un élève moyen mais un athlète d'exception. Ce qui convenait tout à fait aux paras. Il fut admis, et commença son instruction dès le fin du mois d'octobre : vingt-deux semaines éprouvantes qui se terminèrent en avril 1981 pour ceux qui n'avaient pas craqué dans l'intervalle.

L'instruction comportait quatre semaines d'exercice, d'apprentissage du maniement des armes, de manœuvres sur le terrain et d'entraînement physique ; puis deux autres semaines de formation au secourisme, aux communications de terrain et aux techniques de protection contre les attaques nucléaires, chimiques et bactériologiques.

La septième semaine visait à consolider les acquis des précédentes, mais elle ne fut pas aussi dure que la huitième et la neuvième, avec des marches d'endurance en plein hiver à travers la montagne au cours desquelles des costauds moururent de froid, d'épuisement ou d'hypothermie. Ils commencèrent à être moins nombreux.

La dixième semaine fut consacrée à la formation au tir à Hythe, dans le Kent, et Martin, qui venait d'avoir dix-neuf ans, fut déclaré tireur d'élite. La onzième et la douzième semaines se passèrent à escalader des dunes de sable et à charrier des troncs d'arbres dans la boue et le froid, sous la pluie et la grêle.

Les recrues encore présentes reçurent le béret vert tant convoité, et passèrent trois autres semaines à faire des exercices de défense, des patrouilles et de nouveaux exercices de tir dans les Brecons. On était à la fin du mois de janvier et un froid coupant régnait dans ces paysages de montagne désolés. Les hommes dormaient à même le sol humide, sans faire de feu.

De la seizième à la dix-neuvième semaine, ce fut l'instruction au parachutisme, pour laquelle Mike Martin s'était engagé. Elle eut lieu à Abingdon et vit la défection de quelques recrues supplémentaires. Et on épingla enfin sur la poitrine de ceux qui restaient les fameuses ailes, emblème des parachutistes. Ce soir-là, le vieux Club 101 d'Aldershot fut une fois encore le théâtre d'une fête à tout casser.

Il y eut encore deux semaines consacrées par un exercice sur le terrain appelé « dernière barricade » et quelques séances d'instruction destinées à perfectionner les manœuvres à l'occasion des défilés. La vingt et unième semaine fut celle de la parade finale de la promotion, à l'occasion de laquelle les parents ébahis virent défiler leurs rejetons métamorphosés en soldats.

Le deuxième classe Mike Martin avait été très vite désigné comme un futur officier et on l'envoya en avril 1981 suivre la nouvelle instruction accélérée de l'Académie militaire royale, à Sandhurst, où il fut promu sous-lieutenant en décembre. Mais s'il voyait s'ouvrir devant lui un avenir glorieux, il se trompait complètement.

Le régiment de parachutistes comprend trois bataillons. Martin fut affecté au Troisième Para et se retrouva à Aldershot en vertu du principe du tourniquet.

Une fois tous les six ans, chacun des trois bataillons du régiment replie ses parachutes et se transforme pour les trois années suivantes en bataillon d'infanterie mobile. Les paras détestent ce système.

Martin, en tant que chef de section, se vit confier l'instruction des nouvelles recrues, auxquelles il dut faire subir tout ce qu'il avait enduré lui-même. Il y serait resté jusqu'au terme des fameux trois ans si un certain Leopoldo Galtieri, dictateur argentin de son état, ne s'était avisé d'envahir les îles Falklands, encore appelées Malouines. Le Troisième Para reçut l'ordre de partir.

Une semaine plus tard, lancée par l'implacable Margaret Tchatcher, une force expéditionnaire cinglait vers l'Atlantique Sud où l'attendait l'hiver austral avec ses pluies diluviennes et ses mers démontées.

Martin fit la traversée sur le paquebot transporteur de troupes *Canberra*, avec une première escale sur l'Île de l'Ascension, sinistre et battue par les vents. Là, ils firent une pause pendant que se poursuivaient les efforts diplomatiques pour amener Galtieri à évacuer ses troupes ou Margaret Thatcher à faire machine arrière. Mais ni l'un ni l'autre ne pouvait l'accepter sans y laisser son poste de chef d'État. Le *Canberra* repartit donc dans le sillage de l'*Ark Royal*, l'unique porte-avions de l'expédition.

Quand il devint évident que l'assaut était inévitable, Martin et ses hommes furent transportés par hélicoptère du *Canberra* sur une vedette de débarquement. C'en était fini du confort du paquebot. Cette même nuit, un autre hélicoptère Sea King tomba à la mer avec dix-neuf hommes des forces spéciales. Ce fut la plus grave perte jamais subie en une seule nuit par ce corps d'armée.

Martin et les trente hommes placés sous ses ordres prirent part au débarquement du Troisième Para à San Carlos Water. C'était à six kilomètres de Port Stanley, la capitale, mais ils ne rencontrèrent aucune résistance. Les paras et les marines entreprirent aussitôt une marche forcée, dans la boue et sous l'averse, à l'est de Port Stanley.

Ils trimbalaient tout leur équipement dans des sacs à dos Bergen si lourds qu'ils leur donnaient l'impression de porter un homme. À chaque apparition d'un Skyhawk argentin, ils devaient plonger dans la boue, mais les mitrailleuses des « Argie » s'en prenaient plutôt aux vaisseaux ancrés au large qu'aux hommes dans la gadoue. S'ils parvenaient à couler les vaisseaux, c'en serait fait des hommes à terre.

Le véritable ennemi, c'était le froid, avec la pluie glacée tombant sans interruption sur cette terre si désolée qu'il n'y poussait pas un arbre. Jusqu'au mont Longdon.

Les hommes du Troisième Para bivouaquèrent au pied de la montagne dans une ferme appelée Estancia House et se préparèrent à remplir la mission pour laquelle leur pays les avait envoyés à quelque onze mille kilomètres de leur base. C'était pendant la nuit du 11 au 12 juin.

L'attaque devait se dérouler dans l'obscurité et en silence et ce fut le cas jusqu'au moment où le caporal Milne posa le pied sur une mine. Ensuite, il y eut du bruit. Les « Argie » ouvrirent le feu, éclairant les pentes et la vallée comme en plein jour. Les hommes du Troisième Para n'avaient d'autre choix que de se terrer ou prendre Longdon. La prise de Longdon coûta vingt-trois morts et plus de quarante blessés au régiment.

C'était la première fois que Mike Martin voyait des hommes tomber à ses côtés et il sentait sur sa langue cet étrange goût métallique qui est celui de la peur.

Mais il ne fut pas touché. Sur les trente hommes de son peloton, dont un sergent et trois caporaux, six moururent et neuf furent blessés.

Les Argentins qui défendaient les hauteurs étaient des jeunes de la pampa enrôlés de force – les fils de la bourgeoisie avaient les moyens d'éviter le service militaire – et ils avaient envie de rentrer chez eux loin de la pluie et de la boue. Ils avaient abandonné leurs bunkers et leurs gourbis pour rentrer se mettre à l'abri à Port Stanley.

À l'aube, au sommet de Wireless Rridge, Mike Martin regarda la ville et le soleil qui se levait à l'est et redécouvrit le Dieu de ses ancêtres qu'il avait négligé pendant bien des années. Il rendit grâces et jura de ne jamais oublier.

À l'époque où le petit Mike Martin, âgé de dix ans, gambadait dans le jardin de son père à Bagdad pour le plus grand plaisir de ses invités irakiens, un garçon naquit à quinze cents kilomètres de là.

La chaîne du Spin Ghar, les « Montagnes blanches », dominée par le Tora Bora, se dresse à l'ouest de la route qui va de Peshawar au Pakistan à Jalalabad en Afghanistan.

Vues de loin, ces montagnes froides et désolées forment une haute barrière entre les deux pays. La neige couronne leurs sommets et les recouvre entièrement l'hiver venu.

La région du Spin Ghar s'étend à l'intérieur de l'Afghanistan, bordée du côté du Pakistan par la chaîne montagneuse appelée Safed Koh. À la fonte des neiges, un réseau serré de cours d'eau descend du Spin Ghar pour irriguer la riche plaine qui entoure Jalalabad et creuse de hautes vallées dans lesquelles on cultive des vergers et des jardins potagers, et où paissent des troupeaux de chèvres et de moutons.

La vie est dure dans ces contrées, et vu le peu de ressources disponibles les communautés qui subsistent dans les vallées sont éparpillées et de petite taille. L'ancien Empire britannique connaissait et redoutait ces populations, qu'il désignait sous le nom de Pathans, aujourd'hui Pachtouns. Ils avaient alors pour défendre leurs repaires montagneux de grands mousquets à long canon serti de cuivre qu'ils maniaient avec la dextérité des tireurs d'élite de l'époque moderne.

Rudyard Kipling, le poète de l'empire des Indes, évoqua en son temps la crainte qu'inspiraient à juste titre ces montagnards aux officiers éduqués à grands frais dans les académies anglaises.

Il y avait en 1972 dans l'une de ces hautes vallées un hameau appelé Maloko-zaï, du nom du guerrier depuis longtemps disparu qui en avait été le fondateur. Il comprenait cinq groupes d'habitations abritant chacun une vingtaine de personnes de la même famille. Le chef de village se nommait Nuri Khan. Les hommes se rassemblèrent un soir d'été autour de son feu pour boire leur thé brûlant, sans lait et sans sucre.

Comme on construisait à l'abri des murs d'enceinte les poulaillers, les étables et les maisons, tout y était tourné vers l'intérieur. Les bûches de mûrier qui se consumaient dans le feu lançaient des éclairs, tandis que le soleil descendait à l'ouest et que la nuit se refermait sur les montagnes, apportant de la fraîcheur même au plus fort de l'été.

On entendait des cris étouffés en provenance du quartier des femmes, mais quand ils se faisaient plus forts, les hommes interrompaient leur conversation joviale et attendaient qu'on vienne leur donner des nouvelles. L'épouse de Nuri Khan était enceinte de son quatrième enfant et son mari priait Allah de lui donner un deuxième fils. Qu'un homme ait des fils pour qu'ils s'occupent des bêtes quand ils étaient jeunes et défendent le village une fois devenus adultes, ce n'était que justice. Nuri Khan avait déjà un garçon de huit ans et deux filles.

L'obscurité était totale et il ne restait plus que la flamme des bougies pour éclairer les profils d'oiseaux de proie et les barbes noires quand une sage-femme surgit de l'ombre. Elle murmura quelques mots à l'oreille du père, dont les traits s'illuminèrent d'un large sourire.

— *Allah akbar*, j'ai un fils ! s'écria-t-il.

Tous les hommes de sa famille et les voisins se levèrent d'un seul mouvement et l'air s'emplit du crépitement et des détonations des fusils brandis vers le ciel nocturne. On s'étreignit, on se félicita et on remercia Allah qui avait donné un fils à son serviteur.

— Comment vas-tu l'appeler ? demanda un berger.

— Je l'appellerai Izmat, du nom de mon grand-père, que la paix soit avec son âme, répondit Nuri Khan.

C'est ce qui fut fait quand l'imam vint au hameau quelques jours plus tard pour la circoncision.

L'enfant reçut une éducation ordinaire. À l'âge des premiers pas, il fit ses premiers pas, et quand il put courir, il s'en donna à cœur joie. Comme tous les garçons de la campagne, il voulait faire la même chose que les autres, et quand il eut cinq ans, on lui permit d'aider à conduire les bêtes sur les hauts pâturages pendant l'été et de les surveiller tandis que les femmes coupaient de l'herbe pour l'hiver.

Il attendit avec impatience le moment de quitter la maison des femmes et ce fut le plus beau jour de sa vie quand, le cœur gonflé de fierté, il put se joindre aux hommes autour du feu pour les écouter raconter comment les Pachtouns avaient vaincu dans ces montagnes les soldats anglais, cent cinquante ans auparavant, mais comme si c'était la veille.

Son père était l'homme le plus riche du village, à la façon dont on pouvait être riche : au nombre de vaches, de moutons et de chèvres. Il fallait travailler dur et sans trêve pour s'occuper des bêtes, mais elles donnaient de la viande, du lait et des peaux. Les carrés de maïs donnaient de la bouillie et du pain ; les fruits et l'huile provenaient des mûriers qui poussaient en abondance et des vergers de noyers.

On n'avait pas besoin de quitter le village, aussi Izmat y resta-t-il pendant les huit premières années de sa vie. Les cinq familles se partageaient la petite mosquée et se retrouvaient tous les vendredis pour la prière en commun. Le père d'Izmat était croyant mais pas fondamentaliste, et certainement pas fanatique.

L'Afghanistan s'était donné le nom de République démocratique, ou RDA, mais c'était, comme souvent, impropre. Le pays avait un gouvernement communiste fortement soutenu par l'URSS. D'un point de vue religieux, c'était une curiosité, car les gens de l'intérieur étaient traditionnellement de bons musulmans qui voyaient dans l'athéisme l'absence de Dieu, et donc quelque chose d'inacceptable.

Mais, par tradition aussi, les Afghans des villes étaient des gens modérés et tolérants – c'est plus tard qu'on les pousserait au fanatisme. Les femmes faisaient des études, et peu étaient voilées. Non seulement on pouvait chanter et danser, mais c'était chose courante, et la police secrète tant redoutée ne vous poursuivait pas pour la tiédeur de vos sentiments religieux, mais seulement si elle vous soupçonnait d'être un opposant politique.

Le hameau de Maloko-zaï était relié au monde extérieur de deux façons différentes. Il y avait d'abord les bandes de nomades qui passaient de temps à autre avec des trains de mules chargés des marchandises de contrebande. Évitant le col de Khyber et ses patrouilles de gardes-frontières, elles prenaient la piste menant à la ville de Parachinar au Pakistan. Les habitants de Maloko-zaï recevaient ainsi des nouvelles des villes et des plaines, du gouvernement qui siégeait dans la lointaine Kaboul, et du monde qui s'étendait au-delà des vallées. Et il y avait la radio, une précieuse relique qui sifflait et crépitait mais émettait des mots qu'ils pouvaient comprendre. C'étaient les émissions en pachto de la BBC, qui présentaient une vision non communiste du monde.

Ce fut pour Izmat une enfance paisible. Jusqu'à l'arrivée des Russes.

On ne se souciait guère à Maloko-zaï de savoir qui avait tort et qui avait raison. Les villageois ne savaient pas, et ils s'en moquaient, que leur Président communiste avait déplu à ses protecteurs de Moscou parce qu'il n'était pas maître de son territoire. L'important, c'était que l'armée soviétique avait traversé le fleuve Amou-Daria à partir de l'Ouzbékistan et avait déferlé par le col de Salang pour prendre Kaboul. Ce n'était pas (encore) la lutte de l'islam contre l'athéisme ; c'était une insulte.

Izmat Khan avait reçu une éducation sommaire. Il avait appris les versets coraniques nécessaires pour la prière dans une langue appelée l'arabe et il ne les comprenait pas. L'imam local n'habitait pas sur place ; c'était en réalité Nuri Khan qui dirigeait la prière, mais il avait enseigné des rudiments de lecture et d'écriture aux garçons du village, en pachto uniquement. Son propre père lui avait transmis les règles du *Pukhtunwali*, le code de vie des Pachtouns. Honneur, hospitalité, nécessité de venger l'insulte, telles étaient ces règles. Et Moscou les avait bafouées.

Ce fut dans les montagnes que la résistance commença, et les résistants se baptisèrent les guerriers de Dieu, ou moudjahidin. Mais les montagnards durent d'abord se réunir pour décider de ce qu'ils allaient faire et de qui serait leur chef.

Ils ignoraient tout de la Guerre froide, mais on leur annonça qu'ils avaient désormais des amis puissants, les ennemis de l'URSS. Ils pouvaient très bien le comprendre. L'ennemi de mon ennemi... Il y avait d'abord parmi eux le Pakistan, leur plus proche voisin, dirigé par un dictateur fondamentaliste, le général Zua-ul-Haq. Malgré la différence de religion, il était allié avec une puissance chrétienne appelée Amérique, et ses amis les Anglais, les ennemis de jadis.

Mike Martin avait goûté à l'action et savait qu'il aimait ça. Il fit un séjour en Irlande du Nord, en opération contre l'IRA, mais les conditions étaient épouvantables et, malgré la menace permanente que faisaient peser les tireurs isolés, les patrouilles étaient assommantes. Il chercha une autre affectation et se présenta au printemps 1986 à la sélection pour le Special Air Service[1].

Ce corps d'armée est composé en grande partie de parachutistes, car son entraînement et son rôle au combat sont similaires, mais le SAS prétend que ses tests sont plus difficiles. Le dossier de Martin aboutit à Hereford, où l'on nota avec intérêt qu'il parlait couramment l'arabe, et il fut convoqué à une session de présélection.

On dit au SAS qu'on prend les hommes les plus costauds et qu'on voit ensuite ce qu'on peut en faire. Martin suivit la session de présélection avec des collègues venus des paras, de l'infanterie, de la cavalerie, de l'artillerie et même du génie. Il y avait également au SAS une unité maritime spéciale qui ne recrutait que parmi les marines.

La formation est basée sur un concept des plus simples. C'est ce que leur annonça en souriant un sergent, dès le premier jour : « Nous n'allons pas chercher à vous former. Nous allons chercher à vous tuer. »

Ce qu'ils firent. Dix pour cent des candidats, seulement, sont admis après la présélection. Martin le fut. Vint ensuite la forma-

---

1. Comparable au GIGN français. (*Toutes les notes sont du traducteur.*)

tion de routine : l'entraînement dans la forêt vierge au Belize, et au retour en Angleterre, un mois de plus consacré à la résistance aux interrogatoires. On « résiste » en s'efforçant de rester muet pendant qu'on se livre sur vous à des actes extrêmement désagréables. L'avantage, c'est que le régiment ou vous-même avez le droit de réclamer toutes les heures un RU, ou retour à l'unité.

Avec vingt-deux autres SAS, Martin prit son service à la fin de l'été 1986 avec le grade de capitaine. Il avait opté pour l'escadron aéroporté, ce qui était naturel pour un parachutiste.

Si les paras n'avaient que faire de son arabe, ce n'était pas le cas du SAS, qui entretenait depuis longtemps d'étroites relations avec le monde arabe. Il avait été créé en 1941 dans le Désert occidental et son empathie avec les sables de l'Arabie ne s'était jamais démentie.

Le SAS est connu par ailleurs comme la seule unité de l'armée à faire du profit – ce qui n'est pas tout à fait vrai, mais presque. Les hommes du SAS sont recherchés dans le monde entier comme gardes du corps et formateurs de gardes du corps. Les sultans et les émirs s'offrent au prix fort des équipes du SAS pour former leur garde personnelle. En rentrant au pays à la fin de l'été 1987, Martin fut muté à Riyad auprès de la Garde nationale saoudienne.

— Je n'aime pas ce genre de chose, lui dit le commandant dans son bureau de Sterling Lines, au quartier général du régiment. Non, bordel, je n'aime pas ça du tout ! Mais la Firme veut vous emprunter. C'est à cause de votre arabe.

— Ils n'ont pas leurs propres arabisants ? demanda Martin.

— Oh, si, ils en ont plein leurs bureaux ! Mais il ne s'agit pas seulement de le parler. Et pas exactement d'un pays arabe. Ils veulent envoyer quelqu'un derrière les lignes soviétiques en Afghanistan pour travailler avec la résistance – les moudjahidin.

Le dictateur militaire du Pakistan avait décrété qu'aucun militaire au service d'une puissance occidentale ne serait autorisé à pénétrer en Afghanistan en passant par son pays. Il ne l'avait pas dit officiellement, mais son propre service de renseignement prenait grand plaisir à administrer l'aide que les Américains déversaient à flots sur les moudjahidin, et il ne tenait pas à voir les Russes capturer et exhiber un soldat américain ou britannique infiltré via le Pakistan.

Or, en pleine occupation soviétique, les Britanniques avaient décidé que l'homme à soutenir n'était pas le Pakistanais Hekmatyar mais un Tadjik du nom de Shad Massoud qui, plutôt que de bouder en Europe ou au Pakistan, se battait sur le terrain et infligeait de sérieux dommages aux occupants. La difficulté consistait à acheminer de l'aide jusqu'à lui, son territoire étant situé au nord.

Le recrutement de guides chez les moudjahidin autour du col de Khyber ne posait guère de problèmes. Tout comme au temps de l'empire des Indes, on pouvait obtenir beaucoup avec quelques pièces d'or. Il existe un dicton selon lequel on ne peut pas acheter la loyauté d'un Afghan, mais on peut toujours la louer.

– Ce qu'il faut avant tout, capitaine, s'entendit dire Martin au quartier général du SIS, c'est pouvoir démentir. C'est pourquoi vous devez – ce ne sera qu'une formalité – démissionner de l'armée. Quand vous reviendrez, vous serez, bien entendu, immédiatement réintégré.

Martin apprécia au passage l'emploi du « quand » plutôt que du « si ».

Il savait parfaitement que le SIS avait dans ses rangs, sous le nom de Revolutionary Warfare Wing, un groupe ultra-secret chargé de susciter des troubles à l'intérieur des régimes communistes chaque fois que c'était possible. Il le dit.

— Là, on est dans l'ultra-clandestinité, répondit le responsable. Nous appelons ce groupe « la Licorne », parce qu'il n'existe pas. Il ne comprend jamais plus d'une douzaine d'hommes, et en ce moment ils ne sont que quatre. Nous avons vraiment besoin de quelqu'un qui s'introduise en Afghanistan par le col de Khyber et s'assure une fois là-bas les services d'un guide qui l'emmènera au nord, dans la vallée du Panchir, où opère Shah Massoud.

— Avec des cadeaux ? demanda Martin.

L'homme fit un geste d'impuissance.

— Des broutilles, malheureusement. Ce qu'un homme peut porter. Mais on pourra ensuite faire monter des trains de mules avec beaucoup plus de matériel, si Massoud envoie ses guides au sud, à la frontière. Il s'agit d'établir un premier contact, voyez-vous.

— Et comme cadeaux ?

— Du tabac. Il aime bien notre tabac. Et, ah oui, deux lance-missiles sol-air avec leurs missiles. Il craint beaucoup les attaques aériennes. Vous montrerez à ses hommes comment s'en servir. Je prévois que vous serez absent six mois. Qu'en pensez-vous ?

Après six mois de lutte contre l'envahisseur soviétique, il semblait évident que les Afghans étaient toujours incapables de faire ce qu'ils n'avaient jamais pu faire : s'unir. Mais, après des semaines de discussion à Peshawar et à Islamabad avec des Pakistanais décidés à ne distribuer les armes et les fonds américains qu'à des résistants accrédités par eux-mêmes, le nombre de groupes de résistance fut ramené à sept. Chacun avait un chef politique et un commandant militaire. On les appela les Sept de Peshawar.

Un seul de ces groupes n'était pas pachtoun, celui que dirigeaient le professeur Rabbani et son charismatique commandant Ahmad Shah Massoud, tous deux Tadjiks du Nord. Parmi les autres, trois furent vite surnommés les « commandants Gucci » parce qu'ils ne mettaient que rarement, voire jamais, les pieds en Afghanistan occupé, préférant rester en sécurité à l'étranger dans leurs tenues occidentales.

Deux des trois autres, Sayyaf et Hekmatyar, étaient des partisans fanatiques des Frères musulmans, et Hekmatyar se montra si cruel et si vindicatif qu'il finit par exécuter un plus grand nombre d'Afghans qu'il n'avait tué de Russes.

Le mollah Maulvi Younis Khalès contrôlait la province de Nangarhar, où était né Izmat Khan. C'était un érudit et un prédicateur mais il avait, contrairement à Hekmatyar – qui le détestait –, une certaine bonté dans le regard.

Pendant les dix années qui suivirent, et bien qu'étant à soixante ans passés le plus âgé des sept, Younis Khalès fit de multiples incursions dans l'Afghanistan occupé pour conduire ses hommes au combat. En son absence, le groupe était commandé par Abdul Haq.

En 1980, la guerre avait atteint les vallées du Spin Ghar. Les Soviétiques déferlaient sur Jalalabad au pied des montagnes et leur aviation se livrait à des raids punitifs sur les villages de montagne. Nuri Khan, qui avait fait allégeance à Younis Khalès en tant que chef de guerre, avait été autorisé à former sa propre milice.

Il pouvait mettre tout le cheptel de Maloko-Zaï à l'abri dans les grottes naturelles des Montagnes blanches, qui offraient également un refuge aux villageois en cas d'attaque aérienne. Il décida néanmoins qu'il était temps d'envoyer les femmes et les enfants de l'autre côté de la frontière pakistanaise.

Il fallait bien sûr un homme pour escorter la petite caravane et rester à Peshawar le temps que durerait le séjour des réfugiés. Nuri Khan désigna son propre père, qui avait plus de soixante ans et une jambe raide. On prépara des ânes et des mules pour le voyage.

Honteux d'être traité comme un enfant et refoulant ses larmes, Izmat, huit ans, reçut le baiser d'adieu de son père et de son frère, prit par sa bride la mule qui portait sa mère et se mit en route vers les hautes montagnes et le Pakistan. Sept ans allaient passer avant qu'il revienne, et ce serait alors pour se battre contre les Russes avec une détermination farouche.

Il avait été décidé que, pour se donner une légitimité aux yeux du monde, les chefs de guerre créeraient chacun un parti politique. Celui de Younis Khalès s'appelait Hizb-i-Islami et tous ceux qui étaient placés sous son commandement devaient y adhérer. Une forêt de tentes avait surgi autour de Peshawar, sous les auspices d'une organisation dont Izmat n'avait jamais entendu parler, l'Organisation des Nations Unies. L'ONU avait donné son accord pour que ces chefs de guerre qui se présentaient désormais comme des chefs de parti politique aient chacun leur camp de réfugiés, et pour être admis dans l'un de ces camps il fallait être membre de l'un de ces partis.

Une autre organisation fournissait des couvertures et de la nourriture. Elle avait pour emblème une épaisse croix rouge. Izmat Khan n'en avait jamais vu non plus, mais il savait ce qu'était une soupe chaude, et après sa marche harassante à travers la montagne, il en but tout son content. Il y avait une autre condition à remplir pour bénéficier des largesses de l'Occident, généralement acheminées par les Nations Unies et le général Zia-ul-Haq : les garçons devaient fréquenter l'école coranique, ou *madrassa*, ouverte dans chaque camp de réfugiés. C'était la seule façon de s'instruire. Ils n'y apprenaient pas les mathématiques, la science, l'histoire ou la géographie. Ils apprenaient à réciter les versets du Coran. Tout le reste, ils l'apprendraient de la guerre.

Les imams de ces *madrassa* étaient payés par l'Arabie Saoudite et étaient souvent des Saoudiens. Ils apportaient avec eux la seule version de l'islam autorisée en Arabie Saoudite : le wahhabisme, prôné par la secte la plus radicale et la plus intolérante de toute la mouvance islamique. C'est ainsi que sous l'emblème de cette croix, source de nourriture et de médicaments, toute une génération de jeunes Afghans allait être endoctrinée jusqu'au fanatisme.

Nuri Khan rendait visite aux siens le plus souvent possible, deux ou trois fois par an, en confiant son commandement à l'aîné de ses fils. Mais c'était un rude voyage, et Nuri Khan paraissait chaque fois plus vieux. En 1987, il arriva à bout de forces, les traits creusés. Le frère aîné d'Izmat venait d'être tué au cours d'une attaque aérienne, en conduisant les autres vers les grottes pour les mettre à l'abri. Izmat avait alors quinze ans et sa poitrine se gonfla de fierté quand son père lui demanda de rentrer au village pour se joindre à la résistance et devenir un moudjahidin.

Les femmes pleurèrent beaucoup, bien sûr, et le grand-père grommela dans sa barbe, lui qui ne devait pas survivre à un hiver supplémentaire près de Peshawar. Puis Nuri Khan, son unique fils encore en vie et les huit hommes qu'il avait amenés avec lui pour qu'ils voient leur famille se tournèrent vers l'est et les montagnes qu'ils devaient franchir une nouvelle fois pour atteindre la province de Nangarhar et replonger dans la guerre.

Le garçon qui revint au village n'était plus le même, et il trouva un paysage dévasté. Il ne restait pratiquement plus une seule bicoque debout dans les vallées. Les bombardiers Sukhoi et les hélicoptères Hind avaient tout rasé depuis le Panchir jusqu'au nord, où Shah Massoud contrôlait sa zone de combat, jusqu'à Paktia et la chaîne du Shinkay. Les habitants des plaines étaient l'objet des manœuvres d'intimidation de l'armée afghane ou du Khad, la police secrète entraînée et soutenue par le KGB soviétique.

Mais les montagnards et les habitants des plaines et des villes qui rejoignaient la résistance faisaient preuve d'une détermination farouche, et il était, comme on s'en apercevrait par la suite, impossible de les soumettre. Malgré la couverture aérienne dont ils disposaient, contrairement aux Britanniques avant eux, les Soviétiques subissaient le même sort que l'armée britannique taillée en pièces lors de sa marche suicidaire de Kaboul à Jalalabad.

Les routes étaient dangereuses à cause des embuscades, les zones montagneuses inaccessibles sinon par air. Et comme depuis la livraison aux moudjahidin, en septembre 1987, de missiles américains Stinger, les Soviétiques étaient obligés de voler en altitude pour ne pas risquer d'être abattus, leurs bombardements n'avaient plus la même précision. Leurs pertes ne cessaient d'augmenter, s'y ajoutait une diminution en moyens humains provoquée par les blessures et les maladies, et même dans une société aussi contrôlée que celle de l'URSS, le moral de l'opinion était en chute libre.

C'était une guerre affreusement cruelle. On faisait très peu de prisonniers et ceux qui mouraient vite avaient de la chance.

94

Les montagnards vouaient une haine particulière aux aviateurs russes et ceux qui étaient capturés vivants avaient de bonnes chances de finir cloués sur un tronc d'arbre avec une petite entaille au ventre de telle sorte que leurs entrailles s'échappaient et grillaient au soleil jusqu'à ce que la mort vienne les délivrer. Il arrivait aussi qu'on les abandonne aux femmes et à leurs couteaux à écorcher.

Les Soviétiques répliquaient à coups de bombes, de missiles et de mitraillages sur tout ce qui bougeait : hommes, femmes, enfants ou animaux. Ils semaient dans les montagnes des millions de mines invisibles, qui allaient faire des Afghans un peuple d'infirmes. Il y aurait, à la fin des hostilités, des millions de morts, un million d'infirmes et cinq millions de réfugiés.

Izmat Khan savait tout des armes à feu après son séjour en camp de réfugiés, et sa préférée était bien entendu la kalachnikov AK-47. Par une suprême ironie, cet engin produit par les Soviétiques était devenu l'arme d'assaut favorite de tout mouvement de libération comme de tous les terroristes, et on s'en servait désormais contre eux. Mais les Américains leur en fournissaient pour d'autres raisons : tout Afghan pouvait se réapprovisionner en munitions dans le paquetage d'un Russe abattu, et éviter ainsi de transporter de lourdes charges à travers la montagne.

Hormis le fusil d'assaut, l'arme la plus prisée était un lanceur de grenades autopropulsées, facile à recharger et d'une efficacité redoutable à courte et moyenne portée. Il était, également, fourni par l'Occident.

Izmat Khan, déjà grand et fort pour son âge, avait quelques poils au menton dont il surveillait fiévreusement la pousse, et devait à la montagne une résistance physique hors du commun. Ceux qui les ont vus vous diront que les Pachtouns de ces régions se déplaçaient sur leur terrain comme des chèvres de montagne, que leurs jambes ne connaissaient pas la fatigue et qu'ils respiraient calmement quand d'autres semblaient près de suffoquer par manque d'air.

Un jour, un an après son retour au village, son père l'appela. Il était en compagnie d'un inconnu ; l'homme avait une barbe noire, le visage tanné par le soleil et portait un *shalwar kamiz* vert en lainage, de grosses chaussures de marche et un gilet sans manches. Il y avait, posé à côté de lui, le plus gros sac à dos que le garçon ait jamais vu et deux gros tubes enveloppés dans de la peau de mouton. Il était coiffé du turban pachtoun.

— Cet homme est un ami, et il est notre hôte, dit Nuri Khan. Il est ici pour nous aider et pour se battre avec nous. Il doit apporter ces tubes à Shah Massoud dans le Panchir, et tu vas l'y conduire.

CINQ

Le jeune Pachtoun regarda fixement l'étranger, comme s'il n'avait pas compris ce que Nuri Khan venait de dire.

– C'est un Afghan ? demanda-t-il.

– Non, c'est un Anglais.

Izmat Khan était abasourdi. C'était l'ennemi de longue date. Pis, c'était celui que l'imam de la *madrassa* n'avait cessé de condamner avec fureur. C'était certainement un *kafir*, un infidèle, un *nasrani*, un chrétien destiné à brûler en enfer pour l'éternité. Et il devrait, lui, Izmat Khan, conduire cet homme sur deux cents kilomètres à travers la montagne jusqu'à une grande vallée du Nord ? Passer des jours et des nuits en sa compagnie ? Nuri, son père, était pourtant un homme de bien, un bon musulman. Et il avait parlé d'ami. Que comprendre ?

L'Anglais se frappa légèrement la poitrine du bout des doigts.

– *Salaam aleikoum*, Izmat Khan, dit-il.

Le père ne parlait pas l'arabe, alors qu'il y avait maintenant de nombreux volontaires arabes au sud de la chaîne montagneuse. Comme ces Arabes restaient entre eux et ne se montraient pas, on n'avait pas besoin de les fréquenter ni d'apprendre les rudiments de leur langue. Mais Izmat avait passé des jours et des jours à lire le Coran ; le texte était écrit en arabe ; et son imam ne parlait que la langue de son Arabie Saoudite natale. Izmat avait donc acquis une bonne connaissance de la langue.

— *Aleikoum as-salaam*, dit-il. Comment t'appelles-tu ?

— Mike, répondit l'homme.

— Maï... ck, s'efforça de répéter Izmat.

Ce nom sonnait bizarrement à son oreille.

— Bon, prenons le thé, dit son père.

Ils se trouvaient à l'abri à l'entrée d'une grotte, quelque part à une dizaine de kilomètres des ruines de leur village. Un feu brûlait dans la grotte, assez loin pour éviter que la flamme ou même la fumée n'attire un avion soviétique.

— On dormira ici cette nuit. Et tu partiras vers le nord demain matin. Moi, j'irai rejoindre Abdul Haq au sud. On doit lancer une nouvelle opération contre la route Jalalabad-Kandahar.

Ils mangèrent de la viande de chèvre et des galettes de riz. Puis ils dormirent. Les deux hommes qui partaient vers le nord s'éveillèrent et se mirent en route avant l'aube. Ils se dirigèrent vers un réseau de vallées qui communiquaient les unes avec les autres et dans lesquelles ils savaient trouver des abris. Mais il y avait des montagnes entre les vallées, avec des pentes abruptes et rocailleuses qu'il fallait gravir à découvert. Ils s'y risquaient au clair de lune, par précaution, et restaient dans les creux pendant le jour.

La malchance frappa le deuxième jour. Ils avaient quitté leur campement avant l'aube, dont les premières lueurs les surprirent devant une vaste étendue de roche plate et de schiste qu'il leur fallait traverser pour se mettre à couvert dans les plis du terrain qu'ils apercevaient au-delà. Attendre à l'endroit où ils étaient les aurait obligés à rester cachés jusqu'à la tombée de la nuit.

Izmat Khan insista pour qu'ils traversent en plein jour. Alors qu'ils étaient à mi-chemin, ils entendirent le grondement d'un moteur d'avion.

L'homme et l'adolescent se jetèrent à terre pour ne plus bouger, mais trop tard. Au-dessus de la crête, devant eux, le MiL Mi-24 D soviétique, connu sous le simple nom « Hind », venait de surgir, telle une libellule géante et implacable. L'un des deux pilotes avait sans doute aperçu un mouvement, ou un reflet métallique sur la roche, car le Hind s'était détourné de sa trajectoire et revenait sur eux. Le rugissement des deux moteurs Isotov grandissait à leurs oreilles, accompagné de l'inimitable tac-tac-tac-tac du rotor.

La tête enfouie entre ses bras, Mike risqua un œil. Aucun doute, ils étaient repérés. Les deux pilotes assis l'un derrière l'autre, le second au-dessus du premier, regardaient droit vers lui, tandis que l'appareil fonçait en position d'attaque. Être surpris à découvert par un hélicoptère : le cauchemar de tout soldat à pied. Mike regarda autour de lui. Un amas de rochers se dressait à une trentaine de mètres ; il n'était pas plus haut qu'un homme, mais assez pour se protéger. Il se redressa en criant à l'adresse du jeune Afghan et partit en courant. Il laissait son sac Bergen de 50 kilos mais emportait l'un des deux tubes qui avaient tant intrigué son guide.

Il entendit le garçon qui courait derrière lui, le grondement de son propre sang dans ses oreilles et le rugissement du Hind qui fondait sur eux. Il n'aurait pas tenté cette manœuvre s'il n'avait vu sur l'hélicoptère quelque chose qui lui laissait une lueur d'espoir. Les tubes lance-missiles de l'appareil étaient vides et il ne transportait pas de bombes sous sa carlingue. Mike Martin inspira à pleins poumons pour reprendre son souffle en espérant qu'il ne s'était pas trompé. Ce qui s'avéra exact.

Simonov, le pilote, et son copilote Grigoriev venaient de ratisser une étroite vallée où, selon les agents de renseignement, se cachaient des « moudj ». Ils avaient largué toutes leurs bombes à haute altitude avant de descendre pour arroser les rochers de leurs roquettes. Affolées par les bombes, de nombreuses chèvres avaient jailli d'une faille, ce qui montrait bien que des hommes se cachaient dans les parages. Simonov avait déchiqueté les bêtes avec son canon de 30 mm, et épuisé ainsi presque toute sa réserve de munitions.

Alors qu'il reprenait une altitude suffisante pour être en sécurité et mettait le cap sur la base soviétique de Jalalabad, Grigoriev avait détecté un imperceptible mouvement à flanc de montagne. Apercevant les deux silhouettes qui couraient, il régla son canon sur le mode « tir » et piqua. Les deux hommes qui couraient tentaient d'atteindre un amas de rochers. Simonov stabilisa le Hind à six cents mètres et ouvrit le feu. Les deux canons jumeaux de l'hélicoptère se mirent à trembler tandis que les balles fusaient, puis se turent. Simonov poussa un juron : il n'avait plus de munitions. Il s'était servi des canons pour tirer sur des chèvres, et voici qu'il y avait un « moudj » à abattre et qu'il n'en avait plus. Il redressa le nez de l'appareil, décrivit une large courbe pour éviter la crête, et le Hind s'éloigna au-dessus de la vallée dans le claquement de son rotor.

Martin et Izmat Khan s'accroupirent derrière leur misérable abris de rochers. Le jeune Afghan regarda les doigts de l'Anglais qui ouvrait prestement le sac en peau de mouton et en sortait un petit tube. Il avait vaguement l'impression qu'on venait de lui donner un coup violent à la cuisse, mais il ne souffrait pas. Il avait la jambe engourdie, sans plus.

L'homme du SAS travaillait à toute la vitesse de ses doigts pour assembler l'un des deux lance-missiles qu'il tentait d'apporter à Shah Massoud au Panchir. Ce n'était pas une arme aussi redoutable que les Stinger américains, mais elle était plus sommaire, plus légère et plus simple d'emploi.

Certains missiles air-sol sont guidés vers leur cible par un radar terrestre. D'autres emportent leur propre petit radar logé dans leur tête. D'autres encore sont dotés d'un détecteur d'infrarouges qui leur permet de « sentir » la chaleur dégagée par les moteurs d'un avion et de se diriger sur lui. Le Blowpipe américain était beaucoup plus simple ; le tireur devait guider le missile jusqu'à la cible en envoyant des signaux à ses ailerons orientables au moyen d'un minuscule émetteur qu'il tenait à la main.

Le Blowpipe avait toutefois pour inconvénient d'obliger le tireur à faire face à l'avion qui attaquait, ce qui se soldait souvent par la mort du tireur. Martin glissa le missile à deux étages dans le tube, mit la batterie sous tension, lança le gyroscope, scruta le ciel dans le viseur et trouva le Hind qui fonçait droit sur lui. Il stabilisa l'image, et tira. Le missile partit vers le ciel avec un grand bruit soyeux. Faute d'un guidage automatique, il lui fallait ensuite recevoir les ordres du tireur pour s'orienter à gauche, à droite, plus haut, plus bas... Martin estima que la cible était à environ un millier de mètres et se rapprochait rapidement. À cet instant, Simonov ouvrit le feu avec son fusil mitrailleur.

Dans le nez du Hind, les quatre canons qui crachaient des balles grosses comme le doigt entrèrent en action. Le pilote soviétique vit la petite flamme du missile qui fonçait vers lui. À partir de là, tout allait se jouer au sang-froid.

Les balles percutaient les rochers en projetant des éclats dans toutes les directions. Cela ne dura que deux secondes, mais à raison de deux mille projectiles à la minute, soixante-dix frappèrent la roche avant que Simonov tente de dévier sa trajectoire et que le faisceau s'éloigne de côté.

Il est établi qu'en cas d'urgence un homme qui agit par réflexe se porte normalement vers la gauche. C'est pour cette raison que la conduite à gauche, qui ne se pratique pourtant que dans un petit nombre de pays, offre une meilleure sécurité : dans la panique, un conducteur se jettera sur le bas-côté plutôt que sur le véhicule qui arrive à sa droite. Simonov, pris de panique, déporta le Hind à gauche.

Le missile Blowpipe avait lâché son premier étage et filait à une vitesse supersonique. Martin infléchit sa trajectoire vers la droite à l'instant où Simonov amorçait sa manœuvre. C'était le bon choix. Le Hind, en virant, offrit son flanc au missile qui le frappa de plein fouet. Le poids de l'ogive n'était que de deux kilos et demi et l'hélicoptère Hind offre une énorme masse. Mais, à une vitesse qui dépasse les mille cinq cents kilomètres/heure, c'est un terrible choc. Le missile, perçant le blindage, s'y enfonça et explosa.

Inondé de sueur dans le froid glacial de la montagne, Martin vit le monstre vaciller sous l'impact et plonger vers le fond de la vallée en lâchant un flot de fumée.

Le bruit cessa brusquement. Le Hind s'était écrasé dans le lit de la rivière. Une grande flamme pivoine s'éleva en silence tandis que les deux Russes mouraient, suivie par un panache de fumée noire. C'était suffisant pour attirer l'attention des Russes à Jalalabad. À pied, le trajet était long et épuisant, mais il ne faudrait que quelques minutes à un chasseur Sukhoi pour arriver sur place.

– Allons-y ! dit Martin, en arabe, à son guide.

Le garçon tenta de se relever, en vain. Martin vit alors la

traînée de sang sur sa cuisse. Sans un mot, il posa le tube du Blowpipe et alla chercher son sac Bergen.

Il se servit de son couteau de poche pour fendre l'étoffe du *shalwar kamiz*. La plaie était petite et nette mais semblait profonde. Elle pouvait être l'œuvre d'un fragment de cartouche de fusil mitrailleur ou d'un éclat de roche. Mais on ne pouvait pas savoir à quelle distance de l'artère fémorale l'objet s'était logé. Martin avait reçu à Hereford une formation de secouriste assez poussée mais cette pente dénudée au flanc d'une montagne d'Afghanistan n'était pas l'endroit idéal pour risquer un geste chirurgical délicat alors que les avions russes pouvaient surgir d'un instant à l'autre.

— Est-ce qu'on va mourir, l'Anglais ? demanda le garçon.

— *Inch'Allah*, pas aujourd'hui, Izmat Khan. Pas aujourd'hui, répondit Martin.

Il était face à un dilemme. Il avait besoin de son sac et de tout ce qu'il contenait. Mais il ne pouvait porter que le sac ou le garçon, pas les deux.

— Tu connais bien cette montagne ? demanda-t-il en fouillant dans le sac à la recherche de cartouches.

— Bien sûr.

— Il va falloir que je revienne ici avec un autre guide. Tu lui indiqueras le chemin. Je vais planquer le sac et les missiles en attendant.

Il ouvrit une boîte plate en fer et y prit une seringue hypodermique. Le garçon suivait ses gestes. Il était livide. Si les infidèles veulent me torturer, tant pis, pensa-t-il. Je ne dirai rien.

L'Anglais lui plongea la seringue dans la cuisse. Il ne broncha pas. Après quelques secondes, sous l'effet de la morphine, la douleur commença à diminuer. Il tenta de se lever. L'Anglais avait pris dans son sac un petit outil pliant avec lequel il creusait dans le sol entre les rochers. Quand il jugea la fosse assez profonde, il y plaça le sac et les deux tubes, puis les recouvrit de pierres jusqu'à ce qu'on ne les voie plus. Mais il avait mémorisé la forme de la fosse. Si on le ramenait jusque-là, il retrouverait tout son équipement.

Sans écouter les protestations de l'adolescent qui se prétendait capable de marcher, Martin le chargea sur une épaule et se mit en route. Le garçon, tout en nerfs et en muscles, ne pesait guère plus que le sac Bergen. Il n'était pas question, toutefois, de continuer à grimper dans cette atmosphère raréfiée en luttant contre la gravité. Martin décida donc de couper la pente à travers les éboulis en descendant peu à peu vers la vallée. Ce qui s'avéra, une fois encore, un bon choix.

Les avions soviétiques abattus attiraient toujours les Pachtouns qui s'empressaient de les dépouiller de tout ce qui avait quelque valeur. Les Soviétiques n'avaient pas encore repéré le panache de fumée, et la dernière transmission radio de Simonov n'avait été qu'un ultime cri de rage et de désespoir trop bref pour permettre de localiser l'hélicoptère. Mais la fumée avait attiré un petit groupe de moudjahidin d'une autre vallée. Ils s'aperçurent alors qu'ils étaient les uns et les autres à trois cents mètres de l'épave.

Izmat Khan expliqua ce qui venait de se passer. Les montagnards l'écoutèrent en souriant de contentement et gratifièrent l'homme du SAS de quelques grandes claques dans le dos. Il leur dit que son guide avait besoin d'être secouru et qu'une tasse de thé dans une *chaï-khana* de la montagne n'y suffirait pas. Il fallait le transporter dans un hôpital pour qu'on l'opère. L'un des moudj connaissait un homme qui possédait une mule, deux vallées plus loin. Il alla le chercher et revint à la tombée de la nuit. Dans l'intervalle, Martin avait administré une deuxième dose de morphine au jeune Afghan.

Le nouveau guide, Izmat Khan sur la mule et l'Anglais partirent ensuite dans l'obscurité. Le guide les fit s'arrêter alors que le jour se levait sur la face sud du Spin Ghar.

— Jaji, dit-il en montrant quelque chose devant eux.

Et il voulut récupérer sa mule. Martin porta le garçon sur les trois derniers kilomètres. Le nom de Jaji désignait un ensemble de cinq cents grottes, que ceux qu'on appelait les Afghans-Arabes avaient passé trois ans à aménager en les creusant et les agrandissant pour y entasser du matériel et en faire une base importante de la guérilla. Martin l'ignorait, mais il y avait à l'intérieur des casernes une mosquée, une bibliothèque de textes religieux, des cuisines, des entrepôts et un hôpital doté d'une salle d'opération parfaitement équipée.

En arrivant, il fut arrêté par les sentinelles. On voyait bien ce qu'il faisait là : il amenait un blessé sur son dos. Les gardes se concertèrent sur la conduite à suivre, et Martin reconnut l'arabe d'Afrique du Nord. Ils furent interrompus par l'arrivée d'un homme qui parlait comme un Saoudien. Martin comprenait tout ce qui se disait, mais il estima plus prudent de faire celui qui ne comprenait rien. Il expliqua par gestes que son compagnon avait besoin d'être opéré d'urgence. Le Saoudien opina de la tête et leur fit signe de le suivre.

Izmat Khan fut opéré dans l'heure. On retira un fragment de métal de sa blessure.

Martin attendit qu'il se réveille, accroupi à la manière des gens de pays dans un coin sombre de la salle, et personne ne vit en lui autre chose qu'un Pachtoun de la montagne qui venait d'amener son ami blessé.

Au bout d'une heure, deux hommes entrèrent. L'un était très

grand, jeune, barbu. Il portait une veste de camouflage par-dessus son vêtement et était coiffé d'un chèche blanc. L'autre était petit et replet, avec des lunettes rondes perchées au bout du nez, et n'avait guère plus de trente ans lui aussi. Il portait une blouse de chirurgien. Après avoir examiné deux de leurs hommes, ils s'approchèrent de l'Afghan. Le grand s'adressa à lui en arabe saoudien :

— Et comment va notre jeune combattant afghan ?

— *Inch'Allah*, je vais beaucoup mieux, cheikh, répondit Izmat en arabe.

L'emploi du titre marquait le respect. Le Saoudien parut content.

— Ah, tu parles arabe, si jeune ! dit-il en souriant.

— J'ai passé sept ans dans une *madrassa* à Peshawar. Je suis revenu l'an dernier pour me battre.

— Et pour qui te bats-tu, mon fils ?

— Je me bats pour l'Afghanistan, répondit le garçon.

Quelque chose comme un nuage passa sur les traits du Saoudien. Le jeune Afghan sentit qu'il n'avait peut-être pas dit ce qu'on attendait de lui.

— Et aussi pour Allah, cheikh, ajouta-t-il.

Le nuage se dissipa, remplacé par un aimable sourire. Le Saoudien se pencha pour lui tapoter l'épaule.

— Un jour viendra où l'Afghanistan n'aura plus besoin de toi, mais Allah le miséricordieux aura toujours besoin de combattants comme toi. Et comment va la blessure de notre jeune ami ?

Il s'adressait au petit docteur.

— Voyons ça, dit celui-ci en remontant la jambe du pantalon.

La blessure était propre, rouge sur les bords mais fermée par huit points de suture et sans trace d'infection. Le docteur

Ayman Al-Zawahiri rabattit l'étoffe avec quelques claquements de lèvres satisfaits.

— Tu seras sur pied d'ici une semaine, dit-il.

Puis Oussama Ben Laden et lui sortirent. Personne n'avait prêté attention au moudj trempé de sueur qui se tenait accroupi dans un angle, la tête sur les genoux, comme s'il dormait.

Martin se leva et s'approcha du lit du garçon.

— Je dois m'en aller, dit-il. Les Arabes prendront soin de toi. Je vais essayer de trouver ton père pour qu'il me donne un nouveau guide. Qu'Allah te protège, mon ami.

— Sois prudent, Maï-ck, dit le garçon. Ces Arabes, ils ne sont pas comme nous. Tu es un *kafir*, un incroyant. Ils sont tous comme l'imam de ma *madrassa*. Ils détestent les infidèles.

— Dans ce cas, je te serai reconnaissant de ne pas leur dire qui je suis, répondit l'Anglais.

Izmat Khan ferma les yeux. Il mourrait sous la torture plutôt que de trahir son nouvel ami. C'était le code. Quand il rouvrit les yeux, l'Anglais n'était plus là. Il apprit par la suite que l'homme avait pu rejoindre Shah Massoud dans le Panchir, mais il ne le revit jamais.

Après six mois derrière les lignes soviétiques en Afghanistan, Mike Martin revint au pays via le Pakistan sans se faire remarquer. Il parlait désormais couramment le pachto. On l'envoya en permission après l'avoir réintégré dans l'armée puis, comme il faisait toujours partie du SAS, on le muta en Irlande du Nord. Mais cette fois, les choses se passèrent différemment.

L'IRA était véritablement terrorisée par le SAS, et on n'y rêvait que de capturer vivants, de torturer et de tuer ces hommes qu'on appelait les « Sassmen [1] ». Mike Martin se retrouva dans la 14ᵉ Compagnie de renseignement.

Les hommes de la 14ᵉ étaient ceux qui observaient, traquaient, écoutaient. Ils devaient être assez discrets et furtifs pour qu'on ne les voie jamais, afin de découvrir où les tueurs de l'IRA s'apprêtaient à frapper. Pour cela, ils accomplissaient des prouesses.

Ils entraient dans les maisons des chefs de l'IRA par le toit pour placer des micros sous les combles. Ils en mettaient jusque dans les cercueils des combattants de l'IRA car les responsables de l'organisation avaient l'habitude de se rassembler pour discuter sous prétexte de rendre hommage aux défunts. On les filmait de loin au téléobjectif et des spécialistes lisaient ensuite sur leurs lèvres. Des micros directionnels enregistraient leurs conversations à travers des fenêtres fermées. Et quand on avait mis la main sur une information, on passait le relais aux commandos spéciaux.

Les règles de combat étaient des plus strictes. Les hommes de l'IRA devaient tirer les premiers et tirer sur les SAS. S'ils jetaient leurs armes en entendant les sommations, ils étaient faits prisonniers. Avant de tirer, ceux du SAS comme les paras devaient être extrêmement prudents. La tradition qui veut que les avocats et les politiciens anglais accordent des droits aux ennemis est récente, et les soldats ne la connaissent pas.

Pendant les dix-huit mois qu'il passa en Ulster en tant que capitaine du SAS, Martin prit part à des opérations de nuit. Chaque fois, un groupe armé de l'IRA fut pris par surprise et sommé de rendre les armes. Chaque fois, les hommes se mon-

---

1. De *sass* : arrogant, culotté.

trèrent assez fous pour sortir leurs armes et les pointer. Et ce fut chaque fois la police qui trouva les corps au matin.

C'est au cours de la deuxième fusillade que Martin reçut sa balle. Il eut de la chance. Une blessure à la partie charnue du biceps gauche le renvoya chez lui, puis en convalescence à Headley Court, Leatherhead. Il y fit la connaissance d'une infirmière, Lucinda, qui allait très vite devenir sa femme.

De retour chez les paras au printemps 1990, Mike Martin fut affecté au ministère de la Défense à White Hall, Londres. Installé dans le cottage qu'il avait loué près de Chobham pour permettre à Lucinda de poursuivre sa carrière, Martin prit pour la première fois de sa vie les traits d'un employé en complet sombre qui attendait tous les matins le train pour Londres. Il avait le grade d'officier d'état-major de troisième classe et travaillait au service des opérations militaires, unité des projets spéciaux. Ce fut une fois encore un agresseur étranger qui le sortit de là.

Le 2 août de cette année-là, Saddam Husseim envahissait le Koweït. Margaret Thatcher proclama une fois encore son opposition catégorique, avec le président George H. Bush. On s'activa fiévreusement afin de mettre sur pied en l'espace d'une semaine une coalition multinationale et lancer une contre-offensive pour libérer le minuscule pays riche en pétrole.

Le service des opérations spéciales tournait à plein régime, mais le SIS n'en usa pas moins de son influence pour retrouver Mike Martin et lui « suggérer » de se joindre à quelques « amis » pour un déjeuner.

Le déjeuner eut lieu dans un club discret du quartier Saint James, à l'invitation de deux responsables du SIS. Il y avait également autour de la table un analyste, jordanien de naissance mais naturalisé anglais. Son travail consistait à écouter et à analyser les communications radio à l'intérieur du monde arabe. Mais son rôle, ce jour-là, était tout autre.

Il discuta en arabe avec Mike Martin, en parlant très vite, et Martin répondit. Puis il se tourna vers les deux responsables du SIS en hochant la tête.

— Je n'ai jamais rien entendu de pareil, dit-il. Avec la tête qu'il a, et sa voix, il peut le faire.

Sur quoi il quitta la table, ayant à l'évidence rempli sa mission.

— Nous vous serions immensément reconnaissants, dit l'un des hommes du SIS, si vous acceptiez d'aller au Koweït pour voir ce qui s'y passe.

— Et les militaires ? demanda Martin.

— Je pense qu'ils partageront notre point de vue, murmura l'autre.

Les militaires protestèrent, mais le laissèrent partir. Quelques semaines plus tard, déguisé en chamelier bédouin, il franchissait la frontière saoudienne pour pénétrer dans le Koweït occupé. En passant au nord de Koweit City, il croisa plusieurs patrouilles irakiennes mais personne ne prêta attention à ce nomade barbu qui conduisait deux chameaux au marché. Les Bédouins sont, traditionnellement, d'un apolitisme si farouche qu'ils regardent depuis mille ans les envahisseurs entrer en Arabie et en sortir sans jamais intervenir. Et les envahisseurs, du coup, leur fichent la paix.

Pendant quelques semaines au Koweït, Martin prit contact avec les hommes de la jeune résistance koweïtienne, leur prodigua d'utiles conseils sur la façon de mener leur lutte, repéra les positions des Irakiens, leurs points forts et leurs points faibles, et repassa la frontière.

Il fit une deuxième incursion pendant la guerre du Golfe, en

Irak proprement dit. Il se rendit à la frontière saoudienne, où il prit tout bonnement un bus pour Bagdad. Il était cette fois un pauvre paysan qui transportait des poulets dans un panier d'osier.

En retrouvant la ville qu'il connaissait très bien, il se fit engager comme jardinier par les propriétaires d'une riche villa où on le logea dans une cabane au fond du jardin. Il avait pour mission de collecter et transmettre des messages ; il était équipé à cet effet d'une petite antenne parabolique et d'un émetteur dont les signaux ne pouvaient pas être interceptés par la police secrète irakienne, mais pouvaient être reçus à Riyad.

L'un des secrets les mieux gardés de cette guerre était que la Firme avait un informateur haut placé dans le gouvernement de Saddam. Martin ne rencontra jamais ce personnage ; il se borna à recueillir ses messages dans des boîtes aux lettres désaffectées et convenues d'avance et à les envoyer au quartier général de la coalition en Arabie Saoudite. Mike Martin quitterait l'Irak en pleine nuit après la capitulation de Saddam le 28 février 1991, et manquerait de peu d'être abattu par la Légion étrangère française au passage de la frontière.

Le 15 février 1989, le général Boris Gromov, commandant la 40ᵉ armée soviétique en Afghanistan, franchit seul le pont de l'Amitié sur l'Amou-Daria pour rejoindre l'Ouzbékistan soviétique. Son armée tout entière l'avait précédé. La guerre était finie.

L'euphorie fut de courte durée. La mainmise de l'URSS sur le Vietnam s'était achevée en désastre. Les pays satellites d'Europe de l'Ouest entraient les uns après les autres en rébellion ouverte contre Moscou et l'économie était en pleine désintégra-

111

tion. Les Berlinois avaient abattu le Mur en novembre et l'Empire était tout simplement en train de s'écrouler.

Les Soviétiques avaient laissé derrière eux en Afghanistan un gouvernement dont la plupart des observateurs estimaient qu'il ne tiendrait pas longtemps face à la pression des chefs de guerre victorieux. Le Président afghan Najibullah, grand amateur de whisky abandonné à Kaboul par les Soviétiques, se maintint néanmoins au pouvoir pour deux raisons. D'abord, parce que l'armée afghane était plus forte que toutes celles qui auraient pu s'opposer à elle dans le pays, notamment grâce au soutien de la police secrète, et pouvait contrôler les villes et donc le gros de la population. Ensuite, et surtout, parce que les chefs de guerre et leurs armées ne constituaient pas une force unique mais une meute d'opportunistes voraces et vindicatifs uniquement préoccupés de leurs intérêts personnels qui, loin de se rassembler pour former un gouvernement stable, allaient s'entre-déchirer jusqu'à provoquer une guerre civile.

Rien de tout cela n'affecta Izmat Khan. Avec l'aide des voisins et son père, déjà vieux et perclus de douleurs à cette époque mais qui restait le chef de la famille, il participa à la reconstruction du hameau de Maloko-zaï. Pierre après pierre, rocher après rocher, ils dégagèrent les ruines pour rebâtir la maison familiale et ses dépendances parmi les mûriers et les grenadiers.

Une fois guéri de sa blessure à la jambe, il avait pris, de fait sinon en titre, la tête du groupe de combattants commandé jusque-là par son père, et les hommes l'avaient suivi, car il avait subi l'épreuve du feu. La paix venue, ils avaient mis la main sur un important dépôt d'armes que les Soviétiques avaient renoncé à ramener chez eux.

Ils les avaient transportées de l'autre côté du Spin Ghar, dans la ville pakistanaise de Parachinar qui n'est autre qu'un gigantesque marché aux armements. Là, ils avaient troqué leur butin contre des vaches, des chèvres et des moutons afin de reconstituer leur cheptel.

Si la vie avait été dure jusque-là, elle le fut encore plus pour repartir de zéro, mais Izmat Khan se donnait à la tâche, porté par un sentiment de triomphe à l'idée que Maloko-zaï allait vivre à nouveau. Un homme a besoin de racines, et les siennes étaient là. À vingt ans, c'était lui qui appelait à la prière et accueillait les fidèles tous les vendredis dans la mosquée du village.

Les nomades Kuchi de passage faisaient de sinistres récits sur ce qui se passait dans les plaines. L'armée de la république démocratique d'Afghanistan, fidèle à Najibullah, tenait toujours les villes, mais les chefs de guerre étaient partout dans les campagnes et leurs hommes se conduisaient comme des brigands. Ils taxaient arbitrairement les voyageurs sur les routes, les dépouillaient de leur argent et de leurs marchandises quand ils ne les passaient pas à tabac.

Le Pakistan, par l'intermédiaire de sa police secrète, son service du renseignement, soutenait Hekmatyar afin de prendre le contrôle de l'Afghanistan, et la terreur régnait dans les régions placées sous sa domination. Les Sept de Peshawar étaient désormais à couteaux tirés et le peuple grondait d'une colère sourde. Izmat Khan remerciait Allah de lui avoir épargné le malheur qui s'était abattu sur les plaines.

Avec la fin des hostilités, les Arabes avaient presque tous déserté la montagne et leurs précieuses grottes. Celui qui avait fini par devenir leur chef et une sorte de monarque sans couronne, le grand Saoudien aperçu dans l'hôpital souterrain, était parti lui aussi. Il restait environ cinq cents Arabes, mais ils n'étaient pas populaires, éparpillés dans des zones éloignées, et vivaient comme des mendiants.

Izmat Khan, alors âgé de vingt ans, aperçut lors d'une visite dans une vallée voisine une jeune fille qui lavait le linge de sa famille à la rivière. Elle n'entendit pas venir son cheval à cause du bruit de l'eau, et avant qu'elle ait le temps de ramener un pan de son *hidjab* sur son visage, leurs regards se croisèrent. Elle prit la fuite, effrayée et honteuse. Mais il avait vu combien elle était belle.

Izmar fit ce que tout jeune homme aurait fait à sa place. Il demanda conseil à sa mère. Celle-ci fut enchantée et deux tantes se joignirent aussitôt à elle dans une joyeuse conspiration pour trouver la fille et convaincre Nuri Khan de prendre contact avec le père afin d'arranger un mariage. Elle s'appelait Maryam et la noce fut célébrée à la fin du printemps 1993.

Elle eut lieu, bien sûr, en plein air, sous une pluie de pétales que le vent arrachait aux noisetiers. Il y eut une grande fête et la mariée arriva de son village sur un cheval décoré pour l'occasion. Il y eut des danses au son des flûtes, mais, bien sûr, pour les hommes seulement. Marqué par l'enseignement de sa *madrassa*, Izmat protesta contre les chants et les danses, mais son père, retrouvant sa jeunesse, refusa de l'entendre. C'est ainsi qu'Izmat rejeta pour un jour les principes sévères du wahhabisme pour danser, lui aussi, sur la prairie, tandis que sa jeune épousée ne le quittait pas des yeux.

Il y avait eu entre le premier regard au bord de la rivière et le mariage un délai imposé par la nécessité de négocier les détails de la dot et de bâtir une maison pour le nouveau couple sur la propriété de Khan. C'est là qu'il emmena sa femme à la nuit tombée, tandis que les villageois épuisés rentraient chez eux. Sa mère, qui logeait à trente mètres de là, hocha la tête avec satisfaction quand un cri dans la nuit lui apprit que sa belle-fille était devenue femme. Trois mois plus tard, chacun put voir qu'elle serait mère aux neiges de février.

Alors que Maryam portait l'enfant d'Izmat, les Arabes revinrent. Le grand Saoudien, leur chef, n'était pas avec eux ; il se trouvait quelque part dans le lointain Soudan. Mais il envoyait beaucoup d'argent et avait pu créer des camps d'entraînement en payant un tribut aux chefs de guerre. À Khalid ibn Walid, Al-Farouk, Sadik, Khadlan, Jihad Wal et Darunta, des milliers de volontaires venus des pays arabes venaient s'entraîner à la guerre.

Mais à quelle guerre ? D'après ce qu'Izmat pouvait voir, ils ne prenaient aucune part à la guerre civile entre les factions rivales. Alors, à quel combat se préparaient-ils ? Il apprit que le grand Saoudien, que ses partisans appelaient le Cheikh, avait déclaré le jihad contre son propre gouvernement en Arabie Saoudite et contre l'Occident.

Mais Izmat Khan n'avait rien à reprocher à l'Occident. L'Occident l'avait aidé de ses bras et de son argent pour vaincre les Soviétiques, et le seul *kafir* qu'il ait jamais rencontré lui avait sauvé la vie. Cela n'était pas sa guerre sainte, pas son jihad, décida-t-il. Il n'était préoccupé que par son pays, qui sombrait dans la folie.

SIX

Le régiment de parachutistes reprit Mike Martin dans ses rangs et on ne lui posa aucune question, puisque telle était la consigne, mais il avait déjà la réputation d'un type un peu bizarre. Deux absences inexpliquées de six mois chacune sur quatre ans... il y avait de quoi faire hausser quelques sourcils dans n'importe quelle unité armée à l'heure du petit déjeuner. On l'envoya pour l'année 1992 à l'École d'officiers de Camberley, puis de nouveau au ministère, mais comme major.

Il se retrouva encore une fois à la direction des opérations militaires, mais en tant qu'officier d'état-major du département n° 3, les Balkans. La guerre faisait toujours rage, les Serbes de Milosevic avaient le dessus et le monde entier assistait, écœuré, à des massacres perpétrés au nom de l'épuration ethnique. Il y resta deux ans à ronger son frein, obligé de renoncer à tout espoir de replonger dans l'action, obligé de prendre un train de banlieue tous les matins dans son costume trois-pièces.

Les officiers qui ont servi dans le SAS peuvent y retourner pour un deuxième tour, mais seulement sur invitation. Mike Martin reçut la sienne d'Hereford à la fin de l'année 1994. C'était le cadeau de Noël qu'il attendait. Mais il ne plut pas à Lucinda.

Ils n'avaient pas eu d'enfant, et les deux carrières avançaient dans des directions différentes. Lucinda s'était vu offrir une belle promotion, la chance de sa vie, disait-elle, mais à condition de partir travailler dans les Midlands. Il en résulta une forte tension dans le couple. Martin avait pour ordre de prendre le commandement d'un escadron de vingt-deux SAS et de l'emmener en Bosnie. Officiellement, ils feraient partie de la FORPRONU, la force de paix des Nations Unies. Mais leur véritable mission serait de rechercher et de capturer des criminels de guerre. Mike ne fut pas autorisé à en informer Lucinda, à qui il annonça simplement qu'il repartait.

Cette goutte-là fit déborder le vase. Persuadée qu'on le renvoyait en Arabie, elle lui posa carrément un ultimatum : ou bien les paras, le SAS et ton maudit désert, ou bien Birmingham avec ta femme. Après réflexion, il opta pour le désert.

Loin de là, dans la solitude des hautes vallées des Montagnes blanches, Yonis Khalès mourut et le parti Hizb-i-Islami tomba entièrement aux mains d'Hekmatyar, dont la réputation de cruauté faisait horreur à Izmat.

Quand le bébé naquit en février 1994, le président Najibullah était tombé mais vivait encore, confiné dans un bâtiment des Nations Unies à Kaboul. Il avait prétendument pour successeur le professeur Rabbani, mais celui-ci était tadjik, donc inacceptable pour les Pachtouns. En dehors de Kaboul, seuls les chefs de guerre faisaient la loi sur leurs territoires respectifs, mais les véritables maîtres du pays étaient le chaos et l'anarchie.

Pourtant, il se passait quelque chose. Après la guerre contre les Soviétiques, des milliers de jeunes Afghans étaient retournés dans les *madrassa* pakistanaises pour compléter leurs études.

D'autres, trop jeunes pour s'être battus, avaient passé la frontière dans l'espoir de recevoir une éducation, n'importe laquelle. Ils avaient eu droit à des années d'endoctrinement wahhabite. À présent, ils revenaient au pays, mais ils n'avaient rien de commun avec Izmat Khan.

Comme le vieux Younis Khalès, bien que très dévot, avait gardé, par nature, un reste de modération, ses *madrassa* dans les camps de réfugiés avaient enseigné l'islam avec un minimum de modération pendant que les autres concentraient leur enseignement sur les passages les plus agressifs du verset de l'épée contenu dans le Coran. Et le vieux Nuri Khan, tout dévot qu'il fût lui aussi, avait de l'humanité et ne voyait aucun mal à danser, à faire du sport et à se montrer tolérant à l'égard d'autrui.

Ceux qui revenaient ne savaient pas grand-chose après être passés entre les mains d'imams quasiment analphabètes. Ils ignoraient tout de la vie, des femmes (la plupart étaient et resteraient vierges jusqu'à leur mort) ou même de leur propre culture tribale, comme celle qu'Izmat avait apprise de son père. En dehors du Coran, ils ne connaissaient qu'une chose : la guerre. La plupart étaient originaires du Sud profond, où l'islam se pratiquait depuis toujours sous sa forme la plus stricte.

Au cours de l'été 1994, Izmat Khan et l'un de ses cousins quittèrent la haute vallée pour se rendre à Jalalabad. Ils n'y firent qu'un bref séjour, mais assez long pour assister au massacre épouvantable perpétré par les partisans d'Hekmatyar sur les habitants d'un village qui avaient refusé de lui payer leur tribut. Les deux voyageurs trouvèrent les hommes torturés à mort, les femmes battues, le village calciné. Izmat Khan en fut horrifié. Il apprit à Jalalabad que ce qu'il avait vu n'avait rien d'exceptionnel.

Puis il se passa quelque chose dans le Sud profond. Depuis

la disparition de tout ce qui pouvait ressembler à un gouvernement central, les soldats de l'armée afghane s'étaient purement et simplement ralliés aux chefs de guerre les plus offrants. À l'extérieur de Kandahar, des soldats enlevèrent deux adolescentes et les ramenèrent à leur camp, où elles subirent des viols à répétition.

L'imam du village des deux jeunes filles, qui tenait sa propre école religieuse, se rendit au camp avec trente de ses élèves et seize fusils. Malgré leur petit nombre, ils rouèrent les soldats de coups et pendirent le commandant au canon d'un char. Ce prêtre se nommait Mohamed Omar, il devint connu comme le mollah Omar. Il avait perdu un œil au combat.

La nouvelle se répandit. On les appela ailleurs. Le groupe qu'il formait avec ses hommes prit de l'importance. Ils ne volaient pas d'argent, ne violaient pas les femmes, ne s'emparaient pas des récoltes, ne demandaient rien en échange. Ils devinrent des héros pour la population. En décembre 1994, ils étaient douze mille à avoir rallié le mollah Omar, dont ils portaient le turban noir. Ils s'étaient baptisés « les étudiants ». En pachto, étudiant se dit *talib*, et au pluriel *taliban*. Ce qui n'était au départ qu'un groupe d'autodéfense villageois était devenu un mouvement et ne tarda pas à apparaître, avec la prise de Kandahar, comme un véritable pouvoir alternatif.

Le gouvernement du Pakistan avait tenté, par l'intermédiaire d'une police secrète toujours prête à comploter, de renverser les Tadjiks à Kaboul en soutenant Hekmatyar, et avait échoué à plusieurs reprises. Comme l'ISI était désormais infiltré par les intégristes musulmans, le Pakistan retira son soutien à Hekmatyar pour l'offrir aux talibans. Le nouveau mouvement hérita, avec Kandahar, d'un important stock d'armes, de chars, de véhicules blindés, de camions, de canons, plus six chasseurs MiG 21 laissés par les Soviétiques et six gros hélicoptères. Les talibans commencèrent à étendre leur territoire vers le nord. Un jour de 1995, Izmat Khan serra sa femme dans ses bras, embrassa son bébé et partit à travers la montagne pour les rejoindre.

Plus tard, dans une cellule à Cuba, il se souviendrait de ces jours dans la haute vallée avec sa femme et son enfant comme de la période la plus heureuse de son existence. Il avait vingt-trois ans.

Il allait connaître, mais trop tard, l'autre visage des talibans. Les Pachtouns de Kandahar, bien que croyants fidèles et de longue date, étaient désormais soumis au régime le plus dur que le monde musulman ait jamais connu.

Toutes les écoles de filles furent fermées d'un coup. Il fut interdit aux femmes de sortir de chez elles sans être accompagnées d'un parent de sexe masculin. Le port de la *burka*, qui les recouvrait des pieds à la tête, était obligatoire ; elles n'avaient plus le droit de porter des sandales, dont le claquement était jugé obscène.

Il était interdit de chanter, de danser, de jouer de la musique. Tous les sports étaient proscrits ainsi que le jeu du cerf-volant, jusque-là passe-temps national. On devait dire ses prières cinq fois par jour. Pour les hommes, le port de la barbe était obligatoire. Les nouveaux gardiens de la loi – de ces lois – étaient souvent des adolescents fanatiques coiffés du turban noir auxquels on n'avait enseigné que le verset de l'épée, la guerre et la cruauté. De libérateurs, ils étaient devenus des tyrans, mais rien ne pouvait plus les arrêter. Ils avaient pour mission de détruire la loi des seigneurs de la guerre, et, comme ces derniers étaient détestés par la population, la population acceptait la nouvelle loi dans toute sa rigueur. L'ordre régnait, il n'y avait plus de corruption, de viols, de délinquance ; ne restait que l'orthodoxie fanatique.

Le mollah Omar était un prêtre-combattant, et rien d'autre. Après avoir lancé sa révolution en pendant un violeur à un affût de canon, il se retira au sud dans la solitude de sa forteresse de Kandahar. Ses partisans semblaient sortis du Moyen Âge et, entre autres choses, ignoraient la peur. Ils idolâtraient le mollah borgne reclus derrière ses murs et quatre-vingt mille d'entre eux allaient mourir avant la chute du régime des talibans. Dans son lointain Soudan, le grand Saoudien, qui avait sous ses ordres quelque vingt mille Arabes désormais basés en Afghanistan, attendait.

Izmat Khan rejoignit un groupe venu de sa propre province de Nangarhar. Il gagna rapidement leur estime en raison de sa maturité et parce qu'il avait été blessé en se battant contre les Russes.

Les talibans ne disposaient pas d'une véritable armée ; il n'y avait pas de commandant en chef, pas d'état-major, pas d'officiers supérieurs, pas de grades ni de hiérarchie formelle. Chaque groupe agissait dans une semi-autonomie sous la direction de son chef tribal, qui tenait généralement son pouvoir de sa personnalité, de sa vaillance au combat et de son zèle religieux. À l'instar des anciens guerriers musulmans des premiers califats, ils se jetaient sur l'ennemi avec un courage fanatique, ce qui leur valait une telle réputation d'invincibilité que l'adversaire capitulait souvent sans avoir tiré un coup de feu. Mais quand il leur fallut affronter de vrais soldats, les troupes du charismatique Tadjik Shah Massoud, ils subirent des pertes énormes. Et comme il n'y avait pas d'assistance médicale, les blessés mouraient sur le bord des routes. Mais ils ne se décourageaient pas.

Parvenus aux portes de Kaboul, les talibans ouvrirent une

négociation avec Massoud, mais celui-ci refusa de se plier à leurs conditions et se retira sur son territoire, cette région montagneuse du Nord où il avait défié et combattu les Russes. Ce fut le début de la deuxième guerre civile, cette fois entre les talibans et l'Alliance du Nord dirigée par Massoud le Tadjik et Dostum l'Ouzbek. On était en 1996. Le Pakistan (qui l'avait organisé) et l'Arabie Saoudite (qui l'avait financé) furent les seuls à reconnaître le nouveau gouvernement afghan.

Pour Izmat Khan, le sort était jeté. Son ancien allié Shah Massoud était devenu son ennemi. Quelque part au sud, un avion se posa. Il ramenait le grand Saoudien qui lui avait dit quelques mots huit ans auparavant dans une grotte à Jaji, et le petit docteur rondouillard qui lui avait extrait un fragment de balle soviétique de la cuisse. Les deux hommes se rallièrent immédiatement au mollah Omar à qui ils payèrent un important tribut en argent et en matériel de guerre, s'assurant ainsi sa fidélité pour le restant de ses jours.

Après la prise de Kaboul, il y eut une pause dans les hostilités. L'un des tout premiers actes des talibans à Kaboul fut de traîner Najibullah, le président déchu, hors de sa prison pour le torturer, le mutiler et l'exécuter avant d'accrocher sa dépouille à un réverbère. Cela donna le ton à ce qui allait suivre. Izmat Khan, quant à lui, n'avait pas le goût de la cruauté. Le dur combat qu'il avait mené pour la reconquête de son pays l'avait fait passer du statut de simple volontaire à celui de chef de groupe. Et comme il était de plus en plus connu, le groupe avait pris de l'importance jusqu'à constituer quatre divisions de l'armée des talibans. On lui avait alors demandé de retourner dans sa région natale de Nangarhar, et on l'avait nommé gouverneur provincial. De Jalalabad où il était basé, il pouvait se rendre dans sa famille et voir sa femme et son bébé.

Il n'avait jamais entendu parler de Nairobi ni de Dar-es-Salaam. Ni d'un certain William Jefferson Clinton. Mais il avait souvent entendu parler d'un groupe désormais installé dans son pays sous le nom d'Al-Qaïda. Et il savait que ses membres avaient déclaré une guerre totale aux infidèles, à l'Occident et plus particulièrement à cet endroit qu'on appelait l'Amérique. Mais ce n'était pas son jihad.

Il se battait contre l'Alliance du Nord pour unifier sa patrie une fois pour toutes, et l'Alliance avait été repoussée dans deux minuscules et lointaines enclaves. L'une était tenue par un groupe de résistants de la tribu Hazara retirés dans les montagnes de Darai-Suf, et l'autre par Massoud lui-même dans la vallée imprenable du Panchir et au nord-est dans une zone connue comme le Badakshan.

Le 7 août 1998, des bombes explosèrent à l'extérieur des ambassades des États-Unis dans deux capitales africaines. Izmat Khan n'en sut rien. Il était désormais interdit d'écouter les radios étrangères, et il obéissait. Le 21 août, l'Amérique lança soixante-dix missiles Tomahawk sur l'Afghanistan. Ils étaient partis du *Cowpen* et du *Shiloh,* deux vedettes lance-missiles stationnées en mer Rouge, des destroyers *Briscoe, Elliot, Hayler* et *Milius,* et du sous-marin *Columbia* depuis le golfe Persique au sud du Pakistan.

Ils avaient pour cibles les camps d'entraînement d'Al-Qaïda et les grottes de Tora Bora. L'un de ces missiles, parmi ceux qui s'écartèrent de leur trajectoire, pénétra dans une grotte déserte située en altitude dans la montagne qui dominait Maloko-zaï. La déflagration à l'intérieur de la grotte fendit la montagne dont tout un flanc se détacha. Dix millions de tonnes de rocher s'écrasèrent dans la vallée en contrebas.

Quand Izmat Khan arriva, on ne reconnaissait plus rien. La

vallée tout entière était ensevelie sous les rochers. Il n'y avait plus de rivière, plus de fermes, plus de vergers, de troupeaux, de mosquée, de maisons. Sa famille et tous ses voisins avaient disparu. Ses parents, ses oncles, ses tantes, ses sœurs, sa femme et son enfant étaient morts sous la roche. Il n'y avait pas d'endroit où creuser. Il serait désormais un homme privé de ses racines, de sa famille, de son clan.

Au soleil couchant du mois d'août, il s'agenouilla au-dessus de l'endroit où les siens étaient ensevelis, se tourna vers La Mecque et pria. Mais ce n'était plus la prière habituelle qu'il prononçait ; c'était la promesse solennelle d'une vengeance, d'un jihad personnel jusqu'à la mort contre ceux qui avaient fait cela. Une déclaration de guerre à l'Amérique.

Une semaine plus tard, il avait démissionné de son poste de gouverneur et rejoint le front. Il se battit pendant deux ans contre l'Alliance du Nord. Pendant son absence, Massoud, en brillant tacticien, avait contre-attaqué et infligé de lourdes pertes aux talibans moins compétents que lui. Il y avait eu des massacres à Mazar-i-Sharif, où les habitants de la tribu des Hazaras s'étaient soulevés en tuant six cents talibans ; les talibans avaient ensuite massacré deux mille civils en représailles.

L'accord de Dayton était signé ; la guerre de Bosnie était officiellement terminée et laissait derrière elle un paysage de cauchemar. La Bosnie musulmane avait été le principal théâtre des hostilités, mais les Bosniaques, les Serbes et les Croates y avaient tous pris part. Ce conflit avait été le plus sanglant que l'Europe ait connu depuis la Deuxième Guerre mondiale.

Les Croates et les Serbes, de loin les mieux armés, s'étaient montrés les plus brutaux. Une Europe profondément et justement honteuse créa à La Haye une cour internationale pour juger les crimes de guerre et attendit les inculpations. Mais les coupables n'étaient pas disposés à se présenter les mains en l'air. Non seulement Milosevic ne coopérait pas, mais il se préparait à infliger de nouvelles souffrances à une autre province à population musulmane : le Kosovo.

Une partie de la Bosnie, exclusivement peuplée de Serbes, s'était érigée en République serbe et la plupart des criminels de guerre y avaient trouvé refuge. Il s'agissait donc de les débusquer, de les identifier et de les capturer pour les livrer à la justice. Pendant toute l'année 1997, les hommes du SAS, qui vivaient dans la forêt, traquèrent ceux qu'ils appelaient les PRCG – personnes recherchées pour crimes de guerre.

En 1998, Mike Martin revint en Grande-Bretagne et reprit du service dans les paras, avec le grade de lieutenant-colonel, comme professeur à l'École d'officiers de Camberley. Il fut promu l'année suivante officier commandant du premier bataillon, connu comme le « Premier Para ». Les alliés de l'OTAN étaient de nouveau intervenus dans les Balkans, cette fois un peu plus rapidement que la fois précédente, et toujours pour empêcher un massacre d'une ampleur suffisante pour amener les médias à employer le terme quelque peu galvaudé de « génocide ».

Les services secrets avaient convaincu les Anglais et les Américains que Milosevic avait l'intention d'« épurer » la province du Kosovo, et sans faire de détail. Le Kosovo comptait un million huit cent mille habitants, dont la plus grande partie serait expulsée vers l'Albanie voisine. Les alliés, regroupés sous la bannière de l'OTAN, lancèrent un ultimatum au dictateur serbe. Il n'en tint pas compte et l'on vit de longues files de Kossovars éplorés fuyant vers l'Albanie à travers la montagne.

L'OTAN ne réagit pas par une invasion terrestre, mais par

des bombardements qui durèrent soixante-dix jours, rasant la Yougoslavie serbe comme le Kosovo. Milosevic, à la tête d'un pays en ruine, finit par céder et l'OTAN s'installa au Kosovo pour relever les ruines. Le général Mike Jackson, qui avait passé sa vie dans les paras, fut chargé de cette mission, et le Premier Para l'accompagna.

Cela aurait sans doute été la dernière « action » de Mike Martin, si les deux compères du West Side ne s'en étaient mêlés.

Le 9 septembre 2001, une nouvelle courut dans les rangs de l'armée des talibans. Les cris de *Allah akbar !* – Allah est grand ! – fusèrent tandis que crépitaient des rafales tirées en l'air au-dessus du camp d'Izmat Khan à l'extérieur de Bamiyan. On avait assassiné Ahmed Shah Massoud. Leur ennemi était mort. L'homme qui, par son charisme, avait soutenu avec succès la cause de cet incapable de Rabbani, le « commandant » auquel son habileté pour la guérilla avait valu le respect des Soviétiques et qui avait, à la tête de ses hommes, taillé en pièces les troupes des talibans, cet homme-là n'était plus.

Il avait été assassiné par deux kamikazes marocains fanatiques dotés de passeports volés en Belgique. Les deux hommes, envoyés par Ben Laden qui voulait, par cette opération, plaire à son ami le mollah Omar, avaient réussi à se faire passer pour des journalistes afin d'approcher Massoud et de l'exécuter. L'idée de ce complot n'était pas de Ben Laden lui-même mais de l'Égyptien Ayman Al-Zawahiri qui, plus retors que le Saoudien, s'était dit que, s'ils rendaient ce service au mollah borgne, celui-ci ne pourrait plus les expulser pour ce qui allait se passer deux jours plus tard.

Le 11 Septembre, quatre avions de ligne étaient détournés

sur la côte Est des États-Unis. Vingt minutes plus tard, deux d'entre eux avaient détruit les tours jumelles du World Trade Center à Manhattan, le troisième s'était abattu sur le Pentagone et le quatrième s'était écrasé dans un champ après que les passagers eurent tenté de reprendre les commandes aux « pirates ».

Quelques jours suffirent pour établir l'identité des dix-neuf auteurs de l'attentat ; et quelques jours plus tard le président des États-Unis adressait un ultimatum au mollah Omar : si vous ne livrez pas les commanditaires, vous aurez à en subir les conséquences. Mais, à cause de Massoud, Omar ne pouvait pas capituler. C'était le code.

Ancienne colonie britannique d'Afrique de l'Ouest, le Sierra Leone avait connu la prospérité avant que des années de guerre civile et de barbarie ne livrent le pays au chaos, au banditisme, à la pauvreté et aux massacres à répétition. Les Britanniques avaient décidé quelques années auparavant d'intervenir, et persuadé l'ONU de la nécessité d'y débarquer une force de quinze milles hommes qui avait installé ses quartiers à Freetown, la capitale. La forêt qui commençait aux portes de la ville était jugée trop dangereuse. Mais la force de l'ONU comprenait un contigent de l'armée britannique et ces hommes, eux, patrouillaient dans l'arrière-pays.

Fin août 2000, une patrouille de onze hommes appartenant aux Royal Irish Rangers se laissa attirer hors de la route principale, sur la piste menant au village dont une bande de rebelles qui se faisaient appeler les West Side Boys avait fait son quartier général. Il s'agissait, en fait, de véritables psychopathes agissant en dehors de tout contrôle, sous l'emprise d'un redoutable alcool de fabrication locale ; ils se frictionnaient les gencives à la cocaïne et avaient l'habitude de se couper au bras pour frotter la drogue dans la plaie et obtenir ainsi un effet plus rapide. Les atrocités dont ils s'étaient rendus coupables, et à grande échelle, sur les paysans, dépassaient l'imagination ; mais ils étaient quatre cents, et armés jusqu'aux dents. Les Rangers avaient été prestement capturés et ils les retenaient en otages.

Mike Martin, après son séjour au Kosovo, avait amené le Premier Para à Freetown, où il était basé à Waterloo Camp. Après de laborieuses négociations, cinq Rangers furent libérés contre rançon, mais les six restants semblaient promis à la hache. Sir Charles Guthrie, chef d'état-major au ministère de la Défense, donna l'ordre depuis Londres : allez-y en force et sortez-les de là.

Le détachement était formé de quarante-huit SAS, vingt-quatre hommes du Special Boat Squadron (SBS), et quatre-vingt-dix du Premier Para. On amena dix SAS en tenue de camouflage aux abords du village une semaine avant l'attaque et ils restèrent planqués dans la forêt pour écouter, observer et transmettre des informations au QG. Les Britanniques comprirent ainsi qu'ils n'avaient aucune chance d'exfiltrer les leurs avant que les choses se gâtent pour eux.

Mike Martin partit avec la seconde vague après qu'un obus tiré par les rebelles eut blessé six attaquants, dont le commandant de la première vague qui fut évacué séance tenante.

Le village – en réalité, les deux villages jumeaux de Gberi Bana et Magbeni – était à cheval sur un cours d'eau boueux et malodorant appelé Rokel Creek. Les soixante-douze SAS prirent Gberi Bana où se trouvaient les otages, les récupérèrent tous et repoussèrent une série de contre-attaques furieuses et désordonnées. Les quatre-vingt-dix hommes du Premier Para prirent

Magbeni. Il y avait, au petit jour, environ deux cents West Side Boys dans chacun des villages.

Six furent capturés, ligotés et ramenés à Freetown. Quelques-uns s'échappèrent dans la forêt. On ne chercha pas à compter les cadavres dans les décombres des deux villages ni dans la forêt environnante, mais tout le monde s'accorda sur le chiffre de trois cents morts.

Les SAS et les paras eurent douze blessés et l'un des SAS, Brad Tinnion, ne survécut pas à ses blessures. Après avoir perdu son commandant de la première vague, Mike Martin conduisit la seconde pour le nettoyage final de Magbeni. Ce fut un combat à l'ancienne, avec corps à corps et tirs à bout portant. Sur la rive sud du Rokel Creek, le tir de mortier qui avait privé les paras de leur commandant avait également détruit leur radio, si bien que les hélicoptères qui tournaient au-dessus du champ de bataille étaient dans l'incapacité d'indiquer les points d'impact de leurs propres obus à travers une forêt trop épaisse pour qu'on puisse les suivre dans leur chute.

Finalement, les paras chargèrent, le cœur battant, en jurant et en gueulant à pleine voix, jusqu'à ce que les West Side Boys qui avaient pris tant de plaisir à torturer et tuer les paysans et leurs prisonniers prennent la fuite, tombent, s'enfuient à nouveau et meurent jusqu'au dernier.

Il y avait six mois, presque jour pour jour, que Martin était de retour à Londres quand son déjeuner fut interrompu par des images incroyables sur l'écran de la télévision : des avions de ligne fonçant avec leurs centaines de passagers et leurs réservoirs bourrés de kérosène sur les tours du World Trade Center. Une semaine plus tard, il était clair que les USA iraient en Afghanistan, avec ou sans l'accord du gouvernement de Kaboul.

Londres s'était déclaré prêt à fournir sur ses propres ressources tout ce qui serait nécessaire, et la demande la plus pressante portait sur des avions de ravitaillement en vol des forces spéciales. Le chef d'agence du SIS à Islamabad disait de son côté qu'il aurait besoin de toute l'aide qu'on pourrait lui apporter.

Cette demande concernait Vauxhall Cross, mais l'attaché militaire réclamait également du renfort. On enleva Mike Martin à son bureau du QG de la division parachutiste à Aldershot et il prit le premier vol pour Islamabad en tant qu'officier de liaison des forces spéciales.

Il y arriva deux semaines après l'attentat contre le World Trade Center et le jour où les alliés lançaient leur première attaque.

SEPT

Izmat Khan était encore commandant dans les provinces du nord sur le front du Badakhshan quand un déluge de bombes s'abattit sur Kaboul. Pendant que le monde avait les yeux fixés sur la capitale et sur les manœuvres de diversion au sud, les forces spéciales américaines s'introduisirent au Badakhshan pour prêter main-forte au général Fahim, qui avait pris le relais de l'armée de Massoud. C'était là que le véritable affrontement devait avoir lieu ; le reste n'était qu'un rideau de fumée pour les médias. Tout dépendait des troupes terrestres de l'Alliance du Nord et de la force aérienne des Américains.

Avant même d'avoir décollé, la petite aviation afghane fut pulvérisée. On « neutralisa » tout ce qu'on pouvait repérer comme tanks et comme artillerie. On poussa Rachid Dostum, l'Ouzbek qui était resté depuis des années à l'abri de l'autre côté de la frontière, à revenir pour ouvrir un deuxième front au nord-ouest afin de faire le pendant au front de Fahim au nord-est. Et en novembre, on ouvrit le bal. L'élément clé était le marquage des cibles, grâce à la technologie qui avait révolutionné les méthodes guerrières depuis la première guerre du Golfe de 1991.

Cachés parmi les forces alliées, des spécialistes des forces spéciales scrutaient le terrain avec des jumelles à longue portée pour repérer les positions enterrées de l'ennemi, les pièces d'artillerie, les tanks, les dépôts de munitions, les réserves, les bunkers abritant des postes de commandement. Chacun de ces objectifs était marqué ou « peint » d'un point rouge avec un projecteur tenu à l'épaule. Puis on demandait une frappe aérienne par radio.

Pour détruire l'armée des talibans qui faisait face à l'Alliance du Nord, ces frappes étaient assurées par des appareils qui partaient de très loin au sud, où des bâtiments de la marine américaine patrouillaient au large des côtes, ou encore des chasseurs anti-chars basés sur les aérodromes d'un Pakistan auquel l'Amérique ne marchandait pas ses largesses. Division après division, à coups de bombes et de missiles guidés sans coup férir vers leurs cibles par un faisceau infrarouge, l'armée des talibans volait en éclats tandis que les Tadjiks, au sol, poursuivaient leur marche victorieuse.

Izmat Khan battait en retraite d'une position à l'autre au rythme de ces destructions. L'armée des talibans avait commencé à se battre au nord avec plus de trente mille hommes et en perdait un millier par jour. Elle n'avait ni médecins ni médicaments et n'évacuait pas ses blessés. Ils disaient leurs prières et mouraient comme des mouches. Ils criaient *Allah akbar !* et chargeaient sous les balles.

Les premiers volontaires ayant rallié les talibans avaient été décimés depuis longtemps. Des équipes de recruteurs en avaient poussé des dizaines de milliers d'autres dans les rangs de l'armée, mais nombre d'entre eux refusaient de se battre. Les vrais fanatiques étaient de plus en plus rares. Izmat Khan, pourtant, devait toujours les renvoyer à l'arrière, avec chaque fois la certitude qu'en combattant à la tête de ses hommes il ne vivrait pas un jour de plus. Le 18 novembre, ils atteignirent la ville de Kunduz.

Un caprice de l'histoire a fait de Kunduz une petite enclave de Gilzaïs venus du sud et tous d'origine pachtoun, dans un océan de Tadjiks et d'Hazaras. L'armée des talibans put donc y trouver refuge. Et c'est là que ses chefs décidèrent de capituler.

Entre Afghans, il n'y a rien de déshonorant à négocier une capitulation, et les termes de l'accord sont toujours respectés. L'armée tout entière se rendit au général Fahim, et Fahim accepta.

Il y avait deux groupes de non-Afghans parmi les talibans. Le premier était composé de six cents Arabes, tous dévoués à Oussama Ben Laden qui les avait envoyés là. Plus de trois mille Arabes étaient déjà morts et l'attitude des Américains disait clairement que, si les autres allaient aussi rejoindre Allah, ils ne pleureraient pas des larmes de sang.

Il y avait par ailleurs deux mille Pakistanais dont la présence, si on les découvrait, promettait d'être terriblement embarrassante pour Islamabad. Le général Musharraf, qui gouvernait le Pakistan, avait été clairement prévenu au lendemain du 11 Septembre : soit il se transformait en un allié dévoué des États-Unis en échange de milliards et de milliards de dollars d'aide, soit il continuait (via l'ISI) à soutenir les talibans, et il aurait à en assumer les conséquences. Il avait choisi les États-Unis.

Mais l'ISI avait toujours une petite armée d'agents à l'intérieur du Pakistan et les volontaires pakistanais qui se battaient aux côtés des talibans reconnaissaient sans se faire prier qu'on les avait fortement encouragés à s'engager contre l'Alliance du Nord. En trois nuits, un discret pont aérien ramena la plupart d'entre eux au Pakistan.

Aux termes d'un autre accord secret, quelque quatre mille

prisonniers furent vendus pour des sommes variables, selon des critères dits de « désirabilité », aux États-Unis et à la Russie. Les Russes voulaient tous les Tchétchènes et (pour rendre service à Tachkent) tous les Ouzbeks anti-Tachkent.

L'armée qui s'était rendue comptait plus de quatorze mille hommes, mais leur nombre diminuait. L'Alliance du Nord annonça finalement aux médias du monde entier, qui affluaient au nord pour connaître la véritable histoire de la guerre, qu'elle n'avait que huit mille prisonniers.

Puis on décida d'en remettre cinq mille de plus au commandant ouzbek, le général Dostum. Il voulait les emmener très loin vers l'ouest, à Sheberghan sur son propre territoire. On les entassa dans des conteneurs de marchandise métalliques, sans eau ni nourriture et si serrés qu'ils étaient obligés de se tenir debout en luttant pour trouver de l'air à respirer au-dessus des têtes. On décida en chemin de pratiquer des trous d'aération et on procéda à la mitrailleuse, en tirant jusqu'à ce que les cris cessent.

On sélectionna trois milles quinze Arabes sur le reste des prisonniers. Ils venaient de tous les pays : il y avait des Saoudiens, des Yéménites, des Marocains, des Algériens, des Égyptiens, des Jordaniens et des Syriens. On avait déjà embarqué les extrémistes ouzbeks pour les livrer aux tendres attentions de Tachkent et aussi la plupart des Tchétchènes, mais quelques-uns avaient réussi à rester. Au cours de la campagne, les Tchétchènes s'étaient taillé une réputation à part : on les tenait pour les plus féroces, les plus cruels et les plus suicidaires de tous.

Il resta aux mains des Tadjiks deux mille quatre cents prisonniers dont on ne devait plus jamais entendre parler. Izmat Khan fut interrogé en arabe par l'un des sélectionneurs. Comme il répondait dans la même langue, on le classa parmi les Arabes.

Il ne portait aucun galon, était sale, hirsute, affamé et à bout de forces. Il se laissa pousser dans une certaine direction, trop fatigué pour protester. C'est ainsi qu'il se retrouva parmi les douze Afghans du groupe en partance pour Mazar-i-Sharif, à l'ouest, où on devait le remettre aux mains de Dostum et de ses Ouzbeks. Les médias occidentaux observaient désormais les opérations, et l'ONU, à son arrivée, avait donné aux prisonniers l'assurance qu'ils seraient bien traités.

On trouva quelque part des camions dans lesquels on fit monter les six cents prisonniers pour les conduire jusqu'à Mazar. Leur destination finale, toutefois, ne serait pas Mazar mais la grande prison fortifiée située quinze kilomètres plus loin vers l'ouest.

Ils franchirent ainsi les portes de l'enfer, qu'on appelait Qala-i-Jangi.

La conquête de l'Afghanistan, si on compte à partir des premiers bombardements jusqu'à la chute de Kaboul reconquise par l'Alliance du Nord, prit environ cinquante jours, mais les forces spéciales des deux pays alliés opéraient déjà bien avant cela à l'intérieur du pays. Mike Martin avait hâte de les rejoindre, mais la haute commission britannique à Islamabad tenait à l'avoir sur place pour assurer la liaison avec le haut commandement militaire pakistanais.

Jusqu'à Bagram. Cette ancienne base aérienne soviétique située au nord de Kaboul devait, à l'évidence, servir aux forces alliées en cas d'occupation. Sa tour de contrôle était en ruine et les avions des talibans qui s'y trouvaient encore, des épaves. Mais on pourrait, avec du temps et de l'argent, restaurer les pistes, les nombreux hangars et les vastes bâtiments qui avaient abrité la garnison soviétique.

La base fut prise pendant la troisième semaine de novembre et une équipe de fusiliers marins s'y installa pour assurer aux Britanniques de Sa Majesté un droit de préemption. Mike Martin se fit emmener en avion par les Américains sur l'aéroport de Rawalpindi afin d'aller, dit-il, examiner les lieux.

C'était sinistre et plus qu'inconfortable, mais les fusiliers marins avaient pris sur eux de « libérer » un hangar avant que les Américains ne s'emparent de tout et ils se terraient tout au fond, le plus loin possible du vent glacial.

Les soldats ont un talent particulier pour se faire un chez-eux dans les endroits les plus inattendus, et les hommes des forces spéciales sont champions en la matière car ils semblent toujours échouer dans les endroits les plus inattendus. Les vingt soldats qui composaient l'unité avaient écumé les lieux avec leurs grandes Land Rover et déniché une série de conteneurs qu'ils avaient tirés à l'intérieur.

Avec des caisses, des planches et un peu d'ingéniosité, ils en avaient fait des logements avec lits, banquettes, tables, lumière électrique et, luxe suprême, une prise pour brancher la bouilloire et faire du thé.

Le 26 novembre, le commandant dit à ses hommes :

– Il se passe apparemment quelque chose dans un endroit appelé Mazar, à l'ouest de Qala-i-Jangi. Des prisonniers se seraient mutinés et se seraient emparés des armes de leurs gardiens. Je crois que nous devrions aller y jeter un coup d'œil.

On désigna six marines et on leur confia deux Land Rover dont on emplit les réservoirs. Comme ils s'apprêtaient à partir, Martin demanda :

— Ça ne vous gêne pas que je vous accompagne ? Vous aurez peut-être besoin d'un interprète.

Le commandant du petit groupe de Britanniques était un capitaine des marines. Martin, colonel des paras. Il n'y eut pas d'objection. Martin prit place à côté du chauffeur dans le second véhicule. Deux marines étaient accroupis derrière lui sur la mitrailleuse de calibre 30. Ils franchirent le col de Salang pour rejoindre les plaines du Nord et, après six heures de route, la ville de Mazar et le fort de Qala-i-Jangi.

L'incident qui provoqua le massacre des détenus de Qala-i-Jangi a fait l'objet de controverses et ne sera jamais définitivement élucidé. Mais on dispose d'un certain nombre d'informations.

Pour les médias occidentaux toujours prompts à comprendre les choses de travers, les prisonniers de Qala-i-Jangi étaient des talibans. Il s'agissait en réalité, à l'exception des douze Afghans inclus dans le lot par accident, des soldats de l'armée vaincue d'Al-Qaïda. En tant que tels, ils étaient venus en Afghanistan pour faire la guerre sainte, pour combattre ou mourir. On avait amené à Qala-i-Jangi, dans des camions, les six cents hommes les plus dangereux d'Asie.

Ils étaient attendus à Qala-i-Jangi par une centaine d'Ouzbeks plus ou moins bien entraînés et un commandant totalement incompétent. Rachid Dostum lui-même était absent, et son adjoint, Saïd Kamel, était censé le remplacer.

Parmi les six cents détenus se trouvaient soixante non-Arabes appartenant à trois catégories. Il y avait des Tchétchènes qui, se doutant qu'en les sélectionnant pour les livrer aux Russes on les envoyait à la mort, avaient échappé à la sélection ; des Ouzbeks opposés au régime de Tachkent qui avaient compris eux aussi qu'une mort certaine les attendait dans leur pays si on les y ramenait ; et des Pakistanais qui, ignorant qu'ils seraient libérés s'ils retournaient au Pakistan, se cachaient pour ne pas être rapatriés.

Les autres étaient des Arabes. C'étaient, contrairement à de nombreux talibans abandonnés à Kunduz, des volontaires et non des engagés d'office. Et, tous, des fanatiques. Ils étaient passés par les camps d'entraînement d'Al-Qaïda ; ils savaient se battre avec adresse et férocité. Et ils ne tenaient guère à la vie. Ils demandaient seulement à Allah qu'il leur offre une chance d'emmener avec eux quelques Occidentaux ou amis d'Occidentaux et de mourir ainsi en *shahids*, ou martyrs.

Qala n'est pas construit comme une forteresse occidentale. C'est un vaste ensemble de cinq hectares comprenant des espaces à ciel ouvert, des arbres et des bâtiments d'un étage. Le tout est ceint d'un mur haut de quinze mètres dont les deux côtés sont inclinés, si bien qu'un homme peut y grimper et regarder par-dessus le parapet qui le couronne.

Ce mur épais abrite toutes sortes de salles, d'entrepôts et de passages, et il y a encore dessous un autre dédale de corridors et de cellules enterrés. Les Ouzbeks ne l'occupaient que depuis une dizaine de jours et semblaient ignorer la présence d'un arsenal taliban et d'un dépôt d'armes à l'extrémité sud. C'était là qu'ils entassaient les prisonniers.

À Kunduz, on avait pris leurs fusils et leurs armes de poing aux prisonniers, mais il n'y avait pas eu de fouille au corps. Si on l'avait fait, on se serait aperçu que chaque homme, ou presque, cachait une ou deux grenades sous les plis de son vêtement. On les avait embarqués ainsi pour Qala.

La première alerte eut lieu le samedi de leur arrivée, dans la soirée. Izmat Khan, qui était dans le cinquième camion, entendit la détonation à une centaine de mètres. L'un des Arabes, après avoir rassemblé plusieurs Ouzbeks autour de lui, s'était fait sauter et cinq Ouzbeks avaient été transformés en chair à saucisse. La nuit tombait. Il n'y avait pas de lumière. Les hommes de Dostum reportèrent la fouille au corps au lendemain matin. Ils parquèrent les prisonniers sans leur donner à boire ni à manger et les laissèrent, accroupis dans la poussière, à des gardiens armés et déjà inquiets.

La fouille commença au lever du jour. Les Arabes, qui portaient toujours leur tenue de combat, se laissèrent docilement lier les mains dans le dos. Comme il n'y avait pas de corde, les Ouzbeks utilisèrent les turbans de leurs prisonniers. Mais les turbans ne sont pas des cordes.

On les sortit du groupe l'un après l'autre pour les fouiller. On vit apparaître des grenades, des revolvers, et de l'argent. À mesure que l'argent s'empilait, Sayid Kamel et son lieutenant l'emportaient dans une pièce voisine. Un peu plus tard, un soldat ouzbek qui regardait du dehors par la fenêtre vit les deux hommes l'empocher. Le soldat entra pour protester et on lui dit d'un ton sans réplique d'aller se faire voir ailleurs. Mais il revint avec une arme.

Deux prisonniers avaient assisté à la scène et étaient parvenus à défaire leurs liens. Ils entrèrent dans la pièce à la suite du soldat, s'emparèrent de son fusil et tuèrent les trois Ouzbeks à coups de crosse. Comme il n'y avait pas eu de coup de feu, la chose passa inaperçue. Mais Qala était en train de devenir une véritable poudrière.

Johnny « Mike » Spann et Dave Tyson, deux Américains de la CIA, avaient pénétré dans l'enceinte. Mike Spann se mit à interroger les prisonniers, dehors, aux yeux de tous. Il fut entouré par six cents fanatiques qui n'avaient d'autre ambition que de tuer un Américain avant de rejoindre Allah. L'un des gardiens ouzbeks, voyant un Arabe armé, cria pour prévenir Johnny Spann. La poudrière explosa.

Izmat Khan, accroupi, attendait son tour. Il s'était, comme les autres, libéré les mains. En voyant le premier gardien ouzbek s'écrouler, d'autres se mirent à tirer à la mitrailleuse du haut du mur d'enceinte. La tuerie était lancée.

Plus d'une centaine de prisonniers moururent dans la poussière, les mains liées, et on les retrouva ainsi quand des observateurs de l'ONU purent entrer en toute sécurité. D'autres détachèrent les mains de leurs voisins pour leur permettre de se battre. Izmat Khan prit la tête d'un groupe comprenant ses onze compatriotes afghans et ils se précipitèrent vers le mur du sud, où il savait pouvoir trouver des armes pour y être déjà venu quand la forteresse était aux mains des talibans.

Les Arabes, au nombre d'une vingtaine, avaient entouré Mike Spann. Ils lui tombèrent dessus et le tuèrent à coups de poing et de pied. Dave Tyson vida le chargeur de son revolver sur la foule des mutins, en tua trois et, à court de munitions, atteignit de justesse la porte de la forteresse.

En dix minutes, il ne resta plus dans la cour que des cadavres et des blessés gisant au sol qui hurlèrent jusqu'à la mort. Les Ouzbeks étaient maintenant de l'autre côté du mur d'enceinte, et ils avaient refermé la porte sur les prisonniers. Le siège commença ; il allait durer six semaines, sans que nul se soucie de faire des prisonniers. Chaque partie était persuadée que l'autre avait rompu l'accord de reddition, mais c'était désormais sans importance.

La porte de l'arsenal fut rapidement enfoncée et les prisonniers se partagèrent les armes. Il y avait de quoi équiper une petite armée. Ils avaient des fusils, des grenades, des lance-missiles, des RPG et des mortiers. Une fois armés, ils investirent les galeries et les passages souterrains pour s'assurer le contrôle de la forteresse. Chaque fois qu'un Ouzbek de l'extérieur risquait un œil par-dessus le parapet, un Arabe lui tirait dessus.

Les hommes de Dostum n'avaient d'autre choix que de demander de l'aide, et d'urgence. Celle-ci arriva avec plusieurs centaines d'Ouzbeks envoyés par le général Dostum, qui se mirent en route pour Qala-i-Jangi sans perdre de temps. On vit aussi arriver des bérets verts américains en la personne de quatre soldats détachés de Fort Campbell, Kentucky, un officier de l'US Air Force chargé d'aider à la coordination aérienne, et six hommes de la dixième division montagnarde. Ils avaient pour mission d'observer, de rendre compte à leurs unités et de demander des frappes aériennes pour briser la résistance des mutins.

En milieu de matinée, deux Land Rover arrivèrent de la base de Bagram, située au nord de Kaboul, qui venait d'être prise. Elles amenaient six Britanniques du SBS et un interprète, le lieutenant-colonel Mike Martin, du SAS.

Le mardi, les Ouzbeks lancèrent leur contre-attaque. Abrités derrière leur unique tank, ils pénétrèrent dans la cour et commencèrent à pilonner les positions des rebelles. Izmat Khan avait été désigné comme commandant et chargé de défendre la face sud. Quand le tank ouvrit le feu, il fit rentrer ses hommes dans les cellules. Dès que le pilonnage cessa, ils ressortirent.

Il savait que ce n'était qu'une question de temps. Il n'y avait aucun moyen de s'échapper et aucune chance d'être épargné. Non qu'il le désirât. Il avait finalement, à trente-neuf ans, trouvé un endroit où mourir, et celui-ci en valait un autre.

Le mardi vit aussi l'entrée en scène de l'aviation américaine. Les quatre bérets verts et le coordinateur étaient allongés de l'autre côté du parapet en haut du mur d'enceinte et repéraient les cibles pour les chasseurs-bombardiers. Il y eut trente frappes ce jour-là, dont vingt-huit qui détruisirent la maçonnerie derrière laquelle les mutins se cachaient, en tuant environ une centaine, souvent sous des blocs de pierre. Deux bombes tombèrent à côté.

Mike Martin était au pied du mur, sous la position des bérets verts et à une centaine de mètres d'eux, quand la première bombe manqua sa cible. Elle heurta le sol au beau milieu du cercle formé par les cinq Américains. S'il s'était agi d'une bombe anti-personnel, ils auraient été déchiquetés tous les cinq. Ils s'en tirèrent par miracle avec des tympans déchirés et quelques contusions.

La bombe était une JDAM, conçue pour pénétrer dans le béton avant d'exploser. Après avoir atterri sur le gravier, elle rebondit à trente mètres puis explosa. Les Américains eurent la sensation d'un tremblement de terre, furent projetés dans toutes les directions, mais survécurent.

La deuxième bombe qui manqua sa cible eut un effet encore plus désastreux. Elle pulvérisa le tank des Ouzbeks et leur poste de commandement, qui se trouvait derrière.

Le mercredi, les journalistes occidentaux arrivèrent et se répandirent partout, en tout cas à l'extérieur de la forteresse. Ils ne s'en rendirent peut-être pas compte, mais ils empêchèrent par leur seule présence les Ouzbeks de massacrer tous les prisonniers jusqu'au dernier.

En six jours, vingt mutins tentèrent de s'évader pendant la nuit en profitant de l'obscurité. Ils furent tous repris et lynchés par les paysans. C'étaient des Hazaras, qui leur rappelaient le massacre des leurs par les talibans trois ans auparavant.

Mike Martin se coucha au sommet du mur pour regarder dans la cour par-dessus le parapet. Les cadavres des premiers jours s'y trouvaient toujours et la puanteur était épouvantable. Les Américains, avec leur casquette de laine, étaient à visage découvert. Les cameramen de télévision et de cinéma les avaient déjà amplement photographiés. Les sept Britanniques préféraient l'anonymat. Ils portaient tous le *shemagh*, ce foulard de coton qui protège des mouches, du sable, de la poussière et des regards indiscrets. Après quelques jours, il leur servit de filtre contre la puanteur.

Juste avant le coucher du soleil, Dave Tyson, l'agent de la CIA qui n'était pas mort et était revenu après une journée à Mazar-i-Sharif, osa pénétrer dans l'enceinte avec une équipe de télévision qui se voyait déjà avec un film primé dans tous les festivals. Martin les regarda crapahuter le long du mur. Le marine J. était allongé à côté de lui. Ils virent un groupe de mutins sortir par une porte dans le mur que les journalistes ne voyaient pas, se saisir d'eux et les entraîner à l'intérieur.

— Il va falloir que quelqu'un les sorte de là, observa le marine d'un ton détaché.

Il regarda autour de lui. Six paires d'yeux le fixaient en silence.

— Ah, merde! lâcha-t-il, avec une parfaite sincérité, en enjambant le parapet.

Après avoir dégringolé le long du mur en pente, il partit à toutes jambes à travers la cour. Trois hommes du SBS le suivirent. Les deux autres marines les couvraient avec leurs armes. Les mutins s'étaient maintenant repliés sous le mur sud. La folie de ce que faisaient les quatre marines les prit de court. Ils atteignirent le mur opposé sans qu'un coup de feu soit tiré.

Le marine J. y arriva le premier. La récupération d'otages est un exercice que les SAS et les SBS pratiquent jusqu'à en faire une seconde nature. Ils disposent de terrains d'entraînement et de locaux spécialement conçus pour cela.

Les quatre SBS franchirent la porte sans ralentir dans leur élan, identifièrent les mutins à leur tenue et à leur barbe, et tirèrent. La procédure s'appelle, en l'occurrence, le « double tap » : deux balles en pleine figure. Les trois Arabes ne tirèrent pas un seul coup de feu ; d'ailleurs, ils étaient tournés du mauvais côté. David Tyson et l'équipe britannique convinrent séance tenante de ne jamais parler de cet incident, et ils ont tenu cet engagement depuis.

Le mercredi soir, Izmat Khan et ses compagnons comprirent qu'ils ne pouvaient plus rester à l'étage où ils s'étaient repliés. L'artillerie était entrée en action et commençait à démolir méthodiquement la face sud sur toute sa longueur. Les cellules n'étaient qu'un dernier recours. Il restait moins de trois cents prisonniers encore en vie.

Certains décidèrent de ne pas descendre mais de mourir sous le ciel. Ils lancèrent une contre-attaque suicide, avec succès... sur une centaine de mètres, tuant de nombreux Ouzbeks sous l'effet de la surprise. Mais la mitrailleuse du tank de remplacement des Ouzbeks se mit à tirer et tailla les Arabes en pièces. C'étaient surtout des Yéménites, et quelques Tchétchènes.

Le jeudi, sur le conseil des Américains, les Ouzbeks prirent deux barils de fuel destiné à leurs tanks et versèrent le carburant dans les cellules, par les conduites. Puis ils y mirent le feu.

Izmat Khan n'était pas dans cette partie du sous-sol et la puanteur des cadavres masquait l'odeur du fuel, mais il entendit le *wooomf* et sentit la chaleur. Un certain nombre de prisonniers moururent et il vit les autres émerger de la fumée pour venir vers lui. Ils suffoquaient et avaient des haut-le-cœur. Réfugié dans la dernière cellule avec environ cent cinquante hommes autour de lui, Izmat Khan bloqua la porte pour que la fumée n'entre pas. Ceux qui mouraient au-dehors cessèrent peu à peu de marteler la porte de leurs poings. Au-dessus d'eux, les obus s'abattaient dans les pièces vides.

La dernière cellule s'ouvrait sur un passage, à l'extrémité duquel les hommes pouvaient respirer de l'air frais. Ils cherchèrent à voir s'il n'y avait pas une issue, mais on n'aboutissait qu'à une gouttière. Cette nuit-là, Din Muhhammad, le nouveau commandant ouzbek, eut l'idée de détourner une conduite d'irrigation vers cette gouttière. Après les pluies de novembre, ces conduites étaient pleines et l'eau glacée.

À minuit, les derniers rescapés étaient dans l'eau jusqu'à la taille. Affaiblis par la faim et la fatigue, ils commencèrent à se laisser glisser sous la surface et à se noyer.

Au niveau du sol, cernées par les médias, les forces de l'ONU avaient pris les choses en main et avaient ordre de faire des prisonniers. Les derniers mutins entendaient à travers les décombres des bâtiments écroulés la voix qui leur disait dans un mégaphone de sortir sans armes et les mains en l'air. Au bout de vingt heures, on vit le premier se diriger vers l'escalier en chancelant. D'autres suivirent. Vaincu, Izmat Khan sortit à son tour, avec les six autres Afghans encore vivants.

Une fois au niveau du sol, trébuchant sur les décombres de ce qui avait été la face sud, les quatre-vingt-six derniers mutins se trouvèrent face à une forêt de fusils et de lance-grenades pointés sur eux. Dans la lumière grise de l'aube, ce samedi là, ils faisaient penser à des épouvantails échappés d'un film d'horreur. Sales, puants, hirsutes, le visage et les mains noirs de suie et de poudre, les vêtements en lambeaux et transis de froid, ils avançaient à petits pas et certains tombaient. Izmat Khan était parmi eux.

En descendant d'un tas de pierres et de gravats, il glissa, tendit la main pour se rattraper et agrippa un bloc de maçonnerie. Une grosse pierre se détacha et lui resta dans la main. Se croyant menacé, un jeune Ouzbek trop nerveux tira.

La grenade frôla l'oreille de l'Afghan avant de percuter la roche derrière lui. Celle-ci se brisa et un éclat de la taille d'une balle de base-ball vint le frapper à la nuque avec une violence inouïe. Il lui aurait fendu le crâne s'il était arrivé à quatre-vingt-dix degrés, mais il ne fit que ricocher, lui ouvrant le cuir chevelu et le précipitant à terre dans un semi-coma. Izmat s'abattit au milieu des décombres tandis que le sang coulait à flots par la plaie. Les autres continuèrent à avancer vers les camions qui les attendaient hors de l'enceinte.

Une heure plus tard, les sept soldats britanniques parcouraient les lieux en prenant des notes. Mike Martin, en tant qu'officier et bien qu'officiellement chargé d'une mission d'interprète, aurait un rapport circonstancié à rédiger. Il comptait les morts en sachant qu'il y en avait encore un très grand nombre, deux cents peut-être, dans les sous-sols. Un corps attira son attention ; il saignait encore. Les cadavres ne saignent pas.

Il retourna l'épouvantail sur le dos. Celui-ci n'était pas vêtu comme les autres. Cette tenue était celle d'un Pachtoun. Or il n'y avait pas de Pachtouns, en principe, parmi les prisonniers. Retirant le *shemagh* de sa tête, il s'en servit pour essuyer le visage noirci de crasse et de suie. Ce visage avait quelque chose de vaguement familier.

En le voyant sortir son couteau, un Ouzbek sourit. Si cet étranger voulait s'amuser un peu, pourquoi pas ? Martin fendit le pantalon sur la cuisse droite.

La cicatrice était là, avec les six marques de points, à l'endroit où on avait retiré l'éclat d'obus soviétique treize ans auparavant.

Pour la deuxième fois de son existence, il chargea Izmat Khan sur son épaule à la manière d'un soldat du feu et l'emporta dehors. Une Land Rover frappée du logo de l'ONU attendait devant l'entrée.

— Cet homme est vivant mais blessé, dit-il. Il a une plaie à la tête.

Son devoir accompli, il monta à bord de la jeep du SBS qui devait le ramener à Bagram.

Les Américains trouvèrent l'Afghan à l'hôpital de Mazar trois jours plus tard et le réclamèrent pour l'interroger. Ils le transportèrent à Bagram, mais du côté de cette vaste base aérienne qu'ils s'étaient réservée, et il revint lentement à lui après deux jours, sur le sol d'une cellule de fortune, enchaîné et grelottant de froid, mais vivant.

Le 14 janvier 2002, les premiers détenus en provenance de Kandahar arrivèrent à Guantanamo Bay, sur l'île de Cuba. Ils étaient sales, ils avaient froid et faim et soif, et on leur avait bandé les yeux. Izmat Khan était parmi eux.

Le colonel Mike Martin retourna à Londres au printemps 2002 pour y passer trois ans comme chef d'état-major adjoint à la direction des forces spéciales, à la caserne Duke of York de Chelsea. Il prit sa retraite en décembre 2005, après une soirée au cours de laquelle un groupe d'amis, dont Jonathan Shaw, Mark Carleton-Smith, Jim Davidson et Mike Jackson, s'efforça, mais en vain, de le faire boire jusqu'à ce qu'il roule sous la table. En janvier 2006, il achetait une vieille grange dans la vallée du Meon, Hampshire, et se lançait à la fin de l'été dans un chantier de restauration destiné à en faire une maison de campagne.

Les comptes rendus de l'ONU firent état par la suite de la mort de cinq cent quatorze fanatiques d'Al-Qaïda et de quatre-vingt-six survivants, tous blessés, lors de la mutinerie de Qala-i-Jangi. Tous furent emmenés à Guantanamo. Il y avait eu également soixante morts ouzbeks. Le général Dostum devint Ministre de la Défense dans le nouveau gouvernement afghan.

TROISIÈME PARTIE

Opération Crowbar

HUIT

L'opération Crowbar commença par le choix d'une « histoire de couverture » assez crédible pour que même ceux qui seraient appelés à y participer ignorent tout de Mike Martin et du véritable projet d'infiltration d'Al-Qaïda par un sosie.

On imagina donc une collaboration anglo-américaine contre la menace que faisait peser le trafic d'opium de plus en plus important entre les champs de pavots d'Afghanistan et les raffineries du Moyen-Orient. Le produit, une fois raffiné, était exporté vers l'Occident sous forme d'héroïne dans le double but de détruire des vies et de générer des fonds pour les futures opérations terroristes.

Le « scénario » s'appuyait sur le fait que les efforts de l'Occident pour tarir les circuits financiers du terrorisme au niveau des banques internationales avaient poussé les groupes extrémistes à se tourner vers le commerce de la drogue, qui se faisait uniquement en argent liquide.

Et finalement, bien que l'Ouest dispose de services aussi puissants que la Drug Enforcement Administration (DEA) américaine chargée de la répression du trafic de drogue et les douanes britanniques engagées dans la lutte contre les narco-trafiquants, les deux gouvernements avaient donné leur feu vert à l'opération Crowbar en tant qu'action spécifique montée avec des moyens clandestins en dehors des usages de la bienséance diplomatique pour investir et détruire toute installation de production de drogue dans n'importe lequel des pays étrangers qui fermaient les yeux sur le trafic.

On prévint les agents affectés à l'opération qu'ils auraient à leur disposition les moyens de la technologie la plus avancée à ce jour pour écouter, observer et identifier les personnages les plus haut placés dans la hiérarchie du crime, les circuits, les magasins et les entrepôts, les raffineries, les bateaux et les avions impliqués dans le trafic. Personne, parmi les membres de la nouvelle équipe, ne mit en doute un mot de tout cela.

L'histoire inventée de toutes pièces pour couvrir l'opération devait durer aussi longtemps qu'on en aurait besoin. Mais après la conférence de Fort Meade, il n'était plus question que les services de renseignement occidentaux mettent tous leurs œufs dans le même panier, en l'occurrence celui de Crowbar. D'autres tentatives, ultra-discrètes, allaient avoir lieu ailleurs pour savoir ce qui pouvait bien se cacher derrière ce projet Al-Isra.

Mais les services de renseignement étaient bien embarrassés. Ils avaient à eux tous une multitude d'informateurs dans la mouvance du fondamentalisme islamique, certains agissant par conviction, d'autres sous la contrainte.

La question qui se posait était la suivante : jusqu'où pourrons-nous aller avant que les véritables chefs comprennent que nous connaissons l'existence de ce projet ? Or il y avait des avantages évidents à laisser les responsables d'Al-Qaïda penser qu'on n'avait rien trouvé dans l'ordinateur du financier abattu à Peshawar.

On en eut confirmation quand les premières mentions des termes Al-Isra dans des conversations anodines avec des spécialistes des textes coraniques ne provoquèrent que des réactions courtoises mais sans intérêt.

Il était clair qu'Al-Qaïda avait limité à un cercle très fermé le nombre de ceux qui savaient ce que recouvrait ce nom, et on comprit rapidement que ce cercle n'incluait aucun informateur occidental. On décida donc de répondre au secret par le secret. La contre-offensive occidentale passerait par l'opération Crowbar et uniquement par l'opération Crowbar.

Il fallut ensuite installer un nouveau et discret quartier général. Marek Gumienny et Steve Hill étaient d'accord pour le situer à bonne distance de Londres et de Washington. Ils optèrent finalement pour les îles Britanniques.

Après analyse des besoins en termes de place, d'hébergement, d'espace et d'accessibilité, on tomba d'accord pour une base aérienne désaffectée. Celles-ci sont le plus souvent situées assez loin des villes et on y trouve des salles de réunion, des cuisines, des réfectoires et toutes sortes d'équipements. Plus des hangars et une piste d'atterrissage grâce à laquelle les visiteurs peuvent arriver et repartir en toute discrétion. Si la base n'était pas désaffectée depuis trop longtemps, l'un des services de maintenance de l'armée – en l'occurrence de la Royal Air Force – aurait tôt fait de la rééquiper pour la rendre à nouveau opérationnelle.

Pour la base, le choix se porta sur l'un des nombreux sites – plusieurs dizaines – aménagés par les Américains sur le territoire britannique pendant la Guerre froide. On établit une liste d'une quinzaine de ces sites, dont ceux de Chicksands, Alconbury, Upper Heyford et Greenham Common. Tous furent écartés.

Certains étaient en activité, et le personnel qui s'y trouvait risquait de parler. D'autres étaient passés aux mains de promoteurs immobiliers ; sur d'autres encore, les pistes d'atterrissage avaient été labourées et rendues à l'agriculture. Deux faisaient office de terrains d'entraînement pour les services de renseignement. Or il fallait pour l'opération Crowbar un site vierge et qui ne serve à rien d'autre. Phillips et McDonald se décidèrent pour la base aérienne d'Edzell et obtinrent l'accord de leurs supérieurs respectifs.

La RAF n'avait jamais, toutefois, disposé de la base d'Edzell en toute propriété ; celle-ci avait été louée pendant des années à la marine américaine, bien que située à des kilomètres de la mer. Elle se trouve dans la région écossaise d'Angus, au nord de Brechin et au nord-est de Montrose, non loin des Highlands au sud.

Elle est assez à l'écart de l'autoroute A90 entre Forfar et Stonehaven. Le village proprement dit fait partie d'une nébuleuse serrée de petites agglomérations éparpillées sur une vaste zone de forêt et de lande traversée par la rivière North Esk.

La base, quand les deux patrons des services anglais et américains la visitèrent, se révéla exactement conforme à leurs critères. Elle était aussi loin que possible des regards indiscrets ; elle disposait de deux pistes d'atterrissage et d'une tour de contrôle, et d'autant de bâtiments qu'il en fallait pour loger les équipes. On y ajouterait simplement les bâtisses en forme de dôme destinées à dissimuler les antennes d'un système d'écoute assez perfectionné pour capter le chant d'un criquet à l'autre bout du monde, et un nouveau centre de communications.

C'est à partir de ce complexe que seraient établies des liaisons permanentes avec le quartier général des communications du gouvernement britannique de Cheltenham et la NSA dans le Maryland ; des lignes directes et sécurisées avec Vauxhall Cross et Langley permettant d'entrer immédiatement en contact avec Marek Gumienny et Steve Hill ; et une autre liaison permanente avec huit autres services de renseignement des deux pays, à commencer par ceux qui retransmettaient les images des satellites d'observation américains.

Promesse de permission à la clé, les « maçons » de la Royal Air Force remirent Edzell en état de marche en un délai record. Les braves villageois remarquèrent qu'il se passait quelque chose, mais convinrent avec des mines de conspirateurs que ce serait une fois de plus top secret, comme au bon vieux temps. Et comme au bon vieux temps, le hobereau du coin y alla de quelques caisses de bière et de whisky avec l'espoir d'être payé de retour. Hormis cela, il n'y eut pas de bavardages intempestifs.

Pendant que les peintres repeignaient les locaux du quartier des officiers d'une base aérienne écossaise, le bureau de la société Siebart et Abercrombie, situé dans une rue modeste de la City à Londres du nom de Crutched Friars, reçut une visite.

Mr. Ahmed Lampong arriva à l'heure du rendez-vous convenu par un échange d'e-mails entre Londres et Jakarta, et on l'introduisit dans le bureau de Mr. Siebart, fils du fondateur de la société. Le courtier maritime l'ignorait, mais Lampong est le nom de l'une des langues parlées dans l'île de Sumatra, d'où son visiteur était originaire. C'était un pseudonyme, mais son passeport le mentionnait comme son véritable nom, et il était parfaitement en règle.

Son anglais était tout aussi irréprochable, et en réponse aux compliments d'Alex Siebart, il avoua qu'il l'avait perfectionné en préparant sa maîtrise à la London School of Economics. Il était volubile, poli et charmant ; en outre, on pouvait espérer faire des affaires avec lui. Rien ne permettait de voir dans ce personnage un fanatique, membre de l'organisation terroriste Jemaah Islamiya responsable d'une vague d'attentats à la bombe à Bali.

Les papiers qui le désignaient comme associé de longue date de Sumatra Trading International étaient également en règle, tout comme ses références bancaires. Quand il demanda la permission d'exposer le problème qui l'amenait, Mr. Siebart fut donc tout ouïe. En préambule, Mr. Lampong posa solennellement une feuille de papier sur le bureau du courtier maritime.

Il y avait sur cette feuille une longue liste de noms, qui commençait par celui d'Alderney, l'une des îles de la Manche. Suivaient Anguilla, Antigua et Aruba. Cela pour les A. Il y avait soixante-dix noms de lieux en tout, et la liste s'achevait par Uruguay, Vanuatu et Western Samoa.

— Tous ces endroits sont des paradis fiscaux, Mr. Siebert, dit l'Indonésien, et on y pratique le secret bancaire. Que cela nous plaise ou pas, les entreprises les plus louches, y compris des entreprises criminelles, abritent leurs secrets financiers dans ces endroits-là. Et ceux-là, ajouta-t-il en sortant une deuxième feuille, sont tout aussi louches à leur façon. Ce sont des pavillons de convenance.

Antigua figurait à nouveau en tête, suivie par la Barbade, les Bahamas, le Belize, les Bermudes, la Bolivie et Burma. La liste, qui comportait vingt-sept noms, s'achevait par Saint-Vincent, le Sri Lanka, Tonga et Vanuatu.

Il y avait des pays africains misérables comme la Guinée équatoriale, d'autres qui n'étaient que des confettis sur la carte du monde, tels São Tomé et Príncipe, les Comores ou l'atoll corallien de Vanuatu. Parmi les plus enchanteurs figuraient le Luxembourg, le Cambodge et la Mongolie, qui n'ont pas la moindre côte. Mr. Siebart était perplexe, même si tout cela ne lui apprenait rien.

— Rapprochez ces deux listes et qu'avez-vous au bout du compte ? reprit Mr. Lampong d'un air triomphal. De la fraude, mon cher, une fraude massive et qui ne cesse d'augmenter ! Et c'est, hélas, dans la partie du monde où nous commerçons, mes associés et moi-même, qu'elle atteint son plus haut niveau. C'est pourquoi nous avons décidé de ne plus traiter dorénavant qu'avec une institution réputée pour son intégrité : la City de Londres.

— C'est très aimable à vous, murmura Mr. Siebart. Du café ?

— Des vols de cargos, Mr. Siebart, il s'en produit sans cesse et de plus en plus. Non, merci, je viens de prendre mon petit déjeuner. De bons cargos, dûment enregistrés, qui s'évanouissent dans la nature ! On ne retrouve plus ni les bateaux, ni ceux qui les ont affrétés, ni les courtiers, ni les équipages, ni la cargaison et encore moins les propriétaires ! Tout disparaît derrière la jungle des banques et des pavillons. Et dans tout cela, il y a beaucoup, beaucoup trop de corruption !

— Affreux, convint Siebart. Mais que faire ?

— Nous avons décidé, mes partenaires et moi, que nous en avions assez. Certes, cela nous coûtera un peu plus cher, mais nous ne voulons plus commercer désormais qu'avec des bateaux de la flotte marchande britannique naviguant sous pavillon britannique avec un commandant britannique, basés dans des ports britanniques et offrant toutes les garanties offertes par un courtier britannique !

— Excellent, dit Siebart avec un grand sourire. C'est un choix tout à fait judicieux, et il ne faudra pas oublier bien sûr l'assurance du bateau et de sa cargaison par la Lloyd's de Londres. Quels sont les produits que vous voulez transporter ?

Le travail d'un courtier maritime consiste précisément à trouver des cargos pour des cargaisons et des cargaisons pour les cargos, et la société Siebart et Abercrombie était depuis longtemps un pilier de l'une des plus anciennes associations de courtiers de la City de Londres, la Baltic Exchange.

— J'ai bien pris mes renseignements, dit Mr. Lampong en produisant de nouvelles lettres de recommandation. Nous sommes en discussion avec cette compagnie ; elle importe à Singapour des limousines britanniques de grand prix et des voitures de sport. De notre côté, nous expédions des bois précieux comme le bois de rose, le tulipier et le poirier d'Indonésie aux États-Unis. Cela vient du nord de Bornéo, mais ce sera une cargaison mixte avec sur le pont des conteneurs de soies brodées de Surabaya, Java, destinés aux États-Unis. Vous trouverez là (il posa une lettre sur le bureau) toutes les précisions sur nos amis à Surabaya. Nous sommes tous d'accord pour traiter avec des Anglais. Ce sera ainsi un voyage triangulaire pour n'importe quel bateau britannique. Pouvez-vous nous procurer à cet effet un bon cargo enregistré en Grande-Bretagne ? Nous envisageons pour l'avenir une collaboration soutenue et régulière.

Alex Siebart était certain de trouver une douzaine de bons bateaux naviguant sous le pavillon rouge de la marine marchande britannique. Il lui fallait maintenant connaître le tonnage des bateaux souhaités, les dates et les tarifs.

Ils convinrent finalement que Siebart fournirait à Mr. Lampong une liste de bâtiments du tonnage souhaité en fonction des cargaisons, et les prix de location. Mr. Lampong, quand il aurait consulté ses associés, lui indiquerait les dates de chargement dans les deux ports orientaux et la date de livraison aux États-Unis. Ils se séparèrent en se déclarant mutuellement leur confiance et leur bonne volonté.

— Quel plaisir, soupira Mr. Siebart père quand son fils le mit au courant en déjeunant avec lui chez Rules. Quel plaisir de traiter avec des gens de bonne compagnie...

S'il y avait un endroit où Mike Martin ne pouvait pas se montrer à visage découvert, c'était bien la base d'Edzell. Steve Hill parvint à activer le réseau de contacts qui existe dans tout secteur d'activité et auquel on se réfère en parlant des « anciens ».

— Je ne serai pas chez moi pendant la plus grande partie de l'hiver, annonça son invité au déjeuner du club des forces spéciales. Je veux profiter encore un peu du soleil des Caraïbes. Je pourrai donc vous laisser la maison.

— Dans ce cas, ce sera une location, bien sûr, répondit Hill. Dans la mesure de mes modestes finances.

— Et vous n'avez pas l'intention de bouger ? demanda l'hôte. C'est d'accord, alors. Quand pourrai-je la récupérer ?

— Nous ne comptons pas y rester au-delà de la mi-février. C'est seulement pour quelques sessions de recyclage. Il y aura des profs de passage. Rien de... physique.

Martin prit un avion de Londres à Aberdeen, où un ancien sergent du SAS qu'il connaissait bien vint l'accueillir. C'était un Écossais pur sucre qui avait visiblement choisi de retourner à sa lande natale pour profiter de sa retraite.

— Alors, quoi de neuf, patron ? demanda-t-il en reprenant l'expression traditionnelle des membres du SAS quand ils s'adressent à un officier.

Il mit le sac de Martin dans la malle arrière et ils quittèrent le parking de l'aéroport. Il prit la direction du nord dans la banlieue d'Aberdeen et l'autoroute A96 vers Inverness. Les monts des Highlands les environnèrent sur quelques kilomètres avant qu'ils sortent de l'autoroute sur la gauche.

Le panneau de signalisation indiquait simplement « Kemnay ». Ils traversèrent le village de Monymusk et prirent la route

Aberdeen-Alford. Trois kilomètres plus loin, la Land Rover tourna à droite et traversa Whitehouse avant de filer vers Keig. La route longeait une rivière ; Martin se demanda si on y pêchait la truite ou le saumon.

Peu avant Keig, ils traversèrent la rivière pour s'engager dans une allée privée longue et sinueuse. Ils découvrirent après un dernier tournant le vieux château dressé au sommet d'une petite butte d'où l'on avait une vue saisissante sur un paysage de collines et de vallons.

Deux hommes sortirent et s'avancèrent pour les saluer.

– Gordon Phillips. Michael McDonald. Bienvenue à Castle Forbes, la demeure ancestrale de lord Forbes. Avez-vous fait bon voyage, colonel ?

– C'est Mike. Vous m'attendiez donc ? Comment se fait-il... ? Angus n'a prévenu personne.

– C'est-à-dire que... nous avions quelqu'un dans l'avion. Simple précaution, dit Phillips.

Mike Martin émit un vague grognement. Il n'avait rien remarqué. Visiblement, il manquait de pratique après ces années de bureau.

– Pas de problème, Mike, dit McDonald, l'agent de la CIA. Vous êtes bien arrivé. Vous allez avoir toute une série d'instructeurs rien que pour vous pendant les dix-huit prochaines semaines. Mettez-vous à l'aise, et nous aurons après le déjeuner une première séance de travail.

Pendant la Guerre froide, la CIA disposait d'un réseau de « planques » sur tout le territoire des États-Unis. Certaines étaient des appartements en ville destinés à des réunions discrètes dont les participants ne devaient pas être vus dans les bureaux de l'agence. Il y avait aussi des retraites campagnardes dans d'anciennes fermes spécialement réaménagées, où les agents de retour d'une mission difficile venaient se détendre et prendre quelques vacances pendant qu'on les débriefait détail après détail sur leur séjour à l'étranger.

Et il y avait des lieux choisis pour leur éloignement, où un transfuge soviétique pouvait être hébergé dans la plus grande discrétion pendant qu'on procédait aux indispensables vérifications sur son compte, sans qu'un justicier du KGB à la solde de son ambassade ou de son consulat puisse l'atteindre.

Les anciens de la CIA gardent un souvenir cuisant du colonel Yurchenko, qui avait fait défection lors d'un séjour à Rome et fut autorisé, contre toute raison, à dîner dans un restaurant de Georgetown avec l'officier chargé de son débriefing. Le colonel se rendit aux toilettes et n'en revint pas. Il avait été contacté par le KGB, qui lui avait parlé de sa famille restée à Moscou. Plein de remords, le colonel eut la folie de croire aux promesses d'amnistie et se laissa convaincre de rentrer au bercail. On n'entendit plus jamais parler de lui.

Marek Gumienny ne posa qu'une question dans le petit bureau de Langley où l'on gère le réseau des planques : quel est le « refuge » le plus éloigné, le moins connu et le plus difficile d'accès dont nous disposions ?

La réponse de son collègue chargé des biens immobiliers ne se fit pas attendre :

– Nous l'appelons « le chalet ». C'est loin de toute présence humaine, quelque part du côté du Pasayten Wilderness et de la chaîne des Cascades.

Gumienny demanda qu'on lui fournisse tous les détails et toutes les photographies disponibles. Une demi-heure après qu'on lui fit remis le dossier, son choix était fait et il donnait ses instructions.

À l'est de Seattle, dans une région particulièrement sauvage, se dressent des montagnes abruptes couvertes de forêts et en hiver de neige qu'on appelle les Cascades. La région à laquelle elles ont donné leur nom comprend trois grandes zones : le parc national, la zone d'exploitation forestière et le Pasayten Wilderness. Les deux premières sont accessibles par la route et on y trouve un certain nombre d'habitations.

Le parc reçoit chaque année des milliers de visiteurs pendant la période d'ouverture. Il est sillonné de pistes et de sentiers, les premières pour les véhicules tout-terrain, les seconds pour les randonneurs à pied ou à cheval. Et les gardiens connaissent tout cela comme leur poche.

La zone d'exploitation forestière est interdite au public pour des raisons de sécurité, mais elle est couverte par un réseau de pistes utilisées par les camions qui halent des arbres abattus jusqu'aux points d'approvisionnement des scieries. Au cœur de l'hiver, toute activité doit cesser à cause de la neige qui rend les déplacements pratiquement impossibles.

Mais à l'est de ces deux zones, la troisième, qu'on appelle le Wildnerness, ou Étendue sauvage, court vers le nord jusqu'à la frontière canadienne. Ici, plus de pistes, seulement un ou deux sentiers dans la partie la plus au sud, et près du col de Hart quelques cabanes de bûcherons.

Le Wilderness grouille, été comme hiver, d'animaux sauvages et de gibier ; les quelques propriétaires de chalets y viennent à la belle saison, puis ferment tout et se retirent dans le confort de leurs habitations en ville. Il n'y a sans doute aucun endroit aussi lointain et désolé en hiver aux États-Unis, sinon peut-être la partie nord du Vermont qu'on appelle simplement « the

Kingdom » – le Royaume – et où un homme peut disparaître jusqu'à ce qu'on le retrouve dur comme de la pierre au moment de la fonte des neiges.

Quelques années auparavant, l'un de ces chalets isolées avait été mis en vente et la CIA l'avait acheté. Un achat un peu hâtif qu'on avait regretté, mais qui profitait de temps à autre aux hauts responsables pour leurs vacances d'été. En octobre, quand Marek Gumienny se lança dans ses recherches, le chalet était inoccupé et fermé à clé. Malgré l'hiver qui s'annonçait et sans s'inquiéter de la dépense, il demanda qu'on le rouvre et qu'on entreprenne sa transformation.

— Si c'est ce que vous cherchez, lui dit le patron du service immobilier, pourquoi n'utiliseriez-vous pas le centre de détention de Seattle ?

Bien qu'il s'adressât à un collègue, Gumienny n'eut d'autre choix que de mentir :

— Il ne s'agit pas seulement de mettre un gibier de grande valeur à l'abri des regards indiscrets, ou de l'empêcher de s'évader. Je dois aussi penser à sa propre sécurité. On a déjà vu des accidents mortels, même dans les prisons « supermax » – de très haute sécurité.

Le chef de l'immobilier comprit. Du moins le crut-il. Il fallait un endroit complètement invisible, dont il soit rigoureusement impossible de s'échapper. Et totalement hermétique à l'extérieur pour une période d'au moins six mois. Ce n'était pas vraiment sa spécialité. Il convoqua l'équipe qui avait travaillé à la sécurité de la terrible prison « supermax » de Pelican Bay en Californie.

La cabane était, déjà, presque inaccessible. Quelques kilomètres d'une route plus que rudimentaire menaient jusqu'à la toute petite ville de Mazama, et il restait ensuite une dizaine de kilomètres à parcourir. Il n'y avait pour cela que l'hélicoptère, et il fallait en faire un usage intensif. Fort des pouvoirs qu'on lui avait conférés, Marek Gumienny fit venir un hélicoptère gros-porteur de la base aérienne de McChord au sud de Seattle.

L'équipe chargée de la construction était composée d'ingénieurs militaires ; on acheta les matériaux de base sur place avec les conseils de la police d'État. Tout le monde était informé de la finalité de la tâche, qui consistait soi-disant à reconvertir le chalet en centre de recherche hautement sécurisé. Alors qu'il s'agissait d'une prison pour un seul homme.

À Castle Forbes, le programme commença de façon intensive et le devint encore plus. On demanda à Mike Martin d'abandonner ses vêtements occidentaux pour la tunique et le turban des Pachtouns. Il dut cesser de se raser pour avoir une barbe aussi longue que possible.

On permit à la gouvernante de rester ; elle ne s'intéressait pas le moins du monde aux invités du maître des lieux, pas plus qu'Hector, le jardinier. Il y avait également Angus, l'ancien sergent du SAS devenu l'intendant de la propriété de lord Forbes. C'était à lui que tout intrus qui se serait avisé de pénétrer sur la propriété aurait eu affaire, pour son malheur.

Pour le reste, les « invités » se succédaient et repartaient, à l'exception de deux résidents permanents. Le premier était Najib Qureshi, un Afghan de naissance, ancien professeur à Kandahar, bénéficiaire du droit d'asile en Grande-Bretagne, naturalisé anglais et interprète officiel auprès du gouvernement. Il avait été détaché et transféré à Castle Forbes. C'était le professeur de langue de Martin et celui qui lui apprenait à se conduire en toute circonstance comme un authentique Pachtoun. Il lui enseignait le langage du corps, la gestuelle, la façon de s'asseoir sur ses talons, de manger, de marcher et de faire sa prière.

L'autre résident était Tamian Godfrey ; la soixantaine passée, les cheveux blancs rassemblés en chignon sur la nuque, elle avait été mariée de longues années à un haut responsable du M15, le célèbre service de contre-espionnage, jusqu'à la mort de celui-ci deux ans plus tôt. Dans la mesure où elle était, comme le disait Steve Hill, « de la famille », elle connaissait très bien les règles de sécurité, le culte du renseignement, et n'avait pas l'intention de parler à qui que ce soit de sa présence en Écosse.

En outre, elle pouvait travailler sans qu'on lui dise que son élève risquait gros s'il commettait une erreur parce qu'elle avait oublié quelque chose. Elle était spécialiste du Coran ; elle en avait une connaissance encyclopédique et s'exprimait dans un arabe irréprochable.

— Connaissez-vous Muhammad Asad ? demanda-t-elle à Martin.

Il avoua que non.

— Alors, nous commencerons par lui. Ce juif allemand, de son vrai nom Leopold Weiss, s'est converti à l'islam avant d'en devenir l'un des plus fins connaisseurs. On lui doit ce qui est peut-être le meilleur commentaire à ce jour d'Al-Isra, le voyage d'Arabie à Jérusalem et au-delà, du paradis. C'est l'expérience qui a donné naissance aux cinq prières quotidiennes, qui sont la clé de voûte de la foi. L'élève assidu que vous étiez a appris tout cela à sa *madrassa*, et votre imam, en tant que wahhabite, croyait sans l'ombre d'un doute qu'il s'agissait d'un véritable voyage au sens physique du terme, et pas seulement d'une vision dans un rêve. Donc, vous le croyez aussi. Et maintenant, les prières quotidiennes. Répétez après moi...

Najib Qureshi était impressionné. Elle connaît mieux le Coran que moi, se disait-il.

Pour faire de l'exercice, ils se couvraient chaudement et parcouraient les collines, Angus les suivant comme une ombre avec
le fusil de chasse dont il était armé en toute légalité.

Bien qu'il sache l'arabe, Mike Martin mesurait l'ampleur de
tout ce qu'il lui fallait encore apprendre. Najib Qureshi lui
apprit à parler cette langue avec l'accent pachtoun car la voix
d'Izmat Khan s'adressant aux autres prisonniers du camp Delta
avait été secrètement enregistrée au cas où il laisserait échapper
des informations sensibles. Il n'en avait rien été, mais cet enregistrement était une aide précieuse à Mr. Qureshi pour apprendre à son élève à l'imiter.

Mike Martin était, certes, resté six mois dans la montagne
parmi les moudjahidin au temps de l'occupation soviétique,
mais dix-sept années étaient passées depuis et il avait beaucoup
oublié. Qureshi l'entraînait à parler le pachto, bien qu'il ait été
convenu dès le départ qu'il ne pourrait jamais passer pour un
Pachtoun auprès des Pachtouns.

Mais il y avait deux choses essentielles : la prière, et ce qui
s'était passé à Guantanamo Bay. La CIA était le principal pourvoyeur d'interrogateurs au camp Delta ; Marek Gumienny avait
retrouvé trois des quatre hommes qui avaient eu affaire à Izmat
Khan depuis son arrivée.

Michael McDonald retourna à Langley pour passer quelques
jours avec eux et leur soutirer, jusqu'au plus petit détail, tout
ce qu'ils avaient retenu, plus les notes et leurs enregistrements.
Le prétexte invoqué était, cette fois, qu'on envisageait de relâcher Izmat Khan en tant que personne ne présentant aucun
danger, et que Langley voulait s'en assurer.

Tous ceux qui l'avaient interrogé s'accordaient pour dire que
ce montagnard pachtoun devenu commandant dans l'armée des
talibans était de tous les détenus celui qui leur avait donné le

plus de fil à retordre. Il s'était montré aussi peu loquace que possible, coopérant au minimum, ne se plaignant jamais, acceptant avec stoïcisme toutes les privations. Mais, disaient-ils aussi, on voyait dans le regard de ses yeux noirs qu'il n'avait qu'une envie : vous arracher la tête.

McDonald rentra à la base d'Edzell avec le Grumman de la CIA. De là, il prit une voiture pour Forbes Castle et mit Mike Martin au courant.

Tamian Godfrey et Najib Qureshi concentrèrent leurs efforts sur les prières quotidiennes. Martin devait les réciter devant les autres, et il n'avait pas intérêt à se tromper. Il y avait, d'après Najib, une lueur d'espoir. Il n'était pas arabe de naissance ; le Coran était écrit en arabe classique et en aucune autre langue. Une erreur sur un mot pouvait passer pour une faute de prononciation. Mais pour un garçon qui était resté sept ans dans une *madrassa*, il n'était pas question de se tromper sur toute une phrase. Ils récitaient donc inlassablement, Najib se penchant et se relevant à côté de lui, le front contre le tapis, et Tamian Godfrey assise sur une chaise à cause de ses genoux raides.

Les choses avançaient également à la base d'Edzell, où une équipe technique anglo-américaine installait et reliait entre eux tous les services de renseignement britanniques et ceux des États-Unis en un seul ensemble. Les divers aménagements allaient bon train.

À l'époque où elle était occupée par la marine américaine, la base disposait, en plus des logements et des espaces de travail, d'un jeu de bowling, d'un salon de beauté, d'une pâtisserie, d'un bureau de poste, d'un terrain de basket, d'un gymnase et d'une salle de spectacle. Gordon Phillips, qui regardait à la dépense, et Steve Hill, qui le suivait en tout, laissèrent toutes ces futilités comme elles étaient : à l'abandon.

La RAF envoya du personnel pour la restauration et son régiment établit un périmètre de sécurité. Tout le monde était persuadé que la base était en train de se transformer en centre d'écoute des trafiquants d'opium.

Des Galaxie et des Starlifter atterrirent des États-Unis avec des systèmes d'écoute capables d'espionner le monde entier. On n'amena pas de traducteurs de l'arabe, car cette tâche reviendrait aux centres de Cheltenham et de Fort Meade, qui seraient en contact permanent avec l'opération Crowbar.

Peu avant Noël, les douze postes informatiques furent installés et mis en service. Ils devaient constituer le centre nerveux de l'opération, géré nuit et jour par six opérateurs.

Le centre Crowbar ne fut jamais conçu comme une nouvelle agence de renseignement en soi, mais comme une opération « à court terme », à laquelle les services britanniques et américains devaient, grâce à l'autorité que leur conférait la couverture de John Negroponte, coopérer sans réserve ni délai.

Dans cette perspective, les ordinateurs de Crowbar furent dotés de lignes ultra-sécurisées avec pour chacun deux clés BRENT chacun. Chacun possédait son propre disque dur amovible, qu'on retirerait pour l'entreposer en un lieu bien gardé quand il ne serait pas en service.

Les ordinateurs de Crowbar furent alors directement reliés aux systèmes de communication de l'état-major du SIS à Vauxhall Cross, et à l'agence de la CIA à l'ambassade américaine de Grosvernor Square à Londres.

Pour mettre l'opération à l'abri de toute interférence, l'adresse de Crowbar était dissimulée sous le code d'accès STRAP3 connu d'un très petit nombre de hauts responsables.

Crowbar se mit alors à écouter chaque mot émis au Moyen-Orient, en langue arabe et dans le monde musulman. D'autres le faisaient déjà, mais il fallait maintenir la fiction du projet de couverture.

Une fois opérationnel, le dispositif ne se limita pas au son. On vit arriver à l'obscure base aérienne écossaise les images du monde arabe que le National Reconnaissance Office recevait de ses satellites d'observation KH-11 et celles que renvoyaient les drones Predator dont les prises de vue en haute définition réalisées à 7 000 mètres d'altitude étaient recueillies au quartier général du CENTCOM, ou commandement central de l'armée américaine à Tampa, en Floride.

À Edzell, ils étaient quelques-uns, parmi les esprits les plus perspicaces, à se rendre compte que l'opération Crowbar était prête à démarrer et qu'on attendait quelque chose, mais ils ne savaient pas très bien quoi.

Peu avant Noël 2006, Mr. Alex Siebart reprit contact avec Mr. Lampong au siège de sa compagnie en Indonésie pour lui proposer l'un des deux cargos enregistrés à Liverpool qui semblaient correspondre à sa demande. Il se trouvait, par chance, que les deux bateaux appartenaient à une petite compagnie de navigation et que la société Siebart et Abercrombie les avait déjà affrétés pour des clients qui s'étaient déclarés très satisfaits. McKendrick Shipping était une affaire de famille, opérant depuis un siècle dans la marine marchande. Liam McKendrick, le patriarche qui dirigeait la compagnie, commandait le *Countess of Richmond*, et son fils Sean l'autre bateau.

Le *Countess of Richmond* jaugeait 8 000 tonneaux et naviguait sous le pavillon rouge de la marine marchande britannique.

Son propriétaire le louait pour un prix raisonnable et il serait disponible dès le 1er mars pour prendre une cargaison dans un port anglais.

Alex Siebart s'abstint d'ajouter qu'il avait vivement conseillé à Liam McKendrick de traiter avec Lampong et que le vieux marin avait accepté. Si la société Siebart et Abercrombie pouvait lui trouver une cargaison pour la traversée de retour États-Unis-/Grande-Bretagne, ce serait un circuit triangulaire tout à fait intéressant pour le printemps.

De son côté, et à l'insu des deux hommes, Mr. Lampong prit contact avec quelqu'un dans la ville anglaise de Birmingham : un universitaire d'Astom, qui se rendit en voiture à Liverpool. Armé de puissantes jumelles, il examina le *Countess of Richmond* sur toutes les coutures et prit une centaine de clichés sous différents angles. Une semaine plus tard, Mr. Lampong répondit à l'e-mail d'Alex Liebart. Il s'excusa pour le retard, en expliquant qu'il était en déplacement à la campagne pour inspecter ses scieries, mais que le *Countess of Richmond* semblait correspondre tout à fait à ses besoins. Ses amis à Singapour allaient donc prendre contact avec Liebert et Abercrombie au sujet de la cargaison de limousines à transporter depuis la Grande-Bretagne.

En réalité, les amis de Singapour n'étaient pas des Chinois mais des Malaisiens ; et pas seulement des musulmans mais des islamistes fanatiques. Ils étaient financés via un compte ouvert aux Bermudes par le défunt Mr. Toufik Al-Qur, qui avait déposé des fonds dans une petite banque privée de Vienne où l'on ne s'était douté de rien avant de les transférer vers le paradis fiscal. Les amis de Singapour comptaient même récupérer leur investissement sur les limousines en les vendant une fois qu'ils auraient fait ce qu'on attendait d'eux.

La réponse que fit Marek Gumienny aux agents de la CIA qui pensaient qu'Izmat Khan serait peut-être présenté à la justice était parfaitement fondée.

En 2005, la Cour d'appel des États-Unis avait jugé que les membres d'Al-Qaïda ne bénéficiaient pas des droits accordés aux prisonniers de guerre. La Cour fédérale avait soutenu le président Bush dans son intention de déférer les terroristes devant des tribunaux militaires spéciaux. Ce qui donnait aux détenus, pour la première fois depuis quatre ans, la possibilité d'être défendus par un avocat. Gumienny voulait que la défense d'Izmat Khan soit fondée sur l'affirmation qu'il n'avait jamais été un membre d'Al-Qaïda mais un officier de l'armée afghane, même s'il avait servi au temps des talibans, et qu'il n'avait rien à voir avec le terrorisme islamique et les attentats du 11 Septembre. Et il voulait que cela soit reconnu par le tribunal.

Il faudrait pour cela obtenir de John Negroponte, le directeur du Renseignement national, qu'il demande à son collègue Donald Rumsfeld, secrétaire à la Défense, de « dire un mot » aux militaires chargés de juger l'affaire.

La blessure à la cuisse de Mike Martin cicatrisait bien. Il avait remarqué en consultant le mince dossier d'Izmat Khan après la réunion dans le verger de sa future maison de campagne, que l'Afghan n'avait jamais dit comment il avait été blessé à la cuisse droite. Martin, de son côté, n'avait vu aucune raison d'en parler. Mais quand Michael McDonald était revenu de Langley avec toute une liasse de notes sur les nombreux interrogatoires subis par Izmat Khan, il avait découvert avec inquiétude que celui-ci avait été pressé de questions sur l'origine de cette blessure et n'en avait fourni aucune. Si quelqu'un d'Al-Qaïda en connaissait l'existence et si Mike Martin n'avait pas à la cuisse la même cicatrice, il serait irrémédiablement grillé.

Martin ne fit pas d'objection car il avait une idée derrière la tête. Un chirurgien arriva par avion de Londres. Il atterrit sur la base d'Edzell, d'où l'hélicoptère Bell Jetranger acquis depuis peu vint le prendre pour le déposer sur la pelouse du château. C'était un praticien de Harley Street offrant toutes les garanties de discrétion et sur qui on pouvait compter pour qu'il retire une balle sans souffler mot à quiconque.

Il opéra sous anesthésie locale. L'incision ne posait pas de problème puisqu'il n'y avait pas de balle ni d'éclat d'obus à extraire. Mais il fallait que la cicatrisation se fasse en quelques semaines tout en offrant l'apparence d'une lésion beaucoup plus ancienne.

James Newton, le chirurgien, retira une bonne quantité de chair sous l'incision et autour pour que la blessure soit plus profonde, comme si elle avait contenu un corps étranger. Il posa des points de suture de façon assez maladroite, en tirant sur les bords de la plaie pour qu'ils froncent en cicatrisant. Il fallait donner l'impression d'un raccommodage hâtif dans un hôpital de fortune, et il y avait six points.

– Comprenez-moi, dit-il. Si c'est un chirurgien qui l'examine, il verra sans doute que ça ne date pas de quinze ans. Mais pour quelqu'un qui n'est pas du métier, ça devrait passer. Il va falloir attendre dix ou douze semaines.

On était au début du mois de novembre. À Noël, la nature et la robuste constitution d'un homme de quarante-quatre ans avaient fait leur œuvre. Il n'y avait plus ni enflure ni rougeur.

NEUF

— Si vous allez où je pense que vous allez, mon jeune Mike,
dit Tamian Godfrey au cours de l'une de leurs promenades
quotidiennes, il va falloir vous préparer à faire face à tous les
niveaux d'agressivité et de fanatisme que vous risquez de rencontrer. Il y a d'abord les jihadistes autoproclamés, combattants
de la guerre sainte, mais un certain nombre de factions y arrivent par d'autres chemins et ont des comportements différents.

— Ça commence par le wahhabisme, apparemment, dit
Martin.

— D'une certaine façon, oui. Mais n'oublions pas que le
wahhabisme est religion d'État en Arabie Saoudite et qu'Oussama Ben Laden a déclaré la guerre à la classe dirigeante saoudienne qu'il considère comme hérétique. De nombreux groupes
extrémistes poussent beaucoup plus loin les enseignements de
Mohamed Al-Wahhab.

» Ce prédicateur du XVIIIᵉ siècle était originaire du Nedj, la
région la plus désolée de l'intérieur de la péninsule saoudienne.
On lui doit la plus dure et la plus intolérante de toutes les
interprétations du Coran. Du moins à son époque. Aujour-
d'hui, il est dépassé. Le wahhabisme saoudien n'a pas déclaré la
guerre à l'Occident, ou à la chrétienté, pas plus qu'il ne prône

l'assassinat de masse – et moins encore celui des femmes et des enfants. Mais Al-Wahhab a préparé le terrain sur lequel des maîtres terroristes d'aujourd'hui cultivent l'intolérance absolue qu'ils enseignent aux jeunes pour faire d'eux des assassins.

— Mais pourquoi, alors, ne restent-ils pas confinés en Arabie Saoudite ?

— Parce que, invervint Najib Qureshi, l'Arabie Saoudite s'est servie pendant trente ans de ses pétrodollars pour financer l'internationalisation de sa religion d'État et que cet effort a porté sur tous les pays musulmans de la planète, y compris celui qui m'a vu naître. Aucun d'entre eux ne semble s'être rendu compte qu'on propageait ainsi quelque chose de monstrueux qui aboutirait à des massacres. Mais on a toutes les raisons de croire que l'Arabie Saoudite est aujourd'hui terrifiée, même si c'est un peu tard, par le mouvement qu'elle a elle-même financé pendant des décennies.

— Pourquoi, alors, Al-Qaïda est-elle en guerre contre ceux qui lui ont permis d'exister ?

— Parce que d'autres prophètes se sont levés, encore plus intolérants, encore plus extrémistes. Ils ne prônent pas seulement l'intolérance de tout ce qui n'est pas la foi en l'islam, mais le devoir de guerre et de destruction. Ils dénoncent les dirigeants saoudiens qui traitent avec les pays occidentaux et accueillent les troupes américaines sur leur territoire. Et cela s'applique à tous les gouvernements des pays musulmans. Aux yeux des extrémistes, ils sont aussi coupables que les juifs et les chrétiens.

— Donc, qui sont ceux que je risque de rencontrer, Tamian ? demanda Martin.

La spécialiste de l'islam, avisant un rocher de la taille d'une chaise, s'y assit pour reposer ses jambes.

— Il y a de nombreux groupes, mais deux sont au cœur du mouvement. Connaissez-vous le mot « salafi » ?

— Je l'ai déjà entendu.

— Les salafis sont les militants du retour aux sources. Ils veulent vraiment revenir à l'âge d'or de l'islam, aux quatre premiers califats, il y a mille ans. Barbes hirsutes, sandales, tuniques, rejet de la modernité et de l'Occident qui l'a apportée, application sévère de la charia. Un tel paradis terrestre n'existe pas, bien sûr, mais le réalisme n'a jamais été le premier souci des fanatiques. Lancés à la poursuite de leurs rêves fous, les nazis, les communistes, les maoïstes, les partisans de Pol Pot ont massacré des centaines de millions d'êtres humains, dont la moitié étaient des leurs, sous prétexte qu'ils ne partageaient pas leur extrémisme. Songez aux purges de Staline et de Mao, à tous ces camarades communistes massacrés pour déviationnisme...

— Quand vous parlez des salafis, c'est aux talibans que vous pensez, dit Martin.

— Entre autres. Ce sont les kamikazes porteurs de bombes, les simples croyants ; ils font confiance à leurs maîtres et suivent aveuglément leurs guides spirituels, ils ne sont pas très intelligents mais d'une obéissance absolue car ils croient que toute cette haine plaira à Allah tout-puissant.

— Ce sont eux les pires ?

— Oh, oui, dit Tamian Godfrey en reprenant sa marche pour ramener d'autorité le groupe vers le château dont on apercevait le donjon deux vallées plus loin.

— Les extrémistes, les véritables extrémistes, je les désignerai d'un mot : *tafkir*. Quel qu'en ait été le sens à l'époque de Al-Wahhab, il a changé depuis. Le vrai salafi ne fume pas, ne joue pas, ne danse pas, interdit la musique en sa présence, ne boit pas d'alcool et ne se marie pas avec une femme occidentale. On le reconnaît tout de suite à sa tenue, à son apparence et à sa dévotion. C'est tout à fait intéressant du point de vue de la sécurité intérieure.

» Mais certains adoptent la tenue et toutes les manières des pays occidentaux, quelle que soit la répulsion qu'elles leur inspirent, afin d'avoir l'air complètement occidentalisés, et donc inoffensifs. Les dix-neuf terroristes du 11 Septembre ont réussi leur coup parce qu'ils sont passés inaperçus, comme les quatre kamikazes des attentats de Londres ; ceux-là étaient apparemment des jeunes gens ordinaires, qui se rendaient à leur salle de sport et jouaient au cricket, des garçons polis, dévoués – l'un d'eux était enseignant auprès d'élèves en difficulté –, toujours souriants, et se préparant à assassiner les gens. Ce sont ceux-là que nous surveillons.

» Ils sont souvent instruits, rasés de près, en costume et plutôt élégants. Ceux-là sont au stade ultime, prêts à devenir des caméléons en contradiction avec leur foi pour perpétrer des attentats de masse au nom de cette foi. Dieu merci, nous arrivons. Mes vieilles jambes n'en peuvent plus. C'est l'heure des dévotions de la mi-journée. Mike, vous allez lancer l'appel, puis vous conduirez la prière ; là où vous allez, il se peut qu'on vous le demande. C'est un grand privilège.

Au lendemain du Nouvel An, un e-mail partit du bureau de la société Siebart et Abercrombie pour Jakarta. Le *Countess of Richmond* appareillerait le 1er mars de Liverpool pour Singapour avec une cargaison de limousines de marque Jaguar. Après avoir déchargé, il naviguerait à vide jusqu'à Bornéo, où il chargerait dans ses cales une cargaison de bois précieux avant de se diriger vers Surabaya et d'y embarquer des conteneurs de soieries.

L'équipe de construction qui travaillait dans le Wilderness fut grandement soulagée quand elle eut achevé sa tâche à la fin du mois de janvier. Les hommes avaient choisi de dormir sur place pour maintenir un bon rythme de travail, et ils avaient eu très froid avant que le chauffage central soit installé. Mais il y avait une jolie prime à la clé. Ils avaient donc accepté l'inconfort et tenu les délais.

À première vue, le chalet semblait inchangé, mais plus grand. En réalité, il avait été complètement transformé. Les deux chambres étaient suffisantes pour les deux officiers de commandement. Mais on avait ajouté un bâtiment pour accueillir les huit hommes appelés à assurer une surveillance de vingt-quatre heures sur vingt-quatre, et on y avait adjoint une salle à manger.

La grande pièce principale était restée telle quelle, mais on avait construit dans son prolongement une salle de repos avec une table de ping-pong, une bibliothèque, un téléviseur à écran plat et une riche collection de DVD. Le tout construit en pin et isolé de l'intérieur.

La troisième extension avait, vue du dehors, l'apparence d'un banale chalet de rondins grossièrement équarris, mais à l'intérieur, les murs étaient en béton armé. C'était une prison, dans laquelle on ne pouvait pénétrer sans une aide de l'intérieur.

On y accédait depuis le logement des gardiens par une porte d'acier percée d'un œilleton et d'une lucarne pour passer la nourriture. Il y avait derrière cette porte une pièce unique mais assez spacieuse, qui contenait un sommier métallique scellé dans la dalle de béton du sol. Il était impossible de le déplacer à mains nues. Pas plus que l'étagère murale encastrée dans le béton.

Des tapis, cependant, recouvraient le sol, et la chaleur arrivait par des grilles à hauteur des plinthes. Il y avait aussi, face à l'œilleton, une porte que le détenu pouvait ouvrir et fermer à sa guise. Elle donnait sur la petite cour d'exercice.

La cour ne contenait qu'un banc en ciment hors de portée des murs d'une hauteur de trois mètres et aussi lisses qu'une table de ping-pong. Un homme ne pouvait pas les escalader, et il n'y avait rien qu'il puisse détacher, appuyer contre, ou sur quoi il puisse se jucher.

En guise de sanitaires, il y avait, dans la pièce, un renfoncement avec un trou dans le sol et une douche commandée de l'extérieur par les gardiens.

Comme les matériaux étaient arrivés par hélicoptère, le seul élément nouveau à l'extérieur était une aire d'atterrissage invisible sous la neige. Le chalet se dressait au centre d'une parcelle de deux cent cinquante hectares cernée de tous côtés par des pins, des mélèzes et des épicéas, mais on en avait coupé assez pour dégager le terrain tout autour sur une centaine de mètres.

Les gardiens de ce qui était sans doute la prison la plus coûteuse du pays étaient deux cadres de la CIA venus de Langley et huit jeunes recrues qui avaient subi avec succès, au centre d'instruction de la « Firme », une série de tests destinés à évaluer leurs qualités mentales et physiques et qui attendaient beaucoup de leur première affectation. Ils eurent une forêt sous la neige. Mais ils étaient tous en bonne forme et impatients de faire leurs preuves.

À Guantanamo Bay, le procès s'ouvrit fin janvier dans l'une des deux grandes salles d'interrogatoire réaménagée en tribunal pour l'occasion. Tous ceux qui se seraient attendus à une caricature comme on a pu en voir dans le film *A Few Good Men* auraient été profondément déçus. Il n'y eut pas d'éclats de voix et tout se passa dans les règles.

Les détenus dont on envisageait la libération étaient au nombre de huit. Sept d'entre eux proclamèrent à grands cris qu'ils ne menaçaient personne. Un seul s'enferma dans un silence méprisant. Son cas fut examiné en dernier.

– Détenu Khan, en quelle langue souhaitez-vous qu'on traduise ces débats ? demanda le colonel qui présidait, flanqué par un major et une femme capitaine sur une estrade dressée au fond de la salle avec au-dessus d'eux l'emblème des États-Unis d'Amérique. Ils appartenaient tous les trois aux marines.

Le détenu leur faisait face, soutenu par les deux marines. On avait attribué une table au procureur – un militaire – et une autre à l'avocat de la défense – un civil. Le détenu eut un imperceptible haussement d'épaules et regarda un instant la femme capitaine, puis son regard se perdit vers le mur au-dessus des juges.

– Cette cour ayant été informée du fait que le détenu comprenait l'arabe, c'est la langue qui sera choisie. Y a-t-il une objection ?

La question s'adressait à l'avocat de la défense, qui se contenta de hocher la tête. On lui avait décrit l'attitude de son client quand il avait pris l'affaire. Et ce qu'on lui avait dit l'avait convaincu que celui-ci n'avait aucune chance. Il devait plaider le respect des droits civiques et il savait ce qu'on pensait, chez les marines, des chevaliers blancs du mouvement de défense des droits civiques. Un client coopératif l'aurait bien arrangé. En tout cas, songea-t-il, l'attitude de l'Afghan avait surpris la cour. Il secoua la tête. Va pour l'arabe.

L'interprète prit place à côté des gardiens. Pour lui, le choix de l'arabe était une bonne chose ; il n'y avait qu'un interprète pour le pachto et il avait eu bien du mal avec les Américains parce qu'il n'avait rien pu tirer de son compatriote afghan. Il était maintenant inoccupé et voyait approcher la fin d'une période où il avait bénéficié de conditions de vie agréables.

Il n'y avait jamais eu que sept Pachtouns à « Gitmo », les sept hommes emmenés par erreur avec les combattants de Kunduz cinq ans auparavant. Quatre d'entre eux, de simples paysans qui avaient renoncé avec beaucoup d'enthousiasme à tout extrémisme musulman, étaient repartis. Les autres avaient souffert de troubles mentaux d'une telle gravité qu'ils étaient toujours en soins psychiatriques. Ne restait que le commandant taliban.

Le procureur commença à parler et l'interprète se mit à vociférer en arabe. Il s'adressait au détenu pour lui dire en substance : les Yankees vont te renvoyer au trou et ils jetteront les clés, espèce de sale taliban arrogant. Le regard d'Izmat Khan descendit lentement le long du mur pour se fixer sur l'interprète. Ses yeux parlaient pour lui. L'Américain né au Liban revint à la traduction littérale. L'Afghan avait beau être dans un ridicule survêtement orange, les pieds et les mains liés, on ne savait jamais, avec ce genre de salopard.

Le procureur fut bref. Il rappela les cinq années de silence du détenu, son refus de nommer ses compagnons dans la campagne de terrorisme contre les États-Unis et le fait qu'il avait été pris à l'occasion d'une mutinerie dans une prison où un Américain avait été piétiné à mort. Puis il se rassit. Il ne doutait pas de la sentence. L'homme resterait prisonnier pendant les prochaines années.

L'avocat des droits civiques fut un peu plus long. Il était content que le détenu, en tant qu'Afghan, n'ait rien à voir avec l'horreur du 11 Septembre. Il combattait à cette époque dans une guerre civile entre Afghans et n'avait rien à voir avec les Arabes d'Al-Qaïda. Quant au gouvernement afghan qui avait accueilli Ben Laden et ses copains, c'était une dictature et son client servait dans son armée comme officier, mais ne la soutenait nullement.

— J'adjure la cour de prendre en compte cette réalité, dit-il pour conclure. Si cet homme pose un problème, c'est un problème afghan. Il y a là-bas un nouveau gouvernement démocratiquement élu. Nous devons l'y renvoyer puisque son cas relève de ce gouvernement.

Les juges se retirèrent. Ils restèrent absents une demi-heure. À leur retour, la femme capitaine était rouge de colère après ce qu'elle venait d'entendre. Elle n'en croyait pas ses oreilles. Seuls, le colonel et le major s'étaient entretenus avec le chef d'état-major des armées, et ils connaissaient ses instructions.

— Détenu Khan, levez-vous. La cour a été informée du fait que le gouvernement du président Karzaï a donné son accord pour que vous soyez condamné à la prison à vie si vous retournez dans votre pays. Dans ces circonstances, la cour ne souhaite pas prolonger votre présence ici aux frais des contribuables américains. On va donc faire en sorte de vous renvoyer à Kaboul. Vous y repartirez comme vous êtes arrivé – menottes aux poignets. C'est tout. La cour se retire.

La femme capitaine ne fut pas la seule abasourdie. Le procureur se demandait déjà comment cela allait se traduire sur ses perspectives de carrière. L'avocat de la défense avait la tête qui lui tournait un peu. L'interprète avait craint un instant, dans sa panique, que ce colonel fou ne libère le détenu de ses liens – auquel cas, lui, l'enfant sage de Beyrouth, aurait immédiatement sauté par la fenêtre.

181

Le Foreign Office britannique se trouve dans King Charles Street, tout près de Whitehall et à portée de vue de Parliament Square, qui vit la décapitation du roi Charles Ier. Les fêtes du Nouvel An passées, la petite équipe formée au cours de l'été pour veiller au protocole se remit à la tâche.

Il s'agissait de se coordonner avec les Américains pour l'organisation – compliquée – de la prochaine conférence du G8 en 2007. En 2005, les chefs d'État des huit pays les plus riches du monde s'étaient retrouvés en Écosse, au Gleneagles Hotel, et l'événement avait été un succès, à un détail près : la présence de foules hurlantes de manifestants venues rappeler aux chefs d'État des problèmes qui s'aggravaient d'année en année. À Gleneagles, il avait fallu défigurer le paysage avec des kilomètres et des kilomètres de barrières métalliques pour établir un véritable cordon sanitaire autour du site de la conférence. Toutes les routes y conduisant avaient été barrées.

Lancé par deux pop stars sur le retour, l'appel à manifester avait rassemblé un million de manifestants qui avaient marché à travers la ville voisine d'Édimbourg pour protester contre la pauvreté dans le monde. Et ce n'était qu'une avant-garde. Ils avaient été suivis par des cohortes de militants contre la mondialisation brandissant leurs banderoles et lançant des bombes de farine.

« Ces idiots ne comprennent donc pas que le commerce mondial produit la richesse qui permet de lutter contre la pauvreté ? » avait demandé un diplomate excédé.

La réponse était visiblement non.

On tremblait encore au souvenir de la réunion de Gênes. On jugea donc élégante et intelligente dans sa simplicité l'idée de la Maison Blanche, qui serait en 2007 la puissance invitante : un endroit magnifique mais complètement isolé, inaccessible, offrant une sécurité absolue. Il restait une masse de détails à régler pour l'équipe chargée du protocole ; et la question de l'avancement de la réunion à la mi-avril, qui n'était pas sans rapport avec les élections de mi-mandat aux États-Unis. Les Britanniques donnèrent donc leur accord à ce qui avait été décidé et annoncé, et se lancèrent dans le travail administratif.

Très loin de là vers le sud-est, deux Starlifter de l'armée américaine amorçaient leur descente sur le sultanat d'Oman. Ils arrivaient de la côte Est des États-Unis et avaient eu une rencontre en plein ciel au-dessus des Açores avec un avion ravitailleur chargé de refaire leur plein de carburant. Les deux mastodontes de l'air surgirent au-dessus des collines de Dhofari dans le ciel rougi par le soleil couchant, et leurs pilotes demandèrent leurs consignes d'atterrissage à la base anglo-américaine de Thumraït, établie en plein désert.

Les deux appareils apportaient dans les profondeurs de leur carlingue une unité militaire complète. Dans le premier, des baraquements en kit, des générateurs mobiles, des systèmes de climatisation, de réfrigération, des antennes de télévision et jusqu'à des tire-bouchons pour une équipe technique de quinze personnes. Dans l'autre appareil, deux avions de reconnaissance sans pilote Predator, leur dispositif de guidage et de réception d'image ainsi que les hommes et les femmes chargés de les guider.

Une semaine plus tard, tout était prêt. À l'extrémité de la base et dans une totale autonomie par rapport à ses autres occupants, les baraquements étaient dressés, les climatiseurs ronronnaient, les latrines étaient forées, la cuisine fonctionnait ; et sous les arceaux de leurs abris, les deux Predator attendaient qu'on les envoie en mission. L'unité de surveillance aérienne était aussi reliée à Tampa en Floride et à Edzell en Écosse. L'équipe serait prochainement informée de ce qu'elle avait à observer, à photographier et à retransmettre de jour et de nuit, sous la pluie et à travers les nuages. D'ici là, les hommes et les machines devraient attendre dans la chaleur.

Le dernier briefing de Mike Martin dura trois jours et on le jugea assez important pour que Marek Gumienny les rejoigne à Edzell après un vol transatlantique à bord du Grumman de la CIA. Steve Hill arriva de Londres et les deux maîtres espions retrouvèrent au château leurs lieutenants respectifs, McDonald et Phillips.

Ils n'étaient que cinq dans la pièce, Gordon Phillips se transformant en technicien pour ce qu'il appelait « la séance de diapos ». C'était beaucoup plus perfectionné que les projections de diapositives à l'ancienne, l'opérateur présentant des images d'une grande précision sur un écran plasma à haute définition et disposant d'une commande pour isoler des détails et les faire apparaître en gros plan.

Il s'agissait de montrer à Mike Martin la totalité des informations détenues par les services de renseignement occidentaux sur les personnes qu'il était susceptible de rencontrer – et leurs visages. Les sources n'étaient pas seulement anglo-américaines. Les services de plus de quarante pays déversaient leurs découvertes dans des bases de données centrales. À l'exception des « États-voyous » comme l'Iran et la Syrie et de certains pays au pouvoir défaillant comme la Somalie, les gouvernements de la planète entière mettaient en commun leurs informations sur les groupes terroristes de la mouvance islamiste radicale.

Rabat fournissait une aide précieuse pour identifier ses propres extrémistes ; Aden envoyait des noms et des visages ; Riyad, surmontant sa gêne et ses scrupules, communiquait ses propres listes de Saoudiens et leur photo.

Martin les regardait tandis qu'ils défilaient sur l'écran. C'étaient parfois des clichés anthropométriques en provenance de commissariats ; ou des instantanés au téléobjectif pris à l'insu du modèle dans la rue ou dans un hôtel. On voyait les éventuels changements d'apparence : avec ou sans barbe, en tenue arabe ou occidentale ; avec les cheveux longs, courts, ou le crâne rasé.

Il y avait des mollahs et des imams opérant dans diverses mosquées extrémistes ; des jeunes gens soupçonnés d'être de simples porteurs de messages ; ceux auxquels on prêtait des activités de soutien comme la collecte de fonds, le transport, la mise à disposition de planques.

Et il y avait les gros bonnets, ceux qui contrôlaient les principaux groupes et avaient accès au sommet de la hiérarchie. Certains étaient morts, comme Mohamed Atef, le premier directeur des opérations, tué par une bombe américaine en Afghanistan ; son successeur était emprisonné à vie ; le successeur de ce dernier, mort également ; et enfin celui qui, pensait-on, l'avait remplacé.

Il y avait quelque part Toufik Al-Qur, l'homme qui avait sauté par une fenêtre à Peshawar quelques mois auparavant. Et un peu plus loin dans la série, Saoud Hamoud Al-Outaïbi, le nouveau chef d'Al-Qaïda en Arabie Saoudite, qu'on soupçonnait d'y être très actif.

Et il y avait des trous, des manques, ici et là le contour d'une tête en noir et blanc... C'était le cas pour le chef d'Al-Qaïda en Asie du Sud-Est, l'homme qui avait succédé à Hanbali et était sans doute derrière le dernier attentat à la bombe contre un complexe touristique en Extrême-Orient. Manquait aussi à l'appel, curieusement, le chef d'Al-Qaïda en Grande-Bretagne.

— Nous savions qui il était il y a encore six mois, dit Gordon Phillips. Mais il a filé juste à temps. Il est rentré au Pakistan, où on le traque vingt-quatre heures sur vingt-quatre. L'ISI finira bien par l'avoir...

— Et par nous l'expédier à Bagram, marmonna Marek Gumienny.

Ils savaient tous que cette base américaine située au nord de Kaboul abritait des installations dans lesquelles tout le monde, tôt ou tard, se mettait à table.

— En voici un que vous aurez certainement l'occasion de rencontrer, dit Steve Hill en faisant apparaître sur l'écran le visage d'un imam à l'air sinistre, photographié au Pakistan, et à son insu. Et celui-ci aussi !

C'était un homme d'un certain âge, qui semblait doux et courtois ; lui aussi avait été photographié sans le savoir, quelque part au bord d'un quai, sur fond d'eau bleu vif ; le cliché émanait des forces spéciales des Émirats arabes unis à Dubaï.

Ils interrompirent la séance, mangèrent, la reprirent, dînèrent, dormirent, et recommencèrent. Phillips n'éteignit l'écran qu'à l'entrée de la gouvernante qui apportait leurs plateaux-repas. Tamian Godfrey et Najib Qureshi restèrent dans leurs chambres ou sortirent pour arpenter ensemble les collines. C'était fini.

— Demain, on s'envole, annonça Marek Gumienny.

Mrs. Godfrey et l'interprète afghan lui firent leurs adieux au pied de l'hélicoptère. À son âge, il aurait pu être le fils de la spécialiste du Coran.

— Soyez prudent, Mike, dit-elle. Bon Dieu, quelle idiote je

fais, voilà que j'ai la larme à l'œil ! Que Dieu vous garde, mon garçon.

— Et si ça ne marche pas, qu'Allah vous ait sous sa sainte protection, compléta Qureshi.

Le Jetranger ne pouvait emmener que les deux chefs du renseignement et Martin. Les deux lieutenants rejoignirent Edzell en voiture.

L'hélicoptère se posa loin des regards indiscrets et les trois hommes coururent jusqu'au Grumman V de la CIA. Une bourrasque de neige écossaise survenue à point nommé les obligeant à se protéger sous d'amples imperméables, personne ne vit que l'un d'entre eux ne portait pas une tenue occidentale.

L'équipage du Grumman, qui avait déjà transporté maints étrangers à l'allure bizarre, vit arriver sans ciller l'Afghan barbu que le directeur adjoint des opérations accompagnait par-dessus l'Atlantique avec un invité britannique.

Ils ne mirent pas le cap sur Washington mais sur une lointaine péninsule de la côte cubaine. Le 14 janvier au matin, au lever du jour, le Grumman se posa sur la base de Guantanamo et roula directement jusqu'au hangar dont les portes se refermèrent aussitôt.

— Désolé, mais il va falloir rester ici, Mike, dit Marek Gumienny. Nous attendrons la nuit pour vous faire sortir.

La nuit arrive tôt sous les tropiques, et à sept heures il faisait complètement noir. C'est alors que quatre hommes du groupe des « missions spéciales » de la CIA entrèrent dans la cellule d'Izmat Khan. Il se leva, sentant qu'il se passait quelque chose d'anormal. Les gardiens en faction devant la porte de la cellule étaient partis depuis une demi-heure, ce qui ne s'était jamais produit jusqu'à présent.

Les quatre hommes agirent sans brutalité, mais il était clair qu'ils n'accepteraient aucune résistance. Deux d'entre eux se saisirent de l'Afghan, l'un lui enserrant le torse, l'autre les cuisses. Le tampon de chloroforme mit moins de vingt secondes à agir. Le prisonnier cessa de résister et devint inerte.

On le plaça sur une civière, et de là sur un lit à roulettes. On jeta un drap sur son corps avant de l'emmener. La caisse attendait. Il n'y avait pas un seul gardien en vue. Quelques secondes après son enlèvement, l'Afghan était dans la caisse.

Ce n'était pas une caisse ordinaire. Vue de l'extérieur, elle ressemblait à ces grands containers en bois utilisés pour le transport de marchandises. Les inscriptions, sur ses flancs, étaient d'ailleurs authentiques.

À l'intérieur, elle était isolée pour ne pas laisser passer le moindre son. Un petit panneau amovible dans le couvercle assurait son aération, mais il resterait en place jusqu'à l'embarquement. Il y avait deux fauteuils confortables scellés au plancher et une lampe orange de faible intensité.

Izmat Khan fut installé sur l'un des fauteuils et ligoté avec les lanières prévues à cet effet. Les lanières étaient serrées pour l'empêcher de quitter le fauteuil, mais sans faire obstacle à la circulation du sang. Il dormait toujours.

Satisfait, l'homme de la CIA qui devait voyager à côté du prisonnier fit un signe de la tête à ses collègues, et ceux-ci refermèrent la caisse de l'extérieur. Un chariot élévateur souleva la caisse à une trentaine de centimètres au-dessus du sol et l'emporta vers la piste où l'Hercules attendait. C'était un AC-130 Talon des forces spéciales, équipé de réservoirs supplémentaires qui devaient lui permettre d'atteindre sans problème sa destination.

Les vols non identifiés partant de Gitmo ou y arrivant sont monnaie courante ; la tour de contrôle répondit par un bref

« Piste dégagée » à la demande de l'Hercules, et l'avion s'envola pour la base de McChord dans l'État de Washington.

Une heure plus tard, un véhicule aux vitres fumées arriva au camp Écho et un autre petit groupe en sortit. Un homme en survêtement orange et en chaussons se trouvait à l'intérieur de la cellule vide. L'Afghan évanoui avait été photographié avant qu'on le recouvre d'un drap et qu'on l'emmène. On se servit du cliché Polaroïd pour rectifier en quelques coups de ciseaux la barbe et la chevelure du remplaçant. On ramassa pour les faire disparaître les quelques touffes de poils et de cheveux tombées au sol.

Quand ce fut fait, les visiteurs quittèrent la cellule après quelques adieux bourrus et verrouillèrent la porte derrière eux. Vingt minutes plus tard, les gardiens revenaient, mystifiés mais sans la moindre curiosité. Le poète Tennyson avait raison : ils ne sont pas là pour chercher à comprendre.

Ils s'assurèrent que leur précieux prisonnier était bien pésent et attendirent le lever du jour.

Les premiers rayons du soleil pointaient au sommet des Cascades quand l'AC-130 amorça sa descente sur McChord. On avait prévenu le commandant de la base de l'arrivée d'une cargaison de la CIA, un dernier envoi de matériel pour le nouveau centre de recherche installé dans la forêt du Wilderness. Même avec son grade, il n'avait pas à en savoir plus, donc il ne demanda rien. Les papiers étaient en règle, et le Chinook attendait, prêt à décoller.

Pendant le vol, l'Afghan était revenu à lui. La lucarne d'aération était ouverte et l'air pressurisé à l'intérieur de l'Hercules. L'homme qui l'escortait avait un sourire encourageant. Le prisonnier but un soda avec une paille.

Son accompagnateur constata avec étonnement que le prisonnier savait dire quelques phrases en anglais, visiblement apprises au cours des cinq années passées à Guantanamo. Il demanda deux fois l'heure pendant le vol et, à un moment, se pencha autant que ses liens le lui permettaient pour dire ses prières à voix basse. Ce furent ses seules paroles.

La lucarne d'aération fut refermée juste avant l'atterrissage et le conducteur de l'engin élévateur qui attendait au pied de l'appareil ne se douta pas une seconde qu'il enlevait autre chose que de la marchandise.

Les portes de la soute se refermèrent. La petite lampe alimentée par une batterie resta allumée à l'intérieur de la caisse, mais invisible du dehors. Le prisonnier était, comme le dit ensuite son accompagnateur à Marek Gumienny, aussi calme que possible. Pas le moindre problème, chef.

Bien qu'on fût en février, ils bénéficièrent d'un temps clément pour cette dernière étape du voyage. Il faisait un froid glacial mais le ciel était dégagé. Le grand Chinook à deux rotors se posa et s'ouvrit par l'arrière. Mais la caisse resta à l'intérieur. Il était plus facile de faire débarquer les deux passagers directement sur la neige.

Les deux hommes frissonnèrent quand on ouvrit la caisse en retirant l'un de ses côtés. Le commando qui l'avait enlevé à Guantanamo avait voyagé avec l'Hercules, puis à l'avant du Chinook. Les hommes attendaient pour accomplir la dernière formalité.

On attacha les mains et les chevilles du prisonnier avant de défaire les lanières qui le retenaient à son fauteuil. Puis on lui permit de se lever et de descendre la rampe à petits pas. Les dix hommes appelés à rester sur place formaient un demi-cercle, leurs armes pointées.

Accompagné par cette escorte si nombreuse qu'elle avait du

mal à passer les portes, le commandant taliban traversa l'aire d'atterrissage puis la cabine jusqu'à sa cellule. Une fois la porte refermée sur lui et sur le froid mordant du dehors, il cessa de frissonner.

Six gardiens l'entourèrent dans sa grande cellule pendant qu'on lui retirait ses liens. Puis ils ressortirent à reculons et la porte se referma. Il regarda autour de lui. La cellule était plus confortable que celle qu'il avait quittée, mais c'était toujours une cellule. Il revit la salle d'audience, le procès, le colonel lui annonçant qu'il allait retourner en Afghanistan. On lui avait menti, une fois de plus.

En ce milieu de matinée, un soleil éclatant pesait sur le paysage cubain quand un autre Hercules toucha terre dans le rugissement de ses moteurs. Celui-ci était également équipé pour les vols longs-courriers, mais il n'était pas armé jusqu'aux dents contrairement au Talon et n'appartenait pas aux forces spéciales mais à la division des transports de l'US Air Force. Il avait un unique passager à transporter de l'autre côté du globe.

La porte de la cellule s'ouvrit à la volée.

– Détenu Khan, levez-vous. Face au mur. En position.

La ceinture lui entoura la taille ; deux chaînes la reliaient aux poignets, deux autres aux bracelets qui lui enserraient les chevilles. Il pouvait marcher, mais à petits pas en traînant les pieds.

Il parcourut avec six gardiens en armes la petite distance qui le séparait de la sortie du bâtiment. Le fourgon blindé avait des marches à l'arrière, des fenêtres aux vitres fumées, et une grille serrée séparait les prisonniers du chauffeur.

Quand on le fit ressortir sur la piste, le prisonnier cligna des yeux, surpris par l'éclat de la lumière.

Il secouait sa tête hirsute et semblait abasourdi. Quand ses yeux se furent accoutumés, il regarda autour de lui. Il vit l'Hercules qui attendait et un petit groupe d'officiers américains qui l'observaient. L'un d'eux s'avança et l'invita d'un geste à le suivre.

Il le suivit docilement sur le bitume brûlant. Malgré les chaînes qui l'entravaient, six hommes de troupe l'escortèrent sans le lâcher d'une semelle. Il se retourna pour jeter un dernier regard à l'endroit où il venait de vivre six années de misère. Puis il pénétra dans la carlingue de l'avion.

Dans une pièce vide au niveau inférieur de la tour de contrôle, deux hommes suivaient la scène.

— Le voilà parti, dit Marek Gumienny.

— Qu'Allah le protège s'ils découvrent qui il est réellement, répondit Steve Hill.

QUATRIÈME PARTIE

Voyage

DIX

Le vol fut long et ennuyeux. L'appareil ne fut pas ravitaillé en vol, pour raison d'économie. Cet Hercules n'était qu'une prison volante, et ce vol un service rendu aux autorités afghanes, qui auraient dû récupérer elles-mêmes leur ressortissant à Cuba mais n'avaient pas d'avion pour le faire.

Ils firent escale dans les bases américaines des Açores puis de Ramstein, en Allemagne, et c'est dans l'après-midi du lendemain seulement que le C-130 atterrit sur la grande base de Bagram, à la pointe sud de la vaste plaine aride de Shomali.

L'équipage avait changé à deux reprises, mais les soldats qui escortaient l'Afghan avaient fait tout le voyage, lisant, jouant aux cartes, somnolant et regardant par les hublots les quatre hélices qui les propulsaient toujours plus à l'est. Le prisonnier était resté enchaîné. Il avait dormi lui aussi tant bien que mal.

Tandis que l'Hercules roulait vers les grands hangars qui dominent la partie américaine de la base, le comité d'accueil attendait. Le major de l'armée américaine qui commandait l'escorte nota avec satisfaction que les Afghans ne prenaient aucun risque. Ils avaient amené, outre le fourgon blindé, un camion avec une vingtaine d'hommes des forces spéciales afghanes sous les ordres du brigadier Yousouf.

Le major descendit vivement la passerelle pour présenter les papiers avant de remettre son passager aux Afghans. Ce fut l'affaire de quelques secondes. Puis il adressa un signe de tête à ses hommes, qui détachèrent le passager et le firent sortir, à petits pas, dans le froid glacial de l'hiver afghan.

Les soldats l'entourèrent, le traînèrent jusqu'au fourgon et l'y jetèrent. La portière claqua. Le major américain songea qu'il ne voudrait pour rien au monde échanger sa place avec celle de son homologue, le brigadier afghan. Il le salua, et celui-ci répondit à son salut.

— Gardez bien cet homme, dit-il. C'est un dur.

— Ne vous en faites pas, major, répondit l'officier afghan. Il est bon pour la prison de Pul-i-charki et il y restera jusqu'à la fin de ses jours.

Le fourgon cellulaire repartit après quelques minutes, suivi de près par le camion des forces spéciales afghanes. Il prit la route de Kaboul. Il faisait déjà nuit noire quand le fourgon et le camion furent séparés par ce qui serait considéré par la suite comme un regrettable accident. Le fourgon poursuivit seul sa route.

Pul-i-charki est un endroit sinistre et effrayant situé à l'est de la capitale, près de l'étroite vallée qui ferme la plaine de Kaboul. Sous l'occupation soviétique, la prison était aux mains de la Khad, la police secrète, et résonnait en permanence des cris des suppliciés.

Plusieurs dizaines de milliers de prisonniers enfermés à Pul-i-charki pendant la guerre civile n'en étaient jamais revenus. La situation s'était améliorée depuis la création de la nouvelle république d'Afghanistan, mais on avait l'impression que les remparts de pierre, les corridors et les tours de garde étaient encore hantés par des fantômes hurlants. Le fourgon cellulaire, par chance, n'y parvint jamais.

Dix kilomètres après qu'il ait perdu son escorte militaire, une camionnette apparue à un croisement de routes vint se placer derrière lui. Réagissant à un appel de phares, le chauffeur du fourgon ralentit et s'arrêta comme convenu le long de la route derrière un bouquet d'arbres rachitiques. C'est là qu'eut lieu l'évasion.

On avait immédiatement retiré ses liens au prisonnier après que le fourgon ait franchi le dernier barrage de sécurité du périmètre de Bagram. Il avait aussitôt enlevé son survêtement orange pour passer le *shalwar kamiz* en épaisse laine grise et chausser des bottes. Et il avait enroulé sur sa tête, juste avant l'arrêt du fourgon, le redouté turban noir des talibans. Le brigadier Yousouf, qui avait abandonné la cabine du fourgon pour monter à bord de la camionnette, prit la direction des opérations. Quatre corps gisaient à l'arrière du véhicule.

Ils venaient tous de la morgue de la ville et il y avait sur les quatre deux barbus qu'on avait revêtus de la tenue des talibans. C'étaient des ouvriers du bâtiment morts dans la chute de l'échafaudage branlant sur lequel ils travaillaient.

Les deux autres avaient été victimes d'accidents de la circulation. Les routes afghanes sont tellement défoncées qu'on roule au milieu pour s'éviter des secousses. Et comme on risque de passer pour une femmelette si on s'écarte à l'arrivée d'un véhicule venant en sens inverse, le nombre des tués est impressionnant. Les deux cadavres au visage imberbe portaient des uniformes de gardien de prison.

On retrouverait les gardiens de prison morts, mais leurs armes dégainées ; on avait tiré ici et là des balles dans leurs cadavres. Les talibans auteurs de l'embuscade gisaient au bord de la route avec, dans le corps, des balles tirées par les pistolets des gardiens de prison. Les portes du fourgon furent sauvagement défoncées à coups de hache et laissées ouvertes. On le trouverait ainsi le lendemain, à un moment ou à un autre.

La mise en scène achevée, le brigadier Yousouf monta dans la camionnette et s'assit sur le siège du passager. Le prisonnier évadé grimpa à l'arrière avec les deux soldats des forces spéciales qu'il avait amenés avec lui. Ils se couvrirent tous les trois le visage avec un pan de leur turban pour se protéger du froid.

La camionnette contourna Kaboul et prit à travers la campagne pour rejoindre la grand route au sud de Ghanzi et Kandahar. C'était là qu'attendait, comme chaque soir, une colonne de ces véhicules qu'on appelle dans toute l'Asie des *jingly trucks*[1].

Ils semblent tous vieux d'un siècle. Ils se traînent, soufflants et haletants, sur toutes les routes du Moyen et de l'Extrême-Orient, en projetant des panaches d'âcre fumée noire. On les voit souvent en panne sur le bord de la route, et leurs chauffeurs n'hésitent jamais à faire des kilomètres pour se procurer la pièce à remplacer.

Ils paraissent capables de franchir des cols inaccessibles en gravissant les pentes de montagnes dénudées sur des pistes instables. On aperçoit parfois la carcasse de l'un de ces camions au fond d'un ravin. Mais ils sont comme la circulation sanguine de tout un continent car ils acheminent toutes sortes de marchandises jusqu'aux villages les plus isolés et aux gens qui y vivent.

Les Anglais leur ont donné ce nom de *jingly trucks* il y a bien des années, à cause de leurs décorations. Ils sont entièrement

---

1. *To jingle* : tinter, cliqueter.

couverts de scènes peintes à la main, inspirées par la religion et l'histoire. Il y a des représentations de la chrétienté, de l'islam, des cultes hindouiste, sikh et bouddhiste, souvent mêlées. Ils sont ornés de rubans, de guirlandes et même de clochettes. Alors, ils tintinnabulent.

Il y en avait là plusieurs centaines, arrêtés le long de la route au sud de Kaboul. Les chauffeurs dormaient dans leur cabine en attendant le lever du jour. La camionnette s'arrêta le long de la file. Mike Martin, qui voyageait à l'arrière, sauta à terre et s'approcha du taxi. L'homme qui se tenait au volant était emmitouflé et avait le visage caché par un *keffieh* de tissu à carreaux.

Le brigadier Yousouf salua d'un hochement de tête mais ne prononça pas un mot. Fin de la route. Début du voyage. Au moment où il tournait les talons, Mike Martin entendit la voix du chauffeur :

– Bonne chance, patron.

Ce terme à nouveau. Seuls les SAS appelaient leurs officiers « patron ». En livrant son prisonnier, le prévôt américain de Bagram ne savait pas qui il était, et il ignorait aussi que depuis l'installation du Président Hamid Karzaï les forces spéciales afghanes avaient été créées et entraînées à sa demande par le SAS.

Martin s'éloigna le long de la file de camions. Les feux arrière de la camionnette qui repartait vers Kaboul pâlirent et disparurent derrière lui. Dans le taxi, le sergent du SAS prit son portable pour appeler un numéro à Kaboul. Le chef d'agence décrocha. Le sergent dit deux mots avant de couper la communication.

Le chef du SIS pour tout l'Afghanistan prit son téléphone, lui aussi, pour appeler sur une ligne sécurisée. Il était trois heures et demie du matin à Kaboul, onze heures du soir en Écosse. Un message d'une ligne apparut sur les écrans. Phillips et McDonald étaient déjà dans la salle, avec l'espoir de voir ce qu'ils avaient maintenant sous les yeux : « Crowbar lancée. »

Sur la route gelée, semée de trous, Mike Martin s'autorisa un dernier regard en arrière. La camionnette n'était plus visible depuis longtemps. Il reprit sa marche. Cent mètres plus loin, il était devenu afghan.

Il savait ce qu'il cherchait, mais il dépassa une centaine de camions avant de le trouver : une plaque d'immatriculation de Karachi, au Pakistan. Le chauffeur d'un tel camion ne risquait guère d'être pachtoun et ne remarquerait donc pas sa maîtrise imparfaite de la langue. Il y avait de fortes chances pour que ce soit un Balouchi en route pour la province pakistanaise du Balouchistan.

Le chauffeur devait certainement dormir encore à cette heure-là, et mieux valait ne pas le réveiller ; les hommes qu'on tire brusquement de leur sommeil ne sont pas de bonne humeur, et Martin comptait faire appel à la générosité de celui-ci. Il resta deux heures recroquevillé au pied du camion, frissonnant de froid.

Vers six heures, il commença à y avoir de l'agitation tandis que le ciel se teintait de rose à l'est. En Asie centrale, la vie s'organise autour des *chaï-khana*, ou maisons de thé. Il suffit d'un feu pour en créer une, d'une théière et d'un groupe d'hommes. Martin se leva et s'approcha du feu pour s'y réchauffer les mains.

L'homme qui faisait du thé était pachtoun, mais taciturne, ce qui convenait tout à fait à Martin. Il avait retiré son turban et l'avait déroulé pour le fourrer dans le sac qu'il portait en bandoulière. Mieux valait ne pas se présenter comme taliban avant de savoir à qui on avait affaire. Martin acheta une tasse de thé fumant pour une poignée d'afghanis et but avec reconnaissance. Quelques minutes plus tard, le Balouchi descendait de sa cabine, mal réveillé, et s'approchait pour prendre du thé à son tour.

Le jour se levait. Quelques moteurs se mirent à tourner en lâchant de la fumée noire. Le Balouchi repartit vers son camion. Martin le suivit.

— Salut, frère.

Le Balouchi répondit, mais il semblait un peu méfiant.

— Est-ce que tu n'irais pas vers le sud par hasard, jusqu'à la frontière et Spin Boldak ?

Si l'homme retournait au Pakistan, il y entrerait certainement par cette petite ville frontalière. Martin savait que sa tête serait mise à prix d'ici là. Il lui faudrait passer la frontière à pied pour éviter les contrôles.

— Si Allah le veut, répondit le Balouchi.

— Alors, au nom du Tout-Miséricordieux, laisseras-tu un plus pauvre que toi qui veut retrouver les siens faire le voyage en ta compagnie ?

Le Balouchi réfléchit. Son cousin l'accompagnait habituellement dans ces longs périples vers Kaboul, mais il était malade et avait dû rester à Karachi. Le Balouchi avait fait la route seul, et c'était harassant.

— Tu sais conduire ces trucs-là ?

— Pour ne rien te cacher, j'ai fait le chauffeur pendant des années.

Ils roulèrent dans un silence détendu, en écoutant la musique occidentale diffusée par un antique poste en bakélite accroché au-dessus du tableau de bord. L'objet sifflait et crachotait, et Martin avait du mal à distinguer les parasites de la musique elle-même.

La journée se passa ainsi. Ils traversèrent Ghazny en lâchant quelques pétarades et poursuivirent leur chemin vers Kandahar. Ils s'arrêtèrent pour manger – viande de chèvre et riz – et remplir le réservoir. Martin puisa dans sa liasse d'afghanis pour participer à la dépense, et le Balouchi se montra beaucoup plus amical.

Martin ne parlait ni l'ourdou ni le dialecte balouchi, et l'homme de Karachi ne connaissait que quelques rudiments de pachto et un peu d'arabe du Coran, mais il y avait aussi les gestes et ils se débrouillaient vaille que vaille pour communiquer.

Ils s'arrêtèrent à nouveau au nord de Kandahar, car le Balouchi ne voulait pas rouler de nuit. Ils étaient dans la province de Zabol, connue pour sa sauvagerie et celle de ses habitants. Mieux valait se déplacer en plein jour avec des centaines d'autres camions devant et derrière soi, et autant qui remontaient vers le nord. Les bandits préféraient la nuit.

Quand ils atteignirent la périphérie de Kandahar, Martin déclara qu'il avait besoin d'un petit somme et se pelotonna derrière les sièges sur la banquette qui servait de lit au Balouchi. Kandahar avait été le fief des talibans et il ne tenait pas à ce que l'un d'eux croie apercevoir au passage un ancien camarade.

Après Kandahar, il relaya le Balouchi au volant. Ils atteignirent Spin Boldak en milieu d'après-midi ; Martin dit qu'il habitait dans les quartiers nord aux confins de la ville, prit chaleureusement congé de son hôte et descendit un kilomètre avant le poste-frontière.

Comme le Balouchi, ne comprenant pas le pachto, avait laissé pendant tout le trajet la radio branchée sur une station qui diffusait de la musique pop, il n'avait pas entendu les informations. Il trouva au poste-frontière une file d'attente plus longue que d'habitude, et quand il parvint enfin à la barrière on lui montra une photographie. Un taliban brun et barbu.

Le Balouchi était un homme honnête et dur à la tâche. Il avait hâte de retrouver sa maison, sa femme et ses quatre enfants. La vie était bien assez difficile comme ça. Pourquoi passer des jours, voire des semaines, dans une prison afghane à essayer d'expliquer qu'il ne savait absolument rien ?

— Par le Prophète, je ne l'ai jamais vu, jura-t-il, et on le laissa passer.

Plus jamais ! se dit-il en repartant vers le sud sur la route de Quetta. On avait beau venir de la ville la plus corrompue d'Asie, au moins savait-on où on était quand on était chez soi, dans le pays qui vous avait vu naître. Le peuple afghan n'était pas le sien. Pourquoi se mêler de ses affaires ? Il se demandait ce que ce taliban avait fait.

Martin avait été prévenu qu'on ne pourrait pas lui fournir de couverture pour le détournement du fourgon cellulaire, le meurtre des deux gardiens et l'évasion d'un prisonnier en provenance de Guantanamo ; et que l'ambassade américaine ne manquerait pas d'en faire toute une histoire.

Des patrouilles envoyées de Bagram, où l'on ne comprenait pas pourquoi le fourgon cellulaire ne revenait pas, avaient découvert la « scène du crime ». Le fait que le fourgon avait perdu le contact avec son escorte militaire fut mis sur le compte de l'incompétence. Mais il apparut clairement que la libération du prisonnier était l'œuvre d'un groupe de talibans. On se lança donc à leur poursuite.

Les autorités afghanes réclamèrent à l'ambassade américaine une photographie, que l'ambassade ne put leur refuser. La CIA et les responsables du SIS s'efforcèrent de ralentir les opérations, mais ils ne pouvaient pas faire grand-chose. Quand tous les postes-frontière reçurent le cliché, Martin se trouvait encore quelque part au nord de Spin Boldak.

Bien qu'ignorant tout cela, il était décidé à ne prendre aucun risque pour franchir la frontière. Il se réfugia sur les hauteurs dominant Spin Boldak pour attendre la nuit. De là, il voyait la plaine et le chemin qu'il allait suivre quand l'obscurité serait venue.

La petite ville se trouvait à cinq cents mètres en contrebas et cinq kilomètres l'en séparaient. Il voyait les camions qui roulaient sur la route sinueuse et la masse impressionnante de la vieille forteresse jadis occupée par l'armée britannique.

Il savait que lors de la prise de cette forteresse en 1919, les Anglais avaient utilisé pour la dernière fois de grandes échelles comme au Moyen Âge. Pour ne pas réveiller les défenseurs, ils étaient parvenus à s'approcher dans un silence à peine troublé par le heurt des échelles et des chaudrons, et les jurons étouffés que poussaient les soldats quand ils se blessaient les orteils sur la pierre.

Comme les échelles étaient trop courtes de trois mètres, plus d'une était tombée dans les douves sans eau en entraînant une centaine d'hommes dans sa chute. Mais les Pachtouns, croyant avoir affaire à une armée beaucoup plus nombreuse, étaient sortis par l'arrière pour s'enfuir dans la montagne, et la forteresse avait été prise sans un seul coup de feu.

Peu avant minuit, Martin se glissa sans bruit au pied de la muraille pour pénétrer dans la ville, et au Pakistan. Au lever du jour, il était dix kilomètres plus loin sur la route de Quetta. Là, il trouva une *chaï-khana* et attendit un camion qui accepte de prendre des passagers payants et l'emmène jusqu'à Quetta. Le turban noir des talibans, enfin, n'était plus un handicap.

Si Peshawar est une ville assez extrémiste dans sa foi, Quetta l'est encore plus et n'avait alors que Miram Shahr comme rivale pour la férocité de son attachement à Al-Qaïda. Ces villes se trouvent dans les provinces frontalières du Nord-Est, où prévaut le pouvoir tribal. Bien que résidant en principe de l'autre côté de la frontière afghane, les Pachtouns continuent à exercer leur domination, tout comme ils pratiquent la langue pachto et l'islam le plus traditionnel.

La principale route au sud de Quetta mène à Karachi, mais on avait conseillé à Martin d'emprunter plutôt la piste qui passe par le port de Gwadar.

On est là tout près de la frontière iranienne, à la pointe ouest du Balouchistan. Après avoir été longtemps un petit port de pêche misérable et malodorant, Gwadar est devenu un site de stockage et d'échanges qui se donne sans retenue à tous les trafics et plus particulièrement à celui de l'opium. L'islam dénonce l'usage des narcotiques, mais ce discours s'adresse aux musulmans. S'il plaît aux infidèles de l'Occident de s'empoisonner et de payer le prix fort pour ce privilège, cela ne concerne en rien les véritables serviteurs du Prophète.

On cultive donc le pavot en Iran, au Pakistan et, surtout, en Afghanistan. Raffiné sous forme de morphine base, il passe en contrebande à l'ouest, pour donner l'héroïne et la mort. Dans ce négoce, Gwadar joue sa partie.

À Quetta, soucieux d'éviter toute conversation avec un Pachtoun qui aurait pu le démasquer, Martin avait trouvé un autre chauffeur de camion balouchi qui se dirigeait vers Gwadar. Et avait appris, en arrivant à Quetta, qu'on avait mis une prime de cinq millions d'afghanis sur sa tête – mais en Afghanistan seulement.

Au matin du troisième jour, après s'être entendu souhaiter « Bonne chance, patron », il sauta à bas du camion et but avec grand plaisir un bol de thé vert bien sucré acheté à un marchand de rue. Il était attendu, mais ce n'était pas par les gens du cru.

Le premier des deux Predator avait décollé de Thumraït vingt-quatre heures auparavant. Volant par rotation, les deux drones surveillaient de jour et de nuit, sans interruption, la zone qui leur était assignée.

L'UAV-RQ 1L, produit par General Atomics, ne paye pas de mine. Ce pourrait être un petit avion né du griffonnage d'un aéro-modéliste amateur.

Mince comme un crayon, il ne mesure que huit mètres de long. Ses ailes fuselées d'oiseau de mer ont une envergure de seize mètres. Un moteur Rotax de 113 chevaux placé tout à l'arrière entraîne les hélices, et s'alimente à un petit réservoir de quatre cents litres.

Mais cette puissance minuscule lui permet de voler à 215 km/heure ou de se traîner à 130. Sa durée de vol maximum est de quarante heures, mais ses missions les plus courantes consistent à voler jusqu'à quatre cents milles nautiques de sa base et à tenir l'air vingt-quatre heures avant de revenir.

Comme il est propulsé par l'arrière, les commandes de direction se trouvent à l'avant. On peut les télécommander directement ou en passant par un logiciel informatique.

Mais le véritable génie du Predator se trouve dans son nez renflé.

Le système de transmission, tourné vers le haut, permet de communiquer avec les satellites. Ceux-ci reçoivent tous les clichés et les renvoient vers la base. Le radar Lynx synthétic aperture et l'unité de prise de vue L-3 Webcam sont orientés vers le bas. Les Predator de la dernière génération, comme les deux qui furent utilisés au-dessus du sultanat d'Oman, sont équipés d'un système à visée multispectrale qui leur permet de fonctionner malgré la nuit, les nuages, la pluie, la grêle ou la neige.

Au lendemain de l'invasion de l'Afghanistan, alors qu'on repérait les cibles les plus intéressantes sans pouvoir les attaquer à temps, le Predator retourna à l'usine et une nouvelle version fut produite. Les appareils emportaient désormais le missile Hellfire et l'espion du ciel avait une puissance de feu.

Deux ans plus tard, le chef d'Al-Qaïda au Yémen quitta en Land Cruiser son quartier général caché dans une région reculée de l'intérieur. Quatre hommes l'accompagnaient. Il ignorait que plusieurs paires d'yeux l'observaient sur un écran à Tampa, aux États-Unis. Répondant au signal, le missile Hellfire se détacha du ventre du Predator et, quelques secondes après, la Land Cruiser et ses occupants étaient pulvérisés. On put voir la scène en couleur sur un écran plasma en Floride.

Les deux Predator partis de Thumraït n'étaient pas armés. Ils devaient simplement patrouiller à six mille mètres d'altitude, inaudibles, invisibles, indétectables au radar, et surveiller la terre au-dessous d'eux.

Il y avait quatre mosquées à Gwadar, mais discrètes. Les enquêteurs britanniques avaient appris auprès de l'ISI pakistanais que la quatrième et la plus petite était un foyer d'agitation fondamentaliste. Comme c'est le cas pour nombre de petites mosquées, le culte y était célébré par un seul imam qui vivait des dons des fidèles. Il s'agissait pour celle-ci d'Abdullah Halabi, qui l'avait fondée lui-même.

Il connaissait bien sa congrégation et, tout en conduisant la prière du haut de sa chaire, pouvait repérer un nouveau venu au premier coup d'œil.

La prière achevée, avant que l'inconnu à la barbe noire ait remis ses sandales et se soit fondu dans la foule, l'imam s'approcha et le tira par la manche.

— Que notre Dieu miséricordieux soit avec toi, dit-il.

Il avait parlé en arabe, pas en ourdou.

— Et sur toi également, imam, répondit l'inconnu.

Il parlait arabe lui aussi, mais l'imam remarqua son léger accent pachtoun. Ses soupçons en furent confirmés : l'homme venait des zones tribales.

— Mes amis et moi allons nous retrouver dans la *madafa*, dit l'imam. Veux-tu te joindre à nous pour prendre le thé ?

Le Pachtoun réfléchit une seconde à la proposition, avant d'incliner la tête avec gravité. La plupart des mosquées sont dotées d'une *madafa*, une pièce où on se réunit de façon plus détendue, pour prier, bavarder et discuter de l'étude des textes sacrés. En Occident, c'est souvent là que se fait l'endoctrinement des adolescents par des extrémistes religieux.

— Je suis l'imam Halabi. Notre nouveau fidèle a-t-il un nom ?

Martin donna sans hésiter le prénom du Président afghan et le nom de famille du brigadier des forces spéciales.

— Hamid Yousouf.

— Sois le bienvenu, Hamid Yousouf. Je vois que tu ne crains pas de porter le turban des talibans. Étais-tu l'un d'eux ?

— Oui, depuis que j'ai rejoint le mollah Omar à Kandahar en 1994.

Ils étaient une douzaine dans la *madafa*, une cahute à l'arrière de la mosquée. On servit le thé. Martin nota que l'un des hommes le regardait avec insistance. Au bout d'un moment, cet homme se leva et prit l'imam à part pour lui parler à voix basse, l'air excité. Il ne se serait jamais permis, dit-il, de regarder la télévision et ses immondes images, mais il avait aperçu un écran allumé en passant devant une boutique.

— Je suis certain que c'est lui, souffla-t-il. Il s'est évadé à Kaboul il y a trois jours.

Martin ne comprenait pas l'ourdou, et encore moins quand on le parlait avec l'accent balouchi, mais il comprit qu'il était question de lui. L'imam avait beau condamner tout ce qui venait de l'Occident et tout ce qui était moderne, il n'en trouvait pas moins, comme beaucoup, les téléphones portables éminemment pratiques, même s'ils étaient fabriqués par Nokia dans la Finlande chrétienne. Il demanda à trois de ses amis d'engager la conversation avec l'inconnu et de ne pas le laisser repartir. Puis il se retira dans son humble logement pour donner quelques coups de fil. Il fut très impressionné.

L'homme qui avait été un taliban de la première heure, qui avait perdu toute sa famille et son clan tout entier à cause des Américains, qui avait commandé la moitié du front du nord lors de l'invasion yankee, qui avait pris le dépôt d'armes de Qala-i-Jangi, qui avait survécu à cinq années d'emprisonnement dans l'enfer de Guantanamo, qui avait échappé aux griffes des valets de l'Amérique au pouvoir à Kaboul, cet homme-là n'était pas un réfugié, c'était un héros.

L'imam Halabi était pakistanais, mais il vouait une haine farouche au gouvernement d'Islamabad qui collaborait avec les Américains. Toute sa sympathie allait à Al-Qaïda. Et les cinq millions d'afghanis qui auraient pu le rendre riche pour le restant de ses jours ne le tentaient pas le moins du monde.

De retour à la *madafa*, il fit signe à l'inconnu de s'approcher.

— Je sais qui tu es, dit-il. Tu es celui qu'on appelle l'Afghan.

Tu ne risques rien avec moi, mais tu es en danger à Gwadar. Les agents de l'ISI sont partout et ta tête est mise à prix. Où loges-tu ?

— Nulle part. J'arrive tout juste du nord.

— Je sais d'où tu viens ; on ne parle que de ça à la radio et à la télévision. Tu vas rester ici, mais pas trop longtemps. Il faut que tu te débrouilles pour quitter Gwadar. Tu vas avoir besoin de papiers et d'une nouvelle identité pour partir en toute sécurité. Je connais peut-être quelqu'un.

Un gamin de sa *madrassa* partit en courant jusqu'au port. Mais le bateau qu'il cherchait ne s'y trouvait pas. Il avait vingt-quatre heures de retard. Le gamin l'attendit patiemment sur le quai, à l'endroit où il venait toujours s'amarrer.

Fayçal Ben Selim était qatari de naissance. Il avait eu pour père un pauvre pêcheur vivant dans une cabane sur la berge d'une rivière boueuse aux abords d'un village qui deviendrait plus tard la capitale trépidante de Doha. Mais ce serait après la découverte du pétrole, la création des Émirats arabes unis à partir des États de la Trêve, le départ des Britanniques, l'arrivée des Américains, et bien avant que l'argent ne coule à flots.

Enfant, il n'avait connu que la pauvreté et la déférence automatique à l'égard des maîtres blancs étrangers. Mais Ben Selim avait toujours voulu s'élever dans le monde. Et il avait choisi le seul chemin qu'il connaissait : la mer. Il se fit matelot à bord d'un cargo et, tandis que son bateau allait de port en port en suivant la côte de l'Île de Masirah à Salalah et de la province de Dhofari aux ports du Koweït et à Bahreïn à la pointe du golfe Persique, il apprit toutes sortes de choses car il avait l'esprit vif.

Il apprit qu'il y avait toujours quelqu'un avec quelque chose à vendre et prêt à le vendre bon marché. Et qu'il y avait toujours quelqu'un, ailleurs, prêt à acheter cette chose plus cher. Entre les deux, il y avait l'institution qu'on appelait la douane. Fayçal Ben Selim fit fortune dans la contrebande.

Au cours de ses voyages, il vit toutes sortes de choses qu'il trouva admirables, les beaux vêtements et les tapis, l'art islamique, la vraie culture, les anciens Corans, les manuscrits précieux et la beauté des grandes mosquées. Et il apprit d'autres choses qu'il trouva méprisables, les riches Occidentaux, les visages porcins, les peaux qui rosissaient au soleil, les femmes répugnantes dans leurs minuscules bikinis, les brutes pleines d'alcool, tout cet argent immérité.

Il ne lui échappa pas que les maîtres des États du Golfe profitaient eux aussi de l'argent qui coulait des sources noires ouvertes dans les sables du désert. Et qu'ils faisaient eux aussi étalage de leurs mœurs occidentales, qu'ils buvaient de l'alcool d'importation, couchaient avec des prostituées couvertes d'or. Si bien qu'il en vint à les mépriser eux aussi.

Alors qu'il était quadragénaire, vingt ans avant qu'un gamin vienne l'attendre sur le quai de Gwadar, deux événements s'étaient produits dans la vie de Fayçal Ben Selim.

Il avait gagné et économisé suffisamment d'argent pour acheter un magnifique boutre de commerce, construit par le meilleur artisan de Sur, dans le sultanat d'Oman et baptisé *Rasha*, la *Perle*. Et il était devenu un adepte fervent du wahhabisme.

Quand les nouveaux prophètes s'étaient levés pour prêcher les principes de Maududi et de Sayyid Qutb, il les avait suivis. Quand les jeunes hommes étaient partis combattre les impies venus d'Union soviétique pour envahir l'Afghanistan, ses prières les avaient accompagnés ; quand d'autres avaient précipité de

211

grands avions de ligne sur les tours du dieu occidental de l'argent, il s'était agenouillé pour prier Allah de les recevoir en son jardin.

Il restait pour tous un maître dévot, tatillon, vivant de peu et propriétaire du *Rasha*. Son commerce s'étendait sur toute la côte du Golfe et autour de la mer d'Oman. Il ne cherchait pas les ennuis, mais si un croyant sincère lui demandait de l'aide, sous la forme d'une aumône ou d'une traversée vers la sécurité, il faisait son possible.

Les forces de sécurité occidentales s'étaient intéressées à lui après qu'un Saoudien membre d'Al-Qaïda, capturé dans l'Hadramaut et emprisonné à Riyad, soit passé aux aveux en livrant un message ultra-secret destiné à Ben Laden en personne. Le message était si secret qu'il ne pouvait être transmis qu'à un messager qui en apprendrait les termes par cœur et se donnerait la mort s'il était pris, au cas où il ne parviendrait pas à quitter la péninsule saoudienne par la mer. Il fallait déposer l'émissaire sur la côte du Balouchistan, d'où il porterait son message jusqu'aux grottes du Waziristan dans lesquelles résidait le Cheikh. Le bateau qui devait l'emmener était le *Rasha*. Avec l'accord et l'aide de l'ISI, on décida de ne pas intercepter le *Rasha*, mais de le surveiller.

Fayçal Ben Selim arriva à Gwadar avec une cargaison de marchandises en provenance de l'entrepôt de produits détaxés de Dubaï. Là, on pouvait se procurer des machines à laver, des fours à micro-ondes et des télévisions à des prix dérisoires.

Fayçal Ben Selim était chargé de ramener vers le Golfe une cargaison de tapis pakistanais tissés par les doigts agiles de petits esclaves et destinés aux pieds des riches occidentaux acheteurs de villas sur « l'île des milliardaires » en construction au large de Dubaï et du Qatar.

Il écouta avec le plus grand sérieux le message du gamin, hocha la tête et, deux heures plus tard, après avoir débarqué sa cargaison sans importuner la douane pakistanaise, confia la garde du *Rasha* à son matelot omanais et traversa tranquillement Gwadar à pied jusqu'à la mosquée.

Pour avoir commercé des années avec le Pakistan, Fayçal Ben Selim parlait un assez bon ourdou, et utilisait cette langue pour discuter avec l'imam.

Il but son thé à petites gorgées, mangea des gâteaux sucrés et s'essuya les doigts à un petit mouchoir de batiste. Tout cela en hochant la tête et en lançant des regards à l'Afghan. Quand on en vint à l'évasion du fourgon cellulaire, il eut un sourire approbateur. Puis il se mit à parler en arabe.

— Et donc, tu veux quitter le Pakistan, mon frère ?

— Ma place n'est pas ici, dit Martin. L'imam a raison. La police secrète finira par me trouver et elle me livrera aux chiens de Kaboul. Je me tuerai avant.

— Quelle pitié, murmura le Qatari. Et quelle vie, jusqu'ici... Et si je t'emmène jusqu'aux États du Golfe, que feras-tu ?

— J'essaierai de trouver d'autres Vrais Croyants et je leur offrirai mes services.

— C'est-à-dire ? Que pourrais-tu faire ?

— Je peux me battre. Et je suis prêt à mourir dans la guerre sainte d'Allah.

L'aimable capitaine resta pensif un instant.

— On embarque la cargaison de tapis à l'aube, dit-il. Il faudra plusieurs heures. On est obligé de les descendre à fond de cale pour les préserver des embruns. Puis on lèvera l'ancre. Je longerai de près la digue du port. Si un homme sautait sur le pont quand j'arriverai au bout, on ne le verrait pas.

Après les salutations rituelles, il partit. Le même gamin

conduisit Martin jusqu'au quai dans l'obscurité. Là, il examina le *Rasha* pour être certain de le reconnaître le lendemain matin. Il était onze heures quand le bateau arriva. Il y avait deux mètres cinquante, environ, entre le pont et l'extrémité de la digue. Martin les franchit d'un bond après une course de quelques mètres pour se donner de l'élan.

L'Omanais était à la barre. Fayçal Ben Selim salua Martin d'un petit sourire. Il offrit à son hôte de l'eau fraîche pour se laver les mains et de délicieuses dattes cueillies sur les palmiers de Muscat.

À midi, le vieil homme étendit deux nattes le long du bastingage. Les deux hommes s'agenouillèrent côte à côte pour la prière. C'était la première fois que Martin ne priait pas au milieu d'une foule dans laquelle sa voix se fondait avec toutes les autres. Il ne se trompa pas d'un seul mot.

Quand un agent est engagé pour une mission lointaine et dangereuse, ses contrôleurs restés au pays guettent fébrilement toute information susceptible de leur indiquer qu'il va bien, qu'il est toujours vivant, et en action. Cela peut venir de l'agent lui-même, sous forme d'un appel téléphonique, d'une phrase codée dans les petites annonces d'un journal, d'une inscription à la craie sur un mur... Le message peut aussi leur être adressé par un guetteur qui observe l'agent sans entrer en contact avec lui et rend compte de ses observations. C'est ce qu'on appelle un « signe de vie ». Après plusieurs jours de silence, l'inquiétude croît chez les contrôleurs qui attendent ce signe.

Il était midi à Thumraït, on prenait le petit déjeuner en Écosse et le jour se levait tout juste à Tampa. Ceux qui guettaient en Écosse et à Thumraït voyaient ce que voyait le Predator mais ne pouvaient pas l'interpréter. On ne leur avait pas dit comment. Mais à la base aérienne d'Edzell, on le savait.

L'image était claire comme le cristal. Baissant le front puis relevant la tête pour tourner son visage vers le ciel, l'Afghan disait sa prière sur le pont du *Rasha*. Les acclamations fusèrent dans la salle du terminal informatique. Quelques secondes plus tard, Steve Hill reçut un coup de téléphone chez lui, à la table du petit déjeuner, et, se tournant vers sa femme, lui donna un baiser aussi passionné qu'inattendu.

Deux minutes plus tard, Marek Gumienny reçut un appel alors qu'il dormait encore. Il se réveilla, écouta, sourit, murmura « Ça marche », et se rendormit. L'Afghan était toujours dans la course.

ONZE

Poussé par un bon vent du sud, le *Rasha* hissa les voiles, arrêta son moteur et le vacarme se tut pour laisser place aux bruits calmes de la mer : léger claquement de l'eau contre la proue, soupir du vent dans les voiles, grincements rythmés de la coque et des cordages.

Le boutre, que l'invisible Predator accompagnait comme son ombre à six mille mètres d'altitude, longea la côte sud de l'Iran avant de pénétrer dans le golfe d'Oman. Puis il vira à tribord, réduisit sa voilure sous le vent qui soufflait désormais de l'arrière et mit le cap sur le bras de mer entre l'Iran et l'Arabie, qu'on appelle le détroit d'Ormuz.

Dans cet étroit chenal où la pointe de la péninsule Musandam n'est qu'à sept kilomètres de la côte iranienne, passent en permanence des pétroliers géants ; certains, pleins de pétrole brut destiné à l'Occident avide d'énergie, naviguent au-dessous de leur ligne de flottaison ; d'autres, qui vont chercher le brut saoudien ou koweïtien, sont au contraire très hauts sur l'eau.

Les bateaux plus petits comme le *Rasha* restent près des côtes pour laisser la voie libre à ces supertankers qui doivent naviguer en eau profonde au centre du chenal.

Le *Rasha*, que rien ne pressait, affala ses voiles pour passer une nuit parmi les îles situées à l'est de la base navale de Kumzar abritée par le sultanat d'Oman. Assis sur la dunette dans l'obscurité chargée de parfums, et toujours visible sur l'écran à plasma liquide d'une base militaire écossaise, Martin aperçut deux « cigares de mer » éclairés par la lune et entendit le rugissement des puissants moteurs de hors-bord qui les emmenaient hors des eaux territoriales du sultanat d'Oman vers la côte sud de l'Iran.

C'étaient les contrebandiers dont on lui avait parlé ; ceux-là étaient libres de toute allégeance. Ils dirigeaient le trafic. Ils avaient rendez-vous à l'aube sur quelque plage déserte de l'Iran ou du Balouchistan. Ils y déchargeraient leur cargaison de cigarettes à bon marché et embarqueraient, curieusement, des chèvres angoras très recherchées à Oman.

Par temps calme, sur leurs bateaux d'aluminium fins comme des crayons propulsés par deux énormes moteurs de 250 chevaux, ils filent à plus de cinquante nœuds. Ils sont pratiquement imprenables, connaissent toutes les criques et jusqu'au plus petit îlot, et ont l'habitude de naviguer toutes lumières éteintes en coupant la route des grands pétroliers pour aller se réfugier de l'autre côté du chenal.

Le sourire de Fayçal Ben Selim disait sa tolérance. Il était lui-même un contrebandier, mais plus respectable que ces vagabonds du Golfe qu'il entendait au loin.

— Et quand je t'aurai amené en Arabie, mon frère, que vas-tu faire ? demanda-t-il calmement.

Le matelot, d'Oman lui aussi, était à la poupe, penché sur le fil qu'il tenait à pleines mains dans l'espoir de pêcher un beau poisson pour son petit déjeuner. Il s'était joint aux deux autres pour les prières du soir. On pouvait maintenant bavarder agréablement.

— Je n'en sais rien, admit l'Afghan. Je sais seulement que je suis un homme mort si je retourne dans mon pays. Les Pakistanais me recherchent, parce qu'ils sont les chiens de garde des Yankees. Je compte trouver d'autres Vrais Croyants et leur proposer de me battre à leurs côtés.

— Te battre ? Mais on ne se bat pas dans les Émirats arabes unis. Ils sont alliés de l'Occident, eux aussi. Et en Arabie Saoudite, tu serais tout de suite pris et expulsé. Alors...

L'Afghan haussa les épaules.

— Je ne demande qu'une chose, servir Allah. J'ai vécu ma vie. Je remets mon destin entre Ses mains.

— Et tu dis que tu serais prêt à mourir pour lui ? demanda l'aimable Qatari.

Mike Martin pensa à son enfance et à ses années d'école à Bagdad. La plupart des élèves étaient irakiens, mais c'étaient des fils de la haute société et leurs pères tenaient à ce qu'ils parlent un anglais irréprochable et réussissent leurs études pour diriger plus tard les grandes entreprises qui commerçaient avec Londres et New York. On étudiait donc en anglais, et on apprenait les classiques de la littérature anglaise.

Martin avait un poème préféré ; on y racontait comment Horace avait défendu le dernier pont de Rome face à l'armée de l'envahisseur de la maison de Tarquin, tandis que les Romains le démolissaient derrière lui :

Pour tout homme sur cette terre
La mort vient tôt ou tard
Et comment un homme peut-il mieux mourir
Qu'en faisant face à un sort effrayant
Pour les cendres de ses pères
Et les temples de ses dieux ?

— Si je peux mourir en *shahid*, au service de Son jihad, bien sûr, répondit-il.

Le capitaine du boutre réfléchit un instant avant de changer de sujet.

— Tu portes des vêtements afghans, dit-il. Tu seras tout de suite repéré. Attends.

Il disparut dans la cabine et revint avec une *dishdash*, la tunique de coton blanc qui tombe tout droit des épaules aux chevilles, fraîchement lavée et repassée.

— Change-toi, ordonna-t-il. Laisse tomber le *shawar kamiz* et le turban des talibans.

Quand Martin fut changé, Ben Selim lui tendit un nouveau couvre-chef, le *keffieh* moucheté de rouge des Arabes du Golfe, avec le cordon qui le maintenait en place.

— C'est mieux, dit le vieil homme, quand la transformation fut complète. Tu pourras passer pour un Arabe du Golfe, sauf si tu parles. Cependant, il y a une colonie d'Afghans du côté de Jeddah. Ils sont en Arabie Saoudite depuis plusieurs générations mais ils ont le même accent que toi. Tu n'auras qu'à dire que tu viens de là, et les étrangers te croiront. Il faut dormir, maintenant. On se lèvera avec le jour pour la dernière étape.

Le Predator les vit lever l'ancre et s'éloigner des îles pour contourner sans hâte la pointe rocheuse d'Al Ghanam et mettre le cap au sud-ouest vers la côte des Émirats arabes unis.

Il y a sept Émirats, mais on ne connaît généralement que trois noms, ceux des plus riches : Dubaï, Abou Dhabi et Sharjah. Les quatre autres sont beaucoup plus petits, plus pauvres et quasiment anonymes. Deux d'entre eux, Ajman et Umm-al-Qaiwain, jouxtent Dubaï, devenu grâce à son pétrole le plus riche des sept.

219

Fujeirah est seul de l'autre côté de la péninsule et regarde à l'est vers le golfe d'Oman. Le septième est Ras-al-Khaïma.

Il se trouve sur la même côte que Dubaï mais nettement plus haut en allant vers le détroit d'Ormuz. Il est pauvre et ultra-traditionaliste. Il a, pour cette raison, accepté avec enthousiasme les dons de l'Arabie Saoudite, parmi lesquels des mosquées et des écoles grassement financées – mais toutes consacrées à l'enseignement du wahhabisme. Ras-al-K, comme le savent les Occidentaux, est un foyer de fondamentalisme musulman où l'on ne fait pas mystère de ses sympathies pour Al-Qaïda et le jihad. Ce serait le premier port rencontré par le boutre. Ils y arrivèrent à l'heure du couchant.

— Tu n'as pas de papiers, dit le capitaine à son hôte, et je ne peux pas t'en fournir. Peu importe, c'est une invention stupide des Occidentaux. L'argent, par contre... Prends ça.

Il mit une liasse de dirhams des Émirats dans la main de Martin. Ils longeaient la ville dans le jour finissant, à un kilomètre du rivage, et les premières lumières clignotaient parmi les maisons.

— Je vais te débarquer un peu plus loin, dit Ben Selim. Tu trouveras la route de la côte et tu reviendras vers la ville. Je connais une petite pension dans le vieux quartier. C'est bon marché, propre et discret. Tu n'as qu'à t'y installer. Ne sors pas. Tu y seras en sécurité et, *inch'Allah*, j'aurai peut-être des amis qui pourront t'aider.

Il faisait nuit noire quand Martin aperçut les lumières de l'hôtel tandis que le *Rasha* approchait du rivage. Ben Selim connaissait bien l'endroit ; l'ancien fort Hamra reconverti abritait un club de loisirs pour les hôtes étrangers, et le club avait une jetée. De nuit, elle était déserte.

— Il quitte le bateau, dit une voix dans la salle de contrôle d'Edzell.

Malgré l'obscurité, la caméra à infrarouges du Predator capta l'image de la silhouette qui sautait avec agilité du pont du bateau sur la jetée, et l'on vit le *Rasha* s'écarter aussitôt pour rejoindre les eaux profondes et le large.

— Laissez tomber le bateau et restez sur le type qui se déplace, dit Gordon Phillips, penché sur l'épaule du technicien qui manipulait la console.

Les instructions partirent vers Thumraït et le Predator reçut l'ordre de suivre l'image thermique de l'homme qui longeait le rivage en direction de Ras-al-K.

Il y avait huit kilomètres à parcourir, et Martin arriva dans le vieux quartier vers minuit. Il demanda son chemin à deux reprises avant de trouver la pension. Elle se trouvait à cinq cents mètres de la maison de la famille Al-Shehhi, d'où était venu Marwan Al-Shehhi, l'un des auteurs de l'attentat du 11 Septembre. C'était toujours un héros dans le pays.

Le propriétaire se montra méfiant et renfrogné jusqu'à ce que Martin prononce de nom de Fayçal Ben Selim. Cela, et la vue d'une liasse de dirhams, détendit aussitôt l'atmosphère. On l'invita à entrer et on lui montra une chambre. Il n'y avait apparemment que deux autres clients, et ils s'étaient déjà retirés pour la nuit.

Abandonnant toute réserve, le patron proposa à Martin de prendre une tasse de thé avec lui avant d'aller se coucher. Tout en buvant, Martin dut expliquer qu'il était de Jeddah, mais pas d'origine pachtoun.

Avec sa mine sérieuse, son épaisse barbe noire et ses invocations incessantes à Allah, Martin convainquit son hôte qu'il était lui-même un Vrai Croyant. Ils se séparèrent en se souhaitant mutuellement une bonne nuit.

Le capitaine du boutre était reparti dans l'obscurité. Sa destination finale était le port qu'on appelait *The Creek*, au cœur de Dubaï. Après avoir été une embouchure de rivière aux eaux boueuses puant le poisson pourri où les pêcheurs venaient raccommoder leurs filets pendant les heures chaudes, The Creek est devenue le dernier endroit « pittoresque » à la mode de la capitale, face au marché de l'or, sous les fenêtres des grands hôtels en forme de tour fréquentés par les Occidentaux. C'est là que les boutres de commerce viennent s'amarrer les uns à côté des autres et que les touristes viennent contempler un dernier reste de « l'Arabie d'hier ».

Ben Selim héla un taxi et demanda au chauffeur de le conduire à cinq kilomètres de là en remontant la côte jusqu'à Ajman, le plus petit des Émirats et l'un des deux plus pauvres. Puis il abandonna le taxi pour s'engouffrer dans le souk couvert aux ruelles bruyantes et tortueuses entre lesquelles il fit en sorte de semer quiconque l'aurait suivi, au cas où on aurait tenté de le faire.

Mais il n'y avait personne sur ses traces. Le Predator concentrait son attention sur une pension au cœur de Ras-al-Khaïma. Le capitaine ressortit du souk pour entrer dans une petite mosquée et demanda à voir l'imam. On appela un gamin qui partit en courant à travers la ville et revint accompagné d'un jeune homme qui se présenta comme étudiant à l'institut local de formation des techniciens. Il était aussi étudiant en dernière année au camp d'entraînement de Darunta, possédé et dirigé par Al-Qaïda à l'extérieur de Jalalabad jusqu'en 2001.

Le vieil homme dit quelques mots à l'oreille du plus jeune, qui hocha la tête et le remercia. Puis le capitaine retourna dans le souk, en ressortit, héla un taxi et alla retrouver son bateau. Il avait fait son possible. C'était maintenant aux jeunes de se débrouiller. *Inch'Allah.*

Au cours de la même matinée, mais plus tard en raison du décalage horaire, le *Countess of Richmond* quittait l'estuaire du Mersey pour entrer dans la mer d'Irlande. Le capitaine McKendrick, à la barre, mit le cap au sud. Le cargo devait longer le pays de Galles sur sa gauche, passer la mer d'Irlande et Lizard Point jusqu'à la Manche et l'Atlantique Est. Puis il poursuivrait sa course en longeant le Portugal, franchirait le détroit de Gibraltar et traverserait la Méditerranée jusqu'au canal de Suez qu'il emprunterait pour déboucher dans l'océan indien.

Dans ses cales, protégées des vagues qui passaient par-dessus la proue en ce mois de mars, se trouvaient des conduites intérieures de marque Jaguar destinées aux halls d'exposition de Singapour.

Quatre jours passèrent avant que l'Afghan réfugié à Ras-al-Khaïma reçoive de la visite. Conformément aux instructions, il n'était pas sorti, en tout cas pas plus loin que dans sa rue. Mais il avait pris l'air dans la cour fermée de la maison, abritée de l'extérieur par un double portail de trois mètres de haut. C'était là que venaient et repartaient les camionnettes de livraison.

Le Predator le voyait quand il était dans la cour, et les contrôleurs, en Écosse, avaient remarqué son changement de tenue.

Ses visiteurs ne vinrent pas pour apporter des provisions de bouche, des boissons ou du linge, mais pour prendre livraison. Ils firent reculer leur camionnette jusqu'à la porte arrière de la pension. Le chauffeur resta au volant ; les trois autres entrèrent.

Les propriétaires de la pension étaient occupés tous les deux, et on avait envoyé la domestique chargée du service des chambres faire des courses. Les trois hommes étaient bien informés. Ils allèrent directement à la chambre qui les intéressait et y entrèrent sans frapper. Son occupant, qui était assis et lisait le Coran, se trouva face à un revolver braqué par un homme entraîné en Afghanistan. Ils avaient tous les trois le visage masqué.

Ils étaient silencieux et efficaces. Martin avait assez d'expérience pour voir au premier coup d'œil que ses visiteurs connaissaient leur affaire. Le capuchon s'abattit sur sa tête et sur ses épaules. On lui tira les mains dans le dos et des menottes en plastique se refermèrent sur ses poignets. Puis il marcha, ou plutôt on le fit marcher jusqu'à la porte de la chambre, sur les dalles en terre cuite du corridor, et on le poussa à l'arrière d'une camionnette. Il tomba sur le flanc, entendit la portière claquer, sentit que la camionnette démarrait et filait le long de la rue.

Le Predator vit tout cela, mais les contrôleurs pensèrent qu'on était venu chercher du linge. La camionnette disparut en quelques minutes. La technologie moderne peut faire bien des miracles, mais les contrôleurs et les machines peuvent toujours se tromper. Le commando de kidnappeurs ne se doutait pas qu'il y avait un Predator au-dessus de sa tête, mais le fait que les quatre hommes aient choisi d'agir en milieu de matinée plutôt que pendant la nuit fut suffisant pour tromper ceux qui observaient depuis Edzell.

Il leur fallut encore trois jours pour se rendre compte que leur homme ne se montrait plus dans la cour afin d'envoyer un « signe de vie ». Bref, qu'il avait disparu. Ils surveillaient une maison vide. Et ils ne pouvaient pas savoir laquelle de toutes ces camionnettes l'avait emmené.

L'homme, en fait, n'était pas allé loin. Derrière le port et la ville de Ras-al-K et jusqu'aux montagnes de Ras-al-Jibal s'étend une sorte de désert caillouteux dans lequel ne vivent guère que des chèvres et des salamandres.

Les kidnappeurs ignoraient si l'homme qu'ils avaient enlevé était ou non sous surveillance, mais ils ne voulaient pas prendre de risques. De nombreuses pistes conduisaient vers les hauteurs, et ils en prirent une. Martin, à l'arrière, sentit qu'ils quittaient la route goudronnée.

Si un véhicule quelconque les avait suivis, il lui aurait été impossible de passer inaperçu. Même s'il s'était maintenu à distance, le nuage de poussière soulevé par ses roues l'aurait trahi. Et un hélicoptère de surveillance aurait été encore plus visible.

La camionnette s'arrêta après huit kilomètres de montée. Le chef du commando, celui qui avait le revolver, prit de puissantes jumelles pour scruter la vallée et la côte, jusqu'à la vieille ville d'où ils étaient partis. Personne ne venait vers eux.

La camionnette fit demi-tour et redescendit. Sa véritable destination était une villa dans un ensemble protégé par un mur d'enceinte, aux confins de la ville. Quand le portail se fut refermé sur elle, la camionnette recula vers une porte ouverte. On fit descendre Martin et on le poussa sur les dalles d'un autre corridor.

On lui retira ses menottes en plastique et il sentit le froid d'un bracelet métallique qui se refermait sur son poignet gauche. Il comprit qu'il était relié à une chaîne fixée au mur. On lui retira sa cagoule, mais les kidnappeurs avaient conservé la leur. Ils se retirèrent et la porte se referma. Il entendit le claquement des verrous.

Il n'était pas dans une véritable cellule mais dans une pièce du rez-de-chaussée aménagée en prison. La fenêtre avait été bouchée par des briques, et Martin ne le voyait pas, mais il y avait à l'extérieur une fenêtre peinte pour tromper ceux qui regarderaient la maison de loin par-dessus le mur d'enceinte.

Comparé à ce qui s'était passé quelques années auparavant dans le cadre du programme « interrogatoire renforcé » du SAS, c'était même confortable. Au plafond, une ampoule protégée par un grillage contre les jets d'objets donnait une lumière faiblarde, mais suffisante.

Il y avait un lit de camp et sa chaîne était juste assez longue pour permettre au prisonnier de s'y étendre. Il y avait aussi une chaise et un W.-C. chimique. Tout était à sa portée, dans différentes directions.

Mais le bracelet d'acier à son poignet gauche et la chaîne scellée au mur l'empêchaient d'approcher de la porte par laquelle ses geôliers viendraient lui apporter à boire et à manger – s'ils venaient. Et grâce à l'œilleton qu'il voyait dans la porte ils pouvaient l'observer à tout moment sans que lui-même les voie ou les entende.

À Castle Forbes, une question avait fait l'objet de discussions passionnées : devait-il, ou non, avoir sur lui un émetteur miniaturisé permettant de le localiser en toutes circonstances ?

On dispose aujourd'hui d'appareils si minuscules qu'on peut vous les injecter sous la peau sans laisser de traces. Pas plus gros qu'une tête d'épingle et chauffés par le sang, ils n'ont pas besoin d'être alimentés en énergie. Mais ils sont d'une portée limitée. Et, ce qui est plus grave, des détecteurs ultra-sensibles peuvent les découvrir.

« Ces gens ne sont pas idiots, loin de là », avait dit Phillips.

Son collègue de la CIA l'avait approuvé.

« Les plus instruits d'entre eux, avait dit McDonald, possèdent une maîtrise stupéfiante des hautes technologies, en particulier dans le domaine de l'informatique. »

Il ne faisait de doute pour personne que si Martin était soumis à une fouille minutieuse avec un détecteur électronique et qu'on découvrait quelque chose sur lui, il serait mort dans les minutes qui suivraient.

On décida donc : pas d'émetteur implanté.

Les kidnappeurs revinrent une heure plus tard. Ils portaient toujours des cagoules.

La fouille au corps fut longue et minutieuse. Quand il fut entièrement nu, on emporta ses vêtements pour les examiner dans une autre pièce.

Ils ne se contentèrent pas d'un examen en profondeur de la gorge et de l'anus. Le scanner fit le reste. Il parcourut son corps centimètre par centimètre, prêt à émettre un *bip* s'il rencontrait un corps étranger. Ce fut le cas dans la bouche uniquement. Ils lui ouvrirent donc la bouche de force pour examiner chaque plombage.

Ils rapportèrent ses vêtements et se préparèrent à sortir.

– J'ai laissé mon Coran à la pension, dit le prisonnier. Je n'ai pas de montre ni de tapis, mais c'est sans doute l'heure de la prière.

Le chef le regarda par les trous de sa cagoule. Il ne prononça pas un mot, mais revint quelques minutes plus tard avec un tapis et le Coran. Martin le remercia gravement.

On lui apportait régulièrement à boire et à manger. L'homme, chaque fois, lui faisait signe de reculer avec son revolver, avant de poser le plateau à sa portée. On remplaçait de la même façon le w.-c. chimique.

Trois jours passèrent avant que l'interrogatoire commence.

On lui couvrit la tête pour l'empêcher de regarder au-dehors par les fenêtres, et on lui fit parcourir deux corridors. Quand on lui retira son masque, il fut stupéfait. L'homme qui lui faisait face, calmement assis derrière une table de salle à manger sculptée, avait tout du patron qui interroge un candidat à l'emploi. Jeune, élégant, civilisé, courtois et le visage découvert. Il s'exprimait dans un irréprochable arabe du Golfe.

— J'estime que les masques sont inutiles, dit-il. Comme les faux noms. Je suis le Dr Al-Khattab. Il n'y a pas de raison de faire de mystères. Si je pense que tu es celui que tu prétends, tu seras le bienvenu parmi nous. Car alors, tu ne nous trahiras pas. Dans le cas contraire, je le regrette, mais tu seras immédiatement tué. Alors, soyons francs, Mr. Izmat Khan. Es-tu vraiment celui qu'on appelle l'Afghan ?

« Ils se poseront deux questions, avait dit Gordon Phillips au cours des interminables briefings à Castle Forbes. Êtes-vous réellement Izmat Khan, et êtes-vous l'Izmat Khan qui s'est battu à Qala-i-Jangi ? Ou les cinq années passées à Guantanamo ont-elles fait de vous un autre homme ? »

Martin soutint le regard de l'Arabe qui lui souriait. Il se rappela les mises en garde de Tamian Godfrey. Ne pas s'inquiéter des barbus qui vocifèrent ; se méfier de ceux qui sont rasés de près, ne fument pas, ne boivent pas, vont avec des filles et ont l'air de gens comme vous et moi ; de ceux qui semblent complètement occidentalisés ; des caméléons humains qui dissimulent leur haine. Ceux-là représentent un danger mortel. Il y avait un mot... *takfir*.

— Y a-t-il beaucoup d'Afghans, dit-il, qui m'appellent l'Afghan ?

— Ah, c'est vrai, tu es resté cinq ans coupé de toute information. Après Qala-i-Jangi, la rumeur a couru. Tu ne sais rien de moi, mais je sais beaucoup de choses à ton sujet. Quelques-uns des tiens ont été relâchés du camp Delta. Ils ont dit beaucoup de bien de toi. Ils ont dit que tu n'avais jamais craqué. Est-ce vrai ?

— On m'a interrogé sur moi-même. C'est là-dessus que j'ai répondu.

— Mais tu n'as jamais dénoncé les autres ? jamais donné de noms ? C'est qu'ont dit tes camarades.

— Ils ont massacré toute ma famille. C'est toute une partie de moi qui est morte depuis. Comment punir un homme mort ?

— Voilà qui est bien répondu, mon ami. Donc, revenons à Guantanamo. Parle-moi de Gitmo.

Martin avait été briefé des heures et des heures sur ce qui lui était arrivé sur la péninsule cubaine. L'arrivée le 14 janvier 2002, mourant de soif et de faim, souillé dans sa propre urine, les yeux bandés, menotté si serré qu'il en avait perdu l'usage de ses mains pendant des semaines. La tonte de la barbe et des cheveux, le survêtement orange, la marche trébuchante, à l'aveugle sous la cagoule...

Le Dr Al-Khattab prenait des notes, beaucoup de notes, sur un bloc de papier jaune avec un stylo à encre à l'ancienne. Quand il connaissait d'avance les réponses à ses questions, il cessait de noter pour regarder son prisonnier avec un sourire aimable.

À la fin de l'après-midi, il lui tendit une photographie.

— Connais-tu cet homme ? L'as-tu déjà rencontré ?

Martin secoua la tête. L'homme qui le regardait sur la photo était le général Geoffrey D. Miller, qui avait succédé au général Rick Baccus comme commandant du camp. Ce dernier assistait aux interrogatoires, mais le général Miller s'en déchargeait sur les équipes de la CIA.

— Exact, dit Al-Khattab. Lui t'a vu, d'après l'un de nos amis libérés depuis, mais toi, tu étais toujours cagoulé, en guise de punition pour ton refus de coopérer. Et quand tes conditions de détention ont-elles commencé à s'améliorer ?

Ils discutèrent jusqu'au coucher du soleil, puis l'Arabe se leva.

– J'ai pas mal de vérifications à faire, dit-il. Si tu as dit la vérité, nous reprendrons dans quelques jours. Si tu as menti, il me faudra envoyer Suleiman avec des instructions adéquates.

Martin retrouva sa cellule. Le Dr Al-Khattab donna quelques ordres aux gardiens et s'en alla. Il circulait dans une voiture des plus modestes. Il rentra à l'hôtel Hilton de Ras-al-Khaïma, qui dressait sa silhouette élégante au-dessus du port en eau profonde d'Al-Saqr. Il y passa la nuit et partit le lendemain. Il portait alors un complet beige, léger et bien coupé. Quand il se présenta au comptoir de British Airways à l'aéroport international de Dubaï, il s'exprimait dans un anglais impeccable.

Ali Aziz Al-Khattab était né au Koweït où son père occupait un poste élevé dans les milieux de la banque. Ce qui signifie qu'il avait été élevé et éduqué dans l'aisance et les privilèges. En 1989, son père avait été nommé directeur adjoint de la Banque du Koweït à Londres. La famille l'avait suivi, évitant ainsi l'invasion du pays par Saddam Hussein en 1990.

On avait inscrit Ali Aziz, quinze ans, qui parlait déjà bien l'anglais, dans une école britannique et il en était sorti trois ans plus tard avec un anglais sans accent et d'excellentes notes. Quand ses parents rentrèrent au Koweït, il décida de rester en Angleterre pour faire des études universitaires au Loughborough Technical College. Quatre ans plus tard, il en sortait avec un diplôme d'ingénierie chimique et entamait une thèse de doctorat.

Ce n'est pas dans les pays arabes du Golfe mais à Londres qu'il avait commencé à fréquenter une mosquée dirigée par un imam qu'animait une haine farouche pour l'Occident. À l'âge de vingt ans, après un complet lavage de cerveau, il était devenu un partisan fanatique d'Al-Qaïda.

Un « chasseur de têtes » lui proposa un séjour au Pakistan ; il accepta, et suivit la filière en franchissant le col de Khyber pour rejoindre un clan d'entraînement d'Al-Qaïda où il passa six mois. On avait déjà repéré en lui un futur « élément dormant » capable de vivre en Angleterre et de se mêler à la population sans attirer l'attention des autorités.

De retour à Londres, il fit ce qu'ils font tous : il se rendit à son ambassade pour déclarer la perte de son passeport et on lui en remit un autre qui ne portait pas les marques de son séjour au Pakistan. Il pouvait dire qu'il avait rendu visite à sa famille et à ses amis en Arabie Saoudite sans jamais mettre les pieds au Pakistan, et encore moins en Afghanistan. Il obtint un poste de chargé de cours à Aston University, Birmingham, en 1999. Deux ans plus tard, les armées anglo-américaines envahissaient l'Afghanistan.

Il vécut quelques semaines dans la crainte qu'on ait laissé une trace quelconque de son passage au camp d'entraînement d'Al-Qaïda. Mais dans son cas, Abou Zubeida, le chef du personnel d'Al-Qaïda, avait bien fait son travail. On ne découvrit aucune trace d'un dénommé Al-Khattab. Il put donc poursuivre son action dans la clandestinité et fut promu commandant d'Al-Qaïda au Royaume-Uni.

Au moment où l'avion qui ramenait le Dr Al-Khattab à Londres décollait, le *Java Star* quittait son mouillage du sultanat de Brunei sur la côte indonésienne au nord de Bornéo et mettait le cap au large.

Il avait, comme d'habitude, pour destination le port australien de Fremantle, et Knut Herrmann, son capitaine norvégien, prévoyait une traversée routinière et sans événement saillant – comme d'habitude.

Il savait que les mers, dans cette région, sont les plus dangereuses du monde, non pas à cause des récifs, des courants, des hauts-fonds, des tempêtes, des écueils ou des tsunamis, mais à cause des attaques de pirates.

On compte chaque année, entre le détroit de Malacca à l'ouest et la mer des Célèbes à l'est, plus de cinq cents attaques de navires marchands et près d'une centaine de détournements. Il arrive que l'équipage soit rendu à l'armateur en échange d'une rançon ; d'autres fois, tout le monde est tué et on n'en entend plus jamais parler ; dans ces cas, la cargaison est volée et vendue au marché noir.

Si le capitaine Herrmann naviguait sans inquiétude sur une mer d'huile en direction de Fremantle, c'est parce qu'il était persuadé que sa cargaison n'intéressait pas les pirates des mers. Mais cette fois, il se trompait.

La première partie de son trajet l'amenait vers le nord, en l'éloignant de sa destination. Il lui fallut six heures pour dépasser la ville en ruine de Kudat et contourner la pointe septentrionale de Sabah et l'île de Bornéo. C'est alors, seulement, qu'il put filer vers le sud-ouest et l'archipel de Sulu.

Il comptait passer entre les îles coralliennes couvertes de forêts par le détroit en eau profonde qui sépare Tawitawi et Jolo. Il aurait ensuite la voie libre dans la mer des Célèbes en direction du sud et jusqu'à l'Australie.

Son départ de Brunei avait été observé, et quelqu'un avait donné un coup de téléphone. Cet appel avait peut-être été écouté, mais il y était simplement question de récupérer un oncle qui devait sortir de l'hôpital dans douze jours. Ce qui signifiait : interception dans douze heures.

L'individu qui reçut cet appel sur l'île de Jolo n'était pas un inconnu pour Mr. Alex Siebart de Crutched Friars à Londres. C'était Mr. Lampong, qui ne se faisait plus passer pour un homme d'affaires de Sumatra.

Les douze hommes qu'il avait sous son commandement dans l'épaisse obscurité de la nuit tropicale étaient peut-être des égorgeurs, mais ils étaient grassement payés et lui obéiraient au doigt et à l'œil. En complément de leurs activités de criminels, c'étaient aussi des musulmans intégristes. Les membres du mouvement Abou Sayyaf qui sévit au sud des Philippines, à quelques kilomètres seulement de l'Indonésie, passent pour être à la fois des extrémistes religieux et des tueurs à gages. Mr. Lampong leur avait fait une offre qui devait les amener à exercer leurs talents sur les deux tableaux.

Les deux hors-bords furent mis à l'eau dès l'aube, prirent position entre les deux îles et attendirent. Une heure plus tard, le *Java Star* venait vers eux, pour passer de la mer de Sulu à la mer des Célèbes. Se rendre maître d'un bateau n'a rien de compliqué, et les bandits étaient bien entraînés à cet exercice.

Le capitaine Herrmann était resté toute la nuit à la barre. Comme le jour se levait sur le Pacifique, il laissa sa place à son premier officier indonésien et descendit au pont inférieur. Les dix Indiens qui formaient le reste de l'équipage étaient encore dans leurs couchettes du gaillard d'avant.

L'officier indonésien vit d'abord deux hors-bords qui s'approchaient à grande vitesse de la poupe du *Java Star*, chacun d'un côté. Une douzaine d'hommes, agiles et basanés, sautèrent sans effort sur le premier pont pour courir vers le pont supérieur et la passerelle où il se tenait. Il n'eut que le temps de presser un bouton pour déclencher l'alarme qui sonnait chez son capitaine à l'instant où ils se ruaient à travers la porte de la cabine de pilotage. Il sentit la lame d'un couteau lui effleurer la gorge tandis qu'une voix hurlait :

— *Capitan ! capitan... !*

C'était bien inutile. Le capitaine Herrmann apparut à son tour, titubant de fatigue, pour voir ce qui se passait. Mr. Lampong et lui arrivèrent sur le pont en même temps. Lampong tenait une mini-Uzi. Le Norvégien ne songea pas une seconde à résister. La rançon serait à négocier entre les pirates et son employeur, la compagnie HQ à Fremantle.

— Capitaine Herrmann...

Le salaud connaissait son nom ! L'affaire avait été bien préparée.

— Vous voulez bien demander à votre premier officier s'il a lancé un appel radio au cours des cinq dernières minutes ?

Inutile de traduire. Lampong avait parlé en anglais. C'était la langue commune au Norvégien et à son officier indonésien. Celui-ci cria qu'il n'avait pas touché aux boutons de la radio.

— Excellent, dit Lampong.

Il lança toute une série d'ordres en dialecte local. Le premier officier comprit et ouvrit la bouche pour hurler. Le Norvégien n'y comprit rien jusqu'au moment où le pirate qui tenait le premier officier lui renversa brutalement la tête en arrière pour lui trancher la gorge d'un seul coup de lame. Le premier officier se cabra, lança des coups de pied, s'écroula et mourut. Le capitaine Herrmann, qui n'avait jamais eu mal au cœur en quarante ans de navigation, vida son estomac, penché sur le cabestan.

— Il faudra nettoyer ces deux flaques de saleté, dit Lampong. Maintenant, capitaine, si vous faites seulement mine de désobéir à mes ordres, l'un de vos hommes subira le même sort. Suis-je clair ?

On accompagna le Norvégien jusqu'au minuscule local radio à l'arrière de la passerelle et il se plaça sur le Canal 16, réservé aux appels de détresse. Lampong sortit une feuille.

— Vous allez simplement lire ceci, d'un ton calme, capitaine. Et quand j'appuierai sur le bouton « émission », vous le relirez en prenant une voix affolée. Sinon, l'un de vos hommes mourra. Prêt ?

Le capitaine Herrmann fit oui de la tête. Il n'aurait pas à se forcer pour jouer la panique.

— SOS, SOS, SOS. *Java Star*, *Java Star*... incendie catastrophique en salle des machines... impossible sauver le bateau... ma position...

Il vit, en lisant, que la position indiquée n'était pas la bonne. Il se trouvait à cent milles plus au sud dans la mer des Célèbes. Mais il n'allait pas discuter. Le SOS envoyé, Lampong mit lui-même fin à l'émission et ramena le capitaine sur la passerelle sous la menace de son arme.

Deux hommes d'équipage s'activaient pour nettoyer le sang et la vomissure sur le pont. Les huit autres étaient rassemblés près d'une écoutille sous la garde de six pirates. La terreur se lisait sur les visages.

Deux autres pirates se tenaient sur la passerelle. Les quatre derniers jetaient des radeaux pneumatiques, des ceintures de sauvetage et des gilets gonflables dans l'un des deux hors-bords — celui qui transportait des réservoirs de fuel supplémentaires.

Quand tout fut prêt, le hors-bord s'écarta du *Java Star* et prit la direction du sud. Il leur faudrait sept heures, sur cette mer calme où ils filaient un bon quinze nœuds, pour rejoindre leur repaire de pirates.

— Nous allons changer de cap, capitaine, annonça poliment Lampong.

Le ton était aimable, mais la haine implacable qui se lisait dans son regard ne laissait au Norvégien aucun espoir d'être traité avec humanité.

Le nouveau cap les ramenait vers le nord-est, à l'écart de la poussière d'îles qui forme l'archipel de Sulu et au-delà de la limite des eaux territoriales philippines.

La province de Zamboanga, au sud de l'île Mindanao, échappe en grande partie au contrôle des autorités philippines. C'est le fief d'Abou Sayyaf. Là, ses partisans recrutent, entraînent leurs troupes et entreposent leur butin. Le *Java Star* constituait incontestablement une prise de choix, même s'il n'était pas commercialisable. Lampong eut une brève discussion en dialecte local avec le plus âgé des pirates. L'homme montra du doigt un petit estuaire bordé par la forêt vierge, impénétrable.

La question était : « Tes hommes pourront-ils se débrouiller à partir de là ? »

Le pirate se contenta d'opiner de la tête. Lampong lança un ordre aux pirates qui tenaient l'équipage en respect à l'avant du bateau. Sans un mot, ils alignèrent les matelots contre le bastingage et ouvrirent le feu. Les hommes hurlaient et basculaient dans les eaux chaudes. Quelque part dans les profondeurs, les requins s'approchaient déjà, attirés par l'odeur du sang.

La surprise fut totale pour le capitaine Herrmann, à qui il manqua deux ou trois secondes pour réagir. La balle tirée par Lampong l'atteignit en pleine poitrine et il tomba à son tour dans la mer du haut de la passerelle. Une demi-heure plus tard, halé par deux petits remorqueurs volés quelques semaines auparavant, et dans un grand concert de cris et d'interpellations, le

Java Star arrivait à son nouveau mouillage le long d'une robuste jetée en teck.

La forêt le cachait de tous les côtés. Tout comme elle dissimulait les deux hors-bords. On avait construit également à l'abri des regards les deux longs ateliers au toit de tôle dans lesquels étaient entreposés les plaques d'acier, les cutters, les lampes à souder, le générateur d'électricité et la peinture.

Une dizaine de bateaux avait entendu l'appel désespéré du *Java Star* sur le Canal 16, mais le plus proche de la position indiquée était un cargo frigorifique qui devait traverser le Pacifique avec une cargaison de fruits hautement périssables destinée au marché américain. Il avait pour capitaine un Finlandais qui se détourna aussitôt de sa route. Il trouva les radeaux pneumatiques avec leurs petites tentes qui s'étaient gonflées automatiquement au contact de l'eau. Il décrivit des cercles et aperçut les deux ceintures et les deux gilets de sauvetage. Tous ces objets portaient le même nom : *Java Star*. Conformément au règlement maritime international, qu'il respectait, le capitaine Raïkonen coupa ses moteurs et mit un canot à l'eau pour inspecter l'intérieur des radeaux. Comme il n'y avait personne, il donna l'ordre de les couler. Il avait perdu plusieurs heures et ne pouvait pas s'attarder plus longtemps.

Le cœur gros, il lança un message annonçant que le *Java Star* était perdu corps et biens. Très loin de là, à Londres, les assureurs de Lloyd's International et, à Ipswich, la Lloyd's Register of Shipping enregistrèrent la nouvelle. Pour le monde, le *Java Star* avait tout simplement cessé d'exister.

DOUZE

En fait, l'homme qui l'interrogeait était parti pour une semaine. Martin resta dans sa cellule avec le Coran pour seule compagnie. Il ferait bientôt, songea-t-il, partie de ceux qui avaient en mémoire chacun de ses 6 666 versets. Mais il avait acquis au fil des années passées dans les forces spéciales une qualité rare chez les êtres humains : la capacité de rester sans bouger pendant de très longues périodes en défiant l'ennui et le besoin d'agitation.

Il se remit donc à l'étude pour se plonger dans la vie contemplative qui peut seule préserver de la folie un homme enfermé dans la solitude.

Pour ceux qui l'observaient depuis la base d'Edzell, par contre, l'activité n'était pas moins intense. Ils avaient perdu leur homme, et les demandes de Marek Gumienny à Langley et de Steve Hill à Londres se faisaient plus pressantes. On assigna au Predator une double mission : surveiller Ras-al-Khaïma pour le cas où Crowbar réapparaîtrait, et suivre le boutre *Rasha* quand il atteindrait le Golfe pour accoster quelque part aux Émirats arabes unis.

Le Dr Al-Khattab revint après avoir vérifié tout ce que le prisonnier lui avait dit au sujet de Guantanamo Bay. Ce qui n'avait pas été facile. Il n'avait pas la moindre intention de se découvrir auprès des quatre détenus britanniques qui avaient été renvoyés chez eux. Ils avaient tous répété à maintes reprises qu'ils n'étaient pas des extrémistes et étaient tombés par accident aux mains des Américains. Quoi qu'en pensent ces derniers, Al-Qaïda pouvait confirmer qu'ils disaient vrai.

Pour rendre les choses encore plus difficiles, Izmat Khan était resté si longtemps à l'isolement pour refus de coopérer qu'aucun autre détenu ne l'avait réellement connu. Il avouait avoir appris quelques rudiments d'anglais, mais au cours des interminables interrogatoires pendant lesquels il écoutait les hommes de la CIA poser des questions qu'un interprète pachtoun traduisait.

D'après ce que Al-Khattab avait appris, son prisonnier ne s'était jamais trahi. Et les quelques informations qu'il avait pu recueillir en Afghanistan indiquaient que l'évasion du fourgon cellulaire entre Bagram et Pul-i-Charki avait bien eu lieu. Il ne pouvait pas savoir que cet épisode devait tout au talent du chef d'agence du SIS à l'intérieur de l'ambassade britannique. Le brigadier Yousouf avait feint la colère de façon très convaincante et les agents des talibans, qui commençaient à réapparaître, ne doutaient pas de sa sincérité. Ils l'avaient dit en réponse aux questions d'Al-Qaïda.

— Revenons à l'époque où tu étais à Tora Bora, proposa Al-Khattab en reprenant l'interrogatoire. Parle-moi de ton enfance.

Al-Khattab était un homme intelligent, mais il ne pouvait pas savoir que même s'il avait devant lui un imposteur, Martin connaissait mieux que lui les montagnes d'Afghanistan. Pendant les six mois qu'il avait passés à se former au terrorisme dans un camp, le Koweïtien n'avait rencontré que des Arabes, et non des montagnards pachtouns. Il continua à prendre beaucoup de notes, jusqu'au nom des fruits que l'on cueillait dans les vergers de Maloko-zaï. Sa main courait sur le cahier, noircissant page après page.

Au troisième jour de la deuxième session, le récit arriva au jour qui devait marquer une rupture cruciale dans la vie d'Izmat Khan : ce 20 août 1998 où les missiles Tomahawk s'étaient écrasés dans la montagne.

— Ah, oui, tragique, vraiment, murmura Al-Khattab. Et étrange, aussi, quand on pense que tu es peut-être le seul Afghan qui n'ait plus un seul parent susceptible de se porter garant pour lui. C'est une coïncidence extraordinaire et, en tant que scientifique, je déteste les coïncidences. Quel effet cela a-t-il eu sur toi ?

En fait, Izmat Khan avait refusé de dire pendant son séjour à Guantanamo pourquoi il haïssait tant les Américains. Il avait fallu les informations lâchées par les autres survivants de Qala-i-Jangi pour permettre aux hommes du camp Delta de compléter ce chapitre. Dans l'armée des talibans, Izmat Khan était devenu une sorte d'icône, et on se racontait sa vie, le soir, autour des feux de camp, comme celle de l'homme qui ne connaissait plus la peur. Les autres survivants incarcérés à Guantanamo avaient donc raconté la tragédie qui avait décimé toute sa famille.

Al-Khattab se tut et regarda longuement son prisonnier. Il avait encore de sérieux doutes, mais il était parvenu à une certitude. Cet homme était bien Izmat Khan ; les doutes portaient sur la deuxième question : s'était-il fait « retourner » par les Américains ?

— Tu aurais donc, d'après toi, déclaré une sorte de guerre à toi seul ? Un jihad personnel ? Mais qu'as-tu fait au juste pour cela ?

— J'ai combattu l'Alliance du Nord, les alliés des Américains.

— Mais pas avant octobre-novembre 2001, fit observer Al-Khattab.

— Jusque-là, il n'y avait pas d'Américains en Afghanistan.

— Exact. Tu t'es donc battu pour l'Afghanistan... et tu as perdu. Et tu veux désormais te battre pour Allah ?

Martin fit oui de la tête.

— Comme le Cheikh me l'a prédit, dit-il.

Pour la première fois, la grande urbanité du Dr Al-Khattab parut l'abandonner. Il resta trente secondes bouche bée, son stylo en suspens, à fixer l'homme qui le regardait de l'autre côté de la table par-dessus sa barbe noire. Puis il dit dans un souffle :

— Tu as réellement rencontré le Cheikh ?

Pendant son séjour au camp, Al-Khattab n'avait jamais, lui, rencontré Oussama Ben Laden. Il avait seulement vu, un jour, une Land Cruiser aux vitres fumées passer sans s'arrêter. Mais il se serait, littéralement, tranché la main gauche pour se trouver un instant devant l'homme qu'il vénérait plus que tout autre sur cette terre. Martin soutint son regard et hocha la tête. Al-Khattab reprit contenance.

— Tu vas me raconter cet événement depuis le début et me dire exactement ce qui s'est passé. Sans omettre le moindre détail.

Martin s'exécuta. Il lui raconta comment il avait combattu, adolescent, dans le groupe armé de son père après ses années d'étude à la *madrassa* des environs de Peshawar. Il lui parla de la patrouille avec les autres combattants, le jour où ils avaient été surpris dans la montagne et n'avaient trouvé qu'un amas de rochers pour se protéger.

Il ne dit mot de l'officier britannique, ni des missiles Blow-pipe, ni de la chute de l'hélicoptère soviétique. Il parla simplement de la mitrailleuse logée dans le nez de l'appareil, qui les arrosait de projectiles ; des balles et des éclats de roche qui volaient autour d'eux, jusqu'à ce que le Hind reparte, à court de munitions.

Il raconta le choc de la balle comme un coup de marteau sur sa cuisse, la fuite de vallée en vallée, porté par ses camarades qui avaient finalement réquisitionné la mule d'un homme rencontré en chemin et qui l'avaient chargé sur l'animal.

Il raconta son arrivée dans les grottes de Jaji, sa rencontre avec les Saoudiens qui y vivaient et y travaillaient.

— Mais le Cheikh, parle-moi du Cheikh ! s'impatienta Al-Khattab.

Martin lui parla du Cheikh. Le Koweïtien écouta le dialogue qu'il lui répéta mot pour mot.

— Recommence, s'il te plaît.

— Il m'a dit : « Un jour viendra où l'Afghanistan n'aura plus besoin de toi, mais Allah le Miséricordieux aura toujours besoin d'un combattant comme toi. »

— Et ensuite ?

— Il a changé mon pansement.

— Le Cheikh a fait ça ?

— Non, le docteur qui l'accompagnait. L'Égyptien.

Le Dr Al-Khattab se laissa retomber en arrière sur son siège et prit une profonde inspiration. Bien sûr ! Le docteur, Ayman Al-Zawahiri, le compagnon et le confident, l'homme qui avait amené le jihad islamique égyptien à rejoindre le Cheikh pour créer Al-Qaïda ! Il entreprit de rassembler ses papiers.

— Je dois te quitter à nouveau. Je serai absent une semaine, peut-être plus. Tu vas devoir rester ici. Enchaîné, je le regrette. Tu as vu trop de choses, tu sais trop de choses. Mais si tu es réellement un Véritable Croyant, et un véritable Afghan, alors tu pourras te joindre à nous et tu seras accueilli avec les honneurs. Sinon...

On ramena Martin à sa cellule après le départ du Koweïtien. Cette fois, Al-Khattab ne repartit pas directement pour Londres. Il rejoignit le Hilton, où il passa une journée et une nuit à écrire. Puis il donna une série de coups de téléphone avec un portable blanc qui acheva ensuite sa vie dans les eaux du port. En réalité, il n'était pas sur écoute, mais, s'il l'avait été, ses paroles n'auraient pas signifié grand-chose. Le Dr Al-Khattab devait à sa prudence d'être encore en liberté.

Il avait téléphoné, entre autres, pour fixer un rendez-vous à Fayçal Ben Selim, le patron du *Rasha*, qui mouillait à Dubaï. Il s'y rendit cet après-midi-là dans sa modeste voiture de location et discuta longuement avec le vieux capitaine, qui prit la longue lettre qu'il lui avait apportée et la cacha dans les plis de sa tenue. Pendant ce temps, le Predator continuait à décrire des cercles à six mille mètres d'altitude.

Les groupes de terroristes islamistes ont déjà perdu trop de responsables de haut niveau pour ne pas savoir que l'usage du téléphone fixe ou mobile présente pour eux un danger mortel. La technologie d'interception, d'écoute et de décryptage est tout simplement imbattable. Un autre de leurs points faibles tient à la difficulté des transferts d'argent par le système bancaire ordinaire.

Contre ce danger, ils ont recours au système du *hundi*, qui est, à quelques nuances près, aussi ancien que le premier califat. Il est fondé sur un principe de confiance absolue, que n'importe quel juriste déconseillerait. Mais il fonctionne parce que tout blanchisseur d'argent qui escroquerait son client serait rapidement mis au ban de la profession – ou pire.

Le payeur remet son argent en liquide au *hundi* en un lieu A et demande que son ami au lieu B reçoive l'équivalent, moins la commission du *hundi*.

Le *hundi* a un associé de confiance, généralement un parent, au lieu B. Il prévient son associé pour que celui-ci mette l'argent, tout en liquide, à la disposition de l'ami qui se fera connaître.

Étant donné que des dizaines de millions de musulmans envoient de l'argent aux familles restées dans leur pays d'origine, étant donné que tout cela se fait sans ordinateurs, sans reçu ni récépissé, et que les payeurs comme les receveurs peuvent utiliser des pseudonymes, il est quasiment impossible de détecter les mouvements de fonds ou d'en identifier les circuits.

Pour les communications, les groupes terroristes ont recours à des messages dissimulés sous des codes à trois chiffres qui peuvent circuler à travers la planète par courrier électronique. Seul le destinataire peut les lire, à condition de posséder la liste de décryptage qui comprend jusqu'à trois cents groupes de nombres. Ce système convient à la transmission d'avertissements ou d'instructions brèves, mais il est parfois nécessaire d'envoyer un texte par écrit quand il est long et détaillé.

Le problème, en Occident, c'est qu'on est toujours pressé. L'Orient est patient. S'il faut du temps, on prend le temps. Le *Rasha* appareilla ce soir-là pour retourner à Gwadar. Un émissaire de confiance, prévenu à Karachi par un message textuel, venait d'y arriver à motocyclette. Il prit la lettre et l'emporta au nord, à travers le Pakistan, jusqu'à la petite – mais fanatique – ville de Miram Shah.

Là, un autre homme de confiance, et qui l'était suffisamment pour monter jusqu'aux hauts sommets du Sud-Waziristan, attendait à la *chaï-khana* convenue, et la lettre cachetée changea une nouvelle fois de mains. La réponse revint par le même circuit. Il fallut dix jours.

Mais le Dr Al-Khattab ne resta pas dans le Golfe. Il prit un avion pour Le Caire et de là un autre avion pour le Maroc. Il y rencontra pour les interroger les quatre Nord-Africains qui devaient faire partie de la deuxième équipe. Comme il n'était toujours pas sous surveillance, son périple n'apparut sur aucun radar.

Quand les cartes furent distribuées, Mr. Wei Wing Li reçut une paire de deux. Petit et trapu, il faisait penser à un crapaud avec sa tête posée sur ses épaules comme un ballon de football et son visage profondément marqué par la petite vérole. Mais c'était un excellent professionnel.

Il était arrivé avec son équipe au mouillage secret de la péninsule de Zamboanga deux jours avant le *Java Star*. Ils venaient de Chine, où ils exerçaient leurs activités dans les milieux du crime de Guangdong, sans s'embarrasser de passeports ni de visas. Ils avaient simplement embarqué sur un cargo dont le capitaine avait été généreusement récompensé et avaient rejoint ainsi l'île de Jolo, où deux hors-bords étaient venus les chercher.

Mr. Wei avait salué Mr. Lampong, son hôte, et le chef local du groupe Abou Sayyaf, qui l'avait recommandé. Il avait jeté un coup d'œil aux logements de ses douze collaborateurs, puis il avait reçu comme convenu une avance de cinquante pour cent et avait demandé à voir les ateliers. Après une inspection minutieuse, il compta les réservoirs d'oxygène et d'acétylène et se déclara satisfait. Puis il examina les clichés pris à Liverpool. À l'arrivée du *Java Star* dans la crique, il savait ce qu'il y avait à faire et il s'y mit sans plus attendre.

Le transformation de bateaux était sa spécialité, et une bonne cinquantaine de cargos naviguant dans les mers de l'Asie du

Sud-Est avec de faux noms et de faux papiers devaient leur nouvelle apparence à Mr. Wei. Il avait prévenu qu'il lui faudrait deux semaines et on lui en avait donné trois, mais pas une heure de plus. Pendant ce laps de temps, le *Java Star* allait devenir le *Countess of Richmond*. Cela, Mr. Wei ne le savait pas. Il n'avait pas besoin de le savoir.

Le nom du bateau avait été masqué sur les clichés qu'il étudiait. Mr. Wei ne se souciait jamais des noms ni de la paperasse. Il n'était intéressé que par les formes.

Il fallait maintenant découper certaines parties du *Java Star*, en supprimer d'autres et en ajouter avec les plaques d'acier soudées. Mais l'essentiel de la tâche consistait à fabriquer six conteneurs en acier de forme allongée qui occuperaient l'entrepont jusqu'à la proue.

Mais ce ne seraient pas de vrais conteneurs. Vus de côté, ou de haut, ils paraîtraient authentiques avec leurs tampons de Hapag-Lloyd et passeraient l'inspection à moins d'un mètre de distance. Mais à l'intérieur, il n'y aurait pas de cloisons ; ils formeraient une longue galerie dotée d'un toit amovible et accessible par une porte pratiquée dans la paroi puis maquillée pour être invisible et qu'on ne pourrait ouvrir que si on connaissait l'emplacement du verrou.

Mr. Wei ne s'occuperait pas de la peinture. Les terroristes philippins s'en chargeraient, et le nouveau nom du bateau n'apparaîtrait qu'après son départ.

Le jour où il mit en route ses scies à oxygène et à acétylène, le *Countess of Richmond* était en train de passer le canal de Suez.

Quand Ali Aziz Al-Khattab revint à la villa, il n'était plus le même homme. Il fit retirer ses chaînes au prisonnier et l'invita à sa table pour le déjeuner. Son regard brillait d'excitation.

— Je suis entré en communication avec le Cheikh en personne, dit-il, extatique.

On le sentait transporté par cet honneur. Sa lettre avait reçu une réponse non écrite. Les termes en avaient été confiés oralement, dans les montagnes, à un messager qui les avait appris par cœur. C'est une autre pratique courante dans les plus hautes sphères d'Al-Qaïda.

On avait amené l'émissaire jusqu'au golfe Persique, et celui-ci avait attendu l'arrivée du *Rasha* pour transmettre son message mot pour mot à Al-Khattab.

— Il reste une formalité, dit celui-ci. Tu veux bien relever ta *dishdash* à mi-cuisse ?

Martin s'exécuta. Il ignorait dans quel domaine de la science Al-Khattab était spécialisé, il savait seulement qu'il avait un doctorat. Il pria le ciel que ce ne soit pas en dermatologie. Le Koweïtien examina la peau froncée de la cicatrice avec beaucoup d'attention. Elle était exactement comme on le lui avait dit, à l'endroit où un homme qu'il révérait avait placé six points de suture dix-huit ans auparavant dans une grotte de Jaji.

— Merci, mon ami. Le Cheikh lui-même t'adresse ses salutations personnelles. Quel honneur pour toi ! Le docteur et lui se souviennent parfaitement du jeune combattant blessé et de ce que vous vous êtes dit.

» Il m'autorise à t'inclure dans une opération destinée à infliger à l'Occident un coup terrible, à côté duquel la destruction des tours de Manhattan paraîtra quelque chose d'anodin.

» Tu as offert ta vie à Allah. L'offre est acceptée. Tu mourras glorieusement, en vrai *shahid*. On parlera encore de toi et des autres martyrs, tes camarades, dans mille ans.

Après trois semaines de temps perdu, Al-Khattab était maintenant très pressé. On mobilisa toutes les ressources locales d'Al-Qaïda. Un barbier vint tailler dans la tignasse hirsute du futur martyr pour exécuter une coupe de cheveux à l'occidentale. Il voulut aussi lui raser la barbe. Martin protesta. En tant que musulman et Afghan, il tenait à sa barbe. Al-Khattab accepta qu'on lui laisse un collier bien net à la Van Dyck, qui s'achevait en pointe sur le menton.

Un tailleur lui succéda. Il prit des mesures et revint avec des chaussures, des chaussettes, une cravate et un complet gris anthracite, ainsi qu'une valise pour les contenir.

Les voyageurs se préparèrent à partir le lendemain. Suleiman, qui s'avéra être natif d'Abou Dhabi, devait accompagner l'Afghan jusqu'au bout. Les deux autres n'étaient que du « muscle », recruté sur place et jetable après usage. La villa ne servait plus à rien. Elle serait vidée, nettoyée et abandonnée.

Tout en faisant ses préparatifs pour partir le premier, le Dr Al-Khattab se tourna vers Martin.

— Je t'envie, l'Afghan. Tu as combattu pour Allah, tu as donné ton sang pour Allah, tu as souffert pour Lui et enduré pour Lui l'ignominie des infidèles. Et voici que tu t'apprêtes à mourir pour Lui. Si seulement je pouvais rester à tes côtés...

Il tendit la main, à l'occidentale, puis, se rappelant qu'il était arabe, étreignit l'Afghan pour une accolade chaleureuse. Au moment de franchir le seuil, il se retourna une dernière fois.

— Tu seras au Paradis avant moi, l'Afghan. Garde-moi une place. *Inch'Allah.*

Et il sortit. Il garait toujours sa voiture de location à quelques centaines de mètres et à deux rues de distance. La fille avait mis un genou à terre pour relacer sa chaussures tout en surveillant la rue. Il n'y avait personne, à part une gamine qui peinait visiblement, à deux cents mètres de là, pour faire démarrer son scooter. Mais c'était une fille du quartier, portant un voile qui lui cachait les cheveux et la moitié du visage. Al-Khattab n'en fut pas moins choqué qu'une femme possède un véhicule motorisé quel qu'il soit.

Il tourna les talons et s'éloigna vers sa voiture. La fille au scooter récalcitrant se pencha en avant pour dire quelques mots dans le panier accroché au-dessus du garde-boue. Son anglais sec et précis sonnait comme celui des étudiantes du Ladies' College de Cheltenham.

— Mongoose One, on y va, dit-elle.

Tous ceux qui se sont trouvés un jour dans ce que Kipling appelait « le Grand Jeu » et dont James Jesus Angleton, de la CIA, parlait comme d'une jungle de miroirs, conviendront certainement que le pire de tous les ennemis est l'UCU.

L'Unforseen Cock-Up a probablement fait capoter un plus grand nombre de missions secrètes que la trahison ou les services de renseignement les plus performants. Et tout a commencé parce que tous ceux qu'emballait la nouvelle ambiance de coopération faisaient de leur mieux pour se rendre utile.

Les clichés des deux Predator qui se relayaient sans relâche au-dessus des Émirats et de la mer du Golfe arrivaient à Thumraït pour être transmis à la base arienne d'Edzell, où l'on savait exactement pourquoi, et au CENTCOM, le Commandement central de l'armée américaine, à Tampa en Floride, où l'on pensait que les Britanniques n'avaient commandé qu'une surveillance aérienne de routine. Martin avait demandé et obtenu qu'il n'y ait pas plus de douze personnes informées de sa mission, et on n'en était encore qu'à dix. Dont aucune ne se trouvait à Tampa.

Chaque fois que les Predator survolaient les Émirats, leurs images montraient des foules d'Arabes, de non-Arabes, de voiture, de taxis, de quais et de bâtiments. Il y avait beaucoup trop de monde pour qu'on s'intéresse à chaque personne. Mais le *Rasha* et son vieux capitaine étaient déjà connus. C'est pourquoi, quand le boutre fut à quai, on s'intéressa à tous ceux qui y venaient.

Mais ils étaient nombreux. Le bateau avait été déchargé et rechargé, on avait fait le plein de carburant et de victuailles. Les matelots omanais qui s'affairaient pour le nettoyer échangeaient des plaisanteries avec les gens qui passaient sur le quai. Des touristes s'attroupaient pour regarder cet authentique bateau de marchandises construit en teck selon la tradition. Son capitaine recevait à bord ses agents locaux et des amis personnels. Quand ce jeune Arabe du Golfe vêtu d'une *dishdash* blanche vint à son tour discuter avec Fayçal Ben Salim, on ne lui accorda pas plus d'attention qu'aux autres.

On disposait à Edzell, dans la salle des opérations, d'un millier de visages de membres et de sympathisants d'Al-Qaïda, suspects ou confirmés, et chaque image envoyée par les Predator leur était automatiquement comparée. Al-Khattab était passé et il ne s'était rien produit, puisqu'il n'était pas connu. Edzell l'avait raté. Ce sont des choses qui arrivent.

Le mince et jeune Arabe qui se rendit sur le *Rasha* ne fut pas remarqué non plus, mais l'armée transmit les images à la NSA, l'Agence nationale de sécurité, à Fort Meade, dans le Maryland, et au Bureau national de reconnaissance (espionnage par satellite) à Washington. La NSA les transmit à son tour à ses partenaires britanniques du GCHQ, le service de Renseignement électronique de Cheltenham, où, après un examen complet, on les transmit au service de contre-espionnage britannique communément connu sous l'appellation de MI5, dont les locaux se trouvent à Thames House, tout près du siège du Parlement.

Là, une jeune stagiaire désireuse de faire bonne impression soumit les visages de tous les visiteurs du *Rasha* à la base de données de reconnaissance.

Il n'y a pas si longtemps, la reconnaissance des visages était une tâche confiée à des agents qui travaillaient dans la pénombre pour scruter à la loupe des images agrandies, au grain épais, et tenter de répondre à deux questions : qui est l'homme ou la femme sur ce cliché, et l'avons-nous déjà vu(e) ? C'était une recherche solitaire et il fallait des années à un observateur zélé pour acquérir le sixième sens qui allait lui permettre de dire que le quidam sur telle ou telle photo se trouvait cinq ans auparavant à un cocktail diplomatique à Delhi et était sans doute, pour cette raison, agent du KGB.

Puis l'ordinateur vint. On produisit des logiciels qui ramenaient un visage humain à plus de six cents mesures infinitésimales et les gardaient en mémoire. Il n'existe pas, semble-t-il, un seul visage au monde qui ne soit réductible à une série de mesures. Ce sera la distance exacte (au micron près) entre les deux pupilles, la largeur du nez en sept points différents de la pointe aux sourcils, vingt-deux mesures uniquement pour les lèvres, et les oreilles...

Ah, les oreilles ! Les spécialistes raffolent des oreilles. Chaque pli, chaque creux et chaque courbe, chaque contour de lobe sont différents. Comme les empreintes digitales. L'oreille droite n'est pas la même que l'oreille gauche d'une même personne. Les spécialistes de chirurgie esthétique l'ignorent, mais donnez de bons clichés des deux oreilles à un bon physionomiste, et il saura les « assortir ».

La banque de données avait dans sa mémoire un nombre de visages bien supérieur à ce que possédait Edzell. On y trouvait des criminels qui semblaient sans attaches politiques, mais qui pouvaient travailler pour des terroristes quand on y mettait le prix. Il y avait des immigrés, avec ou sans papiers, et qui n'étaient pas forcément musulmans. Il y avait des milliers et des milliers de visages photographiés lors de manifestations quand les cortèges passaient devant les caméras dissimulées sur leur parcours, en criant des slogans et en brandissant des pancartes. Et la base de données n'était pas limitée au territoire du Royaume-Uni. Elle possédait plus de trois millions de visages en provenance du monde entier.

L'ordinateur mesura les traits de l'homme qui discutait avec le capitaine du *Rasha*, compensa la déformation induite par la prise de vue en oblique grâce à une seule image sur laquelle le sujet levait la tête pour regarder un avion qui décollait de l'aéroport d'Abou Dabi, classa ses six cents et quelques mesures et se mit à comparer. Il pouvait aussi ajouter ou retirer une barbe à son visage de référence.

Aussi rapide soit-il, l'ordinateur avait besoin d'une heure. Mais il trouva.

Il trouva un visage photographié dans la foule qui entourait une mosquée au lendemain du 11 septembre 2001 en acclamant chaque mot de l'orateur. Cet orateur était connu sous le nom d'Abou Qatada, un partisan fanatique d'Al-Qaïda en Grande-Bretagne, et la foule à laquelle il s'adressait était celle d'Al-Muhajiroun, un groupe d'islamistes partisans du jihad.

La stagiaire alla prévenir son supérieur. De là, l'information remonta jusqu'à Eliza Manningham-Buller, la redoutable patronne du MI5. Celle-ci ordonna immédiatement une recherche d'identité. Personne ne se douta, à ce stade, que la stagiaire venait de débusquer le chef d'Al-Qaïda pour la Grande-Bretagne.

La chose prit encore un peu de temps, mais un autre cliché apparut, celui du même homme recevant son doctorat au cours d'une cérémonie académique. Il s'appelait Ali Aziz Al-Khattab et c'était un universitaire parfaitement intégré en Grande-Bretagne, où il enseignait à Aston University, Birmingham.

D'après les informations dont disposaient les autorités, il s'agissait soit d'un agent dormant capable de passer longtemps inaperçu, soit d'un idiot qui s'était laissé tenter par l'extrémisme à l'époque où il était étudiant. Mais si on avait dû arrêter tous les étudiants de cette seconde catégorie, il y aurait eu plus de détenus que de policiers.

Il semblait certain, en tout cas, que l'homme n'avait plus eu le moindre contact avec les extrémistes depuis cette réunion à la mosquée. Mais il n'y a aucune raison pour qu'un jeune idiot revenu de ses emballements de jeunesse se fasse repérer en pleine discussion avec le capitaine du *Rasha* dans le port d'Abou Dabi. Donc... il appartenait à la première catégorie : c'était, jusqu'à preuve du contraire, un agent dormant d'Al-Qaïda.

On procéda discrètement à quelques investigations, d'où il ressortit que l'homme était revenu en Grande-Bretagne et avait repris son travail universitaire à Aston. La question se posa alors : fallait-il l'arrêter ou le surveiller ? Avec, comme corollaire, un problème de taille : une photographie aérienne qui ne pouvait être révélée ne saurait être une pièce à conviction, quelque besoin qu'on en ait.

La question fut réglée avec le départ du Dr Al-Khattab pour

le Golfe une semaine plus tard. C'est alors que le SRR entra en action.

La Grande-Bretagne possède depuis des années les meilleures unités de filature du monde. Ce service était connu comme la 14e Compagnie de renseignement, ou le Détachement ou, plus simplement encore, « le Det ». Et il opérait dans le plus grand secret. Contrairement au SAS et au SBS, il n'était pas conçu comme une unité de super-combattants. On y pratiquait l'action furtive, la pose de micros, la photographie au téléobjectif, l'écoute et bien sûr la filature. On s'y était révélé particulièrement efficace contre l'IRA en Irlande du Nord.

Il était arrivé plusieurs fois que des renseignements fournis par le Det permettent au SAS de monter une embuscade contre un groupe terroriste préparant un attentat, et de l'éliminer. Contrairement aux unités combattantes, le Det employait beaucoup de femmes, qui passaient plus facilement pour inoffensives quand on leur confiait des filatures.

En 2005, le gouvernement britannique décida de promouvoir le Det et de renforcer ses moyens. Il devint le régiment spécial de reconnaissance. Il y eut une cérémonie d'inauguration au cours duquel tout le monde, y compris le général qui présidait la cérémonie, ne fut photographié qu'au-dessous de la ceinture. Son quartier général est secret, et si on peut dire que le SAS et le SBS sont discrets, le SRR est, lui, carrément invisible. Mais Dame Eliza demanda sa collaboration et l'obtint.

Dans l'avion que le Dr Al-Khattab prit à l'aéroport d'Heathrow pour se rendre à Dubaï voyageaient également six agents du SRR disséminés parmi les autres passagers. L'un d'eux était un jeune comptable assis juste derrière le Koweïtien.

Comme il ne s'agissait que d'une filature, on n'avait aucune raison de demander la coopération des forces spéciales des Émirats arabes unis. Après la découverte que Marwan Al-Shehhi, l'un des auteurs des attentats du 11 Septembre, était originaire des Émirats, et plus encore depuis une fuite révélant que la Maison Blanche était prête à bombarder la station de radio Al-Jezira au Qatar, les Émirats faisaient preuve d'une extrême sensibilité à l'égard de l'extrémisme religieux. Et plus que partout ailleurs à Dubaï, où se trouvait le quartier général des forces spéciales.

On mit donc deux voitures de location et deux scooters à la disposition de l'équipe du SRR tout de suite après l'atterrissage, au cas où quelqu'un viendrait chercher le Dr Al-Khattab. On nota qu'il n'avait qu'un bagage à main. Les agents chargés de le suivre s'étaient inquiétés pour rien ; il loua une petite voiture compacte japonaise, ce qui leur laissa tout le temps de prendre position.

On le suivit d'abord de l'aéroport à la crique proche de Dubaï où le *Rasha* mouillait à nouveau après son retour de Gwadar. Cette fois, Al-Khattab ne s'approcha pas du bateau mais resta dans sa voiture à une centaine de mètres de là jusqu'à ce que Ben Selim le remarque.

Au bout de quelques minutes, un homme jeune inconnu de tous apparut sur le pont du *Rasha*, fendit la foule et se mit à parler à l'oreille du Koweïtien. C'était la réponse de l'homme caché dans les montagnes du Waziristan. La stupéfaction se lut sur les traits du Dr Al-Khattab.

Il reprit sa voiture et fila jusqu'à la côte sur une route encombrée, traversa Ajman et Umm-al-Qaiwain pour arriver à Ras-al-Khaïma. Il se rendit au Hilton pour prendre une chambre et se changer. Les trois jeunes femmes de l'équipe du SRR approuvèrent ce choix, qui leur permit de se rendre aux toilettes des dames pour passer des tenues locales et de rejoindre ensuite leurs véhicules.

Al-Khattab ressortit de sa chambre dans sa *dishdash* blanche et repartit en voiture à travers la ville. Il se livra à quelques manœuvres destinées à semer une éventuelle filature, mais n'y parvint pas. Dans les pays du Golfe, il y a des scooters partout, conduits par des gens des deux sexes, et comme tout le monde est habillé de la même façon, il n'est pas facile de les distinguer les uns des autres. L'équipe chargée de le suivre avait étudié et mémorisé les cartes routières des sept Émirats. C'est ainsi qu'on put le suivre jusqu'à la villa.

Si le moindre doute avait subsisté quant à la pureté de ses intentions, ses tentatives pour semer d'éventuels poursuivants l'auraient définitivement levé. Un innocent ne se comporte pas ainsi. Les trois personnes qui le suivaient se postèrent sur une hauteur d'où on avait une bonne vue de la villa et passèrent la nuit à guetter. Personne n'entra ni ne sortit.

Le deuxième jour, ce fut différent. Il y eut des visiteurs. Les guetteurs n'en savaient rien, mais ils apportaient à l'Afghan son nouveau passeport et ses nouveaux vêtements. On releva les numéros d'immatriculation de leurs véhicules, et l'un d'eux fut ensuite suivi et arrêté. Le troisième, le barbier, fut également suivi par la suite.

Au soir du deuxième jour, Al-Khattab ressortit pour la dernière fois. C'est alors que Katy Sexton, celle qui s'escrimait en vain pour faire démarrer son scooter, prévint ses collègues que la cible avait pris la route.

Au Hilton, le Koweïtien révéla ses projets en téléphonant de sa chambre truffée de micros pour réserver une place sur un vol Dubaï-Londres. Il eut ainsi droit à une escorte jusqu'à Birmingham, et ne s'aperçut de rien.

Le MI5 avait réussi un coup fumant et le savait. La nouvelle ne fut communiquée qu'à quatre responsables du renseignement. L'un d'eux était Steve Hill. Il entra aussitôt en orbite.

On chargea à nouveau le Predator de surveiller la villa des environs de Ras-al-Khaïma. Mais on était en milieu de matinée à Londres, en plein après-midi dans le Golfe. L'oiseau-espion vit simplement arriver l'équipe de nettoyage. Et la descente de police.

Il était trop tard pour arrêter le commando des forces spéciales des Émirats conduit par un ancien officier britannique du nom de Dave De Forest. Le chef d'agence du SIS à Dubaï, qui était aussi un ami personnel, le rejoignit en toute hâte. On lança immédiatement, par le bouche à oreille, « l'information » d'après laquelle l'opération avait été provoquée par la dénonciation d'un voisin désireux de se venger.

Les deux femmes de ménage ne savaient rien ; elles avaient été envoyées par une agence, on les avait payées d'avance et on leur avait remis les clés. Comme elles n'avaient pas fini de balayer, il restait une quantité de poils de barbe noirs – leur texture n'est pas celle des cheveux. À part cela, aucune trace des hommes qui avaient logé à la villa.

Les voisins parlèrent d'un fourgon sans ouvertures, mais personne n'avait retenu le numéro d'immatriculation. On finit par le découvrir, abandonné, et il s'avéra qu'il avait été volé, mais l'information arriva trop tard pour être utile.

La moisson fut meilleure auprès du barbier et du tailleur. Ils parlèrent sans se faire prier, mais ne purent que décrire les cinq hommes présents dans la maison. Al-Khattab était déjà connu. Suleiman figurait sur une liste de suspects établie localement et fut identifié grâce à cette description et aux clichés de l'identité judiciaire. La description des deux sous-fifres ne déboucha sur rien.

Restait le cinquième. C'est sur lui que De Forest, qui parlait parfaitement l'arabe, concentra toute son attention. Le chef d'agence du SIS prit tout son temps. Les deux Arabes du Golfe qui lui avaient coupé la barbe et les cheveux et fourni des vêtements venaient d'Ajman et travaillaient pour des patrons.

Personne, dans la pièce, n'avait entendu parler d'un Afghan ; on établit donc une description détaillée du cinquième individu et on la transmit à Londres. Suleiman ayant agi seul, personne n'avait entendu parler de passeport. Et personne ne savait pourquoi les gens de Londres cherchaient si fébrilement à savoir qui était ce grand type brun et barbu. On put simplement leur dire qu'il était désormais rasé et portait peut-être un complet en mohair de couleur anthracite.

Mais ce fut une dernière bribe d'information lâchée par le tailleur et le barbier qui enchanta Steve Hill, Marek Gumienny et l'équipe d'Edzell.

Les Arabes avaient traité l'homme comme un hôte de marque. Et on avait visiblement préparé son départ. Ce n'était pas un cadavre gisant sur le carrelage quelque part dans le Golfe.

À Edzell, Michael McDonald et Gordon Phillips partageaient la même joie, tout en se posant des questions. Ils savaient désormais que leur agent avait passé tous les tests et s'était fait accepter comme un véritable combattant du jihad. Après des semaines d'inquiétude, ils avaient enfin leur deuxième « signe de vie ».

Mais leur agent avait-il découvert quelque chose au sujet de Stingray, objectif de toute l'opération ? Où était-il passé ? Y avait-il un moyen de le contacter ?

Même s'ils avaient pu lui parler, il n'aurait pas été en mesure de les renseigner. Il ne savait pas grand-chose lui-même.

Et personne ne savait que le *Countess of Richmond* était en train de débarquer ses Jaguar à Singapour.

TREIZE

Les voyageurs ignoraient qu'ils avaient des poursuivants et seulement quelques heures d'avance sur eux, et ils ne leur échappèrent que par un heureux hasard.

S'ils avaient choisi de longer la côte et les six Émirats, ils auraient probablement été pris. Mais ils partirent vers l'est, pour dépasser les isthmes montagneux en direction de Fujeirah, le septième Émirat, sur le golfe d'Oman.

Ils quittèrent rapidement la dernière route goudronnée pour suivre les mauvaises pistes qui se perdent dans les montagnes calcinées du Jebel Yibri. Parvenus au sommet de la chaîne, ils passèrent le col pour redescendre sur le petit port de Dibbah.

Beaucoup plus au sud sur cette même côte, les policiers de Fujeirah reçurent une demande de Dubaï accompagnée d'une description détaillée et établirent un barrage à l'entrée de leur ville sur la route qui descendait de la montagne. Ils arrêtèrent un grand nombre de camionnettes, mais aucune ne transportait les quatre terroristes.

Dibbah : un pâté de maisons blanches, une mosquée au dôme vert, un petit port pour les barques de pêche et de temps à autre le bateau qui amène des plongeurs occidentaux. À deux criques de là, un bateau en aluminium attendait sur le rivage où on l'avait halé, ses gros moteurs hors de l'eau. La partie centrale du bateau était occupée par des réservoirs de carburant supplémentaires fixés au plancher. Les deux hommes qui formaient l'équipage s'abritaient à l'ombre de l'unique buisson de cactus poussant entre les rochers.

Pour les deux garçons du coin, l'affaire s'arrêtait là. Ils allaient emmener la camionnette volée quelque part dans la montagne et l'y abandonner. Puis ils disparaîtraient dans le dédale de ruelles d'où était sorti Marwan Al-Shehhi. Suleiman et l'Afghan, qui gardaient leurs tenues occidentales dans leur sac pour leur épargner les giclées d'eau de mer, aidèrent à pousser à l'eau le bateau en forme de cigarette en se mouillant jusqu'à la taille.

Chargé de l'équipage et de ses deux passagers, le hors-bord de contrebande remonta la côte et atteignit presque la pointe de la péninsule de Musandam. Les trafiquants attendaient toujours la nuit pour traverser le détroit à grande vitesse.

Vingt minutes après le coucher du soleil, le pilote demanda à ses passagers de bien se tenir et ouvrit les gaz. Le bateau bondit en avant pour s'éloigner de la côte rocheuse et filer en direction de l'Iran. Propulsé par ses cinq cents chevaux, il se haussait du nez et soulevait des gerbes d'eau. Martin estima la vitesse à cinquante nœuds. La plus petite ride à la surface de l'eau prenait la dureté d'une bûche et ils étaient douchés par les embruns. Les quatre hommes s'étaient enveloppé le visage de leurs *keffiehs*.

Moins d'une demi-heure plus tard, ils commencèrent à voir les lumières éparpillées sur la côte persane et le bateau mit le cap à l'est vers Gwadar et le Pakistan. Martin avait suivi ce trajet un mois plus tôt sous les voiles paisibles du *Rasha*. Il le refaisait, cinq fois plus vite.

Ils ralentirent et s'arrêtèrent face aux lumières de Gwadar. Au soulagement général. Armés d'entonnoirs, et non sans efforts, les deux hommes d'équipage amenèrent les réservoirs à l'arrière pour emplir chaque moteur jusqu'à la gueule. Quant à savoir où ils comptaient trouver le carburant nécessaire à leur retour, c'était leur affaire.

Fayçal Ben Selim expliqua à Martin que ces trafiquants étaient capables de faire l'aller-retour entre la côte du sultanat d'Oman et Gwadar en une nuit pour rapporter une cargaison avant le lever du jour. Mais cette fois, ils allaient plus loin que d'habitude et seraient obligés de naviguer de jour.

L'aube les trouva dans les eaux pakistanaises, mais assez près de la côte pour qu'on les confonde avec un bateau de pêche, même si aucun poisson n'était capable de nager aussi vite. Quoi qu'il en soit, il n'y avait pas le moindre signe révélant la présence d'une quelconque autorité, et la côte brune et aride défilait à toute vitesse. Vers midi, Martin se dit qu'ils allaient sans doute à Karachi. Pourquoi ? Il n'en avait pas la moindre idée.

L'équipage refit un plein en mer et, tandis que le soleil plongeait à l'ouest derrière eux, déposa les deux passagers dans un village de pêcheurs à l'air empuanti, à l'écart de la ville la plus étendue et du plus grand port du Pakistan.

Suleiman n'était peut-être jamais venu là, mais on l'avait visiblement préparé en lui donnant tous les repères nécessaires. Martin savait qu'Al-Qaïda se livrait toujours à des recherches méticuleuses, sans se soucier du temps ni de la dépense ; c'était l'une des rares choses qu'il admirait dans cette organisation.

L'Arabe du Golfe dénicha l'unique véhicule de location du village et négocia le prix. L'arrivée de deux inconnus à bord d'un canot de contrebandiers et en dehors de toute légalité n'étonnait visiblement personne. On était au Balouchistan ; les lois de Karachi étaient pour les idiots.

La cabine empestait le poisson et les odeurs corporelles, et le moteur avait un problème à l'allumage qui lui interdisait d'aller à plus de soixante à l'heure. Tout comme les routes. Mais ils rejoignirent l'autoroute et arrivèrent en avance à l'aéroport.

L'Afghan était gauche et tout ébahi. Il n'avait voyagé que deux fois par avion dans sa vie, et toujours dans un Hercules C-130 américain en tant que prisonnier. Il ignorait tout des contrôles, des billets, des vérifications de passeport. Suleiman le guida, avec un sourire moqueur.

L'Arabe du Golfe trouva le comptoir de Malaysian Airlines quelque part au milieu de la foule qui se presse et se bouscule dans le grand hall de l'aéroport international de Karachi, et revint avec deux billets pour Kuala Lumpur en classe économique. Il fallut remplir d'interminables formulaires pour l'obtention du visa, et Suleiman s'en chargea, en anglais. Il régla en liquide et en dollars américains.

Le vol en Airbus A330 durait six heures, auxquelles on devait en ajouter trois au passage des fuseaux horaires. L'Airbus se posa à neuf heures et demie, Martin tendit son nouveau passeport du Bahreïn en se demandant s'il allait passer. Ce qu'il fit ; le document était parfait.

Suleiman les conduisit du hall des arrivées internationales à celui des lignes intérieures et acheta deux billets. Martin ne vit leur destination qu'au moment de présenter sa carte d'embarquement : l'île de Labuan.

Il avait entendu parler de Labuan, mais vaguement. Située sur la côte nord-est de Bornéo, cette île appartenait à la Malaisie. Si les dépliants touristiques vantaient une île à la population active et cosmopolite, elle jouissait aussi d'une autre réputation, moins flatteuse, dans les milieux du crime.

Labuan avait, par le passé, fait partie du sultanat de Brunei, qu'une quinzaine de kilomètres séparaient de la côte de Bornéo.

Les Britanniques l'avaient prise en 1846 et l'avaient gardée cent dix-sept ans, avec une interruption de trois ans pour cause d'occupation japonaise lors de la Deuxième Guerre mondiale. Ils l'avaient cédée en 1963 à l'État de Sabab dans le cadre de la décolonisation, avant de lâcher la Malaisie en 1984.

Labuan est un endroit bizarre, sans économie visible sur son territoire ovale de trente-cinq kilomètres carrés. Elle s'en est donc créé une. Avec un statut de place financière off-shore, son port détaxé, son pavillon de complaisance et sa réputation non usurpée de Mecque de la contrebande, l'île attire une clientèle des plus douteuses.

Martin comprit qu'on le jetait au cœur de la capitale mondiale du détournement de navires, du vol de cargaisons et des actes de piratage les plus sanglants. Il fallait maintenant qu'il contacte la base pour donner un signe de vie, et il devait trouver un moyen de le faire. Vite.

Ils firent une courte escale à Kuching, le premier port sur l'île de Bornéo, mais les passagers en transit ne furent pas autorisés à quitter l'avion.

Quarante minutes plus tard, ils décollaient vers l'est, décrivaient un cercle au-dessus de la mer et prenaient la direction du nord-est vers Labuan. Quelque part au-dessous d'eux, le *Countess of Richmond* fonçait à vide vers Kota Kinabalu pour y prendre sa cargaison de padauk et de bois de rose.

L'hôtesse distribua des fiches de débarquement tout de suite après le décollage. Suleiman les prit et entreprit de les compléter. Martin faisait semblant de ne pas comprendre ni écrire l'anglais et s'exprimait difficilement, par bribes de phrases, dans cette langue. En outre, après avoir, comme Suleiman, revêtu son complet à Kuala Lumpur, il n'avait pas de stylo et aucune raison d'en emprunter un. Ils étaient officiellement un ingénieur de Bahreïn et un comptable d'Oman qui se rendaient à Labuan pour négocier un contrat d'exploitation de gaz naturel, comme l'inscrivit Suleiman sur les fiches.

Martin dit à voix basse qu'il avait besoin de se rendre aux toilettes. Il y avait deux cabines. L'une était libre, mais il fit comme si elles étaient toutes les deux occupées, tourna les talons et continua plus loin. Il savait pourquoi. L'Airbus avait deux cabines de service, pour la classe affaires et pour la classe économique. Elles étaient séparées par un rideau, et Martin avait besoin de se mettre derrière.

Debout contre la porte des toilettes de la classe affaires, il fit un large sourire à l'hôtesse en chipant dans sa poche de poitrine un stylo et une carte de débarquement vierge. La porte des toilettes s'ouvrit avec un déclic et il y entra. Il prit tout juste le temps de griffonner un bref message au recto de la fiche, ressortit et rendit son stylo à l'hôtesse. Puis il retourna s'asseoir.

On avait sans doute dit à Suleiman qu'il pouvait se fier à l'Afghan, mais il ne le lâchait pas d'une semelle. Peut-être voulait-il lui éviter de commettre une erreur par naïveté ou inexpérience, à moins qu'il n'ait agi par habitude après des années d'entraînement au sein d'Al-Qaïda, mais sa vigilance ne se relâchait jamais, même pendant les prières.

L'aéroport de Labuan contrastait avec celui de Karachi : il était petit et bien tenu. Martin ne savait toujours pas où ils allaient, mais il se doutait que cet aéroport risquait d'être la dernière occasion de se débarrasser de son message, et espérait un coup de chance.

Ce ne fut qu'un instant fugitif, sur le trottoir de l'avenue. Suleiman avait visiblement appris par cœur des instructions extrêmement précises. Il leur avait fait parcourir la moitié du monde, et c'était sans aucun doute un voyageur aguerri. Martin n'était pas censé savoir que les pays du Golfe étaient aux côtés d'Al-Qaïda depuis une dizaine d'années et qu'ils avaient soutenu le mouvement en Iran comme en Extrême-Orient, notamment en Indonésie.

Suleiman traversa le bâtiment qui servait à la fois aux arrivées et aux départs, et il cherchait des yeux un taxi quand il s'en présenta un qui venait à leur rencontre. Le taxi était occupé, mais s'apprêtait visiblement à déposer ses clients.

C'étaient deux hommes, et Martin reconnut immédiatement l'accent anglais. Ils étaient tous deux grands et athlétiques ; tous deux portaient un short kaki et une chemise à fleurs. Tous deux transpiraient abondamment sous le soleil éclatant, dans la chaleur humide qui atteint les trente degrés à la veille de la mousson. L'un des deux touristes sortit des billets malais pour payer le chauffeur pendant que l'autre récupérait leurs bagages dans la malle arrière. Du matériel de plongée. Ils venaient de tester les récifs de la côte pour le compte du magazine britannique *Sport Diver*.

L'homme qui vidait le coffre ne pouvait pas tenir quatre sacs à la fois – chacun des jeunes sportifs en avait un pour ses vêtements et un autre pour son matériel. Sans laisser à Suleiman le temps de dire un mot, Martin se porta au secours du plongeur en soulevant l'un des sacs de matériel. Dans le geste qu'il fit, la fiche de débarquement passa dans l'une des nombreuses poches extérieures du sac.

– Merci, mon vieux, dit le plongeur, et les deux hommes se dirigèrent vers le comptoir des départs afin d'enregistrer leurs billets pour Kuala Lumpur, avec une correspondance pour Londres.

Suleiman donna des instructions en anglais au chauffeur malais : une agence maritime sur les quais. Là, les voyageurs trouvèrent enfin quelqu'un qui les attendait. L'homme, comme eux, n'attirait pas l'attention par sa tenue ou par un excès de pilosité. Comme eux, il était *takfir*. Il se présenta comme Mr. Lampong et les conduisit vers un yacht de quinze mètres, aménagé pour la pêche sportive, qui attendait le long de la digue. Vingt-minutes plus tard, ils quittaient le port.

Le bateau prit une vitesse de dix nœuds et mit le cap sur Kudar, qui donne accès à la mer de Sulu et aux fiefs terroristes de la province de Zamboanga aux Philippines.

Le voyage avait été épuisant, ponctué par quelques brefs assoupissements dans les avions. Le balancement de la mer était irrésistible, la brise qui soufflait après la chaleur de sauna de Labuan, rafraîchissante. Le pilote appartenait au groupe terroriste d'Abou Sayyaf ; il connaissait sa route ; il rentrait chez lui. Le soleil se coucha et la nuit tropicale suivit de peu. Le yacht navigua toute la nuit au moteur. Il dépassa les lumières de Kudar, franchit le détroit de Balabac et remonta la côte invisible jusqu'aux eaux philippines.

Mr. Wei s'était acquitté de sa commande avant le délai prévu et se trouvait déjà sur le chemin du retour vers sa Chine natale. Pour lui, ce n'était jamais trop tôt. Mais au moins, il était sur un bateau chinois et mangeait de la nourriture chinoise plutôt que la cochonnerie que vous donnaient ces brigands des mers dans leur crique.

Ce qu'il laissait derrière lui, Mr. Wei ne le savait ni ne s'en souciait. À la différence des tueurs d'Abou Sayyaf et des deux ou trois fanatiques indonésiens qui priaient leur Dieu cinq fois par jour à genoux, le front sur leur tapis, Wei

Wing Li était membre de la triade de la Tête de serpent et ne priait personne.

Le résultat de son travail était une copie rigoureusement exacte du *Countess of Richmond*, réalisée à partir d'un bateau de mêmes taille, tonnage et dimensions. Il ne savait pas comment s'appelait le bateau original, ni quel nom allait porter le nouveau. Il ne s'intéressait qu'à l'épaisse liasse de gros billets en dollars qu'il avait retirée dans une banque de Labuan selon les modalités fixées par Mr. Toufik Al-Qur, anciennement domicilié au Caire, puis à Peshawar et enfin à la morgue.

Contrairement à Mr. Wei, le capitaine McKendrick, lui, priait. Pas aussi souvent qu'il l'aurait dû, il le savait bien, mais il avait reçu à Liverpool une solide éducation catholique. Il y avait une statuette de la Vierge sur le pont juste devant le cabestan et un crucifix au mur de sa cabine. Quand il partait en mer, il priait toujours pour une bonne traversée et remerciait ensuite le Seigneur pour être rentré au port sain et sauf.

Il n'avait nul besoin de prier tandis que le pilote dirigeait le *Countess of Richmond* jusqu'à son poste d'amarrage au quai de Kota Kinabulu, cet ancien port colonial de Jesselton où les négociants anglais, avant l'invention de la réfrigération, versaient sur leur pain du beurre fondu contenu dans une petite cruche.

Le capitaine McKendrick noua une nouvelle fois son foulard autour de son cou humide de transpiration et remercia le pilote. Il pouvait enfin fermer les portes et les hublots pour profiter de la climatisation. Il n'en fallait pas plus, avec une bière fraîche, pour qu'il se sente bien. Au matin, on viderait les ballasts et on embarquerait la cargaison de bois qu'il voyait entassée sur le quai. Si les hommes faisaient bien leur travail, il pourrait reprendre la mer dans la soirée.

Les deux jeunes plongeurs, ayant changé d'avion à Kuala Lumpur, volaient vers Londres dans un jet de la British Airways. Et comme cette compagnie n'imposait pas le « régime sec », ils avaient bu assez de bière pour tomber dans un profond sommeil. Le vol durait douze heures, mais ils en auraient gagné huit à l'arrivée, compte tenu du décalage, et seraient à Heathrow au lever du jour. Les valises voyageaient dans la soute de l'appareil, mais ils avaient casé les sacs de plongée au-dessus de leur tête dans le compartiment des bagages à main.

Les sacs contenaient des masques, des combinaisons étanches, des gilets de sauvetage, mais les poignards de plongée étaient restés dans les valises. Il y avait aussi dans l'un des sacs une fiche de débarquement en Malaisie qui n'avait pas encore été découverte.

Dans une crique de la péninsule de Zamboanga, à la lumière des projecteurs accrochés à l'arrière, un peintre était en train de tracer adroitement son dernier « D » au nom du bateau. Le pavillon rouge pendait mollement à la pointe du mât. Les mots « *Countess of Richmond* » s'étalaient sur l'arrondi de la poupe avec dessous, à l'arrière seulement, le nom de Liverpool. Quand le travail du peintre fut achevé, les lumières s'éteignirent. La transformation était complète.

À l'aube, un bateau à moteur maquillé en yacht de pêche au gros pénétra lentement dans la crique. Il amenait les deux derniers membres d'équipage de l'ancien *Java Star*, ceux qui allaient le conduire pour son – et leur – dernier voyage.

Le chargement du *Countess of Richmond* débuta à l'aube dans un air encore frais et agréable. D'ici trois heures régnerait à nouveau une chaleur humide de sauna. Les grues du port n'étaient pas vraiment ultra-modernes, mais les dockers connaissaient bien leur travail et les énormes rondins de bois tropicaux, soulevés par des chaînes, passaient par-dessus le bastingage les uns après les autres pour être rangés dans la cave par les hommes d'équipage en sueur.

Les natifs de Bornéo eux-mêmes étaient forcés de s'arrêter en milieu de journée pour laisser passer la chaleur et toute la population du vieux port marchand disparaissait quatre heures dans tous les recoins où on pouvait trouver de l'ombre. On n'était plus qu'à un mois de la mousson de printemps, et l'humidité, qui ne tombait jamais au-dessous d'un taux de quatre-vingt-dix pour cent, flirtait déjà avec les cent.

Le capitaine McKendrick aurait été bien mieux en mer, mais le chargement du bois et la fermeture de la cale ne s'achevèrent qu'à la fin de l'après-midi. Le soleil se couchait et le pilote qui devait emmener le cargo au large ne viendrait que le lendemain matin. Ce qui signifiait une nuit de plus à passer dans la fournaise. McKendrick soupira et descendit au pont inférieur pour retrouver l'air conditionné.

Le représentant des autorités portuaires monta à bord à six heures du matin pour un dernier papier à signer. Puis le *Countess of Richmond* quitta lentement le port et mit cap au sud dans la mer de Chine.

Comme le *Java Star* avant lui, le bateau contourna la pointe de Bornéo avant de filer vers le sud à travers l'archipel de Sulu pour rejoindre l'île de Java, où le capitaine croyait que six conteneurs bourrés de soieries chinoises l'attendaient à Surabaya.

Le yacht débarqua ses passagers à trois heures sur une jetée branlante. Mr. Lampong les conduisit à un entrepôt bâti sur des pilotis au-dessus de l'eau, qui servait de dortoir et de maison commune aux hommes en partance pour l'opération que Martin appelait « Stingray » et Lampong « Al-Isra ». D'autres resteraient sur place. La préparation du *Java Star* après sa prise en mer était leur œuvre.

Leur groupe comprenait des Indonésiens de la Jemaat Islamiya, dont l'organisation qui avait exécuté l'attentat à la bombe de Bali et plusieurs autres dans la même région, et des Philippins du groupe d'Abou Sayyaf. Les langues allaient du tagalog local au dialecte javanais entrecoupé d'apartés en arabe pour ceux qui étaient nés plus à l'ouest. Martin identifia les uns après les autres les divers membres d'équipage et leurs tâches respectives.

L'ingénieur, le navigateur et le radio étaient tous des Indonésiens. Suleiman se révéla être un spécialiste de l'image. Quoi qu'il se passe, il avait pour mission, avant de mourir en martyr, de photographier le dénouement avec une radio-caméra digitale et de le transmettre, via un ordinateur portable et un téléphone, au réseau de télévision Al-Jezira pour diffusion.

Il y avait un adolescent qui semblait pakistanais mais auquel Lampong s'adressait en anglais. À l'écouter répondre, on comprenait que le garçon ne pouvait qu'être né en Angleterre et y avoir grandi, mais dans une famille pakistanaise. Il avait l'accent du nord de l'Angleterre, Martin le situa du côté de Leeds et Bradford. Mais il ne put deviner ce qu'il faisait à bord – la cuisine, peut-être.

Restaient trois hommes : Martin lui-même, qui ne doutait pas qu'il devait sa présence à bord à une attention particulière d'Oussama Ben Laden ; un authentique expert chimiste, probablement spécialisé dans les explosifs ; et le commandant de l'opération. Mais ce dernier n'était pas encore là. Ils le rencontreraient plus tard.

En milieu de matinée, Mr. Lampong reçut un appel sur son portable. Il fut bref et prudent, mais suffisant. Le *Countess of Richmond* avait quitté Kota Kinabalu et naviguait en haute mer. Le cargo serait entre les îles de Tawitawi et de Jolo avant la nuit. L'équipe qui devait le rejoindre en hors-bord pour l'intercepter avait encore quatre heures à attendre. Suleiman et Martin avaient troqué leur tenue occidentale contre un pantalon large, une chemise à fleurs et des sandales qu'on leur avait fournis. On les laissa descendre les marches du quai jusqu'à l'eau peu profonde pour faire leurs ablutions avant la prière, et ils dînèrent de riz et de poisson.

Martin ne pouvait qu'observer, comprendre ce qu'il pouvait comprendre et qui n'était pas grand-chose, et attendre.

Les deux plongeurs eurent de la chance. La plupart des passagers de l'avion furent conduits vers un guichet réservé aux détenteurs de passeports étrangers, laissant les quelques Britanniques passer rapidement le contrôle d'immigration. Comme ils étaient parmi les premiers à récupérer leurs bagages sur le tapis roulant, ils foncèrent à la douane.

À cause, peut-être, de leurs crânes rasés et de leurs mentons hirsutes, ou des bras bronzés qui sortaient des manches courtes de leurs chemises à fleurs en ce frais mois de mars anglais, l'un des douaniers leur indiqua d'un geste le comptoir de fouille des bagages.

— Puis-je voir vos passeports ?

Simple formalité. Ils étaient en règle.

— D'où venez-vous ?

— De Malaisie.

— Quel était l'objet de votre déplacement ?

L'un des jeunes sportifs montra son sac de plongée. Son expression disait qu'il trouvait la question assez stupide, étant donné que les sacs portaient le logo d'une marque connue de matériel de plongée. Mais on ne gagne jamais rien à se moquer d'un douanier. Celui-ci ne se départit pas de sa mine impassible, mais il avait au cours de sa longue carrière découvert toutes sortes de substances à fumer exotiques et de matériel pour injections en provenance d'Extrême-Orient. Il désigna l'un des deux sacs.

Le sac ne contenait que l'équipement classique du plongeur. Après avoir tiré sur la fermeture éclair pour le refermer, il glissa les doigts dans les poches latérales. Il sortit de l'une un petit rectangle de carton plié, le déplia et lut.

— Où avez-vous pris ça ?

Le plongeur parut sincèrement étonné.

— Je n'en sais rien. Je ne l'avais pas vu.

Un autre douanier qui officiait non loin de là perçut la tension qui grandissait et que trahissait la courtoisie exemplaire de son collègue. Il s'approcha.

— Vous voudrez bien rester ici, dit le premier, avant de disparaître par une porte derrière le comptoir.

Les grands miroirs qui tapissent les murs dans les salles de contrôle de douane ne sont pas destinés aux coquettes désireuses de rectifier leur maquillage. Ils sont transparents pour les hommes qui se tiennent derrière – en l'occurrence, ceux de la branche spéciale de la police de Londres.

Les deux plongeurs et leurs bagages se retrouvèrent en quelques minutes dans deux cellules d'interrogatoire séparées. Les douaniers se livrèrent à un examen approfondi des bagages, palme après palme, masque après masque, chemise après chemise. Il n'y avait rien de prohibé.

Un homme en tenue de ville examina la fiche.

– Ce n'est pas à moi, c'est forcément quelqu'un qui l'a mise là, protesta le propriétaire du sac.

Neuf heures trente du matin. Steve Hill était à son bureau de Vauxhall Cross quand le téléphone se mit à sonner. C'était un appel sur sa ligne strictement privée.

– Qui est au bout du fil ? demanda une voix.

Hill se crispa.

– C'est plutôt à moi de poser la question. Je crois que vous vous êtes trompé de numéro.

L'agent du MI5 avait lu le texte du message glissé dans le sac du plongeur. Et il était tenté de croire en la bonne foi de celui-ci. Auquel cas...

– Je vous appelle de l'aéroport d'Heathrow, terminal 3, bureau de la sécurité intérieure. Nous venons d'intercepter un passager qui arrive d'Extrême-Orient. Il avait dans ses bagages un court message manuscrit. Le nom de Crowbar vous dit quelque chose ?

Pour Steve Hill, ce fut comme un coup de poing à l'estomac. Ce n'était pas une erreur de numéro. Il se fit immédiatement connaître en donnant son grade et le nom de son service, et demanda qu'on retienne les deux hommes en attendant son arrivée. Cinq minutes plus tard, sa voiture jaillissait hors du parking souterrain, franchissait Vauxhall Bridge et descendait Cromwell Road en direction d'Heathrow.

Les deux plongeurs avaient joué de malchance en perdant toute leur matinée, mais après une heure d'interrogatoire serré, Steve Hill eut la certitude qu'ils n'étaient que d'innocentes dupes. Il leur fit servir un copieux petit déjeuner et leur demanda de se creuser la tête pour se rappeler qui avait pu glisser ce petit bout de carton plié dans une poche de leurs sacs.

Ils récapitulèrent toutes les personnes qu'ils avaient approchées depuis qu'ils avaient fait leurs bagages.

— Mark, dit l'un, tu te rappelles ce type qui avait l'air d'un Arabe et qui t'a aidé à décharger les sacs à l'aéroport ?

— Quel type ? demanda Hill.

Ils le décrivirent de leur mieux. Cheveux noirs, collier de barbe noir. Correctement vêtu. Yeux foncés, teint olivâtre. Quarante-cinq ans environ, et en bonne forme. Complet de couleur foncée. Hill avait déjà les descriptions laissées par le tailleur et le barbier de Ras-al-Khaïma. C'était Crowbar. Il les remercia chaleureusement et demanda qu'on leur fournisse un taxi pour les ramener chez eux dans l'Essex.

Il appela Gordon Phillips à Edzell et Marek Gumienny qui prenait son petit déjeuner à Washington, et put leur révéler le texte griffonné qu'il avait en main. Il disait simplement : SI VOUS AIMEZ VOTRE PAYS, RENTREZ-Y ET APPELEZ LE XX XX XX XX XX. DITES SIMPLEMENT QUE CROWBAR LEUR FAIT SAVOIR QUE CE SERA UN BATEAU.

Comme le capitaine Herrmann du *Java Star*, Liam McKendrick avait préféré piloter lui-même son bateau pour contourner les diverses avancées de terre, puis l'avait confié à son second après avoir franchi le détroit entre les îles de Tawitawi et de Jolo. La mer des Célèbes s'étendait maintenant devant eux à perte de vue, et ils allaient filer vers le sud jusqu'au détroit de Macassar.

Son équipage se composait de six hommes : cinq Indiens du Kerala, tous chrétiens, fidèles et efficaces, et son premier officier, originaire de Gibraltar. Il avait lâché la barre et était descendu sous le pont quand les hors-bords surgirent par l'arrière. Comme pour le *Java Star*, on ne laissa aucune chance à l'équipage. Deux pirates enjambèrent le bastingage pour se ruer sur la passerelle. Mr. Lampong, qui dirigeait l'opération, arriva à son tour sans précipitation.

Il ne fut pas question, cette fois, de faire des cérémonies ni de proférer des menaces envers ceux qui n'obéiraient pas. Le *Countess of Richmond* n'avait qu'une chose à faire : disparaître, avec son équipage et à jamais. Sa précieuse cargaison, après l'avoir attiré dans ces eaux, passerait par pertes et profits, ce qui était bien dommage mais inévitable.

On amena simplement les hommes devant le bastingage et on les abattit. Leurs corps, protestant sous forme de soubresauts contre la mort injuste, basculèrent directement dans l'eau. Nul besoin de poids ni de ballast pour les envoyer par le fond : Lampong connaissait bien ses requins.

Liam McKendrick fut le dernier à y passer, hurlant sa rage à la face de Lampong, le traitant de barbare et de cochon. Le musulman fanatique qu'était Lampong n'apprécia pas de s'entendre traiter de cochon et fit le nécessaire pour que McKendrick arrive dans l'eau en sang, mais vivant.

Les hommes d'Abou Sayyaf avaient déjà coulé assez de bateaux pour savoir où se trouvaient les valves de la quille. Tan-

dis que le cargo commençait à s'enfoncer lentement, les attaquants quittèrent le *Countess of Richmond* pour s'éloigner de
quelques encablures et attendre qu'il bascule de la proue, la
poupe dressée hors de l'eau, et glisse vers l'arrière pour descendre sans heurt jusque dans les profondeurs de la mer des Célèbes. Quand il eut disparu, les assassins firent demi-tour pour
rentrer chez eux.

Pour ceux qui étaient restés sous le hangar de la crique des
Philippines, il y eut un autre appel téléphonique de Lampong
qui fixa l'heure du départ. Ils embarquèrent sur le yacht amarré
au pied des marches. En les quittant, Martin nota que ceux qui
restaient ne montraient pas le moindre signe de soulagement,
mais seulement une profonde envie.

Tout au long de sa carrière dans les forces spéciales, il n'avait
jamais rencontré un kamikaze prêt à jeter sa bombe. Et voici
qu'il en était entouré, qu'il était devenu l'un des leurs.

Il avait lu beaucoup de choses à Castle Forbes sur leur état
d'esprit, leur certitude absolue d'agir pour une sainte cause,
automatiquement bénie par Allah lui-même, la garantie qu'il
s'ensuivra un accès immédiat au Paradis, et que tout cela
dépasse de très loin tout amour de la vie.

Il s'était aussi rendu compte de la profondeur et de la violence de la haine qui doit habiter le *shahid* en même temps que
son amour pour Allah. La moitié n'y suffirait pas. La haine doit
agir sur l'âme comme un acide corrosif – et il en était entouré.

Il l'avait vue sur le visage des brigands du groupe d'Abou
Sayyaf qui ne rêvaient que de tuer un Occidental ; il l'avait
sentie dans le cœur des Arabes quand ils priaient pour qu'on
leur donne une chance de tuer autant de chrétiens, de juifs et

de musulmans athées ou trop tièdes ; il l'avait vue, surtout, dans les yeux d'Al-Khattab et de Lampong, justement parce que ces deux-là se souillaient pour passer inaperçus parmi leurs ennemis.

Tandis qu'ils remontaient lentement l'estuaire entre deux murailles de végétation qui commençaient à obscurcir le ciel au-dessus d'eux, il observa ses compagnons. Ils partageaient la même haine et le même fanatisme. Ils se considéraient tous comme des élus, choisis parmi tous les Vrais Croyants de la planète.

Martin était certain que les hommes qui l'entouraient ne savaient pas plus que lui à quel sacrifice ils étaient promis ; ils ignoraient tout de leur destination, de la cible visée par cette opération et des moyens de l'atteindre.

Ils savaient simplement, parce qu'ils s'étaient portés candidats à la mort et avaient été sélectionnés et finalement acceptés, qu'ils allaient frapper le Grand Satan et lui porter un coup d'une telle gravité qu'on en parlerait encore dans mille ans. Comme jadis le Prophète, ils partaient pour un dernier voyage jusqu'au Paradis. Et ce voyage avait pour nom Al-Isra.

Devant le yacht, l'estuaire formait une fourche. Le moteur tournant presque au ralenti, ils s'engagèrent sur la branche la plus large. Au sortir d'une courbe, un bateau attendait. Il était prêt à partir et à s'élancer vers la haute mer. Sa cargaison se trouvait apparemment dans les six grands conteneurs rangés sur le pont avant. Et il s'appelait le *Countess of Richmond*.

Martin caressa brièvement l'idée de s'évader dans la forêt environnante. Il avait passé des semaines à crapahuter dans la jungle au Belize, l'école d'entraînement en milieu tropical du SAS. Mais il se dit très vite que ce serait une tentative sans espoir. Il ne pourrait pas faire un kilomètre sans boussole ni machette et serait rattrapé dans l'heure. Suivraient des jours et des jours d'une agonie atroce tandis qu'on lui arracherait l'un après l'autre tous les détails de sa mission... Inutile d'y penser. Il ne pouvait qu'attendre une meilleure occasion, s'il s'en présentait une.

Ils gravirent en file indienne la passerelle du cargo : l'ingénieur, le pilote et le radio, tous indonésiens ; le chimiste et le photographe, arabes ; le Pakistanais de Grande-Bretagne avec son accent bien anglais, capable de faire illusion à quiconque s'aviserait de contacter le *Countess* par radio ; et l'Afghan, à qui on pouvait demander de tenir la barre pour piloter le navire. Pendant toute la durée de sa préparation à Forbes, pendant les heures et les heures passées à examiner des photos de suspects, il n'en avait vu aucune de ces hommes. Quand ils furent sur le pont, celui qui les commandait et devait les emmener dans leur voyage vers l'éternité les attendait. Et celui-ci, l'ancien agent du SAS le reconnut aussitôt pour l'avoir remarqué dans les séries de photographies projetées à Castle Forbes. Il avait devant lui le Jordanien Youssef Ibrahim, bras droit d'Al-Zarkaoui, dit le boucher de Bagdad. Ce visage figurait dans la « première division » de la galerie de portraits. L'homme était petit et râblé, et son bras gauche, inerte, pendait à son côté. Il s'était battu contre les Soviétiques en Afghanistan et avait reçu plusieurs éclats d'obus lors d'une attaque aérienne. Plutôt que d'accepter une amputation, il avait choisi de garder ce bras inutile.

La rumeur de sa mort avait couru à cette époque ; on l'avait plus ou moins bien rafistolé dans une grotte avant de l'expédier au Pakistan pour y subir des opérations plus délicates. Après l'évacuation soviétique, il avait disparu.

L'homme au bras atrophié avait fait sa réapparition au lendemain de l'invasion de l'Irak par la coalition, après trois ans passés comme chef de la sécurité de l'un des camps d'Al-Qaïda dans l'Afghanistan des talibans.

Mike Martin sentit son cœur s'arrêter à l'idée que cet homme allait se rappeler l'Izmat Khan de cette époque et qu'il voudrait en parler avec lui. Mais le commandant de l'opération se contenta de le regarder de ses yeux noirs et sans éclat, et son regard ne disait rien de particulier.

Cet homme avait passé vingt ans à tuer, tuer, tuer, et il adorait ça. En Irak, comme lieutenant d'Al-Zarkaoui, il avait coupé des têtes devant la caméra, et il avait adoré ça. Il adorait entendre les cris et les supplications. Martin soutint brièvement ce regard terne et dément, et salua selon la formule rituelle de bienvenue. La paix sur toi, Youssef Ibrahim, boucher de Karbala.

QUATORZE

L'ex-*Java Star* quitta son discret refuge philippin douze heures après la destruction en mer du *Countess of Richmond*. Il traversa le golfe de Moro et fila vers la mer des Célèbes pour rejoindre la route que le *Countess* aurait dû prendre pour passer le détroit de Macassar.

Le pilote indonésien était à la barre, mais il avait avec lui l'adolescent anglo-pakistanais et l'Afghan, auquel il donnait des instructions sur la façon de maintenir le cap.

Même si aucun de tes élèves ne pouvait le savoir, les services anti-terroristes infiltrés dans les milieux de la marine marchande connaissaient depuis longtemps, pour leur plus grand embarras, le nombre de navires piratés qu'on faisait tourner en rond pendant quelques heures et qu'on abandonnait après avoir ligoté et enfermé l'équipage dans la salle des machines.

Cela tout simplement parce que, de même que les kamikazes du 11 Septembre avaient achevé leur formation de pilotes aux États-Unis, les pirates d'Extrême-Orient s'étaient entraînés au détournement de gros navires marchands. L'Indonésien qui tenait la barre du nouveau *Countess of Richmond* était l'un de ceux-là.

L'ingénieur servait en réalité dans la marine avant que son

bateau ne tombe aux mains des hommes d'Abou Sayyaf. Plutôt que de mourir, il s'était rallié aux terroristes.

Le troisième Indonésien avait tout appris sur les transmissions radio et les liaisons terre-mer en travaillant pour le directeur d'un port marchand de Bornéo. Puis, cédant à l'appel de l'extrémisme islamique, il s'était engagé dans les rangs de la Jemaat Islamiya, le groupe qui allait commettre l'attentat à la bombe contre une discothèque de Bali.

Ils étaient seulement trois sur dix à manquer de connaissances techniques dans le domaine maritime. Le chimiste arabe serait peut-être chargé de faire exploser la cargaison ; Suleiman, l'homme des Émirats, produirait les images destinées à secouer le monde ; le jeune Pakistanais pourrait, si nécessaire, imiter l'accent nordique du capitaine McKendrick, et l'Afghan relayer le pilote à la barre au cours des journées de navigation qui les attendaient encore.

Fin mars, le printemps ne s'était toujours pas montré sur la chaîne des Cascades. Il régnait encore un froid glacial et une épaisse couche de neige recouvrait la forêt au-delà des murs du chalet.

À l'intérieur, c'était chaud et douillet. Le principal ennemi, malgré la télévision allumée vingt-quatre heures sur vingt-quatre, les films sur DVD, la musique et les jeux de société, était l'ennui. À l'instar des gardiens de phare, les hommes n'avaient pas grand-chose à faire, et cette période de six mois constituait un redoutable test de leur capacité à affronter la solitude et à se rendre autosuffisants.

Les gardiens pouvaient parcourir la forêt à pied comme à skis pour se garder en forme et rompre la monotonie des journées dans leur refuge, la routine des repas et de la salle de jeux. Le prisonnier, lui, subissait bien plus durement le passage du temps.

Izmat Khan avait entendu le président du tribunal militaire de Guantanamo annoncer qu'il était libre de s'en aller et il s'était dit qu'à son retour dans son pays il ne resterait pas plus d'un an en prison. Puis on l'avait amené dans cet endroit sauvage et solitaire, plus loin qu'il n'était jamais allé, et il avait du mal à contenir la fureur qui l'habitait.

Il enfilait le manteau fourré de kapok qu'on lui avait donné et sortait pour faire les cent pas entre les murs de la petite cour. Dix pas de long, cinq de large. Il pouvait aller et venir les yeux fermés sans jamais heurter le béton. La seule variété, c'était dans le ciel au-dessus de sa tête.

Celui-ci était le plus souvent chargé de nuages d'un gris de plomb, d'où tombait la neige. Mais plus tôt, pendant la période où les chrétiens décoraient des arbres et chantaient, le ciel avait été d'un bleu de glace.

Puis il avait vu des aigles et des corbeaux passer à grands coups d'ailes. Des oiseaux plus petits s'étaient perchés sur le mur d'enceinte pour le regarder, comme s'ils se demandaient pourquoi il n'était pas libre comme eux. Mais ce qu'il aimait surtout regarder, c'étaient les avions.

Il reconnaissait les avions militaires, même s'il n'avait jamais entendu parler de l'endroit où il se trouvait ni de la base aérienne McChord, distante de quatre-vingts kilomètres à l'ouest. Mais il avait vu des avions américains lâcher des bombes en Afghanistan et il savait que c'étaient les mêmes.

Et il y avait les avions de ligne. Ceux-là n'étaient pas tous semblables. Ils portaient d'autres emblèmes sur leur empennage, et il en savait assez pour comprendre qu'il ne s'agissait pas de l'emblème national mais des logos des compagnies aériennes. Sauf peut-être la feuille d'érable. Ceux qui en étaient décorés volaient toujours sur le même axe nord-sud.

Le nord n'était pas difficile à situer ; pour l'ouest, il avait le coucher de soleil, et il savait que l'est était en face, avec La Mecque très loin. Il se doutait qu'il était aux États-Unis, d'après les voix de ses gardiens. Mais pourquoi ces avions de ligne venaient-ils toujours du nord avec leur emblème particulier ? C'était forcément qu'il y avait un autre pays dans cette direction, un pays où les gens adressaient leurs prières à une feuille rouge sur fond blanc. Tout en arpentant la cour minuscule, il pensait au pays de la feuille rouge. Celle qu'il apercevait sur les avions d'Air Canada partis de Vancouver.

Dans un bar louche de Port of Spain, sur l'île de Trinidad, deux membres d'équipage d'un navire marchand moururent, agressés par une bande locale. Tous deux avaient été poignardés d'une main adroite.

À l'arrivée des policiers trinidadiens, les témoins, frappés d'amnésie, se rappelaient tout juste que les agresseurs étaient au nombre de cinq, qu'ils avaient provoqué une bagarre et que c'étaient des habitants de l'île. La police ne put en savoir plus, et il n'y eut pas d'arrestations.

Les tueurs étaient en fait des truands locaux qui n'avaient rien à voir avec le terrorisme islamiste. Mais l'homme qui les avait payés pour ce coup était l'un des chefs du Jamaat-al-Muslimeen, le plus important des groupes trinidadiens qui soutenaient Al-Qaïda.

Bien qu'il reste peu connu des médias occidentaux, le J-al-M n'a cessé de se développer depuis plusieurs années, comme d'autres groupes à travers toutes les Caraïbes. Dans cette région du monde connue pour son christianisme modéré, l'islam gagne tranquillement du terrain avec l'immigration de masse en provenance du Moyen-Orient, d'Asie centrale et du sous-continent indien.

L'argent versé aux hommes du J-al-M pour commettre ce double assassinat provenait d'un compte ouvert par Mr. Toufik Al-Qur, et l'ordre avait été donné par un émissaire du Dr Al-Khattab qui se trouvait toujours sur l'île.

Comme on n'avait pas dépouillé les deux marins de leur portefeuille, la police de Port of Spain les identifia rapidement comme des citoyens du Venezuela arrivés à bord du bateau vénézuélien qui mouillait dans le port.

Le capitaine Pablo Montalban, qui commandait le bateau, fut indigné autant que bouleversé par la nouvelle de leur mort, mais il lui était impossible de rester plus longtemps au port.

L'ambassade et le consulat du Venezuela se chargèrent de rapatrier les corps à Caracas, tandis que Montalban contactait son agent sur place pour qu'il lui procure des remplaçants. L'agent demanda autour de lui et eut de la chance. Il tomba sur deux jeunes Indiens du Kerala qui avaient fait le tour du monde en travaillant sur des bateaux et qui, s'ils ne possédaient aucun papier de naturalisation, n'en avaient pas moins d'excellents certificats délivrés par leurs précédents employeurs.

Sitôt embauchés, ils rejoignirent l'équipage et le *Doña Maria* put appareiller avec seulement un jour de retard.

Le capitaine Montalban savait vaguement que la plus grande partie de l'Inde est hindouiste, mais ignorait qu'elle compte aussi cent cinquante millions de musulmans. Il ne se doutait pas que les musulmans indiens avaient connu un mouvement de radicalisation aussi fort que celui du Pakistan, ou que le

Kerala, après avoir été un foyer du communisme, s'était laissé gagner par l'extrémisme islamiste.

Ses nouveaux matelots avaient effectivement financé leur traversée depuis l'Inde en trimant sur des bateaux, mais sur ordre, et pour acquérir de l'expérience. Et le catholique vénézuélien qu'était Montalban ne se doutait pas que, sans avoir l'idée de suicide à l'esprit, ces deux-là travaillaient pour le Jamaat-al-Muslimeen. C'était justement pour faire embaucher les deux Indiens qu'on avait tué dans un bar les infortunés matelots.

En recevant les nouvelles d'Extrême-Orient, Marek Gumienny décida de prendre un vol transatlantique. Mais il se fit accompagner d'un spécialiste dans une autre discipline.

— Les experts arabes ont fait leur boulot, Steve, dit-il à Hill avant de s'envoler. Il nous faut maintenant des gens qui aient une bonne connaissance du monde de la marine marchande.

Celui qu'il emmenait avec lui venait de l'administration américaine des douanes et de la protection des frontières, division de la marine marchande. Steve Hill arriva de Londres flanqué d'un autre de ses collègues : celui-ci venait du bureau anti-terrorisme du SIS secteur maritime. Ils se connaissaient indirectement pour avoir lu des articles ou participé à des réunions d'information entre les services occidentaux d'anti-terrorisme. On leur annonça qu'ils avaient douze heures pour devenir copains et s'informer de la menace et de la stratégie en cours pour la contrer. Quand vint le moment de rendre compte à Gumienny, Hill, Phillips et McDonald, Chuck Hemingway parla le premier :

— Ceci n'est pas une chasse à l'homme, on cherche une

aiguille dans une botte de foin. Quand on cherche un homme, on a une cible. Là, c'est flottant.

» Il y a aujourd'hui quarante-six mille navires marchands sur les océans du monde. La moitié d'entre eux naviguent sous des pavillons de complaisance, qui sont pratiquement interchangeables selon l'humeur du capitaine.

» La mer recouvre les six septièmes de la surface du globe, ce qui représente une telle étendue qu'à tout moment des milliers de bateaux sont hors de vue depuis la côte ou depuis un autre bateau.

» Quatre-vingts pour cent du commerce mondial passent encore par la mer, ce qui représente un peu moins de six milliards de tonnes. Et il y a quatre mille ports marchands techniquement fréquentables dans le monde.

» Pour nous résumer, vous voulez trouver un bateau, mais vous ne savez pas quel type de bateau, et vous ne connaissez ni sa taille, ni son tonnage, ni sa forme, ni son propriétaire, ni son pavillon, ni son capitaine, ni son nom. Si nous voulons avoir une chance de repérer ce... disons ce vaisseau-fantôme, il va nous en falloir plus, ou bien un sacré coup de chance. Vous ne pouvez rien nous en dire d'autre ?

Un pénible silence lui répondit.

– On est en plein pessimisme, bon Dieu ! dit Marek Gumienny. Sam, vous n'avez pas une lueur d'espoir à nous donner ?

– Nous pensons, Chuck et moi-même, qu'on pourrait peut-être y arriver si on identifiait la cible que peuvent viser les terroristes, répondit Sam Seymour. On pourrait alors intervenir sur tous les bateaux qui se dirigent vers cette cible et demander une inspection par des hommes armés de tout ce qui flotte dans la zone.

— On vous écoute, dit Hill. Vers quelle sorte de cible pourraient-ils se diriger ?

— Depuis des années, la profession ne cesse de se plaindre et de pondre des rapports. Les océans sont devenus le terrain de jeu des terroristes. Il y a eu quelque chose d'illogique dans le fait qu'Al-Qaïda ait choisi la voix aérienne pour son premier attentat spectaculaire. Ils espéraient détruire trois ou quatre étages des tours du World Trade Center, et ils ont eu une chance incroyable – si on peut dire. Pendant ce temps, la mer leur faisait signe.

— La sécurité des ports et des aéroports a été fortement renforcée, observa sèchement Marek Gumienny. Je le sais, j'ai vu les budgets.

— Avec tout le respect que je vous dois, monsieur, pas suffisamment. On sait aussi que le piratage de navires dans les eaux voisines de l'Indonésie – autrement dit, dans toutes les directions – augmente de façon continue depuis le tournant du millénaire. Il a pour objet, en partie du moins, la collecte de fonds destinés à soutenir le terrorisme. Et il se passe, en mer, d'autres choses qui défient la logique.

— Par exemple... ?

— Il y a eu dix cas de vols de remorqueurs par des pirates. Certains n'ont jamais été retrouvés. Ils n'ont aucune valeur à la revente car ils sont faciles à repérer et difficiles à maquiller. À quoi servent-ils ? Nous pensons qu'ils pourraient servir à tirer un pétrolier géant au milieu du port de Singapour en pleine activité.

— Pour le faire exploser ? demanda Hill.

— Inutile. Il suffit de le couler sur place. Le port sera bouché pour dix ans.

— D'accord, dit Marek Gumienny. Donc... une cible potentielle. On s'empare d'un pétrolier géant et on s'en sert pour bloquer un port commercial. Est-ce assez spectaculaire ? Ça semble relativement anodin, sauf pour le port en question... Pas de victimes.

– Ça empire, enchaîna Chuck Hemingway. Il y a d'autres choses qu'on peut détruire avec un bateau en infligeant de sérieux dommages aux échanges commerciaux entre pays. Dans sa vidéo d'octobre 2004, Ben Laden a annoncé lui-même qu'il allait désormais prendre l'économie pour cible.

» Personne ne s'en rend compte dans les stations-service ou dans les centres commerciaux, mais c'est toute l'économie mondiale qui fonctionne désormais à flux tendu. Plus personne ne veut stocker de la marchandise. Les T-shirts fabriqués en Chine arrivent à quai le vendredi pour être vendus à Dallas le lundi. Et c'est la même chose pour l'essence.

» Et le canal de Panama ? ou le canal de Suez ? Fermez-les, et c'est toute l'économie mondiale qui bascule dans le chaos. Les dégâts pourraient se chiffrer en milliards de dollars. Et il y a une dizaine d'autres détroits dans le monde qu'on pourrait bloquer en y coulant un grand cargo ou un pétrolier géant.

– Bien, dit Marek Gumienny. Mais voyez-vous, nous avons un Président et cinq hauts responsables à informer. Vous, Steve, vous avez un Premier ministre. On ne peut pas rester sans réagir après ce message de Crowbar. Et on ne va pas pleurer non plus. Il faut proposer des mesures concrètes. Ils voudront agir, montrer qu'ils font quelque chose. Il faut donc dresser la liste des probabilités et envisager des contre-mesures. Que diable, nous ne manquons pas de ressources pour nous défendre !

Chuck Hemingway prit un texte qu'il avait déjà préparé avec Seymour.

– D'accord, monsieur. Nous pensons que l'hypothèse numéro un est le détournement d'un très gros navire – pétrolier, cargo, transport de minerai – pour le couler dans un passage maritime étroit mais vital. Quelles mesures sont à prendre ? Il faut identifier tous ces lieux à risque et poster des navires de guerre à chaque extrémité. Les marines monteront à bord de tous les bâtiments qui empruntent le passage.

— Seigneur, dit Steve Hill, ça risque de provoquer un fameux désordre. On dira que nous nous conduisons comme des pirates. Et les propriétaires des eaux territoriales ? Ils n'auraient pas leur mot à dire ?

— Si les terroristes réussissent leur coup, les autres bateaux et les pays côtiers seront ruinés. On peut agir sans perdre de temps – les marines savent embarquer sur les bateaux sans ralentir leur marche. Et, franchement, des terroristes à bord d'un bateau piraté ne peuvent se laisser aborder. Ils seront obligés de tirer, de s'exposer et de déguerpir s'ils le peuvent. Je crois que les propriétaires des bateaux seront d'accord avec nous.

— Et l'hypothèse numéro deux ? demanda Steve Hill.

— Amener le vaisseau-fantôme bourré d'explosifs dans un lieu stratégique, par exemple sur une jonction de pipe-lines en mer, et l'y faire exploser. Les dégâts seraient d'un coût astronomique et l'économie mettrait des années à s'en relever. C'est ce qu'a fait Saddam Hussein au Koweït, en mettant le feu à tous les puits de pétrole à l'arrivée de la coalition. Contre-mesure : la même. Identifier et intercepter tout bateau qui s'approche des sites en établissant un cordon sanitaire à une quinzaine de kilomètres.

— Nous n'avons pas assez de bâtiments militaires, protesta Steve Hill. Comment protéger tous les pipe-lines en mer, toutes les raffineries de la côte, toutes les plates-formes d'extraction off-shore ?

— C'est pourquoi les pays côtiers doivent prendre leur part

de l'effort et des dépenses, monsieur. Et on n'a pas forcément besoin de bâtiments militaires. Si le vaisseau-fantôme ouvre le feu sur un bateau d'interception, il sera repéré et l'aviation pourra le couler.

Marek Gumienny se passa la main sur le front.

— Autre chose ?

— Il y a une hypothèse numéro 3, dit Seymour. L'utilisation d'explosifs pour provoquer un massacre. Dans ce cas, la cible peut être un lieu touristique avec des plages pleines de vacanciers. C'est une hypothèse épouvantable, qui rappelle la destruction d'Halifax, Nouvelle-Écosse, en 1917, par l'explosion au beau milieu du port d'un bateau bourré de munitions. La ville a été rayée de la carte. Ça reste la plus forte explosion non atomique qui ait jamais eu lieu.

— Je dois rendre compte à mes supérieurs, Steve, et je sens que ça ne sera pas une partie de plaisir, dit Marek Gumienny en échangeant une poignée de main avec son collègue sur la piste de l'aéroport. À ce propos, si des contre-mesures sont prises, et il va falloir en prendre, on ne pourra pas laisser les médias à l'écart de cette affaire. Il faut trouver le bobard le plus vraisemblable possible si on ne veut pas attirer l'attention des autres voyous sur notre colonel Martin. Comme vous le savez, je lui tire mon chapeau, mais il faut accepter la réalité. Si ça se trouve, il n'est déjà plus de ce monde.

Le major Larry Duval jeta un coup d'œil au-dehors, alors que le soleil brillait sur l'Arizona, et s'émerveilla une fois de plus à la vue du Strike Eagle F-15 qui l'attendait. Il avait volé quinze années durant sur la version E du F-15 et disait volontiers que cet avion était l'amour de sa vie.

Au cours de sa carrière, il avait été amené à piloter l'Aardvark F-111 et le Wild Weasel F4-G, qui étaient eux aussi de superbes machines sur lesquelles l'US Air Force lui accordait le privilège de voler, mais l'Eagle était *son* avion et Larry Duval avait été pendant vingt ans un as parmi les as.

On travaillait encore sur le chasseur avec lequel il devait décoller ce jour-là de la base de Luke pour rallier directement l'État de Washington. L'avion semblait accroupi comme un gros animal taciturne, insensible à l'amour comme à la luxure, à la haine et à la crainte, au milieu des équipes d'hommes et de femmes qui s'activaient. Larry Duval enviait son Eagle : malgré son infinie complexité, il ne sentait rien. Il ne pouvait pas avoir peur.

L'appareil qu'on était en train de préparer était venu à la base de Luke afin d'y subir une révision complète et une remise en état dans les ateliers. Après quoi il devait, conformément au règlement, faire l'objet d'un essai en vol.

Il attendait donc, sous le soleil éclatant de l'Arizona ; vingt mètres de long, six de haut et onze mètres d'envergure pour un poids de vingt tonnes à vide et quarante tonnes au décollage en charge maximum. Larry Duval se retourna vers le capitaine Nicky Johns, son officier artilleur, qui venait de faire contrôler son propre équipement. Dans l'Eagle, l'officier artilleur vole en tandem avec le pilote, environné de millions de dollars d'appareillages divers. Il allait tous les tester pendant le long vol jusqu'à la base aérienne de McChord.

La jeep décapotée s'arrêta devant le bâtiment et on amena les deux aviateurs jusqu'à l'appareil, à quelques centaines de mètres. Ils firent en sept minutes toutes les vérifications de pré-décollage, mais il y avait peu de chances que les équipes de préparateurs au sol aient négligé quoi que ce soit.

Une fois à bord, ils bouclèrent leur ceinture de sécurité et adressèrent un dernier signe de tête au personnel au sol, qui abandonna l'appareil et recula.

Larry Duval lança les deux puissants moteurs du F-100, la passerelle se replia en douceur dans son habitacle et l'Eagle se mit à rouler. Il fit demi-tour sous le vent léger qui balayait la piste, marqua une pause, reçut l'autorisation de décoller et fit un dernier essai de freinage. Puis des flammes de dix mètres jaillirent des tuyères d'échappement et le major Duval mit pleins gaz.

Après avoir parcouru un bon kilomètre à cent quatre-vingt-cinq nœuds, les roues de l'Eagle quittèrent la piste. Duval le lança dans une ascension à 5 000 pieds/minute tandis que son artilleur, derrière lui, réglait la navigation au compas vers leur destination. Parvenu à 30 000 pieds d'altitude dans un ciel uniformément bleu, l'avion se mit en vol horizontal, le nez pointé vers Seattle. Sous eux, la chaîne des montagnes Rocheuses était couverte de neige et ils la verraient ainsi pendant tout le trajet.

Au ministère britannique des Affaires étrangères, on achevait de préparer le déplacement du chef du gouvernement et de ses conseillers pour la conférence du G8. La délégation au complet partirait d'Heathrow pour New York, où le secrétaire d'État américain viendrait l'accueillir à l'aéroport John-Fitzgerald-Kennedy.

Six autres délégations en provenance de six autres pays seraient également au rendez-vous.

Toutes les délégations devaient rester en « zone sécurisée » dans l'enceinte de l'aéroport et à un kilomètre de distance d'éventuels manifestants relégués à l'extérieur de ce périmètre. Le Président ne laisserait pas ceux qu'il traitait de « crétins » hurler des insultes à ses hôtes ou les importuner de quelque façon que ce soit. On ne reverrait pas ce qui s'était passé à Seattle et à Gênes.

Le transfert à partir de JFK se ferait par un pont aérien d'hélicoptères qui déposeraient leurs passagers dans une autre enceinte sécurisée. De là, les délégués pourraient se déplacer à pied pendant les cinq jours que devait durer la conférence et rester dans un environnement aussi luxueux qu'hermétiquement clos. Il n'y avait pas la moindre faille au dispositif.

— Personne n'y avait pensé jusqu'à présent, mais quand on réfléchit, c'est très malin, observa un diplomate britannique. Nous devrions peut-être faire la même chose quand viendra notre tour.

— J'ai une bonne nouvelle pour vous, répliqua l'un de ses collègues, plus vieux et plus expérimenté. Ce ne sera pas notre tour avant plusieurs années. En attendant, nous pouvons laisser aux autres le casse-tête de la sécurité.

Marek Gumienny ne fut pas long à rejoindre Steve Hill. Il s'était fait accompagner à la Maison Blanche par le directeur de sa propre agence, pour exposer aux six hauts responsables qui suivaient l'affaire les déductions auxquelles avait donné lieu la réception d'un étrange message envoyé depuis l'île de Labuan.

— Ils m'ont répété la même chose, ou à peu près, expliqua-t-il. De quoi s'agit-il ? Où est-ce ? Trouvez-nous ça et détruisez-le.

— C'est aussi ce que dit mon gouvernement, dit Steve Hill. Tous les coups sont permis. On doit tirer à vue. Et ils tiennent à ce qu'on coopère sur cette affaire.

— Aucun problème. Mais Steve, mes hommes ont la conviction que les États-Unis sont la cible. La protection de nos côtes passe donc avant tout le reste : Moyen-Orient, Asie, Europe. Nous avons la priorité pour user de tous nos moyens – satellites, bateaux de guerre, tout. Si nous repérons le vaisseau-fantôme n'importe où loin de nos côtes, nous ferons appel aux moyens nécessaires pour le détruire.

John Negroponte, le directeur du renseignement national, avait autorisé les responsables de la CIA à informer leurs homologues britanniques des contre-mesures mises en place par les États-Unis.

La stratégie de défense devait se développer sur trois axes : surveillance aérienne, identification du bâtiment et contrôle à bord. Toute explication insatisfaisante, toute tentative pour se détourner de sa route entraîneraient une interception physique. Toute résistance, la destruction en mer.

Pour établir un périmètre maritime, on traça un cercle de trois cents milles de rayon autour de l'île de Labuan. Et on tira un trait à travers le Pacifique, de la courbe nord de ce cercle à Anchorage sur la côte sud de l'Alaska. On tira un autre trait à travers le Pacifique de l'arc méridional de l'Indonésie jusqu'à la côte de l'Équateur.

La zone comprise entre ces deux traits englobait la plus grande partie de l'océan Pacifique, ainsi que les côtes occidentales du Canada, des États-Unis et du Mexique jusqu'à l'Équateur, le canal de Panama compris.

Il n'était pas nécessaire d'annoncer tout cela pour le moment, avait décidé la Maison Blanche, mais l'intention était de surveiller tous les bateaux qui se dirigeaient vers les côtes américaines à l'intérieur de ce triangle. Tous ceux qui s'en éloignaient ou se dirigeaient vers l'Asie ne seraient pas soumis à cette surveillance. Tous les autres seraient identifiés et contrôlés.

Grâce à des années de pressions exercées par quelques organisations souvent considérées comme loufoques, la procédure était unique, et simple. Les principales compagnies de transport maritime avaient accepté de fournir leurs feuilles de route, les compagnies aériennes leurs plans de vol, de façon automatique. Soixante-dix pour cent des bateaux naviguant dans la « zone de contrôle » auraient été préalablement enregistrés et les compagnies propriétaires pourraient entrer en contact avec leurs capitaines. Les nouvelles règles stipulaient que les capitaines emploieraient un certain mot, toujours le même, connu de leur seul propriétaire, si tout allait bien. L'emploi d'un autre mot que le mot convenu signifierait que le capitaine était sous la contrainte.

Soixante-douze heures après la réunion à la Maison Blanche, le premier satellite Keyhole KH-11 se plaçait sur son orbite et commençait à observer l'archipel indonésien. Ses ordinateurs avaient pour instruction de photographier, quel que soit le sens de la marche, tout navire marchand dans un rayon de trois cents milles autour de Labuan. Les ordinateurs suivent les instructions. Quand ils commencèrent à prendre leurs clichés, le *Countess of Richmond* faisait route vers le sud à travers le détroit de Macassar, à trois cent dix milles de Labuan. Il ne fut pas photographié.

Vue de Londres, l'obsession des Américains pour une attaque venant du Pacifique ne représentait que la moitié du tableau.

Les conclusions de la réunion à Edzell avaient été transmises en Grande-Bretagne et aux États-Unis pour une étude approfondie et avaient reçu une approbation globale.

Il fallut un long entretien téléphonique sur la ligne rouge entre Downing Street et la Maison Blanche pour parvenir à un accord sur les deux passages les plus vitaux à l'est de Malte. On convint que la Royal Navy, en partenariat avec les Égyptiens, s'occuperait de l'extrémité sud du canal de Suez pour intercepter tous les bateaux venant d'Asie, sauf les plus petits.

Les bâtiments de l'US Navy dans le golfe Persique, la mer d'Oman et l'océan Indien patrouilleraient dans le détroit d'Ormuz. Là, la menace ne pouvait venir que d'un gros navire capable de se couler lui-même dans le chenal d'eau profonde qui passait au milieu du détroit. L'essentiel de la circulation était composé de pétroliers géants qui arrivaient du sud à vide, et revenaient pleins à ras bord du pétrole qu'ils avaient chargé sur l'une des îles éparpillées au large des côtes d'Iran, du Qatar, de Bahreïn, d'Arabie Saoudite et du Koweït.

Les Américains constatèrent avec plaisir que les compagnies propriétaires de ces monstres des mers n'étaient pas très nombreuses, et toutes disposées à coopérer pour éviter un désastre dont elles risquaient d'être toutes les victimes. Déposer avec un hélicoptère Stallion un groupe de marines sur le pont d'un pétrolier géant naviguant vers le détroit mais auquel il restait trois cents milles à parcourir, et se livrer à une rapide inspection, ne prenait pas beaucoup de temps et ne ralentissait pas le bateau.

Concernant les hypothèses deux et trois, tous les gouvernements qui disposaient en Europe d'un port maritime important furent avertis de l'existence possible d'un vaisseau-fantôme emmené par un groupe de terroristes. Il revint donc au Danemark de protéger Copenhague, à la Suède de surveiller Stockholm et Göteborg, à l'Allemagne de contrôler tous les bâtiments qui entreraient dans les ports d'Hambourg et de Kiel, à la France de défendre Brest et Marseille. Des avions de la marine britannique s'envolèrent de Gibraltar pour patrouiller dans les parages des Colonnes d'Hercule, entre le Rocher et le Maroc, afin d'identifier tout ce qui arrivait par l'Atlantique.

Le major Duval avait testé l'Eagle en variant l'allure pendant tout le survol des Rocheuses, et l'appareil s'était bien comporté. Au sol, le temps avait changé.

Le pilote vit apparaître dans le ciel bleu pur de l'Arizona des traînées de nuages qui s'épaissirent quand il quitta le Nevada pour l'Oregon. Après avoir dépassé le fleuve Columbia pour survoler l'État de Washington, ils rencontrèrent une masse nuageuse compacte qui s'élevait de la cime des arbres à 20 000 pieds d'altitude en se déplaçant vers le sud depuis la frontière canadienne. À 30 000 pieds, on était encore dans le bleu, mais la descente serait longue dans cette vapeur dense et grise. Duval appela la base de McChord et réclama une assistance au sol pour atterrissage sans visibilité.

McChord lui demanda de rester à l'est, de tourner au-dessus de Spokane et de descendre en suivant les instructions. Alors que l'Eagle amorçait son virage à gauche, ce qui allait devenir la pince coupante la plus coûteuse de toute l'histoire de l'US Air Force glissa de l'endroit où on l'avait coincée entre deux conduites hydrauliques à l'intérieur du moteur droit. Quand l'Eagle se redressa, la pince tomba sur les pales du turboventilateur.

Il y eut d'abord un choc brutal quelque part dans les profondeurs du moteur F-100 quand les pales du compresseur, qui tournaient presque à la vitesse du son, commencèrent à se déchiqueter. Une lueur rouge, aveuglante, éclaira le cockpit en réponse au cri de Nicky Johns :

— Qu'est-ce que c'est, bordel !

Devant lui, Larry Duval écoutait la voix qui hurlait à son oreille : « Ferme tout ! »

Après toutes ces années à voler, les doigts de Duval s'affairaient déjà, presque machinalement, sur les commandes : carburant, circuits électriques, conduites hydrauliques. Mais le moteur droit était en feu. Les extincteurs placés à l'intérieur étaient entrés en action, mais trop tard. Le F-100 était en train de s'autodétruire selon ce que les manuels décrivent comme une « panne de moteur catastrophique ».

Derrière Duval, le navigateur disait à McChord :

— SOS, SOS, SOS, moteur tribord en feu...

Il fut interrompu par un autre rugissement dans son dos. Au lieu de tomber, les morceaux de moteur attaquaient l'appareil par le côté. À nouveau, cette grande lueur rouge. Le deuxième moteur avait pris feu à son tour. Duval aurait pu tenter un atterrissage avec des réservoirs presque vides et un seul moteur. Mais quand ses deux moteurs lâchent, un chasseur moderne ne plane pas comme ceux du bon vieux temps : il tombe.

Le capitaine Johns dirait plus tard aux enquêteurs que la voix de son pilote était restée calme et posée. Comme il avait lui-même mis la radio en mode « transmission », il n'avait pas à informer la tour de contrôle de McChord : les contrôleurs entendaient tout en direct.

— Je n'ai plus de moteurs, dit le major. Prépare-toi à sauter !

Le navigateur jeta un dernier coup d'œil à ses instruments. Altitude : 24 000 pieds. Trajectoire : piqué. Dehors, le soleil brillait toujours, mais la masse nuageuse venait vers eux à toute vitesse. Il regarda derrière lui. L'Eagle n'était plus qu'une torche. Il flambait sur toute sa longueur. Il entendit la voix calme de l'homme assis devant lui :

— Éjection. Éjection.

Les deux hommes tendirent la main vers la manette placée sous leur siège et tirèrent. C'était tout ce qu'ils avaient à faire. Les sièges éjectables modernes sont si perfectionnés que même si l'aviateur perd connaissance, ils font tout à sa place.

Ni Larry Duval ni Nicky Johns ne virent leur avion mourir. En quelques secondes, leurs corps furent projetés à travers le cockpit qui vola en éclats, dans le froid glacial de la stratosphère. Le siège leur bloquait les bras et les jambes pour leur éviter des mouvements désordonnés. Il protégeait leur visage pour empêcher que la déflagration ne leur fasse remonter les os des pommettes dans le crâne.

Les deux aviateurs éjectés, puis stabilisés par de minuscules ailerons, plongèrent vers le sol. Ils furent en une seconde dans le banc de nuages. Même s'ils avaient pu regarder dans leur viseur, ils n'auraient vu que les masses grises et humides des nuages qui passaient à côté d'eux.

Leurs sièges perçurent l'approche du sol et les sangles qui retenaient les deux hommes, qu'un kilomètre, environ, séparait maintenant, sautèrent toutes en même temps, libérant aussi les sièges qui tombèrent comme des pierres sur le paysage.

Les parachutes aussi étaient automatiques. Ils déployèrent d'abord un petit aileron destiné à stabiliser la chute du corps dans le vide, puis la grande corolle. Chacun sentit le choc en passant de 200 à environ 20 kilomètres/heure.

Ils commençaient à sentir aussi le froid intense qui pénétrait à travers leurs minces tenues de vol. Il leur sembla traverser un univers fantasmagorique d'humidité et de lumière grise, quelque part entre enfer et paradis, jusqu'à la rencontre avec les hautes branches des pins et des épicéas.

Dans le demi-jour qui régnait sous le matelas de nuages, le major atterrit dans une sorte de clairière, et sa chute fut amortie par l'épaisseur des branches de conifères aplaties sur le sol. Après quelques secondes d'étourdissement, le souffle court, il défit la boucle de la ceinture qui le retenait au parachute et se redressa. Puis il se mit à émettre pour que les secours puissent le localiser.

Nicky Johns était lui aussi tombé sur des branches, mais au beau milieu des arbres et non dans une clairière. En s'écrasant, il avait reçu en avalanche toute la neige accumulée, et il était trempé. Il attendit le choc de la rencontre avec le sol, mais il ne se passa rien. Il vit au-dessus de lui, dans la lumière grise et glaciale, son parachute accroché à de hautes branches. En dessous, il n'apercevait pas le sol. De la neige et des aiguilles de pin, pensa-t-il, et il y a bien cinq mètres. Il respira un grand coup, débloqua la boucle de sa ceinture et tomba.

Il aurait pu, avec un peu de chance, se recevoir debout et le rester. Mais il sentit très précisément le tibia de sa jambe gauche se briser quand il glissa entre deux grosses branches sous la neige. Il comprit que le choc et le froid allaient puiser impitoyablement dans ses réserves. À son tour, il prit sa radio pour se signaler.

L'Eagle avait encore tenté de voler quelques secondes après le brusque départ de son équipage. Il avait levé le nez, s'était secoué, avait basculé sur le flanc et poursuivi sa chute avant d'exploser en pénétrant dans la masse nuageuse. Les flammes avaient fini par atteindre les réservoirs.

Dans l'explosion, les deux moteurs se détachèrent de la carlingue. Vingt mille pieds plus bas, chaque moteur, ses cinq tonnes de métal enflammé rugissant dans l'air à 800 kilomètres/heure, s'écrasa sur le paysage sauvage des Cascades. Le premier détruisit une vingtaine d'arbres. Le second fit mieux.

L'officier des opérations spéciales de la CIA qui commandait la garnison au chalet mit deux bonnes minutes à reprendre connaissance, et se traîna sur le sol pour sortir du réfectoire où il était attablé un instant plus tôt devant son petit déjeuner. Il était sonné et avait envie de vomir. Adossé au mur de rondins dans un tourbillon de poussière, il se mit à appeler. Des gémissements lui répondirent. Vingt minutes plus tard, l'inventaire était fait. Les deux hommes qui jouaient au billard dans la pièce voisine du réfectoire étaient morts. Les autres, blessés. Ceux qui étaient partis pour une randonnée avaient eu de la chance. Ils se trouvaient à une centaine de mètres au moment où la météorite – d'après eux – était tombée sur le chalet. Après avoir constaté que deux des agents de la CIA étaient morts, que trois avaient besoin de soins d'urgence, que les deux randonneurs étaient indemnes et tous les autres sérieusement choqués, ils allèrent voir ce qu'il en était du prisonnier.

On les accuserait par la suite d'avoir été trop lents à réagir, mais la commission d'enquête finirait par conclure qu'ils avaient agi correctement en s'occupant d'abord d'eux-mêmes. La pièce de l'Afghan, vue à travers l'œilleton, était très sombre. Ils se ruèrent à l'intérieur pour constater que la porte donnant sur la petite cour d'exercice était ouverte. La pièce elle-même, construite en béton armé, était intacte.

Pas comme le mur d'enceinte. Béton ou pas, le moteur F-100 avait fait sauter un pan de près de deux mètres de haut avant de ricocher contre le mur de la salle de jeux. Et l'Afghan n'était plus là.

QUINZE

Pendant que la grande nasse américaine se déployait autour des Philippines, de Bornéo et de l'Indonésie orientale, et de l'autre côté du Pacifique jusqu'aux côtes américaines, le *Countess of Richmond* quittait la mer de Flores par le détroit de Lombok entre Bali et Lombok et pénétrait dans l'océan Indien. Puis il mit le cap à l'ouest, vers l'Afrique.

Trois personnes, au moins, avaient entendu le SOS de l'*Eagle* en perdition. Les militaires de la base aérienne de McChord avaient tout enregistré, l'accident s'étant produit alors qu'ils étaient en communication avec l'appareil. La gare aéronavale de Whidbey Island, au nord de McChord, gardait en permanence une oreille sur le Canal 16, tout comme l'unité de garde côtière de Bellingham. Dans les secondes qui suivirent, ils entrèrent en contact pour constater qu'ils formaient un triangle autour de la position des naufragés.

Le temps n'est plus depuis longtemps des pilotes ballottés pendant une éternité sur un canot de sauvetage, ou étendus dans la forêt en attendant qu'on les trouve. Les aviateurs des temps modernes ont un gilet de sauvetage équipé d'un émetteur dernier cri, petit mais puissant, dont le signal porte loin.

Les émetteurs furent aussitôt repérés et les trois observateurs, à leurs postes respectifs, localisèrent les deux aviateurs à quelques mètres près. Le major Duval était au beau milieu du parc national, et le capitaine Johns était tombé dans une forêt en exploitation. Ces deux zones étaient interdites d'accès pendant l'hiver.

L'épaisseur des nuages à la cime des arbres interdisait une récupération par hélicoptère, le moyen le plus simple et celui qu'on préférait à tous. La couverture nuageuse obligeait à un sauvetage à l'ancienne. Des véhicules tout-terrain ou des voitures à chenille amèneraient le groupe des secouristes le plus près possible en suivant une piste ; et de là aux aviateurs, ce ne serait plus qu'une affaire de muscles et de transpiration.

L'ennemi, c'était maintenant l'hypothermie, et, dans le cas de Johns avec sa jambe fracturée, le traumatisme. Le shérif du comté de Whatcom prit contact par radio pour dire qu'il avait des hommes prêts à partir et qu'ils allaient se regrouper dans la petite ville de Glacier, à la lisière de la forêt distante d'une trentaine de minutes. C'étaient eux qui se trouvaient le plus près de Nicky Johns. De nombreux bûcherons vivaient dans la région, et ils connaissaient les pistes de la forêt comme leur poche. On indiqua au shérif la position exacte de Johns, et il se mit en route.

Pour soutenir le moral du blessé, McChord le mit en communication avec le shérif, et le shérif put lui prodiguer des encouragements pendant qu'il se rapprochait avec son équipe.

Le Service des parcs et forêts de l'État de Washington opta pour le major Duval. Ses responsables avaient de l'expérience, même plus qu'ils n'en voulaient : il ne se passait pas une année sans qu'ils aillent récupérer un campeur victime d'une mauvaise chute. Ils connaissaient chaque route, chaque piste du parc, savaient où elle allait et où elle s'arrêtait. Ils y circulaient en chasse-neige et en quad. Leur homme n'étant pas blessé, on pouvait espérer que la civière serait inutile.

Mais, à mesure que les minutes passaient, la température des deux aviateurs baissait lentement, plus vite chez Johns qui ne pouvait pas bouger. Une course était engagée pour leur apporter des gants, des bottes, des couvertures de survie et du bouillon fumant avant que le froid n'ait raison d'eux.

Personne n'avait dit aux secouristes, car personne ne le savait, qu'il y avait un autre homme dans cette forêt sauvage, et qu'il était infiniment plus dangereux.

Les locataires du chalet en partie détruit avaient de la chance : leur système de communication avait survécu au désastre. Seul le commandant possédait un numéro à appeler en cas d'urgence, mais c'était le bon. Son coup de téléphone alla directement sur une ligne sécurisée au bureau de Marck Gumienny à Langley. Comme celui-ci se trouvait à trois fuseaux horaires vers l'est, il était quatre heures de l'après-midi quand il décrocha.

Il écoutait avec le plus grand calme. Il ne jura pas, ne broncha pas en s'entendant annoncer une catastrophe majeure. Son jeune collègue des Cascades n'avait pas terminé qu'il analysait déjà la situation. Par une température bien inférieure à zéro, les deux morts devraient peut-être attendre un certain temps. En revanche, les trois blessés devaient être secourus de toute urgence. Et il fallait se lancer à la poursuite du fugitif.

— Un hélicoptère pourrait-il vous rejoindre ? demanda-t-il.

— Non, monsieur, les nuages sont au ras des arbres et on s'attend à de nouvelles chutes de neige.

— Quelle est la ville la plus proche de vous qu'on peut atteindre par une piste ?

— Mazama. C'est en dehors du Wilderness, mais il y a une piste qui part de là jusqu'au col de Hart. C'est à deux kilomètres. Ensuite, il n'y a plus rien pour arriver jusqu'ici.

— Vous êtes un centre de recherche protégé, vous comprenez ça ? Vous avez besoin de secours d'urgence. Réveillez le shérif de Mazama, et qu'il se débrouille pour venir jusqu'à vous avec ce qu'il a : chenilles, chasse-neige, 4 × 4, et des skis, des raquettes, des traîneaux pour les deux derniers kilomètres. Il faut hospitaliser ces hommes. Vous avez de quoi vous chauffer en attendant ?

— Oui, monsieur. Il y deux pièces démolies, mais trois sont encore fermées. Le chauffage ne marche plus, mais on a commencé à ramasser du bois.

— Bien. Quand les secours seront là, fermez tout, détruisez toutes traces de communications. Prenez le matériel, emportez les codes avec vous et sortez avec les blessés.

— Monsieur ?

— Oui ?

— Et l'Afghan ?

— Je m'en charge.

Marek Gumienny pensa à la lettre de mission que John Negroponte lui avait remise au début de l'opération Crowbar. Les pleins pouvoirs. Pas de limites. Il était temps que l'armée montre de quoi elle était capable avec l'argent des contribuables. Il appela le Pentagone.

Après deux ans dans la Compagnie et grâce à la nouvelle politique d'échange, il entretenait des contacts étroits avec le

Service de renseignement de la Défense, dont les responsables étaient au mieux avec les forces spéciales. Vingt minutes plus tard, il comprit qu'il venait peut-être d'apprendre la première bonne nouvelle de la journée.

Fort Lewis, qui appartient à l'armée de terre, se trouve à moins de six kilomètres de la base aérienne de McChord. Une partie de ce vaste camp militaire est ouverte au personnel non autorisé et abrite le Premier Groupe des forces spéciales, que ses quelques amis connaissent sous le nom de « Détachement opérationnel Alpha 143 ». Le 3 final indique qu'il s'agit d'une unité spécialisée dans la montagne. Le Groupe était commandé par le capitaine Michael Linnett.

L'adjudant de l'unité, qui prit l'appel en provenance du Pentagone, n'avait pas l'air de pouvoir faire grand-chose, bien qu'il s'adressât à un général deux-étoiles.

— Pour le moment, monsieur, ils ne sont pas sur la base. Ils sont partis au mont Rainer pour un exercice tactique.

Le général, qui avait ses quartiers à Washington, n'avait jamais entendu parler de cette montagne.

— Pouvez-vous les ramener à la base en hélicoptère, lieutenant ?

— Oui, monsieur, je le crois. Le plafond est juste assez haut.

— Pouvez-vous les amener par air à un endroit qui s'appelle Mazama, près du col de Hart à la limite du Wilderness ?

— Je vais me renseigner, monsieur.

Il disparut quelques minutes et le général attendit.

— Non, monsieur. Les nuages sont au ras des arbres et il va neiger. On ne peut aller là-haut qu'avec des véhicules terrestres.

— Eh bien, allez-y, et le plus vite possible ! Vous dites que les hommes sont en manœuvre ?

— Oui, monsieur.

— Ont-ils avec eux tout ce qu'il faut pour se déplacer dans cette zone du Wilderness ?

— Tout ce qu'on emporte sur le terrain quand la température est inférieure à zéro, monsieur.

— Des munitions ?

— Oui, monsieur. On a prévu de simuler une chasse aux terroristes dans le parc national de Rainer.

— Eh bien, on n'est plus dans les simulations, lieutenant. Emmenez l'unité au complet au bureau du shérif de Mazama. Prenez contact avec l'agent de la CIA qui se présentera à vous, il s'appelle Olsen. Restez en contact permanent avec Alpha et tenez-moi informé de la suite des opérations.

Afin de gagner du temps, le capitaine Linnett lança un appel d'urgence en descendant du mont Rainer, pour demander une exfiltration par air. Fort Lewis avait son propre hélicoptère Chinook, qui alla charger l'équipe Alpha trente minutes plus tard au pied de la montagne, sur le parking des visiteurs désert en cette saison.

Le Chinook remonta vers le nord pour se poser aussi loin que le lui permettaient les nuages chargés de neige. Ce fut un petit aéroport à l'ouest de Burlington. Le camion était déjà en route depuis une heure et ils y arrivèrent en même temps.

Après Burlington, l'Interstate 20 suit une voie sinueuse le long de la rivière Skagit pour pénétrer dans les Cascades. Cette autoroute est fermée pendant l'hiver à tous les véhicules qui ne sont pas dotés d'équipements spéciaux ; le camion des forces spéciales était conçu pour se déplacer sur n'importe quel terrain connu et quelques autres encore à inventer. Mais sa progression était lente. Il se passa quatre heures avant que le chauffeur, épuisé, arrête son véhicule dans la petite ville de Mazama.

Ceux de la CIA étaient tout aussi fatigués, mais au moins

leurs collègues blessés et sous morphine furent embarqués dans une véritable ambulance et celle-ci repartit vers le sud à la rencontre de l'hélicoptère qui devait les emmener au Tacoma Memorial Hospital.

Olsen dit au capitaine Linnett ce qui lui paraissait nécessaire mais suffisant. Linnett rétorqua sèchement qu'il était assermenté pour les questions de sécurité et qu'il voulait en savoir plus.

— Le fugitif a-t-il des vêtements et des chaussures qui le protègent du froid ?

— Non. Chaussures de randonnée, pantalon chaud, blouson léger.

— Pas de skis, pas de raquettes ? Est-il armé ?

— Non, certainement pas.

— Il fait déjà sombre. A-t-il des jumelles de vision nocturne ?

— Non, absolument pas. Il était détenu ici, avec interdiction de sortir.

— Le voilà bien..., dit Linnett. À marcher dans un mètre de neige, sans boussole, par ces températures, on tourne en rond. On va l'avoir.

— Un détail, tout de même. C'est un montagnard. Il est né et il a grandi dans ce milieu.

— Ici ?

— Non. Dans le massif du Tora Bora. C'est un Afghan.

Linnett le regarda, interloqué. Il s'était battu dans le Tora Bora. Il s'y était trouvé au tout début de l'invasion de l'Afghanistan, quand les forces spéciales américaines et britanniques, alliées au sein de la Coalition, fouillaient le Spin Ghar à la recherche d'un groupe de Saoudiens en fuite, dont le chef mesurait 1,92 mètre. Et il y était retourné pour prendre part à l'opération Anaconda. Qui ne s'était pas bien passée non plus. Ils y avaient laissé quelques braves types. Linnett avait un compte à régler avec les Pachtouns de Tora Bora.

— En route ! lança-t-il en sautant à bord de son camion.

Il leur restait à parcourir le tronçon de piste qui les amènerait au col de Hart. Après quoi, ils régresseraient de trois mille ans en chaussant des skis et des raquettes.

Au moment où ils se mettaient en route, la radio du shérif leur apprit qu'on avait retrouvé les deux aviateurs et qu'on les avait ramenés vivants. Ils étaient tous deux à l'hôpital de Seattle. C'était bien, mais un peu tard pour un certain Lemuel Wilson.

Les spécialistes de la marine marchande appelés en renfort sur l'opération Crowbar concentraient toujours leur attention sur l'hypothèse numéro un, à savoir le blocage par Al-Qaïda d'une voie de passage vitale pour l'économie mondiale.

Dans cette hypothèse, la taille du bateau était de la plus grande importance. Sa cargaison l'était beaucoup moins, à ceci près qu'un chargement d'hydrocarbures le rendrait à peu près impossible à couler. Des enquêtes étaient lancées à travers le monde pour identifier tout vaisseau de fort tonnage en train de naviguer.

À l'évidence, plus ils étaient gros et plus ils avaient de chances d'appartenir à l'une des gigantesques et respectables compagnies internationales de navigation. On repéra très vite les cinq cents plus gros bâtiments, connus du public sous l'appellation de « pétroliers géants », et on constata qu'aucun n'avait fait l'objet d'une attaque. On descendit ensuite le tonnage de dix mille en dix mille en charge pleine. Quand tous les navires de cinquante mille tonnes et plus eurent été enregistrés, la terreur du « détroit bouché » commença à diminuer.

Les données de la Lloyd's Register sont sans doute à ce jour les plus complètes dans le domaine de la marine et l'équipe d'Edzell avait établi une ligne directe, utilisée en permanence, avec les bureaux de la compagnie. Sur les conseils de la Lloyd's, on se concentra sur les bateaux naviguant sous des pavillons de complaisance et sur ceux immatriculés dans des ports « louches » ou possédés par des propriétaires déjà suspects. La Lloyd's et le bureau du renseignement anti-terroriste de la marine joignirent leurs efforts à ceux de la CIA et des gardes-côtes américains pour coller à plus de deux cents bateaux une étiquette virtuelle « Interdit d'approcher des côtes américaines », dont leurs capitaines ignoraient l'existence. Mais il n'y eut aucun signe visible annonçant la tempête qui menaçait.

Le capitaine Linnett connaissait ses montagnes et savait qu'un homme qui tenterait d'avancer dans la neige sans tenue de protection sur un terrain encombré de troncs d'arbres invisibles, de racines, de fossés, de ravines et de cours d'eau ne pourrait parcourir, avec de la chance, qu'un peu moins d'un kilomètre en une heure...

Cet homme avait toutes les chances de trébucher en s'enfonçant dans la croûte de neige. Les pieds mouillés, il sentirait sa température baisser rapidement, ce qui ne pouvait que provoquer une hypothermie et lui geler les orteils.

Le message de Langley reçu par Olsen était sans équivoque. Le fugitif ne devait en aucun cas atteindre le Canada, ni aucun téléphone en état de fonctionner.

Linnett n'avait guère de doutes. L'homme qu'il recherchait allait décrire des cercles aussi sûrement que s'il avait été guidé par un compas. Il allait trébucher et tomber à chaque pas. Il n'y verrait rien sous les arbres où la lune ne pénétrait pas, même quand elle n'était pas masquée par six cents mètres de nuages glacés.

L'homme avait, certes, une avance de cinq heures ; mais même en ligne droite et sans incident, cela représentait moins de cinq kilomètres. Le commando des forces spéciales n'aurait pas de mal à le rattraper. Ses hommes étaient à skis, et même si les rochers et les troncs d'arbres les obligeaient à chausser des raquettes, ils avanceraient encore deux fois plus vite que lui.

Linnett avait raison, pour les skis. Partis de l'extrémité de la piste où leur camion les avait déposés, ils furent en moins d'une heure au chalet en partie détruit de la CIA. Ses hommes et lui examinèrent rapidement les lieux pour voir si le fugitif n'était pas revenu chercher une arme ou de quoi mieux s'équiper. Il n'y avait aucune trace. Les deux corps rigidifiés par le froid gisaient dans le réfectoire privé de chauffage, les mains croisées sur la poitrine, à l'abri des animaux de la forêt. Ils attendraient que le ciel se découvre et qu'un hélicoptère puisse se poser.

L'unité Alpha se composait d'une douzaine d'hommes ; Linnett était le seul officier et avait pour second un adjudant-chef. Les autres étaient des soldats aguerris et le moins gradé était sergent-chef.

Il y avait deux ingénieurs, deux opérateurs radio, deux « toubibs », un caporal-chef, un sergent de renseignement et deux tireurs d'élite. Pendant que Linnett était à l'intérieur, son caporal-chef, un pisteur expérimenté, examina le sol aux abords du chalet.

La chute de neige qui menaçait n'avait pas eu lieu ; devant la porte et autour de l'aire d'atterrissage pour hélicoptères, où les secours venus de Mazama étaient arrivés, le sol piétiné disparaissait sous les empreintes de chaussures. Mais, du mur d'enceinte fracassé, une trace de pas s'éloignait en direction du nord.

Hasard ? pensa Linnett. Cette direction-là, il ne fallait pas que le fugitif la prenne. Elle menait au Canada, distant d'une trentaine de kilomètres. Mais, pour l'Afghan, quarante-quatre heures de marche. Il n'y parviendrait jamais, même s'il allait en ligne droite. Et de toute façon, l'unité Alpha le rattraperait à mi-chemin.

Il leur fallut encore une heure pour parcourir en raquettes le dernier kilomètre. C'est alors qu'ils tombèrent sur un autre chalet. Personne ne leur avait parlé des deux ou trois refuges encore autorisés dans le Wilderness parce qu'ils dataient d'avant l'interdiction de construire. Et quelqu'un était entré dans celui-ci. Le triple vitrage brisé et la grosse pierre à côté du trou béant ne laissaient aucun doute.

Le capitaine Linnett entra le premier après avoir fait sauter le cran de sécurité de la carabine qu'il pointait devant lui. Deux hommes postés de chaque côté de la vitre brisée le couvraient. Il leur fallut moins d'une minute pour constater qu'il n'y avait personne dans le chalet ni dans le hangar à bois attenant, ni dans le garage vide. Mais les signes étaient partout. Le capitaine appuya sur le commutateur pour éclairer, mais le courant était fourni par un générateur quand le propriétaire était là. Ils prirent leurs torches électriques.

Une boîte d'allumettes et quelques longs allume-feu étaient posés à côté de la cheminée ; il y avait aussi un paquet de bougies à utiliser en cas de défaillance du générateur. L'intrus s'en était servi pour se repérer. Le capitaine Linnett se tourna vers l'un de ses sergents.

— Appelez le shérif du comté, pour savoir qui est le propriétaire, ici.

Il poursuivit son inspection. Apparemment, on n'avait rien cassé mais tout avait été fouillé.

– C'est un chirurgien de Seattle, dit le sergent après s'être renseigné. Il passe ses vacances d'été ici et il ferme tout à l'automne.

– Nom et téléphone. Il a dû les laisser au bureau du shérif.

Le sergent se les étant rapidement procurés, Linnett lui ordonna d'appeler le chirurgien à son domicile et de le mettre sur un service de rappel. Un chirurgien, quelle aubaine ! Ces gens-là ont des appareils qui les bipent en cas d'urgence. Cette situation, décidément...

Le vaisseau-fantôme n'approcha pas de Surabaya. Il n'y avait pas de précieuses soieries chinoises à charger, et les six conteneurs arrimés sur le pont du *Countess of Richmond* ne devaient pas bouger.

Le bateau mit le cap sur le sud de Java, passa l'île Christmas et pénétra dans l'océan Indien. Pour Mike Martin, la vie à bord était désormais de la routine.

Ibrahim, le psychopathe, passait le plus clair de son temps enfermé dans sa cabine, et Martin apprit sans déplaisir qu'il souffrait d'un violent mal de mer. Sur les sept hommes restants, l'ingénieur s'occupait de ses moteurs, qu'il avait réglés sur la vitesse maximum sans se soucier de la consommation de fuel. Là où il allait, le *Countess* n'aurait que faire d'un réservoir plein pour son voyage de retour.

Pour Martin, deux énigmes restaient entières. Où allaient-ils, et quelle était la puissance des explosifs entreposés sous le pont ? Nul ne semblait le savoir, hormis peut-être l'ingénieur chimiste. Mais il ne disait jamais rien, et la question ne fut jamais posée.

Le radio restait en permanence à l'écoute et avait sans doute entendu qu'une grande opération de contrôle maritime se déroulait à travers le Pacifique ainsi qu'aux entrées du détroit d'Ormuz et du canal de Suez. Il en avait peut-être parlé à Ibrahim, mais n'en avait rien dit aux autres.

Les cinq autres venaient tour à tour chercher des plats en conserve dans le garde-manger et se relayaient à la barre. Le pilote automatique donnait le cap – ouest d'abord, puis sud en direction du cap de Bonne-Espérance.

Pour le reste, ils priaient cinq fois par jour, lisaient et relisaient le Coran et regardaient la mer.

Martin s'imagina prenant le contrôle du bateau. Il n'avait pas d'arme, mais il pourrait peut-être s'en procurer une à la cuisine. Il devrait alors tuer sept hommes, dont certains, Ibrahim en particulier, devaient posséder des armes à feu. Et ils étaient dispersés de la salle des machines à la cabine du radio et à la passerelle de commandement à l'avant. S'il les voyait clairement se diriger vers une cible sur la côte, alors il lui faudrait le faire. Mais au beau milieu de l'océan Indien, il n'avait qu'à attendre.

Il ignorait si le message glissé dans le sac du plongeur de Labuan avait été trouvé, ou s'il avait échoué, non lu, dans un grenier. Il ne savait pas non plus qu'il avait déclenché une chasse au bateau planétaire.

– Le Dr Berenson à l'appareil. Qui me demande ?

Michael Linnett, debout derrière le sergent, prit le micro et mentit :

– Je travaille au bureau du shérif de Mazama. Et je vous

appelle depuis votre chalet du Wilderness. Désolé de vous l'apprendre, mais il a été visité.

— Comment ça ? Merde ! Il y a des dégâts ? demanda la voix qui venait de Seattle.

— Le visiteur a brisé la vitre de la fenêtre de devant avec une pierre, docteur. Il ne semble pas y avoir de gros dégâts, mais j'ai une ou deux questions à vous poser. Aviez-vous des armes à feu ici ?

— Absolument pas. J'ai deux carabines et un fusil de chasse, mais je les remporte à l'automne quand je ferme le chalet.

— Bien. Les vêtements ? Avez-vous des vêtements chauds dans un placard ?

— Bien sûr. C'est juste à côté de la porte de la chambre.

Le capitaine Linnett fit signe de la tête à son sergent, qui ouvrait la voie avec sa torche. C'était un grand placard, bourré de tenues d'hiver.

— Il devrait y avoir mes bottes de neige, un pantalon matelassé et une parka avec un capuchon.

Introuvables.

— Avez-vous des skis et des raquettes, docteur ?

— Bien sûr. Les deux. Dans le placard.

Introuvables également.

— D'autres armes ? Une boussole ?

Un grand couteau de chasse Bowie aurait dû se trouver accroché dans son étui à la porte du placard, une boussole et une torche électrique dans les tiroirs du bureau. Le visiteur avait aussi fouillé la cuisine, sans y trouver le moindre aliment frais. Mais il y avait sur le rebord de l'évier une boîte de haricots en conserve ouverte depuis peu, l'ouvre-boîte étant resté à côté, et deux bouteilles de soda vides. Il y avait aussi un bocal de cornichons vide.

– Je vous remercie, docteur. Je reviendrai ici avec une équipe, quand le temps le permettra, pour remplacer la vitre de la fenêtre et établir un constat.

Le commandant des Alphas coupa la communication et se tourna vers ses hommes.

– On y va, dit-il simplement.

Il comprenait que la situation avait changé et pouvait même se présenter à son désavantage. Le fugitif avait dû passer une heure dans le chalet et il lui donnait deux ou trois heures d'avance, sachant qu'il devait maintenant se déplacer beaucoup plus vite.

Ravalant sa fierté, Linnett décida de faire venir du renfort. Il ordonna une pause et appela Fort Lewis.

– Dites à McChord que je veux un Spectre et que je le veux tout de suite. Engagez toute l'autorité nécessaire ; le Pentagone, s'il le faut. Je veux qu'il vienne au-dessus des Cascades, et je veux un contact direct avec lui.

En attendant l'arrivée de leur nouvel allié, les douze hommes reprirent leur marche en pressant l'allure. Le sergent-pisteur les précédait, le faisceau de sa torche suivant la trace du fugitif dans la neige glacée. Ils avaient beau forcer le pas, ils étaient plus lourdement chargés que l'homme qui les précédait. Linnett estimait nécessaire de maintenir l'allure, mais gagnaient-ils du terrain ? Puis la neige se mit à tomber. C'était à la fois un bonheur et une malédiction. Les flocons dégringolaient des conifères tout autour d'eux pour recouvrir les souches et les rochers. Ils firent à nouveau une courte halte pour chausser les skis. Mais les flocons effaçaient aussi toute trace.

Linnett avait besoin d'un coup de main de la providence. Il se manifesta sous la forme d'un Hercules Lockheed-Martin AC-130. L'hélicoptère de combat décrivait des cercles à vingt mille pieds au-dessus de la couche de nuages, mais voyait parfaitement au travers.

Parmi les innombrables joujoux dont disposent les forces spéciales pour leurs divertissements, le Spectre est, pour l'ennemi au sol, ce qui se fait de plus redoutable.

L'hélicoptère Hercules, conçu pour le transport de troupes, a été réaménagé et sa carlingue bourrée de toute une technologie destinée à localiser, viser et tuer un ennemi au sol – soixante-douze millions de dollars de pure méchanceté.

La fonction de localisation ne souffre pas de l'absence de lumière, ne craint pas la pluie, la neige ou la grêle. Mr. Raytheon, le constructeur, a eu l'obligeance d'installer un système de radar et de caméra à infrarouges qui peut isoler dans le paysage toute créature productrice de chaleur corporelle. Et l'image n'est pas floue, mais assez précise pour faire la différence entre un quadrupède et un bipède. Mais elle ne disait rien de l'amour de Mr. Lemuel Wilson pour la nature sauvage.

Il avait un chalet, lui aussi, sur les premiers contreforts du mont Robinson. Contrairement au chirurgien de Seattle, il passait l'hiver sur place et il en était fier, car il n'avait pas d'autre endroit où loger.

Il survivait donc sans électricité, faisait ronfler sa cheminée pour se chauffer et s'éclairait avec des lampes au kérosène. Il chassait pendant l'été le gros gibier dont il faisait sécher la viande pour l'hiver. Il coupait son bois et entassait du foin pour son robuste cheval de montagne. Mais il avait un autre passe-temps : la CB.

Il possédait un matériel suffisant, alimenté par un petit générateur, pour passer l'hiver à se promener sur les fréquences du shérif, des services d'urgence et autres services publics. C'est ainsi qu'il entendit parler des deux aviateurs en perdition dans le Wilderness et des équipes de secours qui tentaient de les rejoindre.

Lemuel Wilson se voulait en toutes circonstances un bon citoyen, ce que les autorités appelaient parfois un emmerdeur. Les deux aviateurs avaient tout juste lancé leur appel, et les autorités avaient à peine eu le temps de les localiser, que Lemuel Wilson avait déjà sellé sa monture et s'était mis en route. Il avait l'intention de traverser la partie méridionale du Wilderness pour atteindre le parc et sauver le major Duval.

Son matériel d'écoute étant trop encombrant pour qu'il l'emporte, il ne sut pas que les deux aviateurs avaient été secourus. Mais il entra en contact avec un autre être humain.

Il n'entendit pas l'homme qui arrivait sur lui. Alors qu'il s'escrimait pour dégager son cheval d'un trou de neige particulièrement profond, il vit en une seconde une congère s'abattre sur lui. C'était en réalité un homme dans une combinaison argentée de cosmonaute.

Le poignard Bowie, inventé à l'époque de Fort Alamo et toujours aussi efficace, n'appartenait pas à la panoplie de l'espace. Le bras qui lui serrait le cou le tira à bas de sa monture ; à l'arrivée de sa chute, la lame pénétra par le dos dans sa cage thoracique et lui fendit le cœur.

L'image thermique détecte la chaleur corporelle, mais le cadavre de Wilson, une fois jeté dans une crevasse à quelques mètres du lieu de sa mort, perdit très vite la sienne. Quand le Spectre AC-130 se mit à tourner au-dessus des Cascades, une demi-heure plus tard, Lemuel Wilson ne donnait plus signe de vie.

— Spectre Écho Foxtrot, j'appelle unité Alpha, vous m'entendez, Alpha ?

— Oui, très bien, et je vais te photographier ! répondit

l'homme qui braquait la machine à infrarouges dix-huit mille pieds plus haut.

— On rigolera plus tard ! intervint Linnett. Il y a un homme en fuite à environ trois kilomètres de l'endroit où nous sommes. Seul. Il se dirige vers le nord. Vous me le confirmez ?

Il y eut un long, long silence.

— Négatif. Pas d'image, laissa tomber la voix du ciel.

— Il y est forcément, insista Linnett. Quelque part devant nous.

Le dernier érable était derrière eux depuis un moment. Ils débouchèrent de la forêt sur un éboulis aride et poursuivirent leur marche sous la neige qui tombait drue maintenant qu'elle n'était plus filtrée par les branches. Loin derrière, c'était le lac Mountain et Monument Peak. Les hommes avaient un aspect fantomatique, tels des zombies vêtus de blanc dans un décor blanc. Si Linnett était en difficulté, l'Afghan aussi. Il n'y avait qu'une explication à cette absence d'image sur les écrans : l'Afghan avait trouvé refuge dans une grotte ou dans un trou de neige. Quelque chose, au-dessus de lui, arrêtait la chaleur dégagée par son corps. Donc, ils se rapprochaient. Les skis glissaient mieux au flanc de la montagne et il y avait encore de la forêt au-dessus.

Le Spectre connaissait sa position au mètre près. Il y avait vingt kilomètres jusqu'à la frontière canadienne. Cinq heures à attendre d'ici l'aube, ou ce qui en tenait lieu dans cet univers de neige, de pics, de roches et de forêt.

Linnett continua encore une heure. Le Spectre tournait, épiait, mais ne voyait rien à signaler.

— Continuez à chercher, dit le capitaine Linnett.

Il commençait à se dire que quelque chose clochait. L'Afghan était-il déjà mort là-haut ? Possible, ça expliquerait l'absence de dégagement de chaleur. Était-il tapi dans une grotte ? Possible, mais il faudrait bien qu'il en sorte s'il ne voulait pas y mourir. Et alors...

Après avoir quitté la forêt pour traverser la zone d'éboulis avec son cheval fougueux mais épuisé, Izmat Khan avait encore pris de l'avance. L'aiguille de la boussole lui disait qu'il allait vers le nord, et l'angle de sa monture par rapport au sol lui indiquait qu'il gravissait une pente.

— Je balaie un arc de quatre-vingt-dix degrés par rapport à vous et au point fixe, dit l'opérateur radar. D'ici à la frontière. À l'intérieur de cet arc, je vois huit animaux. Quatre cerfs, deux ours noirs, très peu visibles parce qu'ils se sont en partie enfouis pour hiberner, quelque chose qui ressemble à un puma en maraude, et un élan solitaire qui remonte vers le nord. À environ six kilomètres de vous.

La tenue claire du chirurgien était tout simplement trop efficace. Le cheval à bout de forces suait abondamment et on le voyait bien, mais l'homme qui le montait, couché sur son encolure pour le faire avancer, était si bien protégé qu'il se confondait avec la bête.

— Monsieur, dit soudain l'un des sergents, je suis du Minnesota !

— Gardez vos problèmes pour le chapelain, rétorqua sèchement Linnett.

— Ce que je voulais dire, monsieur, insista le type sous son masque de neige, c'est que les élans ne se baladent pas dans la montagne en plein hiver. Ils descendent vers les vallées pour brouter la mousse. Ça ne peut pas être un élan.

Linnett ordonna une halte. Elle était la bienvenue. Il contempla un moment la neige qui tombait devant eux. Comment ce type s'était débrouillé, il n'en avait aucune idée. Un autre chalet isolé, peut-être, un autre crétin d'hivernant avec, en plus, une bête à l'écurie ? L'Afghan s'était procuré un cheval, et il lui échappait.

À six kilomètres de là, en pleine forêt, Izmat Khan était à son tour victime d'une embuscade. Le couguar était vieux et un peu trop lent pour chasser le cerf, mais rusé et affamé. Il se laissa tomber de la fourche d'un arbre, et le cheval l'aurait senti s'il n'avait pas été épuisé.

L'Afghan vit seulement qu'une masse brune et rapide avait heurté le cheval et qu'il tombait sur le flanc. Le cavalier eut le temps d'empoigner la carabine de Wilson au pommeau de la selle et de se rejeter en arrière sur la croupe de l'animal. Il se reçut sur ses deux pieds, se retourna et tira.

La chance avait voulu que le fauve s'en prenne au cheval plutôt qu'à lui, mais il était privé de monture. L'animal vivait encore, mais les griffes du couguar, propulsées par soixante kilos de muscle, lui avaient lacéré la tête et l'épaule. Il ne se relèverait pas. Izmat Khan sacrifia une deuxième balle pour mettre fin à ses souffrances. Le cheval se contracta, à moitié couché sur le cadavre du couguar.

Il détacha les raquettes pendues à la selle, les fixa à ses bottes, consulta la boussole et se mit en marche. Il y avait un grand surplomb rocheux à une centaine de mètres. Il s'arrêta dessous pour échapper un moment à la neige. Il l'ignora, mais la masse rocheuse retint sa chaleur.

— Visez l'élan, dit le capitaine Linnett. Je crois que c'est un cheval, avec un fugitif dessus.

L'opérateur examina son image.

— Exact. Je vois six pattes. Il s'est arrêté pour se reposer. Au prochain passage, on le déquille.

La fonction « destruction » du Spectre est assurée par deux

dispositifs distincts. Le plus lourd est le M102 de 105 mm Howitzer, si puissant qu'il serait un peu excessif de l'employer contre un simple individu.

Viennent ensuite les canons Bofor de 40 mm dérivés, voici longtemps, du canon anti-aérien suédois, une arme à tir rapide assez musclée pour démolir des maisons ou réduire des chars en petits morceaux. Prévenu que la cible était un homme à cheval, l'équipage du Spectre opta pour la mitrailleuse Gatling Gau-12/U. Cette horreur tire à la minute 1 800 balles de 25 mm de diamètre, une seule de ces balles étant capable de pulvériser un corps humain. Sa puissance de feu est telle qu'après l'avoir braquée trente secondes sur un terrain de foot on n'y trouverait même plus une souris vivante. Et la souris mourrait de toute façon morte sous le choc.

Comme la mitrailleuse tolère une altitude maximum de douze mille pieds, le Spectre descendit à dix mille en décrivant un nouveau cercle, s'immobilisa et tira pendant dix secondes, lâchant trois cents balles sur le cadavre du cheval dans la forêt.

— Il ne reste plus rien, observa l'homme qui filmait. Ni homme, ni cheval.

— Merci, Écho Foxtrot, dit Linnett. On s'occupe de la suite.

Le Spectre, mission accomplie, repartit vers sa base de McChord.

La neige cessa. Les skis sifflaient sur la poudreuse comme ils le font quand ils portent un athlète bien entraîné, et l'unité Alpha arriva sur les restes d'un cheval. Il y avait quelques fragments gros comme le bras d'un homme, mais ils n'avaient manifestement rien d'humain.

Linnett passa dix minutes à chercher des lambeaux de vêtements polaires, de bottes, de fémurs, de crâne, de couteau, de barbe ou de raquettes. En vain.

Les skis étaient restés là, l'un d'eux brisé, sans doute par le cheval dans sa chute. Il y avait un manchon en peau de mouton, mais pas de fusil, ni de raquettes, ni d'Afghan.

Il ferait jour dans deux heures et c'était plus que jamais une course de vitesse. Un homme en raquettes, et douze autres à skis. Tous épuisés. Les Alphas avaient leur système de positionnement par GPS. Tandis que le ciel pâlissait à l'est, quelqu'un annonça à voix basse :

— La frontière à huit cents mètres.

Ils atteignirent vingt minutes plus tard le sommet d'une éminence dominant une vallée qui courait de gauche à droite devant eux. Une route ouverte pour l'exploitation du bois traçait la frontière. On apercevait au-delà de cette route, sur une autre éminence, un groupe de chalets où logeaient les bûcherons qui revenaient chaque année après la fonte des neiges.

Linnett s'accroupit, les coudes sur les genoux, pour scruter le paysage avec ses jumelles. Rien ne bougeait. On y voyait de plus en plus clair.

Les tireurs d'élite, sans attendre l'ordre, sortirent leurs armes des manchons dans lesquels ils les avaient portées jusque-là, ajustèrent les viseurs télescopiques, chargèrent chacun une balle et s'allongèrent pour viser.

Les tireurs d'élite sont une curieuse espèce entre tous les soldats. Ils n'approchent jamais celui qu'ils tuent, mais le voient de plus près et avec une plus grande netteté que quiconque. Avec la disparition quasi totale du corps à corps, la plupart des hommes ne meurent plus de la main de leur ennemi mais de son ordinateur. Ils sont pulvérisés par un missile tiré d'un autre continent ou des profondeurs de la mer. Ils sont déchiquetés par une bombe « intelligente » lâchée par un avion, tranquillement et de si haut qu'ils ne l'ont ni vue ni entendue venir.

Dans le meilleur des cas, leurs exécuteurs, tapis derrière une mitrailleuse dans un hélicoptère en piqué, les aperçoivent comme des formes indistinctes qui courent, se cachent, tentent de répliquer. Mais ce ne sont pas de vrais humains.

C'est ainsi que les voit le tireur d'élite. Allongé dans un silence total, parfaitement immobile, il imagine sa cible sous les traits d'un homme qui porte une barbe de trois jours, qui bâille et s'étire, plonge sa cuillère dans une boîte de haricots, descend la fermeture éclair de sa braguette ou regarde sans le savoir l'objectif qui le fixe à plusieurs centaines de mètres de là. Et meurt. Les tireurs d'élite sont des gens à part – dans leur tête.

Ils vivent, en outre, dans un monde à part. L'obsession de la précision est pour eux si totale qu'ils tombent dans un silence où n'existent plus que le poids des têtes de projectiles, la puissance des diverses mesures de poudre, la résistance à l'air de telle ou telle balle, sa portée et sa trajectoire en fonction des distances ; et les modifications envisageables pour améliorer les performances de l'arme.

Ils sont, comme tous les spécialistes, passionnément attachés à certaines armes ou à certaines munitions. Certains préfèrent une toute petite balle comme la M700 du Remington 308, si petite qu'il faut la placer dans un étui détachable pour qu'elle parcourre le canon.

D'autres penchent plutôt pour le M21, un dérivé du classique M14 de combat. Le plus lourd est le Barrett Light Fifty, un monstre qui tire à plus de quinze cents mètres des balles grosses comme le pouce, capables de faire exploser un corps humain.

L'homme couché à plat ventre à côté du capitaine Linnett était son meilleur tireur d'élite, le sergent-chef Peter Bearpaw.

Un sang-mêlé, de père sioux et de mère hispanique. Il venait des quartiers pauvres de Detroit et l'armée était sa vie. Il avait les pommettes hautes et les yeux fendus comme ceux d'un loup. Et c'était le meilleur tireur d'élite des Bérets Verts.

Il scrutait le paysage avec, entre les mains, un Cheyenne 408 fabriqué par CheyTac dans l'Idaho. C'était une version plus récente que celle des autres et il en avait fait son arme favorite, un mécanisme à un coup qu'il appréciait parce que le parfait verrouillage de la culasse donnait ce petit supplément de stabilité au moment de la détonation.

Il avait chargé l'unique projectile, très long et très mince, après avoir épousseté et fait briller l'extrémité du canon pour éliminer la moindre vibration en vol. Une lunette de visée télescopique Leatherwood X24 était fixée au canon.

— Je l'ai, capitaine, dit-il à mi-voix.

Les jumelles n'avaient pas trouvé le fugitif, mais la lunette le tenait. Il y avait parmi les petits bâtiments éparpillés dans la vallée une cabine téléphonique faite de rondins sur trois côtés, avec une porte vitrée.

— Grand, cheveux longs pendants, barbe noire ?

— Oui, chef.

— Que fait-il ?

— Il est dans une cabine téléphonique, chef.

Izmat Khan n'avait pas eu beaucoup d'échanges avec ses codétenus à Guantanamo, mais il y en avait un avec lequel il avait passé plusieurs mois dans le même quartier d'« isolement ». Un Jordanien qui s'était battu en Bosnie dans les années quatre-vingt-dix avant de rentrer au pays et de se faire instructeur dans les camps d'Al-Qaïda. Un pur et dur.

À un moment où les mesures de sécurité s'étaient relâchées pour cause de fêtes de fin d'année, ils s'étaient aperçus qu'ils pouvaient se parler à voix basse d'une cellule à l'autre. « Si un jour tu sors d'ici, avait dit le Jordanien, j'ai un ami. On a été dans les camps ensemble. On peut se fier à lui, il aidera toujours un Vrai Croyant. Tu n'auras qu'à dire mon nom. »

Il y avait donc un nom. Et un numéro de téléphone, mais Izmat Khan ne savait pas où vivait cet homme. Il ne savait pas très bien s'y prendre pour passer une communication réglée avec des pièces de monnaie, même s'il avait assez de *quarters*. Pire : il ne connaissait pas le code pour les communications internationales à partir du Canada. Il inséra donc une pièce pour parler à l'opératrice.

— Quel numéro voulez-vous appeler ? demanda la téléphoniste canadienne invisible.

Lentement, dans son anglais haché, il lut les chiffres qu'il avait retenus à grand-peine.

— C'est un numéro au Royaume-Uni. Avez-vous de la monnaie américaine ?

— Oui.

— Insérez huit pièces et je vous mettrai en relation avec votre correspondant. Quand vous entendrez le bip-bip, mettez-en d'autres si vous voulez continuer.

— Vous avez la cible en joue ? demanda Linnett.

— Oui, chef.

— Tirez.

— Il est au Canada, chef.

— Tirez, sergent !

Peter Bearpaw respira lentement, profondément, bloqua l'air dans ses poumons et pressa la détente. Son viseur indiquait une portée de 1 920 mètres et il n'y avait pas de vent.

Izmat Khan glissait une pièce dans la fente de l'appareil. Il baissait les yeux. La glace de la porte se désintégra en une myriade d'éclats et la balle détacha l'occiput du reste du crâne.

L'opératrice se montra aussi patiente que possible. Le type qui appelait depuis le camp de bûcherons n'avait inséré que deux *quarters*, puis, laissant l'appareil pendre à son fil, semblait avoir déserté la cabine. Elle n'eut d'autre choix que de raccrocher et d'annuler l'appel.

Eu égard au caractère sensible d'un tir par-dessus la frontière, on fit l'impasse sur le procès-verbal officiel.

Le capitaine Linnett rendit compte à son supérieur, qui informa Marek Gumienny à Washington. Et on n'en entendit plus parler.

On trouva le corps à la fonte des neiges, au retour des coupeurs de bois. Le téléphone était décroché. Le coroner ne put qu'enregistrer un décès de cause indéterminée. L'homme portait des vêtements américains, mais c'était courant dans cette zone frontalière. Il n'avait aucun papier d'identité ; localement, personne ne l'avait reconnu.

De manière officieuse, dans l'entourage du coroner, on pensa que l'homme avait été victime d'une balle perdue, tirée par un chasseur de cerf – une victime de plus de tirs imprudents ou ignorant les ricochets. On l'enterra sous une dalle anonyme.

Comme personne, au sud de la frontière, ne tenait à faire de vagues, on ne chercha pas à connaître le numéro qu'avait demandé le fugitif. Le demander aurait été révéler l'origine du coup de feu mortel. On choisit donc de s'en abstenir.

Le numéro en question était celui d'un petit appartement hors campus, proche d'Aston University à Birmingham. C'était là que logeait le Dr Aziz Al-Khattab, et le M15 britannique avait la ligne sur écoute. On n'attendait que d'avoir recueilli suffisamment de preuves pour justifier une descente de police et une arrestation. On les aurait un mois plus tard. Mais ce matin-là, l'Afghan avait simplement tenté de joindre le seul individu à l'ouest de Suez qui connaissait le nom du vaisseau-fantôme.

SEIZE

Après deux semaines, l'enthousiasme pour la traque d'un vaisseau-fantôme apparemment inexistant commença à retomber et la baisse de moral vint de Washington.

Combien de temps, de problèmes et de moyens pouvait-on investir sur un bout de carton griffonné à la hâte et glissé dans un sac de plongée sur une île dont personne n'avait jamais entendu parler ? Marek Gumienny avait pris un avion pour Londres afin de s'y entretenir avec Steve Hill. Le consultant ès terrorisme maritime du SIS, Sam Seymour, appela depuis Ipswich, au siège de la Lloyd's Register, et n'arrangea pas les choses. Il avait changé d'avis. Hill le convoqua à Londres pour qu'il s'explique.

— Avec le recul, expliqua Seymour, l'hypothèse d'un groupe d'Al-Qaïda cherchant à utiliser un gros bateau pour bloquer un débouché maritime vital et porter un coup fatal à l'économie, cette hypothèse reste la plus plausible. Mais elle n'a jamais été la seule.

— Qu'est-ce qui vous fait penser que ce n'était peut-être pas la bonne piste ? demanda Marek Gumienny.

— C'est que, monsieur, tous les bateaux du monde assez gros pour faire une chose pareille ont été inspectés. Il nous reste les hypothèses deux et trois, qui sont presque interchangeables mais avec des cibles différentes. Je crois qu'il nous faut maintenant envisager l'hypothèse trois : massacre dans une ville du bord de mer. La nouvelle orientation vers des cibles économiques annoncée par Ben Laden n'était peut-être qu'un leurre.

— D'accord, Sam, à vous de me convaincre. Nous avons, Steve et moi, des patrons politiques qui exigent de nous des résultats. Vers quelle sorte de bateau faut-il, dans cette hypo-thèse, orienter les recherches ?

— Pour l'hypothèse trois, il nous semble que l'attention doit porter sur la cargaison autant que sur le bateau lui-même. Et ce n'est plus la taille qui compte, mais sa dangerosité. Le service des cargaisons, à la Lloyd's, n'est pas très fiable.

— Un chargement de munitions ? suggéra Hill. Une autre méga-explosion du type Halifax ?

— D'après les spécialistes, le matériel utilisé par les militaires ne saute plus si facilement de nos jours. Les explosifs modernes ont besoin d'une forte stimulation pour exploser dans la cale. Ce serait un assez beau feu d'artifice, mais qui ne mériterait pas l'épithète de « spectaculaire » comparé au 11 Septembre. La catastrophe chimique de Bhopal a été bien plus grave, et elle a été provoquée par une fuite de dioxine, un redoutable herbicide.

— Alors, ce serait par exemple un camion-citerne remontant Park Avenue en vaporisant du Semtex ? demanda Hill.

— Mais ces produits chimiques sont bien gardés sur leurs lieux de production, objecta Gumienny. Comment des terroris-tes pourraient-ils s'en procurer une telle quantité sans qu'on s'en aperçoive ?

— On nous a bien dit qu'un bateau servirait de transport, dit Seymour. Toute tentative de détournement d'un tel bateau provoquerait des représailles immédiates.

— Sauf dans certaines parties du Tiers Monde qui sont pratiquement des zones de non-droit, fit observer Gumienny.

— Mais on ne produit plus dans ces endroits-là de produits de très haute toxicité, même pour limiter les dépenses des laboratoires, monsieur.

— Ça nous ramène donc à un bateau ? dit Hill. Un pétrolier qui explose ?

— Le pétrole brut n'explose pas, répondit Seymour. Quand le *Torrey Canyon* s'est cassé en deux à proximité des côtes françaises, il a fallu des bombes au phosphore pour amener le pétrole à s'enflammer. Un pétrolier qui exploserait ne provoquerait que des dégâts écologiques, et en aucun cas une hécatombe. Mais avec un gazier nettement plus petit, ça pourrait marcher. Du gaz liquide, à haute concentration, sous la forme où on le transporte habituellement.

— Du gaz naturel sous forme liquide ? demanda Gumienny.

Il se demandait déjà combien de ports, aux États-Unis, importaient du gaz concentré à usage industriel, et son estimation donnait un chiffre inquiétant. Mais ces installations portuaires ne se trouvaient-elles pas le plus souvent à des kilomètres de toute concentration humaine ?

— Le gaz naturel liquide, ou GNL, est difficile à enflammer, objecta Seymour. Il est stocké à moins 124 degrés Celsius dans des conteneurs à double coque. Même si on en retirait une, le produit se dissiperait dans l'atmosphère pendant des heures avant de devenir combustible. Mais si on en croit les spécialistes, il y a mieux. Un autre produit qui leur donne des cauchemars. Le LPG : Liquid Petroleum Gaz, ou gaz liquide du pétrole.

» Pour vous donner une idée, la puissance dégagée par un petit navire gazier qui prendrait feu dix minutes après une grave rupture de sa coque serait trente fois supérieure à celle de la bombe d'Hiroshima – ce serait la plus forte explosion non nucléaire de l'histoire de la planète.

Un silence total s'abattit sur la pièce qui dominait la Tamise. Steve Hill se leva, fit quelques pas jusqu'à la fenêtre pour regarder le fleuve qui se prélassait au soleil du mois d'avril.

– Pour parler simplement, qu'avez-vous à nous dire, Sam ?

– Je crois que nous avons cherché le mauvais bateau dans le mauvais océan. Notre seule chance, c'est qu'il s'agit d'un marché minuscule et très spécialisé. Mais les États-Unis sont le premier importateur de LPG. Je sais que certains commencent à se dire, du côté de Washington, qu'on fait courir tout le monde pour rien. Mais je crois qu'il faut aller jusqu'au bout et nous sommes dans la dernière ligne droite. Les États-Unis peuvent inspecter tous les gaziers qui pénètrent dans leurs eaux territoriales, et pas seulement ceux qui viennent d'Extrême-Orient. Et les arrêter le temps nécessaire. De la Lloyd's, je peux signaler les bateaux qui transportent du LPG dans le monde entier, dans toutes les directions.

Marek Gumienny prit le premier vol pour Washington. Il devait assister à une réunion, et le travail ne manquait pas. Au moment où son avion décollait d'Heathrow, le *Countess of Richmond* achevait de contourner le cap Agulhas, à la pointe de l'Afrique, et pénétrait dans l'océan Atlantique.

Le bateau avait bien marché et son pilote, l'un des trois Indonésiens, estimait que le courant des Agulhas et le courant Benguela, qui remontait au nord, lui permettraient de gagner un jour et d'avoir tout son temps pour arriver à destination.

Plus loin, au large du Cap et dans l'Atlantique, d'autres

bateaux arrivaient de l'océan Indien pour rejoindre l'Europe ou l'Amérique du Nord. Il y en avait de gigantesques, qui transportaient du minerai ; il y avait tous les navires marchands assurant le transport de plus en plus important des produits de l'industrie asiatique destinés aux deux continents occidentaux. Il y avait les pétroliers géants, trop gros pour passer par le canal de Suez, qui remontaient vers l'Europe, leurs ordinateurs maintenant le cap pendant que les équipages jouaient aux cartes.

Ils étaient tous pointés. Tout au-dessus, trop loin pour qu'on les voie ou qu'on y pense, les satellites tournaient dans l'espace pour décrire à Washington la moindre de leurs caractéristiques et les noms qui figuraient à leur proue. Qui plus est, à la suite de règlements récents, tous les navires marchands étaient dotés d'un transpondeur qui émettait leur indicatif. Toutes les identifications étaient vérifiées, comme le fut celle du *Countess of Richmond*, affrété par la Lloyd's et la société Siebart et Abercrombie, un petit cargo enregistré à Liverpool amenant une cargaison dûment déclarée de Surabaya à Baltimore.

Dans les heures qui suivirent le retour de Marek Gumienny à Washington, les États-Unis modifièrent leurs mesures de protection. Le cordon établi dans le Pacifique pour le contrôle et l'inspection des navires fut repoussé à un millier de milles des côtes. Un cordon similaire fut installé dans l'Atlantique, du Labrador à Puerto Rico et à travers la mer des Caraïbes jusqu'à la pointe du Yucatan.

On cessa discrètement de faire porter l'attention sur les pétroliers géants (qui avaient tous été contrôlés à ce stade) pour s'intéresser de près aux centaines de pétroliers de moindre tonnage qui sillonnent les routes maritimes du Venezuela au Saint-Laurent. Les patrouilles aériennes furent chargées de surveiller des centaines de milliers de milles de mers tropicales et subtropicales pour y repérer les petits pétroliers, et plus particulièrement les gaziers.

L'industrie américaine coopéra pleinement, fournissant des détails sur toutes les cargaisons attendues et précisant toujours où et quand. Les informations données par les industriels étaient recoupées avec celles recueillies en mer. Les gaziers n'étaient autorisés à accoster qu'après la venue à bord d'un détachement de la marine américaine composé de marines ou de gardes-côtes qui les escortait sur les deux cents derniers milles de leur traversée.

Le *Doña Maria* revint à Port of Spain quand les deux terroristes qui se trouvaient à bord reçurent le signal convenu. Et, conformément à leurs instructions, ils entrèrent aussitôt en action.

La république de Trinidad-et-Tobago est un important fournisseur des États-Unis en produits de l'industrie pétrochimique. Le *Doña Maria* mouillait à proximité de l'île artificielle où les pétroliers, grands et petits, viennent s'approvisionner avant de reprendre la mer sans jamais s'approcher de la ville proprement dite.

Le *Doña Maria* faisait partie de la flotte des petits pétroliers qui dessert les îles dont les ports n'ont pas besoin (ni les capacités) d'accueillir les pétroliers géants. Ceux-là amènent au Venezuela du pétrole brut qui est raffiné dans les installations de la côte et repart dans des pipe-lines vers l'île artificielle pour être chargé sur les bateaux de moindre tonnage qui le distribuent dans la région.

Le *Doña Maria* se trouvait avec deux autres petits pétroliers à l'extrémité de la station de pompage. Il faut dire qu'il transportait du LPG et que personne ne tenait à être trop près pendant le chargement. Celui-ci s'acheva en milieu d'après-midi, et le capitaine Montalban se prépara à reprendre la mer.

Il restait encore deux heures de lumière à la journée tropicale quand le *Doña Maria* largua ses amarres pour s'éloigner du quai. À un mille de la côte, il passa devant un radeau gonflable sur lequel se tenaient quatre hommes, quatre pêcheurs à la ligne. C'était le signe attendu.

Les deux Indiens, abandonnant leur poste, coururent à leurs placards et en revinrent avec des revolvers. L'un d'eux descendit au flanc du navire, à l'endroit où les dalots étaient assez bas pour permettre aux hommes de monter à bord.

L'autre monta sur la passerelle, où il pointa le canon de son arme contre la tempe du capitaine Montalban.

— Ne faites rien, je vous en prie, capitaine, dit-il avec beaucoup de courtoisie. Inutile de ralentir. Mes amis seront à bord d'ici quelques minutes. N'essayez pas d'émettre, je serais obligé de vous abattre.

Le capitaine était bien trop sidéré pour ne pas obéir. En reprenant ses esprits, il jeta un coup d'œil vers la radio de l'autre côté du pont, mais l'Indien le vit et secoua la tête. Ce qui mit fin à toute résistance. Quelques minutes plus tard, les terroristes étaient à bord et toute opposition devenait déraisonnable.

Le dernier des quatre pêcheurs à quitter le radeau gonflable le creva d'un coup de couteau et il s'enfonça dès qu'on eut largué l'amarre. Les trois autres avaient déjà relevé les lourdes boucles de cordage et enjambé pour les suivre l'enchevêtrement de tuyaux et de vannes qui jonche le pont de tout pétrolier.

Ils furent sur le pont en quelques secondes : c'étaient deux Algériens et deux Marocains, ceux que le Dr Al-Khattab avait envoyés un mois auparavant. Ils ne parlaient que leur arabe, mais les deux Indiens, toujours courtois, traduisaient. On ordonna aux quatre hommes d'équipage sud-américains de se regrouper sur le pont avant et d'attendre. On allait établir un nouvel itinéraire maritime.

Une heure après le coucher du soleil, les quatre hommes d'équipage furent froidement exécutés et leurs corps jetés par-dessus bord, mais retenus par les chevilles à une chaîne. Si le capitaine Montalban avait songé à opposer la moindre résistance, il y renonça. Les exécutions avaient un aspect mécanique ; les deux Algériens avaient fait partie, dans leur pays, du GIA, le Groupe islamique armé, et massacré des gens par centaines avec pour seul objectif d'envoyer un message au gouvernement. Hommes, femmes, enfants, malades et vieillards, ils avaient tant tué déjà que ces quatre meurtres ne furent qu'une formalité.

Le *Doña Maria* cingla toute la nuit vers le nord, mais ce n'était plus vers Puerto Rico comme prévu. À bâbord, la côte caraïbe. À tribord, assez proches, les deux archipels des îles du Vent et des îles sous le Vent, dont les mers sont connues comme des paradis pour vacanciers mais fourmillent aussi de petits bateaux qui leur permettent d'accueillir les touristes.

Dans cette poussière d'îles, mêlé à ce fourmillement de caboteurs, le *Doña Maria* allait disparaître jusqu'au moment où on l'appellerait à Puerto Rico.

Quand le *Countess of Richmond* atteignit la zone de calme, Youssef Ibrahim sortit de sa cabine. Il était livide, les traits tirés par le mal de mer, mais ses yeux noirs brillaient toujours de la même haine tandis qu'il lançait des ordres. L'équipage alla chercher dans la salle des machines un canot pneumatique de sept mètres. Quand il fut gonflé, on le suspendit à deux bossoirs à l'arrière du bateau.

Il fallut six hommes, suant et soufflant, pour remonter le moteur de hors-bord de 100 chevaux et le fixer à l'arrière du canot. Puis on descendit celui-ci au treuil jusqu'à l'eau que soulevait une légère houle.

On descendit ensuite les réservoirs d'essence. Après quelques faux départs, le moteur démarra pour de bon. Le pilote indonésien qui se tenait à la proue s'écarta et décrivit un cercle autour du bateau en poussant les gaz.

Six hommes descendirent par une échelle de corde et enjambèrent les plats-bords pour le rejoindre, ne laissant que le tueur manchot à la proue du *Countess*. Il s'agissait visiblement d'une répétition générale.

Le but de l'exercice était d'emmener Suleiman, le cameraman, à trois cents mètres du bateau afin qu'il le filme. Grâce à son ordinateur branché sur un téléphone satellitaire, les images seraient transmises à l'autre bout du monde pour être enregistrées et diffusées.

Mike Martin comprenait ce qu'il voyait. Internet et le cyberespace sont devenus pour les terroristes de formidables outils de propagande. Toute atrocité dont on rendra compte au journal télévisé, toute atrocité qui pourra être vue par des millions de jeunes musulmans dans soixante-dix pays du monde, est bonne à prendre. C'est là qu'on recrute les fidèles parmi tous ceux qui voient la chose et rêvent de l'imiter.

À Forbes Castle, Martin avait vu des enregistrements vidéo en provenance d'Irak, avec des kamikazes souriant à l'objectif avant d'aller mourir devant des caméras. Dans ces cas-là, le cameraman survivait à l'attentat ; dans le cas de ce hors-bord qui tournait à toute vitesse, il était clair que la cible serait visible elle aussi, et que l'homme à la caméra continuerait de filmer jusqu'à la destruction complète de l'embarcation et de ses sept passagers. Seul Ibrahim, semblait-il, resterait à la barre.

Mais Martin ne pouvait pas savoir quand ni où, ni quelle sorte d'horreur était tapie dans ces conteneurs. Il imagina un scénario dans lequel il remontait le premier sur le *Countess*, repoussait le canot pneumatique à la mer, tuait Ibrahim et prenait le contrôle du cargo. Impossible. Le hors-bord était très rapide et les six hommes passeraient par-dessus le bastingage en quelques secondes. L'exercice achevé, le canot fut accroché aux bossoirs, où il avait l'air d'une « annexe » comme en possèdent tous les bateaux. L'ingénieur poussa les moteurs et le *Countess* mit le cap au nord-ouest pour contourner la côte du Sénégal.

Youssouf Ibrahim, guéri de son mal de mer, passait désormais plus de temps sur le pont ou dans le carré où l'équipage prenait ses repas. L'ambiance était déjà hyper-tendue, et sa présence ajouta encore à la tension.

Les huit hommes présents à bord avaient décidé de mourir en martyrs. Cela n'empêchait pas l'attente et l'ennui de leur porter sur les nerfs. Seules la prière sans cesse renouvelée et la lecture obsessionnelle du Coran leur permettaient de garder leur calme et la foi en ce qu'ils faisaient.

Personne, hormis Ibrahim et l'ingénieur spécialisé dans les explosifs, ne savait ce qu'il y avait sous les conteneurs en acier qui occupaient sur toute sa longueur le pont du *Countess of Richmond*. Et Ibrahim semblait être le seul à connaître leur destination et la cible de l'opération. Les sept autres devaient s'en remettre à la promesse d'une gloire éternelle.

Martin ne tarda pas à s'apercevoir qu'il était l'objet d'une attention constante de la part d'Ibrahim, dont le regard vide et dément ne le lâchait pas. Il n'aurait pas été humain si ce phénomène ne l'avait pas alerté.

Il commença à se poser des questions. Ibrahim aurait-il vu Izmat Khan en Afghanistan ? S'apprêtait-on à lui poser des questions auxquelles il ne pourrait pas répondre ? S'était-il trompé, ne serait-ce que de quelques mots, en récitant la prière ? Ibrahim allait-il le mettre à l'épreuve en l'interrogeant sur des passages qu'il n'avait pas étudiés ?

En fait, il avait en partie raison. Le psychopathe jordanien qui lui faisait face à la table du mess n'avait jamais vu Izmat Khan, même s'il avait déjà entendu parler du légendaire combattant afghan. Et Martin ne s'était pas trompé dans ses prières. Ibrahim jalousait le Pachtoun, tout simplement, pour sa réputation de courage au combat. De cette haine était né le désir que l'Afghan soit finalement un traître, à démasquer et à tuer.

Mais il ravalait sa rage pour l'une des plus vieilles raisons du monde. Le montagnard lui faisait peur ; et malgré le revolver qu'Ibrahim portait à l'aisselle sous sa tunique, il ne pouvait rien contre sa crainte de l'homme de Tora Bora. Alors il ressassait, observait, attendait et gardait ses pensées pour lui.

Pour la deuxième fois, les pays occidentaux lancés à la recherche d'un bateau-fantôme ne trouvaient rien et le climat virait à la frustration générale. Steve Hill était bombardé de demandes d'informations – quelque chose, n'importe quoi – pour calmer la nervosité qui remontait jusqu'à Downing Street.

Le contrôleur du Moyen-Orient n'avait pas le début d'une réponse aux quatre questions qu'on martelait à ses oreilles au nom du Premier ministre britannique et du président des États-

Unis : Ce bateau existe-t-il ? Si oui, quel est-il, où est-il et quelle ville a-t-il pour cible ? Les réunions quotidiennes viraient au supplice.

Le patron du SIS, qu'on ne connaissait ni ne saluait jamais autrement que d'un « C », avait des silences d'acier. Après Peshawar, les autorités supérieures avaient toutes pensé qu'une action terroriste spectaculaire était en préparation. Mais cette jungle de miroirs ne pardonne pas à ceux qui manquent à leurs maîtres politiques.

Crowbar n'avait plus donné signe de vie depuis la découverte par les douaniers du message griffonné sur une fiche de débarquement. Était-il mort ou vivant ? Personne ne le savait, et certains cessaient de s'en soucier. Il y avait quatre semaines déjà, et chaque jour supplémentaire ajoutait à l'impression qu'il reculait dans le passé.

Il se murmurait qu'il avait rempli sa mission, s'était fait prendre et tuer, mais après avoir provoqué l'abandon du complot. Seul Hill conseillait la prudence et la poursuite des recherches jusqu'à la source de cette menace encore cachée. D'humeur sombre, il se rendit par la route à Ipswich pour discuter avec Sam Seymour et les deux têtes d'œuf dans un bureau de la Lloyd's Register, et ils le firent réfléchir à toutes les éventualités, même les plus bizarres.

— Vous avez dit quelque chose d'assez terrifiant l'autre jour à Londres, Sam. Trente fois la bombe d'Hiroshima. Mais comment un petit pétrolier mériterait-il qu'on lui consacre plus d'argent qu'à tout le projet Manhattan ?

Sam Seymour était épuisé. À trente-deux ans, il voyait s'éteindre l'espoir d'une carrière prometteuse dans le renseignement britannique et apparaître à la place la perspective d'une aimable mise au placard dans quelque service des archives centrales, alors qu'on l'avait lancé sur un travail qui se révélait chaque jour un peu plus impossible à exécuter.

— Avec une bombe atomique, Steve, les dégâts sont produits par quatre vagues successives. L'éclair de l'explosion est si puissant qu'il peut cautériser la cornée de celui qui le regarde sans lunettes noires. Puis vient la chaleur, si violente que tout se carbonise sur son passage. Puis l'onde de choc, qui détruit toute construction à des kilomètres à la ronde, et enfin les rayons gamma qui provoquent cancers et malformations. Avec une explosion de LPG, c'est plus simple. Il n'y a que de la chaleur.

» Mais c'est une chaleur telle qu'elle transforme l'acier en miel et le béton en poussière. Vous avez déjà entendu parler de la bombe fuel-air ? À côté de ça, le napalm semble inoffensif, mais les deux ont la même provenance – le pétrole.

» Le LPG est plus lourd que l'air. On ne le transporte pas comme le GNL, à de très basses températures ; il est sous pression. D'où la double coque des cargos qui transportent du LPG. En cas de rupture, il s'échappe, quasiment invisible, et se mélange avec l'air. Comme il est plus lourd que l'air, il retombe sur l'endroit d'où il est sorti et l'enveloppe pour former une énorme bombe fuel-air. Mettez-y le feu, et le cargo tout entier ne sera plus qu'une flamme, une terrible flamme atteignant très vite la température de 5 000 degrés. La flamme se met alors à tourner, car elle génère son propre vent. Elle s'éloigne de sa source, comme une marée grondante, en consumant tout sur son passage jusqu'à ce qu'elle se consume elle-même. Puis elle vacille comme une vulgaire chandelle, et s'éteint.

— Quelle distance la boule de feu peut-elle parcourir ? demanda Hill.

— Ma foi, si j'en crois mes nouveaux amis les experts, un petit pétrolier jaugeant, mettons, huit mille tonnes, pourrait, si sa cargaison s'enflamme, tout carboniser et détruire toute vie humaine sur un rayon de cinq kilomètres. Une dernière chose, j'ai dit que le tourbillon de chaleur créait son propre vent. Il aspire l'air de la périphérie vers le centre pour s'en nourrir, si bien que des hommes protégés par une armure qui se tiendraient à cinq kilomètres de l'épicentre mourraient asphyxiés.

Steve Hill vit en un éclair ce que serait une ville serrée autour de son port si une explosion aussi épouvantable se produisait en son sein. Même les banlieues ne survivraient pas.

— Ces gaziers sont-ils contrôlés ?

— Tous. Les petits et les gros et jusqu'aux minuscules. Les types qui s'occupent de ça à la Lloyd's ne sont que deux, mais ils sont très forts. D'ailleurs, ils en sont aux tout derniers gaziers transporteurs de LPG.

» Comme pour les cargos ordinaires, les relevés montrent qu'il a fallu s'arrêter au-dessous de dix mille tonnes. Sauf quand les bateaux entraient dans la zone américaine interdite le long des côtes. Là, les Yankees les repéraient et procédaient au contrôle.

» Pour le reste, tous les ports importants de la planète ont été prévenus que les services de renseignement occidentaux pensent qu'il pourrait y avoir un vaisseau-fantôme détourné quelque part en haute mer et qu'il leur revient aussi de prendre des précautions.

» Mais, franchement, n'importe quel port susceptible de devenir la cible d'un carnage d'Al-Qaïda sera forcément un port de pays occidental développé ; ce ne sera pas Lagos, ni Dakar ; ce ne sera pas un port musulman, ni hindou, ni bouddhiste. Cela ramène à trois cents notre liste de ports non américains potentiels.

Il y eut des coups à la porte, une tête parut dans l'entrebâillement. C'était un certain Conrad Phillips, très jeune et les joues roses.

— Je viens d'avoir le dernier, Sam. Le *Wilhelmina Santos*, parti de Caracas avec une cargaison de LPG pour Galveston, confirme qu'il est d'accord pour accueillir des Américains à son bord.

— C'est donc vrai ? dit Hill. Tous les pétroliers transportant du LPG à travers le monde ont été contrôlés ?

— Ce n'était pas énorme, Steve.

— Mais on dirait bien que l'hypothèse d'une cargaison de LPG nous a conduits à une impasse, dit Hill.

Il se leva pour prendre congé et repartir pour Londres.

— Il y a une chose qui m'inquiète, Mr. Hill, dit l'une des deux têtes d'œuf.

— Appelez-moi Steve, répondit Hill.

Le SIS maintenait depuis toujours la tradition des prénoms, du plus humble au plus titré des agents, à la seule exception du chef lui-même. On ne fait pas de manières entre membres d'une même équipe.

— Il y a trois mois, on a perdu un transporteur de LPG avec son équipage.

— Et alors ?

— Personne ne l'a vu couler. Le capitaine a lancé un message affolé par radio en disant qu'il avait un incendie catastrophique en salle des machines et ne pensait pas sauver son bateau. Puis... plus rien. C'était le *Java Star*.

— Plus aucune trace ? demanda Seymour.

— Si, enfin... des traces. Avant de lancer son appel radio, il a indiqué sa position. Le premier bateau arrivé sur le site a été un cargo frigorifique qui remontait du sud. Le capitaine a déclaré qu'il avait vu des canots pneumatiques auto-gonflables, des gilets de sauvetage et divers objets qui flottaient à la surface. On est sans nouvelles depuis du capitaine du *Java Star* et de son équipage.

— Tragique, mais quoi ? dit Hill.

— C'est la zone où ça s'est passé, mon... euh, Steve. Dans la mer des Célèbes. À deux cents milles d'un endroit qui s'appelle l'île de Labuan.

— Oh, merde ! dit Steve Hill.

Et il repartit pour Londres.

Pendant qu'il rejoignait Londres au volant de sa voiture, le *Countess of Richmond* franchit l'Équateur. Le cap était au nord-nord-ouest, et seul le pilote connaissait le point d'arrivée. Celui-ci se trouvait à huit cents milles à l'ouest des Açores et à mille deux cents milles à l'est de la côte américaine. Si le bateau poursuivait cette route vers l'est, elle l'amènerait à Baltimore, au creux de la zone à haute densité de population de Chesapeake Bay.

À bord du *Countess*, certains entamèrent les préparatifs de leur entrée au Paradis. Il fallait se raser entièrement le corps pour éliminer toute trace de pilosité et rédiger ses dernières proclamations de foi. Tout cela se faisait sous l'objectif de la caméra et chacun lisait ses dernières volontés à haute voix après les avoir rédigées.

L'Afghan fit de même, mais il choisit de s'exprimer en pachto. Youssef Ibrahim, qui connaissait quelques mots de cette langue pour avoir séjourné en Afghanistan, s'efforça de comprendre, mais il n'aurait pas trouvé la moindre faute de langue même s'il l'avait parlé couramment.

L'homme de Tora Bora parla de tous les siens, massacrés par

un missile américain, et de la joie qu'il aurait bientôt à les retrouver après avoir enfin châtié le Grand Satan. Tout en parlant, il se disait que rien de tout cela n'atteindrait un rivage sous une forme matérielle. Il faudrait que Suleiman transmette le son et les images avant de disparaître à son tour avec son matériel. Mais personne ne semblait savoir comment ils allaient mourir et quel serait le châtiment infligé aux États-Unis – sauf peut-être le spécialiste en explosifs et Ibrahim lui-même. Mais ces deux-là ne diraient rien.

Comme tout le monde se nourrissait de conserves, personne ne remarqua qu'un couteau à découper en acier avait disparu de la cuisine.

Quand personne ne le regardait, Martin affûtait sans bruit la lame d'une quinzaine de centimètres avec la pierre à aiguiser qu'il avait trouvée dans le même tiroir. La lame était devenue coupante comme un rasoir. Il songea à s'en servir pour crever le canot pneumatique pendant la nuit, puis renonça à cette idée.

Il était avec les quatre hommes qui dormaient sur des couchettes dans le gaillard d'avant. Il y avait en permanence un homme à la barre, à côté de laquelle on passait obligatoirement pour aller à l'arrière. Le radio vivait pratiquement jour et nuit dans son minuscule poste de communication derrière la passerelle, et l'ingénieur était la plupart du temps dans la salle des machines, sous le pont arrière. L'un d'entre eux pouvait à tout moment jeter un coup d'œil au-dehors et le voir.

En outre, on saurait immédiatement qui était l'auteur du sabotage. La perte du canot ne serait qu'un contretemps, insuffisant pour qu'on renonce à l'opération. Et on aurait peut-être le temps de réparer. Il laissa tomber l'idée mais garda le couteau contre ses reins, enroulé dans un chiffon. À chaque changement de quart à la passerelle, il tentait de savoir vers quel port ils se dirigeaient et ce qui se trouvait dans les conteneurs au cas où il pourrait tenter un sabotage. Ses questions restaient sans réponse, et le *Countess* poursuivait sa route vers le nord-ouest.

La chasse planétaire avait changé et perdu de son ampleur. Tous les géants des mers, tous les pétroliers et tous les gaziers avaient été répertoriés et contrôlés. Tous les codes d'identification étaient conformes ; tous les itinéraires correspondaient aux plans de navigation préétablis ; trois mille capitaines avaient répondu oralement aux questions des responsables de leurs compagnies respectives, et chacun avait indiqué sa date de naissance et ses antécédents afin qu'en cas de piratage en mer les auteurs du détournement ne puissent savoir s'il leur mentait ou non.

Les États-Unis, avec leur marine, leurs marines et leurs gardes-côtes engagés jusqu'au dernier, toutes permissions suspendues, montaient à bord de tout navire marchand désireux de mouiller dans un port de quelque importance. La chose n'allait pas sans gêne pour le commerce, mais il n'y avait pas de quoi handicaper sérieusement la première économie mondiale.

À la suite du renseignement en provenance d'Ipswich, on étudia à la loupe les origines et les propriétaire du *Java Star*. Comme il s'agissait d'un petit bateau, le compagnie propriétaire se cachait derrière une société-écran domiciliée dans une banque d'un paradis fiscal d'Extrême-Orient. La raffinerie de Bornéo qui avait fourni la cargaison était en règle, mais on n'y savait pas grand-chose sur le bateau lui-même. On retrouva les constructeurs – le *Java Star* avait eu six propriétaires successifs – et ils fournirent les plans. On découvrit un bateau jumeau, qu'une cohorte d'Américains armés d'instruments de mesure

envahirent aussitôt. L'ordinateur produisit une réplique rigoureusement exacte du *Java Star*, mais pas le bateau lui-même.

Les autorités de l'État qui avait accordé le pavillon de
complaisance reçurent de la visite. Mais il s'agissait d'une
minuscule République sur un atoll du Pacifique, et les enquêteurs comprirent très vite qu'on n'avait jamais vu le gazier sur
ses rivages.

Le monde occidental cherchait la réponse à trois questions :
le bateau avait-il réellement disparu de la surface du globe ? Si
non, où était-il ? Et quel était son nouveau nom ? On chargea
les satellites KH-11 de concentrer leurs recherches sur tout ce
qui ressemblait au *Java Star*.

Pendant la première semaine d'avril à la base aérienne d'Edzell en Écosse, l'opération conjointe arriva à son terme. On ne
pouvait plus rien faire qui n'ait déjà été fait par les principales
agences de renseignement occidentales.

Michael McDonald retrouva Washington avec soulagement.
Il poursuivit la traque du vaisseau-fantôme, mais en dehors de
Langley. Une partie de la mission de la CIA consistait à interroger à nouveau tous les prisonniers de ses centres de détention
clandestins qui auraient pu, avant leur capture, entendre parler
d'un projet appelé Al-Isra. Et ses agents firent appel à tous
les informateurs dont ils disposaient dans le monde violent et
ténébreux du terrorisme islamique. En vain. Ces mots désignant
le voyage magique à travers la nuit vers la grande révélation
semblaient être nés et avoir disparu avec le financier égyptien
qui s'était jeté par une fenêtre à Peshawar en septembre.

On supposa, avec regret, que le colonel Mike Martin était
mort en mission. Il avait visiblement fait son possible, et si le

Java Star ou une autre bombe flottante en route pour les États-Unis était découvert, on considérerait qu'il avait réussi. Mais personne n'espérait plus le revoir. Il s'était passé beaucoup trop de temps depuis la découverte de son dernier « signe de vie » à Labuan dans le sac d'un plongeur.

Trois jours avant la Conférence du G8, on finit par perdre patience, et au plus haut niveau, devant l'échec de la traque planétaire déclenchée sur un simple renseignement recueilli par les Britanniques. Marek Gumienny, de son bureau de Langley, appela Steve Hill sur une ligne sécurisée, pour le prévenir :

— Désolé, Steve. Pour vous et encore plus pour Mike Martin, votre agent. Mais on est convaincu, ici, qu'il s'est perdu corps et biens, et qu'on a lancé pour rien la plus grande traque de toute l'histoire de la marine.

— Et la théorie de Sam Seymour ? demanda Hill.

— Même chose. On a contrôlé à peu près tous les foutus pétroliers et gaziers de la planète, toutes catégories confondues. Il en reste une cinquantaine à localiser et à identifier, et ce sera fini. Quel était le sens de ces mots, « Al-Isra », on ne le saura jamais, ou alors ils ne voulaient rien dire, à moins qu'ils n'aient signifié quelque chose qui a été abandonné depuis belle lurette. Ne quittez pas... Je réponds sur l'autre ligne.

Il revint très vite.

— Il y a un retardataire... Un bateau qui a quitté Trinidad pour Puerto Rico il y a quatre jours. Il devait y arriver hier. Plus de nouvelles. Il ne répond pas aux appels.

— Quelle sorte de bateau ? demanda Hill.

— Un pétrolier. Trois mille tonnes. Il a peut-être coulé. On cherche.

— Que transportait-il ?

— Du LPG.

Un satellite Keyhole KH-11 le repéra six heures après l'alerte générale provoquée par le signalement adressé par Puerto Rico au quartier général de la compagnie propriétaire de la raffinerie basée à Houston.

Le Keyhole KH-11, dont les caméras balayaient les îles et la mer des Caraïbes sur une bande de cinq cent milles, avait intercepté le signal d'un émetteur et ses ordinateurs avaient confirmé qu'il s'agissait bien du bateau manquant, le *Doña Maria*.

L'information étant instantanément parvenue à diverses agences de renseignement, on avait interrompu la communication de Marek Gumienny avec Londres pour la lui communiquer. La direction du socom à Tampa, en Floride, la marine américaine et les gardes-côtes étaient également alertés. Tout le monde connaissait désormais la position exacte du pétrolier manquant.

En ne cessant pas leurs émissions, les pirates étaient stupides, ou comptaient trop sur leur chance. Mais ils ne faisaient que suivre les ordres. S'ils continuaient à émettre, ils donnaient leur nom et leur position. S'ils cessaient, ils devenaient immédiatement suspects.

Le petit pétrolier chargé de LPG était toujours piloté par un capitaine Montalban terrifié, qui n'avait quasiment pas dormi depuis quatre jours et qu'on réveillait à coups de pied dès qu'il s'assoupissait. Le bateau avait dépassé Puerto Rico de nuit pour continuer vers l'ouest en direction des îles Caicos, et on l'avait perdu un moment parmi les sept cents îles et îlots qui forment les Bahamas.

Quand le Keyhole le localisa, il se trouvait au sud de Bimini, la plus à l'ouest des îles de l'archipel.

À Tampa, on fit une projection de son itinéraire pour déterminer sa destination. Il semblait se diriger tout droit vers l'embouchure du port de Miami et son chenal qui conduit directement au cœur de la ville.

Le petit pétrolier ne resta pas seul longtemps. En moins de dix minutes, un chasseur P-3 Orion de la base aéronavale de Key West le trouva et descendit à quelques milliers de pieds pour tourner autour et le filmer sous tous les angles. Il apparut sur un écran plasma géant dans la pénombre de la salle des opérations de Tampa.

– Regardez-moi ça ! murmura l'un des techniciens, sans s'adresser à quelqu'un en particulier.

À la proue, un homme armé d'un pinceau s'efforçait de transformer en *t* le *i* de « Maria » pour rebaptiser le bateau en *Doña Marta*. Mais ce maquillage à la peinture blanche était trop maladroit pour tromper quiconque.

Les gardes-côtes disposent de deux vedettes rapides d'interception dans la zone de Charleston, en Caroline du Sud, et elles étaient toutes deux en mer : le 717 USCG *Mellon* et son jumeau le *Morgenthau*. Le *Mellon*, qui était le plus proche, cessa de patrouiller en décrivant des cercles pour s'élancer à pleine vitesse à la rencontre du bateau suspect. Son pilote pensait le rejoindre et l'intercepter dans les quatre-vingt-dix minutes, juste avant le coucher du soleil.

Le terme de vedette ne doit pas tromper s'agissant du *Mellon* : avec ses cent cinquante mètres et ses trois mille trois cents tonneaux de tirant d'eau, c'est un véritable contre-torpilleur. Pendant qu'il fendait la houle de l'Atlantique en ce début du mois d'avril, son équipage préparait son armement – au cas où. Le pétrolier manquant était déjà classé « potentiellement hostile ».

L'armement du *Mellon* inspire le respect. Le plus léger de ses trois systèmes est constitué par un canon mitrailleur de 20 mm dont l'intensité de tir est telle qu'il peut fonctionner comme une arme anti-missile. En théorie, un missile qui rencontre ce faisceau serré de projectiles s'y désintègre. Mais le Phalanx n'a pas besoin d'être utilisé contre des missiles ; il peut déchiqueter n'importe quoi, à condition de tirer d'assez près.

Le *Mellon* était également doté de deux canons Bushmaster de 25 mm, moins rapides mais plus lourds et suffisants pour faire passer un très mauvais moment à un pétrolier de faible tonnage. Quand le *Doña Maria* apparut comme un point minuscule à l'horizon, les trois systèmes étaient parés à tirer, et les hommes placés aux commandes de ces armes qu'ils n'avaient utilisées jusque-là qu'à l'entraînement auraient été des saints et mieux encore, s'ils n'avaient éprouvé un désir irrépressible de s'en servir pour de bon.

Survolé par l'Orion qui filmait tout pour transmettre les images à Tampa en temps réel, le *Mellon* contourna par l'arrière le bateau suspect et réduisit la puissance de ses moteurs pour se maintenir à côté du pétrolier, dont le séparaient moins de deux cents mètres. Puis il appela avec son puissant porte-voix.

– Pétrolier non identifié, ici la vedette *Mellon*, de la flotte des gardes-côtes des États-Unis. Mettez en panne. Je répète, mettez en panne. Nous allons monter à bord.

On voyait à travers les lentilles puissantes des jumelles un homme debout à la barre, flanqué de deux autres. Il n'y eut pas de réaction. Le pétrolier ne ralentit pas. Le message fut répété.

Après trois tentatives, le capitaine ordonna un tir unique devant la proue du pétrolier. En voyant une gerbe d'eau se soulever et inonder la bâche avec laquelle on avait en vain tenté de dissimuler l'enchevêtrement de tuyaux qui trahit la véritable mission de n'importe quel pétrolier, les hommes qui se trouvaient à bord du *Doña Maria* ne pouvaient que comprendre le message. Mais le pétrolier poursuivit sa route à la même vitesse.

Deux autres silhouettes surgirent sur le pont, derrière la passerelle. L'une portait une mitrailleuse M60 en bandoulière. Ce geste stupide scella le sort du *Doña Maria*. L'homme avait l'air d'un Nord-Africain et on distinguait clairement ses traits à la lumière du couchant. Il lâcha une courte rafale qui passa au-dessus du *Mellon* et reçut une balle dans la poitrine, tirée par l'une des quatre carabines M-16 qui le visaient depuis le pont de la vedette garde-côte.

Ce fut la fin des négociations. Tandis que le corps de l'Algérien basculait en arrière et que la porte métallique par laquelle il venait d'arriver se refermait, le capitaine du *Mellon* demanda l'autorisation de couler le pétrolier rebelle. Permission refusée. Le message de la base était sans ambiguïté :

– Écartez-vous de lui. Éloignez-vous le plus vite possible. C'est une bombe flottante. Arrêtez-vous à un mille de distance.

Le *Mellon*, à regret, relança ses moteurs à pleine puissance et s'éloigna, abandonnant le pétrolier à son sort. Les deux Falcon F-16 étaient déjà en vol, à moins de trois minutes.

Il y a vingt-quatre heures sur vingt-quatre sur la base aérienne de Pensacola, à la pointe de la Floride, un escadron prêt à prendre l'air dans les cinq minutes. Il intervient généralement contre les trafiquants de drogue, qui utilisent les voies aériennes et maritimes quand ils tentent de pénétrer en Floride et dans les États voisins pour y apporter (principalement) de la cocaïne.

Les deux chasseurs arrivèrent dans un ciel encore clair de fin d'après-midi, réglèrent leur tir sur le pétrolier et armèrent leurs missiles Maverik. Chaque pilote avait, bien visible devant lui, un bouton de commande, et la mort du pétrolier fut très mécanique, très précise, tout à fait dépourvue d'émotion.

Bien que la cargaison ne soit pas en contact avec l'air, ce qui aurait donné une déflagration d'une puissance maximum, l'explosion des Maverik dans la matière gélatineuse suffit à enflammer celle-ci.

À un mille de distance, l'équipage du *Mellon* regarda, impressionné, le *Doña Maria* s'embraser. Les hommes sentirent l'onde de chaleur passer sur leur visage et humèrent la mauvaise odeur de l'essence concentrée qui brûlait. Il ne resta aucun débris fumant à la surface. L'avant et l'arrière du pétrolier coulèrent séparément comme deux carcasses carbonisées. On vit miroiter quelques minutes un reste de pétrole lourd, puis la mer recouvrit tout.

Exactement comme Al-Khattab l'avait voulu.

Dans l'heure qui suivit, quelqu'un se pencha à l'oreille du président des États-Unis, qui assistait à un banquet, pour lui chuchoter un bref message. Le Président hocha la tête, demanda une note écrite pour le lendemain matin huit heures dans le Bureau ovale, et retourna à son potage.

À huit heures moins cinq du soir, le directeur de la CIA et Marek Gumienny furent introduits dans le Bureau ovale. Gumienny y était déjà venu deux fois, et cet endroit l'impressionnait beaucoup. Le Président et ses cinq principaux collaborateurs s'y trouvaient déjà.

On abrégea les préliminaires, et on demanda à Marek Gumienny d'expliquer la façon dont s'était déroulé, et conclu, l'exercice d'antiterrorisme baptisée Crowbar.

Il fut bref, conscient du fait que l'homme assis devant les fenêtres en rotonde donnant sur la roseraie de la Maison Blanche avait horreur des longues explications. La règle était toujours : « Quinze minutes, et on se tait. » Marek Gumienny condensa toute la complexité de Crowbar en douze.

Il y eut un silence quand il se tut.

— Donc, le tuyau des Britanniques était bon, finalement ? dit le vice-président.

— Oui, monsieur. Il nous faut supposer mort l'agent infiltré au sein d'Al-Qaïda, un officier courageux que j'ai eu le privilège de rencontrer l'automne dernier. Sans cela, il aurait donné signe de vie à cette heure. Mais il est parvenu à nous faire passer le message. L'instrument des terroristes était bien un bateau.

— Je ne me doutais pas que des cargos aussi dangereux sillonnaient le monde jour après jour, observa le secrétaire d'État dans le nouveau silence qui suivit.

— Moi non plus, dit le Président. Alors, que conseillez-vous maintenant, concernant la réunion du G8 ?

Le secrétaire d'État à la Défense jeta un coup d'œil au directeur du Renseignement national et hocha la tête. Ils avaient visiblement préparé ensemble leur réponse à cette question.

— Monsieur le Président, nous avons toutes les raisons de croire que la menace terroriste contre ce pays, et plus particulièrement contre la ville de Miami, a été réduite à néant hier soir. Le danger est passé. Concernant le G8, vous serez pendant toute la durée des discussions sous la protection de la marine américaine, qui a donné sa garantie qu'il ne vous arriverait rien. Nous vous conseillons donc de vous rendre à cette réunion sans la moindre appréhension.

— C'est bien ce que je compte faire, répondit le président des États-Unis.

DIX-SEPT

David Gundlach le reconnaissait lui-même, il faisait le plus beau métier du monde. Ou presque. Il aurait été encore plus heureux avec quatre galons dorés sur son épaulette et le grade de capitaine de ce navire, mais ils se contentait d'en être le premier officier.

Il se trouvait, en cette soirée du mois d'avril, à tribord de la haute passerelle pour regarder la foule qui se pressait soixante mètres plus bas – une hauteur de vingt-trois étages – sur le quai du nouveau terminal de Brooklyn.

Le quai 12 sur Buttermilk Channel, qu'on inaugurait ce soir-là, n'est pas un petit débarcadère mais le paquebot l'occupait entièrement. Avec ses trois cent quarante-trois mètres de long, ses quarante et un mètres de large et un tirant d'eau de onze mètres à cause duquel on avait dû approfondir le chenal sur toute sa longueur, c'était de très loin le plus grand paquebot en service sur les océans. Plus le premier officier Gundlach qui achevait sa première traversée depuis sa promotion le regardait, plus il le trouvait magnifique.

Très loin, et tout en bas, au-delà de la première ligne de bâtiments, il apercevait les banderoles des manifestants furieux. La police de New York avait tout simplement, mais avec beaucoup d'efficacité, bouclé toute la zone du terminal. Et les vedettes de la police portuaire sillonnaient les abords côté mer, pour s'assurer que des manifestants ne tentaient pas d'approcher en bateau.

Même si ceux-ci avaient pu s'approcher par la mer, cela n'aurait pas servi à grand-chose. La coque d'acier du grand paquebot se dressait de toute sa hauteur au-dessus de la ligne de flottaison, et les premières ouvertures étaient à plus de quinze mètres au-dessus du sol. Ceux qui embarquaient ce soir-là pouvaient donc le faire en toute discrétion.

D'ailleurs, ce n'était pas à eux que s'intéressaient les manifestants. Pour le moment, le paquebot n'accueillait que ses hôtes les plus modestes : sténographes, secrétaires, diplomates en herbe, conseillers spéciaux et autres fourmis humaines sans lesquelles le gratin de la planète ne pourrait discuter de la faim, de la pauvreté, de la sécurité, des barrières douanières, de la défense et des alliances.

Comme la notion de sécurité lui traversait l'esprit, David Gundlach se rembrunit. Ses collègues officiers et lui-même avaient passé la journée à guider des cohortes d'agents du Service secret américain désireux d'examiner chaque centimètre carré du navire. Ils se ressemblaient tous, avaient tous la même façon de froncer les sourcils pour se concentrer, de chuchoter dans leur manche, sous laquelle ils dissimulaient tous des micros sans lesquels ils se seraient sentis tout nus. Gundlach finissait par se dire qu'ils étaient tous des paranoïaques professionnels — et ils n'avaient rien trouvé à lui reprocher.

On avait étudié à la loupe les états de service des mille deux cents membres de l'équipage sans trouver le moindre prétexte à soupçon chez un seul d'entre eux. Le grand appartement en duplex aménagé pour le Président et la First Lady, déjà placé sous scellés et gardé par des hommes du Service secret, avait été minutieusement inspecté. David Gundlach ne l'avait vu qu'une fois mais comprenait mieux désormais dans quel épais cocon vivait le Président.

Il jeta un coup d'œil à sa montre. Deux heures pour embarquer les trois mille passagers avant l'arrivée des huit chefs d'État ou de gouvernement. Comme les diplomates de Londres, il admirait dans sa simplicité l'idée d'utiliser le plus grand et le plus luxueux paquebot du monde pour y loger la plus prestigieuse des conférences, et de le faire pendant les cinq jours d'une traversée de l'Atlantique entre New York et Southampton.

La ruse coupait l'herbe sous le pied de toutes les forces qui provoquent chaque année le chaos à l'occasion de la Conférence du G8. Mieux qu'une montagne, mieux qu'une île, et capable d'accueillir 4 200 personnes, le *Queen Mary II* était intouchable.

Gundlach resta debout à côté de son capitaine pendant que les sirènes lançaient un *la* très grave, leur adieu à New York. Il allait faire donner aux deux moteurs auxiliaires la puissance nécessaire et le capitaine, en maniant une simple manette sur la console de contrôle, guiderait le bateau dans sa descente de l'East River jusqu'à l'Atlantique. Grâce à ses commandes ultra-sensibles et aux deux moteurs auxiliaires capables de pivoter à 360 degrés, le paquebot n'avait pas besoin de pilote pour quitter le port.

Loin de là, à l'est, le *Countess of Richmond* poursuivait sa route et venait de doubler les îles Canaries. Ces îles, où tant d'Européens fuyant la neige et la gadoue viennent chercher en plein décembre un soleil africain, n'étaient plus visibles à bâbord. Mais on aurait pu apercevoir, avec de bonnes jumelles, le sommet du mont Tiede qui pointait à l'horizon.

Le *Countess* était maintenant à deux jours de son rendez-vous avec l'histoire. Le pilote indonésien avait donné pour instruction à son compatriote de la salle des machines de régler la puissance sur « petite vitesse » et le bateau fendait sans hâte la légère houle du mois d'avril.

Le sommet du mont Tiede disparut à son tour et l'homme qui tenait la barre modifia la trajectoire de quelques degrés pour mettre le cap sur son point d'arrivée. Les côtes américaines étaient à mille six cents milles de distance. Le *Countess* fut à nouveau repéré, de très haut dans l'espace, et de nouveau, les ordinateurs consultés lurent le message de son émetteur, s'assurèrent qu'il était en règle, notèrent sa position inoffensive en pleine mer et répétèrent : « Navire marchand en règle, pas de danger. »

Les premiers invités de marque à arriver furent le Premier ministre du Japon et sa suite. Ils avaient, comme convenu, effectué un vol direct de Tokyo jusqu'à l'aéroport Kennedy. Empruntant à nouveau la voie des airs qui le mettait hors de vue et loin des cris des manifestants, le groupe avait rejoint une flottille d'hélicoptères pour s'envoler de Jamaica Bay à Brooklyn.

L'aire d'atterrissage se trouvait dans la même zone que les grands halls qui formaient le nouveau terminal. Pour les passagers japonais, les manifestants agglutinés derrière les barrières étaient si loin qu'ils semblaient crier en silence, et ils les perdirent tout simplement de vue. Tandis que les pales des rotors tournaient au ralenti, la délégation fut saluée par les officiers du bord et conduite le long d'une galerie couverte jusqu'à l'entrée qui s'ouvrait au flanc de la coque, puis aux suites royales.

Les hélicoptères repartirent pour Kennedy, où les Canadiens venaient d'arriver.

David Gundlach resta sur la passerelle, un espace de quarante-cinq mètres carrés dont les grandes baies vitrées donnaient sur la mer. Bien que la passerelle se trouve à soixante mètres au-dessus du niveau de l'eau, les grands essuie-glaces étaient là pour prouver qu'en plein hiver, quand la proue du *Queen Mary II* fendait des vagues de vingt mètres, l'écume recouvrait le pont.

Mais, d'après les prévisions de la météo, cette traversée devait se faire par temps calme accompagné de vents faibles et d'une houle modérée. Le paquebot suivrait la route du Grand Cercle par le sud, toujours prisée des voyageurs à cause du beau temps et des mers plus paisibles. Il traverserait donc l'Atlantique dans sa plus petite largeur en frôlant les Açores par le nord au point le plus au sud de cet itinéraire.

Les Russes, les Français, les Allemands et les Italiens se succédèrent à un rythme régulier, et le crépuscule s'annonçait quand les Britanniques, propriétaires du *Queen Mary II*, embarquèrent pour le dernier vol d'hélicoptères.

Le président des États-Unis, qui recevait lors d'un dîner inaugural à huit heures, arriva à six heures précises dans l'hélicoptère bleu de la Maison Blanche. Un orchestre de la marine américaine entonna *Hail to the Chief* tandis qu'il pénétrait à son tour dans la coque et que les portes d'acier se refermaient sur le monde extérieur. Une demi-heure plus tard, la dernière amarre était larguée et le *Queen*, paré de toutes ses lumières comme une cité flottante, descendait l'East River.

Les gens qui se trouvaient sur des navires de moindre importance et sur les routes voisines le regardèrent partir en saluant à grands gestes. Perchés au-dessus d'eux, les chefs d'État et de gouvernement des huit pays les plus riches du monde répondirent aux saluts. La statue de la Liberté brillamment illuminée s'éloigna, les îles disparurent à leur tour, tandis que le *Queen* augmentait régulièrement la puissance de ses machines.

Deux escorteurs lanceurs de missiles de l'US Navy prirent position à quelques encablures de chaque côté du paquebot et s'annoncèrent au capitaine. À bâbord l'USS *Leyte Gulf* et à tribord l'USS *Montery*. Conformément aux usages en mer, le capitaine du *Queen* prit acte de leur présence et les remercia.

Aucun sous-marin ne devait escorter le *Queen*, cela pour deux raisons : aucune nation ne possédait un sous-marin capable de rivaliser avec les escorteurs pour la détection et la destruction des missiles, et le *Queen* était si rapide qu'un sous-marin ne pouvait pas le suivre.

Tandis que les lumières de Long Island s'éloignaient dans l'obscurité, le premier officier Gundlach fit donner la puissance maximum. Les quatre moteurs, totalisant 157 000 chevaux, pouvaient propulser le paquebot à trente nœuds s'il le fallait. La vitesse de croisière était de vingt-cinq nœuds et les deux croiseurs devaient eux aussi donner toute la puissance de leurs moteurs pour ne pas se laisser distancer.

L'escorte aérienne apparut au-dessus du bateau : un Hawkeye EC2 de la marine américaine doté d'écrans radar qui balaieraient la surface de l'Atlantique sur cinq cents milles et dans toutes les directions autour du convoi. Et un Prowler EA-6B capable de détraquer tout système offensif qui s'aviserait de viser le convoi, et d'en détruire la source avec des missiles HARM.

Les avions qui assuraient la couverture aérienne seraient réapprovisionnés en carburant et remplacés jusqu'à ce que des appareils identiques en provenance de la base américaine des Açores viennent les relayer. Et ceux-ci céderaient à leur tour leur place à une couverture aérienne assurée par la Grande-Bretagne. Rien n'avait été laissé au hasard.

Le dîner fut un triomphe. Les chefs d'État souriaient de toutes leurs dents, leurs épouses brillaient de tous leurs bijoux, tout le monde trouvait la cuisine délicieuse et les grands crus jetaient de somptueux reflets dans les carafes en cristal.

Suivant l'exemple du Président, et aussi parce que la plupart des autres délégations avaient déjà de longues heures de vol derrière elles, le dîner s'acheva de bonne heure et on se retira pour la nuit.

La conférence tint sa première séance plénière le lendemain matin. Le Royal Court Theatre du bord avait été aménagé pour accueillir les huit délégations au complet avec pour chacune, assise derrière les chefs, la petite armée de sous-fifres dont chacune semblait avoir besoin.

La deuxième soirée fut identique à la première, à ceci près que l'hôte était cette fois le Premier ministre britannique dans la salle pour deux cents personnes du Queen's Grill. Les invités de moindre importance se répartirent entre le vaste restaurant Britannia et les divers pubs et bars qui servaient également des repas. La jeune génération, libérée de ses corvées diplomatiques, choisit après le dîner la salle de bal ou le night-club disco G32.

Tout au-dessus, on avait baissé les lumières sur la passerelle où David Gundlach assurait le quart de nuit. En éventail devant lui, juste sous les baies vitrées de l'avant, toute une série d'écrans plasma décrivait chaque système du bateau.

Le plus important de tous était l'écran radar qui portait son regard à vingt-cinq milles dans toutes les directions. Le premier officier voyait le clignotement provoqué par les deux croiseurs qui l'escortaient, et au-delà les autres bateaux vaquant à leurs occupations.

Il avait aussi à sa disposition le système d'identification automatique, qui pouvait lire le message émis par le transpondeur de n'importe quel bateau à des milles à la ronde, et pour les vérifications un ordinateur doté des fichiers et des logiciels de la Lloyd's qui ne se contentait pas d'identifier le bateau mais donnait aussi son itinéraire connu, la nature de sa cargaison et sa fréquence radio.

De chaque côté du *Queen*, sur les passerelles des deux croiseurs aux lumières éteintes comme celles du paquebot, on surveillait aussi les écrans. Il fallait s'assurer que rien d'un tant soit peu menaçant ne s'approchait du monstre nautique qui fonçait entre eux dans le grondement de ses moteurs. Même pour un cargo inoffensif – et inspecté –, la limite à ne pas dépasser était de trois kilomètres. Au cours de cette deuxième nuit, rien ne passa à moins de dix.

L'image que donnait l'Hawkeye E2C était forcément plus grande en raison de l'altitude. C'était comme le faisceau d'une gigantesque torche électrique balayant l'Atlantique d'ouest en est. Mais dans leur grande majorité, les objets qui apparaissaient à l'écran se trouvaient à des kilomètres de distance et n'approchaient jamais du convoi. Le radar pouvait créer un corridor large d'une dizaine de milles devant les bateaux en marche, et montrer aux croiseurs ce qui se trouvait devant eux. Pour plus de réalisme, cette projection était limitée. Elle n'allait pas au-delà de vingt-cinq milles, ou d'une heure de navigation.

Le troisième soir, juste avant onze heures, l'Hawkeye signala un bâtiment :

— Il y a un petit cargo à vingt-cinq milles devant, et à deux milles au sud du trajet prévu. Il semble à l'arrêt.

Le *Countess of Richmond* n'était pas vraiment arrêté. Ses moteurs marchaient au ralenti et les hélices continuaient à tourner face à un courant de quatre nœuds pour garder le cap à l'ouest.

Le canot pneumatique était à l'eau derrière le bateau, retenu par une échelle de corde fixée au bastingage. Quatre hommes y avaient déjà embarqué.

Les quatre autres étaient sur la passerelle. Ibrahim tenait la barre, le regard fixé sur l'horizon, guettant les lumières qui approchaient.

Le technicien radio indonésien réglait son émetteur pour un maximum de puissance et de clarté. L'adolescent né de parents pakistanais dans une banlieue de Leeds au cœur du Yorkshire se tenait à côté de lui. Le quatrième était l'Afghan. Une fois satisfait, le radio fit un signe de tête au jeune garçon, qui répondit de même et s'assit sur un tabouret à côté de la console pour attendre l'appel.

L'appel vint du croiseur qui fonçait parallèlement au *Queen* à quelques encablures de distance. David Gundlach l'entendit clairement, comme tous ceux qui étaient de quart. Il était émis sur la fréquence utilisée pour les échanges entre bateaux dans l'Atlantique Nord. La voix avait un accent du Sud profond très prononcé :

— *Countess of Richmond*, *Countess of Richmond*, ici le croiseur *Montery* de l'US Navy. Vous m'entendez ?

La voix qui revint était légèrement déformée à cause du matériel radio plus que vétuste à bord du vieux cargo. Et sa façon
d'aplatir les voyelles faisait penser au Lancashire, peut-être au
Yorkshire :

— Oui, reçu, *Monterry*, ici le *Countess*.

— Vous semblez arrêtés. Quelle est votre situation ?

— *Countess of Richmond*. Un petit problème de surchauffe...
(clic, clic)... L'arbre de l'hélice... (parasites)... on répare le plus
vite possible.

Il y eut un bref silence du côté du croiseur. Puis :

— Répétez, *Countess of Richmond*, je répète, répétez...

La réponse arriva et l'accent était plus épais que jamais. Sur
la passerelle du *Queen*, le premier officier vit le cligotant en
haut de l'écran et légèrement au sud, à cinquante minutes de
navigation. Un autre écran montrait le *Countess* of Richmond
dans tous ses détails, et confirmait que son émetteur était en
règle et son signal correct. Il intervint dans l'échange par radio :

— *Monterey*, ici *Queen Mary II*. J'essaie.

David Gundlach était né et avait grandi dans le comté de
Wirral, à moins de quatre-vingts kilomètres de Liverpool. Pour
lui, le *Countess* parlait avec l'accent du Yorkshire ou du Lancashire, tous deux proches de son Cheshire natal.

— *Countess of Richmond*, ici *Queen Mary II*. J'entends que
vous avez une surchauffe importante de l'arbre d'hélice et que
vous réparez en mer. Confirmez.

— Oui, correct. On espère finir d'ici une heure, répondit la
voix dans le haut-parleur.

— *Countess*, précisez, s'il vous plaît. Port d'enregistrement,
port de départ, destination, cargaison.

— *Queen Mary*, sommes enregistrés à Liverpool, huit mille

tonnes, cargo pour toutes marchandises, parti de Java avec soieries et bois exotiques, destination Baltimore.

Gundlach baissa les yeux sur les informations qui apparaissaient devant lui. Elles provenaient du quartier général de McKendrick Shipping à Liverpool, agents Siebart et Abercrombie à Londres et assureur, Lloyd's. Tout était en règle.

— À qui ai-je l'honneur ?

— Capitaine McKendrick. Et vous ?

— Premier officier David Gundlach.

Le *Monterey*, qui avait du mal à suivre l'échange, intervint :

— *Monterey*, *Queen*. Voulez-vous changer de cap ?

Gundlach consulta ses écrans. L'ordinateur de la passerelle guidait le *Queen* le long d'une route préétablie en s'adaptant à tout changement de mer, de vent, de courant ou de houle. Si on l'en détournait, il faudrait revenir au guidage manuel ou réinstaller le programme avant de revenir à la route originelle. Le paquebot allait dépasser le cargo immobilisé dans quarante-cinq minutes, par tribord, à une distance de deux ou trois kilomètres.

— Inutile, *Monterey*. Nous le dépassons dans quarante-cinq minutes. Plus de deux milles entre lui et nous.

D'après le *Monterey*, la distance ne devait pas être aussi grande, mais il restait tout de même de la place. Tout au-dessus, l'Hawkeye et l'EA-6B scrutaient le cargo en panne, à la recherche du moindre signe trahissant la présence de missiles, et de toute activité électronique, quelle qu'elle soit. Ils ne trouvaient rien, mais continueraient à surveiller tant que le *Countess* ne serait pas loin du convoi. Il y avait deux autres bateaux sur le tracé réservé au *Queen*, mais nettement plus loin devant, et on allait leur demander de se détourner, vers la gauche et vers la droite.

— Reçu, dit le *Monterey*.

Sur la passerelle du *Countess*, on avait tout entendu. Ibrahim, d'un signe de tête, invita les autres à le laisser seul. L'ingénieur radio et le jeune Pakistanais descendirent prestement dans le canot par l'échelle de corde, et les six hommes qui s'y trouvaient déjà attendirent l'Afghan.

Toujours persuadé que ce fou de Jordanien s'apprêtait à relancer le moteur pour foncer sur l'un des bateaux qui venaient vers eux, Martin comprenait maintenant qu'il ne pourrait pas quitter le *Countess of Richmond*. Son seul espoir était de s'en rendre maître après avoir tué l'équipage.

Il se dirigea vers l'échelle de corde à l'arrière du cargo. Assis sur une planche dans le canot, Suleiman préparait son matériel photo. Une corde pendait au bastingage du *Countess* ; l'un des Indonésiens, debout à côté du hors-bord, tenait cette corde pour maintenir l'embarcation au-dessus du courant qui filait le long de la coque.

Martin attrapa l'échelle, se retourna, se pencha et plongea la lame de son couteau dans la toile grise et dure qu'il coupa sur une longueur de presque deux mètres. L'acte fut si soudain et si inattendu qu'il se passa deux ou trois secondes sans que quelqu'un réagisse, sauf la mer. L'air s'échappait avec un grondement et le canot, chargé de six hommes, commença à basculer du côté endommagé, aussitôt envahi par l'eau.

Martin, se penchant un peu plus, voulut trancher la corde qui le retenait. Il la manqua, mais entailla le bras de l'Indonésien. Puis les hommes réagirent. Mais l'Indonésien avait lâché prise et la mer les emporta.

Il y eut des cris, des bras vengeurs tendus vers lui, mais le hors-bord sombrait lentement. Le poids de l'énorme moteur l'entraînait par l'arrière et l'eau entrait à flots. L'épave s'éloigna de la proue du *Countess* pour s'enfoncer dans les ténèbres de l'Atlantique. Entraînée par le courant, elle alla couler quelque part. Martin vit à la lueur de la veilleuse arrière du cargo des mains qui s'agitaient au-dessus de l'eau, et qui disparurent à leur tour. Personne ne peut lutter contre un courant de quatre nœuds. Il remonta sur le pont par l'échelle de corde.

À cet instant, Ibrahim pressa l'un des trois boutons que le spécialiste en explosifs lui avait laissé. Martin, sur l'échelle, entendit claquer plusieurs petites charges explosives.

En construisant la galerie et en lui donnant l'aspect de six conteneurs alignés sur le pont du *Java Star* de la passerelle à la proue, Mr. Wei avait créé un toit, ou un « couvercle », au-dessus d'un espace vide avec une seule plaque de métal retenue par quatre solides attaches.

Le spécialiste des explosifs avait fixé des charges qu'il avait reliées toutes les quatre à des fils alimentés en électricité par les moteurs du bateau. Quand elles explosèrent, la plaque de métal qui recouvrait l'espace vide se souleva de plusieurs dizaines de centimètres. Comme les charges n'avaient pas toutes la même puissance, la plaque se souleva plus d'un côté que de l'autre.

Martin arrivait en haut de l'échelle de corde, son couteau entre les dents, au moment où les charges explosèrent. Il s'accroupit sur place tandis qu'une grande plaque d'acier glissait dans la mer. Jetant le couteau, il s'avança sur la passerelle.

Le tueur d'Al-Qaïda était à la barre et scrutait la mer à travers le vitrage. À l'horizon, une ville flottante arrivait à la vitesse de vingt-cinq nœuds à l'heure avec ses dix-sept ponts et ses cent cinquante mille tonnes de lumières, d'acier et d'êtres humains. Juste sous la passerelle, la galerie béait vers les étoiles. Martin comprit pour la première fois à quoi elle servait. Non pas à contenir, mais à dissimuler quelque chose.

Les nuages s'écartèrent de la demi-lune qui brillait au ciel et le pont tout entier de ce qui avait été jadis le *Java Star* fut éclairé. Martin se rendit compte pour la première fois qu'il n'était pas sur un simple cargo chargé d'explosifs, mais sur un pétrolier. On voyait s'échapper du pont le méli-mélo de tuyaux, de canalisations et de vannes révélateur de sa véritable nature.

Il y avait à intervalles réguliers, de la passerelle à la proue, six disques d'acier fermant les ouvertures de ventilation au-dessus de chacun des réservoirs qui se trouvaient sous le pont.

— Tu aurais dû rester sur le canot, l'Afghan, dit Ibrahim.

— Il n'y avait pas assez de place, mon frère. Suleiman a failli passer par-dessus bord. Je suis resté sur l'échelle. Et je ne les ai plus vus. Je mourrai donc ici avec toi, *inch'Allah*.

Ibrahim parut rassuré. Il jeta un coup d'œil à la pendule du bord et appuya sur le deuxième bouton. Le courant parti de la passerelle se précipita vers les batteries du bateau, dont il emprunta la puissance pour foncer vers la galerie dans laquelle le spécialiste des explosifs travaillait depuis qu'il était en mer.

Six nouvelles charges explosèrent. Les six disques d'acier giclèrent au-dessus des réservoirs. Ce qui suivit n'était pas visible à l'œil nu. Sinon, on aurait vu six colonnes verticales monter au-dessus des réservoirs tandis que la cargaison commençait à s'échapper pour se répandre dans l'atmosphère. Le jet de gaz s'élevait à une trentaine de mètres, puis perdait de sa force, retombait sur la mer sous l'effet de la gravité et se mêlait à l'air en formant des rouleaux qui s'éloignaient dans toutes les directions.

Martin avait perdu et il le savait. Il était trop tard et il le savait aussi. Il comprenait maintenant qu'il naviguait depuis les Philippines sur une bombe flottante, et que ce qui fuyait maintenant des six réservoirs débouchés était une mort invisible que rien ne pouvait plus arrêter.

Il avait toujours pensé que le *Countess of Richmond*, redevenu le *Java Star*, allait se jeter dans quelque port pour se faire exploser avec ce qui se cachait sous ses ponts.

Il était persuadé que le cargo s'apprêtait à détruire quelque cible prestigieuse ou de grande valeur. Il avait guetté pendant trente jours une occasion de tuer les sept hommes d'équipage et de prendre les commandes. Cette occasion ne s'était pas présentée.

Maintenant, trop tard, il comprenait que le *Java Star* n'allait pas lancer une bombe ; *c'était* une bombe. Et, tandis que sa cargaison s'échappait à grande vitesse, il n'avait pas besoin de bouger d'un pouce. Il suffisait que le paquebot qu'il voyait s'approcher passe à trois kilomètres pour être carbonisé.

Il avait entendu le dialogue entre le jeune Pakistanais et le premier officier du *Queen Mary II*. Il avait appris, mais trop tard, que le *Java Star* ne relancerait pas ses moteurs. Les croiseurs qui escortaient le paquebot ne le lui auraient pas permis, mais ce n'était pas nécessaire. Il y avait une troisième commande à portée de main d'Ibrahim, un bouton à enfoncer. Martin suivit des yeux le fil qui le reliait à un lance-flammes installé devant les vitres de la passerelle. Il suffirait d'un jet de flammes, d'une simple étincelle...

On voyait, à travers les vitres, la ville flottante qui brillait de toutes ses lumières. Quinze milles, une demi-heure... le temps d'un mélange gaz-air optimum.

Le regard de Martin rencontra le micro de la radio sur la console. Une dernière chance de crier un avertissement. Sa main droite glissa vers la fente de sa tunique sous laquelle le couteau était attaché à sa cuisse.

Le Jordanien surprit son regard et vit son geste. Il n'avait pas survécu à l'Afghanistan, aux prisons de son pays et à la traque des Américains en Irak sans développer des réflexes de bête sauvage.

Quelque chose le prévint que, malgré son langage fraternel, l'Afghan n'était pas un ami. Une haine à l'état pur figea comme un cri silencieux l'ambiance qui régnait sur la minuscule passerelle.

La main de Martin plongea sous l'étoffe pour saisir le couteau. Ibrahim fut plus rapide ; le revolver était devant lui sous la carte, pointé sur la poitrine de Martin. Trois mètres cinquante environ séparaient les deux hommes. Trois de trop.

Un soldat apprend à évaluer ses chances, et à le faire vite. C'était ce que Martin avait fait pendant la plus grande partie de son existence. Sur la passerelle du *Countess of Richmond*, pris dans le nuage de sa propre mort, il n'en avait que deux : se jeter sur l'homme, se jeter sur le bouton. Dans un cas comme dans l'autre, il n'y aurait pas de survivant.

Des mots lui vinrent à l'esprit, les mots d'un poème entendu bien des années auparavant sur les bancs de l'école. « Pour chaque homme sur cette terre, la mort vient tôt ou tard... » Et il revit Shah Massoud, le Lion du Panchir, parlant autour d'un feu de camp : « On est tous condamnés à mourir, l'Anglais. Mais seul un combattant béni par Allah pourra peut-être choisir comment ! »

Ibrahim le vit s'élancer ; il reconnut le regard de l'homme qui va mourir. Le tueur poussa un hurlement et tira. L'homme qui chargeait reçut la balle en pleine poitrine et commença à mourir. Mais au-delà de la douleur et du choc, il reste toujours la volonté, pour une autre seconde de vie.

À la fin de cette seconde, les deux hommes et le bateau s'étaient consumés en une éternité rose vif.

David Gundlach regardait, abasourdi. À quinze milles devant, à l'endroit où le paquebot géant devait se trouver dans trente-cinq minutes, une gigantesque éruption de flammes avait jailli de la mer. On entendit crier les trois autres officiers de quart.

— Qu'est-ce que c'est, bon Dieu ?

— *Monterey* à *Queen Mary II*. Retour au port. Je répète, retour au port. Enquête en cours.

Gundlach vit, à sa droite, le croiseur s'écarter et prendre de la vitesse pour se diriger vers les flammes. Elles commençaient déjà à vaciller et mourir dans la mer. Le *Countess of Richmond* avait, de toute évidence, été victime d'un terrible accident ; s'il y avait des hommes à la mer, le *Monterey* les trouverait. Mais il serait tout de même plus sage de prévenir le capitaine. Quand celui-ci arriva sur la passerelle, son premier officier lui expliqua ce qu'il avait vu. Ils étaient maintenant à dix-huit milles de l'endroit du sinistre, et ils avançaient à bonne allure.

L'USS *Leyte Gulf* les escortait toujours à bâbord. Le *Monterey* filait directement vers l'incendie. Le capitaine convint qu'au cas, peu probable, où il y aurait des rescapés, le *Monterey* pourrait se charger d'eux.

Pendant que les deux hommes continuaient à regarder, en sécurité sur leur passerelle, les flammes s'éteignirent. Il resta à la surface de l'eau quelques flammèches produites par la combustion du carburant. La cargaison hypervolatile était entièrement consumée quand le *Monterey* arriva sur les lieux.

Le capitaine du paquebot demanda que les ordinateurs le remettent sur la route de Southampton.

ÉPILOGUE

Il y eut une enquête. Bien sûr. Elle prit presque deux ans. Ces choses-là ne se font pas en quelques heures, sinon à la télévision.

Une équipe reprit l'histoire du *Java Star* depuis le moment où on avait fixé sa quille jusqu'à celui où il avait quitté Brunei, chargé de LPG, à destination de Fremantle sur la côte ouest de l'Australie.

Des témoins indépendants qui n'avaient aucune raison de mentir confirmèrent que le capitaine Herrmann était ce jour-là sur la passerelle et que tout allait bien. Le bateau avait été vu un peu plus tard par deux autres capitaines alors qu'il contournait la pointe extrême de l'île de Bornéo. En raison de sa cargaison, les deux capitaines avaient remarqué qu'il était assez loin d'eux, et avaient noté son nom.

L'unique enregistrement de l'ultime SOS lancé par son capitaine fut soumis à un psychiatre norvégien qui confirma que la voix était bien celle d'un compatriote avec une bonne connaissance de l'anglais, mais qu'il semblait parler sous une certaine contrainte.

On retrouva et on interrogea le capitaine du cargo chargé de fruits qui avait consigné la position indiquée et s'était détourné de sa route pour se porter au secours du *Java Star*. Il répéta qu'il n'avait rien vu et rien entendu. Mais les spécialistes des incendies en mer pensèrent que si le sinistre dans la salle des machines du *Java Star* était assez grave pour que son capitaine ne puisse le sauver, il avait dû mettre aussi le feu à la cargaison. Cela excluant toute présence sur les lieux de radeaux de sauvetage gonflables.

Des commandos philippins, soutenus par l'artillerie des hélicoptères américains, firent une incursion sur la péninsule de Zamboanga, autrement dit en territoire contrôlé par Abou Sayyaf. Ils en ramenèrent deux pisteurs de la forêt qui travaillaient à l'occasion pour les terroristes mais n'étaient pas prêts à risquer le peloton d'exécution pour eux.

Ils déclarèrent avoir vu un pétrolier de taille moyenne dans un étroit estuaire au cœur de la forêt, et des hommes qui travaillaient dessus à la lumière de torches à acétylène.

Le groupe chargé du *Java Star* remit son rapport au bout d'un an. Il y était dit que le *Java Star* n'avait pas coulé à la suite d'un incendie à bord, mais avait été piraté intact ; qu'on avait tout fait, par ailleurs, pour persuader les milieux maritimes qu'il n'existait plus, alors qu'il existait toujours. L'équipage au complet était supposé mort, mais cela restait à confirmer.

Pour des raisons de secret, les divers groupes d'enquêteurs travaillaient sur divers aspects de l'affaire sans savoir pourquoi. On leur expliqua, et ils le crurent, qu'il s'agissait d'une affaire d'assurance.

Un autre groupe d'enquêteurs suivit les avatars du *Countess of Richmond*. Ceux-là partirent du bureau d'Alex Siebart à Crutched Friars, dans la City de Londres, pour enquêter à Liverpool sur les familles et sur l'équipage. Ils confirmèrent que tout était en règle quand le *Countess* avait embarqué sa cargaison de

Jaguar à Singapour. Le capitaine McKendrick avait rencontré un ami sur les quais de Liverpool et ils avaient bu quelques bières ensemble avant qu'il prenne la mer. Et il avait téléphoné chez lui.

Des témoins dignes de foi confirmèrent que le bateau était toujours sous le commandement de son capitaine légitime quand il avait chargé des bois précieux à Kinabalu.

Mais une visite sur le terrain à Surabaya, Java, révéla que le *Java Star* ne s'y était pas arrêté pour prendre la deuxième partie de sa cargaison de soieries. Or on avait reçu à Londres chez Siebart et Abercrombie un message de l'affréteur pour confirmer cette étape. Il y avait donc un coup monté.

On créa un portrait-robot de « Mr. Lampong » et les autorités de la police indonésienne reconnurent un homme soupçonné depuis longtemps, mais sans qu'on ait pu le prouver, de soutenir financièrement la Jemaat Islamiya. Des recherches furent lancées, mais le terroriste s'était perdu dans les marées humaines de l'Asie du Sud-Est.

Ce groupe conclut que le *Countess of Richmond* avait été pris à l'abordage et détourné dans la mer des Célèbes. Avec ses papiers, ses codes radio et son transpondeur volés, il avait sombré et l'équipage avec lui. On prévint les familles.

L'enquête fit un bond avec le Dr Ali Aziz Al-Khattab. Des enregistrements de ses communications téléphoniques révélèrent qu'il s'apprêtait à partir au Moyen-Orient. Lors d'une réunion à Thames House, siège du MI5, on décida que c'était assez. La police de Birmingham et la branche spéciale forcèrent la porte de l'universitaire koweïtien à un moment où les agents écouteurs leur assuraient qu'il était dans son bain, et il fut emmené en peignoir.

Mais Al-Khattab était intelligent. Un passage au peigne fin de son appartement, de sa voiture, de son bureau, de son téléphone et de son ordinateur ne révéla pas la moindre bribe d'indice permettant de l'incriminer.

Il continua à sourire platement et son avocat à protester pendant les vingt-huit jours dont dispose la police britannique pour retenir un suspect avant de le présenter à la justice. Son sourire pâlit quand, au sortir de la prison de Sa Majesté, on l'arrêta à nouveau suite, cette fois, à une demande d'extradition présentée par les autorités des Émirats arabes unis.

Sous cette législation, il n'y a pas de limite de temps. Al-Khattab retourna directement dans sa cellule. Cette fois, son avocat plaida vigoureusement contre son extradition. En tant que Koweïtien, il n'était même pas citoyen des Émirats, mais la question n'était pas là.

Le Centre anti-terrorisme de Dubaï se trouva miraculeusement en possession de photographies. Elles montraient Al-Khattab en conversation avec un messager bien connu d'Al-Qaïda, un capitaine de bateau déjà sous surveillance. On le voyait aussi arrivant dans une villa d'un faubourg de Ras al-Khaïma, connue comme un repaire de terroristes. Le juge londonien, impressionné, accorda l'extradition.

Al-Khattab fit appel... et perdit à nouveau. Entre les douteux attraits de la prison royale de Belmarsh et un interrogatoire sportif par les forces spéciales des Émirats dans leur base du Golfe au milieu du désert, il choisit l'hospitalité de la reine Élisabeth et en fit la demande.

Ce qui posa un problème. Les Britanniques expliquèrent qu'ils n'avaient aucune raison de le détenir, sauf à le poursuivre en justice et à le condamner. Il était à mi-chemin de l'aéroport d'Heathrow quand il accepta le compromis et se mit à parler.

Et une fois lancé... Les agents de la CIA invités à assister aux interrogatoires dirent ensuite qu'ils avaient cru voir céder le grand barrage du Colorado. Il grilla plus d'une centaine d'agents d'Al-Qaïda qui étaient jusque-là blancs comme neige, ignorés des services de renseignement anglo-américains, et vingt-quatre comptes bancaires dormants.

Quand les hommes qui l'interrogeaient mentionnèrent le projet d'Al-Qaïda baptisé Al-Isra, le Koweïtien resta muet de stupéfaction. Il ne se serait jamais douté que quelqu'un était au courant. Puis il se remit à parler.

Il confirma tout ce que Londres et Washington savaient ou supposaient, et un peu plus. Il put identifier les huit hommes qui se trouvaient à bord du *Countess of Richmond* à son dernier voyage, sauf les trois Indonésiens. Il connaissait les origines et la famille de l'adolescent de parents pakistanais qui, né et élevé dans le Yorkshire britannique, était capable de parler à la place du capitaine McKendrick à la radio de bord et de tromper le premier officier David Gundlach.

Et il reconnaissait que le *Doña Maria* et tous les hommes qui se trouvaient à bord avaient été délibérément sacrifiés, sans qu'on les ait prévenus ; une simple diversion au cas où on hésiterait pour une raison quelconque à jeter le président des États-Unis à la mer et son bateau avec.

On amena en douceur la discussion sur un Afghan dont on savait qu'Al-Khattab l'avait interrogé dans une villa des Émirats. En fait, ceux qui interrogeaient le Koweïtien ne savaient rien de cet épisode, ils n'avaient que des soupçons, mais Al-Khattab ne se fit pas prier pour les éclairer.

Il confirma l'arrivée du mystérieux commandant taliban à Ras al-Khaïma après une évasion audacieuse et sanglante lors de son transfert par la police de Kaboul. Il précisa que les sympathisants d'Al-Qaïda dans la capitale avaient vérifié la véracité des détails concernant l'homme et son itinéraire.

Il avoua qu'il avait reçu d'Al-Zawahiri en personne l'ordre de se rendre dans le Golfe pour y interroger le fugitif aussi longtemps que nécessaire. Et il révéla que c'était le Cheikh, Oussama Ben Laden en personne qui avait authentifié l'identité du fugitif en se fondant sur une conversation qu'il avait eue avec lui plusieurs années auparavant dans une grotte de Tora Bora aménagée en hôpital.

C'était le Cheikh qui avait offert à l'Afghan le privilège de participer à l'opération Al-Isra, et lui, Al-Khattab, avait expédié l'homme en Malaisie avec le reste du groupe.

Ce qui fut pour les Anglo-Américains qui l'interrogeaient l'occasion de lui apprendre, avec grand plaisir, qui était réellement cet Afghan.

Pour finir, un expert graphologue confirma que c'était bien la main du colonel disparu qui avait griffonné le bref message glissé dans le sac d'un plongeur sur l'île de Labuan.

La commission Crowbar conclut que Mike Martin était monté à bord du *Countess of Richmond*, en se faisant toujours passer pour un terroriste, quelque part après l'escale à Labuan, et que rien ne permettait de penser qu'il avait pu en descendre à temps.

Quant aux raisons pour lesquelles le *Countess* avait explosé une quarantaine de minutes plus tôt que prévu, elles prêtaient à diverses hypothèses sur lesquelles le rapport ne se prononçait pas.

La loi britannique impose un délai de sept ans avant qu'une personne disparue sans laisser de traces soit juridiquement déclarée morte, et un certificat de décès délivré.

Mais à la suite de l'interrogatoire du Dr Al-Khattab, le coroner de la Cité de Westminster à Londres fut invité à un dîner discret dans un salon particulier du Brook's Club de Saint James Street. Il n'y avait que trois autres personnes présentes, et elles expliquèrent un tas de choses au magistrat dès que le serveur les eut laissées seules.

Le coroner remit la semaine suivante à un professeur de l'École d'études orientales et africaines, un certain Terry Martin, le certificat de décès de son frère, le colonel Mike Martin du régiment parachutiste, disparu sans laisser de traces huit mois auparavant.

Dans l'enceinte du quartier général du régiment du SAS aux abords de la ville d'Hereford se dresse un bâtiment assez ancien qu'on appelle la Clock Tower – la tour de l'Horloge. Cette tour a été déconstruite et reconstruite pierre à pierre, il y a quelques années, quand le régiment a déménagé pour s'installer dans de nouveaux locaux.

Il y a, comme on pourrait s'y attendre, une horloge au sommet de la tour, mais elle doit l'intérêt qu'on lui porte aux noms des membres du SAS morts au combat qui sont gravés sur ses quatre faces.

Peu après la publication du certificat de décès, une cérémonie funéraire eut lieu au pied de cette tour. Une douzaine d'hommes en uniforme et de personnes en civil, dont deux femmes, y assistaient. L'une était la directrice générale du M15, et l'autre, l'ex-épouse du défunt.

L'obtention du statut de soldat porté disparu avait demandé quelques efforts de persuasion de la part des demandeurs, mais les pressions venaient de très haut. Une fois informés des faits, le directeur, les forces spéciales et le commandant du régiment avaient donné leur accord. Le colonel Mike Martin n'était assurément pas le premier, et ne serait pas le dernier des membres du SAS à disparaître corps et biens dans un pays lointain.

À l'ouest, au-delà de la frontière, le maigre soleil de février éclairait les Montagnes noires du pays de Galles. Pour clore la cérémonie, le chapelain prononça la formule rituelle tirée de l'Évangile de Saint Jean : « Il n'est pas d'amour plus grand pour un homme que de donner sa vie pour ses amis. »

Ceux qui s'étaient regroupés autour de la tour de l'Horloge furent les seuls à savoir que Mike Martin, membre du SAS et colonel du régiment parachutiste, retraité, avait fait cela pour quatre mille personnes totalement inconnues de lui et dont aucune ne connaissait son existence.

DU MÊME AUTEUR

Aux Éditions Albin Michel

L'ALTERNATIVE DU DIABLE
SANS BAVURES, Grand Prix de littérature policière 1983
LE QUATRIÈME PROTOCOLE
LE NÉGOCIATEUR
LE MANIPULATEUR
LE POING DE DIEU
ICÔNE
LE VÉTÉRAN
LE VENGEUR

Composition Nord Compo
Impression Bussière, en janvier 2007
Editions Albin Michel
22, rue Huyghens, 75014 Paris
www.albin-michel.fr
ISBN 978-2-226-17685-1
N° d'édition : 24915. – N° d'impression : 070050/4.
Dépôt légal : février 2007
Imprimé en France.